KB262287

예禮와 정情의 조화와 변주
-조선시대 애도문학의 형상화 방식-

예禮와 정情의 조화와 변주
-조선시대 애도문학의 형상화 방식-

이 은 영

역락

　　내가 애도문학에 대해 관심을 가지기 시작한지도 꽤 많은 시간이 흘렀다. 석박사 학위과정 동안 줄곧 제문(祭文)이라는 주제에 매달린 이후로 몇 편의 후속 논문들을 더 썼으니 말이다. 처음 관심은 관습적 문장 양식으로 오랫동안 존재해 왔고 고유의 기능과 서술 방식을 보유하고 있는 한문 문체로서의 제문에 있었다. 일정한 양식적 틀 속에서 비슷한 표현으로 토해내는 슬픔에 주목하였고 그 양식성의 근원에 놓여 있는 예(禮)와 명분(名分) 의식, 유교적 사생관등에 관심을 기울었다. 작품이 지닌 아름다움이나 감동에 눈을 돌린 것은 부끄럽지만 그 뒤의 일이다.

　　이 책은 제문을 비롯하여 비지(碑誌)·행장(行狀)·만시(挽詩) 등 상제례(喪祭禮) 과정에서 지어졌던 다양한 형태의 애도문학 속에서 인물이 형상화되고 정(情)이 표출되는 양상을 조명한 연구이다. 공식적 애제문과 집단적으로 지어지는 애제문을 포함하여, 진정과 실감이 두드러지는 사적 애도문 속에 내재된 함축과 절제의 미감, 탁월한 인물 형상화 방식 등을 통해 예(禮)와 정(情)의 결합이라는 애도문학 특유의 문체적 특징이 어떻게 드러나고 변주되는가를 살폈다. 특히 내외의 구별을 엄격히 하고 감정의 노출을 금기시 했던 시대 분위기 속에서 표출되는 아내를 향한 사대부 내면의 목소리나, 철저히 예와 규범, 공의의 논리 속에서 지어졌으나 사은과 사정을 노출시키고 이를 절제되고 함축된 정서로 승화시킨 어제제문(御製祭文)의 감성, 종법제도의 정착과 함께 복잡한 가족 관계망 속에서 공식적으로 예우되지 못한 어머니를 향한 애틋한 눈물 등을 포착, 인물의 형상화 방식 뿐 아니라 슬픔의 형상화 방식을 논리화 체계화하려 하였다.

이를 통해 조선시대 애도문학이 시대 사회적 요구와 대상에 따라 그 기능을 변개 확장하면서 '그 시대 문장'으로서의 역할을 했을 뿐 아니라, 시대를 뛰어넘는 인간 내면의 보편적 정서를 핍진하게 드러내고 감동적으로 형상화하여 '보편적 문학'으로서의 의의를 획득하고 있다는 점을 규명하였다.

내가 연구를 하며 읽어 내려간 자료들은 애도문학의 작품성과 미학을 학계에 알리는 역할을 했을 뿐 아니라, 무덤덤하게 자료를 대했던 딱딱한 연구자의 자세에서 그 아름다움에 감탄하고 공감할 줄 아는 독자로서의 감성을 일깨워준 각별한 자료들이다. 그런 의미에서 이 책 또한 독자들에게 작품집을 겸한 연구서로 기억되었으면 하는 욕심을 감히 가져본다.

같은 자세로 내 길을 간다고 생각하지만 늘 그렇듯 어려움도 있고 갈등도 있었다. 그럴 때마다 힘을 내도록 격려와 응원을 해주시는 많은 분들이 있어 자그마한 성과를 낼 수 있었다. 어설프게 공부를 시작할 때부터 줄곧 지켜보아주고 격려해 주시는 이혜순 선생님, 늘 건강하시기를 바란다. 현모도 못되고 양처도 못되는 아내와 엄마를 한껏 믿어주고 지지해주는 남편과 두 아들 준일·준수에게는 사랑한다는 말을 전하고 싶다. 출간을 선뜻 허락해 주신 도서출판 역락 측에도 깊은 감사를 드린다.

2013년 2월

이은영

▌목차

서문

제1부 애제문(哀祭文)의 특징과 변천과정

제2부 공적 애도문학과 형상성의 문제

애제문(哀祭文)의 특징과 변천과정

01 애제문(哀祭文)의 특징과 변천과정

Ⅰ. 애제문의 문체적 특성

애제문(哀祭文)은 제사 때 산천신에 대하여 기도하는 고문(告文), 축문(祝文), 도량문(道場文), 재사(齋詞), 청사(靑詞), 제문(祭文) 등과 망자에 대한 애도의 정을 표시하는 애사(哀辭), 제문(祭文), 조문(弔文), 뢰(誄) 등을 포괄하는 개념이다.[1] 초기에는 신에게 공물을 올리고 소원을 비는 정도의 짧은 축사 형식에서 출발하였으나 점차 구체적이고 수사가 가미된 문장 양식으로 발전하였고 상제례의 발달과 함께 그 대상이 인간에게까지 확대되면서부터는 주로 망자에 대한 애도의 글로 기능하게 되었다.

애제문이 우리 학계의 관심을 받기 시작한 것은 그 내용이 주는 핍진성과 감동 때문이었다. 문학 연구자들은 애제문이 포함하고 있는 감정의 진솔한 표현, 절절한 슬픔의 표출에 주목하였으며 이러한 요소를 구비한 자료를 발굴, 소개하는 것으로부터 연구의 발을 내디뎠다. 이에 숙종의 「인현왕후 제문」과 윤숙의 「정경부인이씨 제문」, 김정희의 「예

---

1) 심경호, 『한문 산문의 미학』, 고려대 출판부, 1998, 374쪽.

안이씨제문」, 이하곤의 「곡봉혜문」, 이언적의 「제선비손부인문」 등이 소개되었고 박지원, 박제가, 김창협의 애제문 등이 관심의 대상으로 부상하였다.2) 이후 제문의 장르적 접근과 더불어 특정 작가, 특정 대상, 특정 시기 제문에 대한 연구가 진행되었으며3) 최근에는 여성 제문을 중심으로 당시 여성들의 삶을 재구성하거나 사대부들의 여성 인식을 살피는 등 여성사, 생활사 방면의 연구가 이루어지기도 하였다.4) 감동

2) 장덕순, 『한국수필문학사』, 새문사, 1985 ; 김일근, 「정경부인 이씨 제문」, 『인문과학논총』 9집, 건국대, 1976 ; 양순필, 「제주유배제문고」, 『제주대 논문집』 21집, 1985 ; 구수영, 「사백년 시신 위에 덮인 기적의 한글 문학」, 『문학사상』 77호, 1979 ; 이상주, 「담헌 이하곤의 哭鳳惠文에 대하여」, 『낙은 강전섭선생 화갑기념 논총』, 창학사, 1992 ; 강전섭, 「연안이씨의 제문에 대하여」, 『어문학』, 제39집, 1980 ; 홍재휴, 「제선비손부인문고」, 『교대춘추』 5집, 1971 ; 김상홍, 「진사 박남수의 애제문학 연구」, 『한문학논집』 12, 근역한문학회, 1994 ; 김윤조, 「연암의 이몽직 애사에 대하여」, 『한문교육연구』 4, 1990 ; 「농암의 애제류 산문문학소고」, 『한국한자한문교육』 4, 한국한자한문교육학회, 1998 ; 서정화, 「박제가의 제문 및 송서 연구」, 『어문논집』, 민족어문학회, 2005 등이 있다.

3) 이 방향의 연구로는 이은영, 「16세기 사림파 제문연구」, 이화여대 석사학위 논문, 1991 ; 유경숙, 「조선조 여성 제문 연구」, 충남대 박사학위 논문, 1995 ; 이정규, 「율곡 이이의 제문 연구」, 충남대 석사학위 논문, 1999 ; 정수미, 「조선시대 망실 제문 연구」, 경성대 석사학위 논문, 1999 ; 전일재, 「고려시대 애제문 연구」, 한국교원대 석사학위 논문, 2000 ; 최준하, 「한국 도학자의 금석문 및 제문의 서사 문학성 연구」, 『한국언어문학』 제40집, 한국언어문학회, 1998 ; 김성기, 「제례문의 성격과 구조」, 『우전 신호열 선생 고희 기념 논총』, 창작과 비평사, 1983 ; 홍우흠, 「퇴계전서 소재 제축문 연구」, 『영남어문학』 제20집, 영남어문학회, 1991 ; 황수연, 「17세기 제망실문과 제망녀문 연구」, 『한국한문학연구』 제30집, 2002 ; 이은영, 「조선 후기 어제 제문의 서정성과 규범성」, 『한국한문학연구』 제30집, 2002 ; 이은영, 「만제록에 나타난 퇴계의 형상」, 『퇴계학보』 112집, 퇴계학연구원, 2002 ; 박무영, 「18세기 제망실문의 공적 기능과 글쓰기」, 『한국한문학연구』 제32집, 2003 ; 박무영, 「이광사 제망실문의 연구」, 『국어국문학』 138, 2004 ; 이승수, 「제문 형식의 미학적 가능성」, 『한국사상과 문화』, 한국사상문화학회, 2002, 등이 있다.

적인 애제문을 뽑아 놓은 선집도 대중의 관심을 받는 추세에 있다.[5]

이 지점에서 애제문의 문체적 특징을 개괄하고 한국 애제문의 발전 과정을 추적하며, 그 사회 문화적 기능과 문학적 의의를 탐색해 보기로 한다.

1. 한문 산문 속의 애제문

애제문이 어떤 성격의 글인가에 대한 논의는 우선 문장의 종류를 분류하고 해설해 놓은 문장 이론서나 선문집의 분류 체계에 대한 검토로부터 출발해야 할 것이다. 제문이 속한 상하위 범주의 특징과 인접 문체와의 관련성, 상이성을 규명하는 것이야말로 애제문의 문체적 특징에 접근하기 위해 가장 먼저 거쳐야할 관문일 것이기 때문이다.

최초로 산문 문체의 분류를 시도한 조비(曹丕)의 「전론논문(典論論文)」 이래로 『문선(文選)』·『문원영화(文苑英華)』·『고문사류찬(古文辭類纂)』·『함분루고금문초(涵芬樓古今文抄)』·『경사백가잡초(經史百家雜鈔)』 등의 선문집(選文集)과 『문장유별(文章流別)』·『문심조룡(文心雕龍)』·『문장변체(文章辨體)』·『문체명변(文體明辨)』 등의 문장론집, 그리고 『문체론(文體論)』·『중국문체통론(中國文體通論)』·『중국고대문체개론(中國古代文體概論)』 등 문체 관련 저술에 이르기까지 대부분의 문장 관련 저술들은 문장을 체제 별로 분류

---

4) 관련 연구로는 이혜순(외), 『우리한문학사의 여성인식』, 집문당, 2003, 황수연, 「17세기 사족 여성의 생활과 문화」, 『한국고전여성문학연구』 6 ; 정형지, 김경미(외), 『17세기 여성생활사 자료집』, 보고사, 2006 등이 있다.

5) 애제문 선집으로는 이승수(편역), 『옥같은 너를 어이 묻으랴』, 태학사, 2001 ; 김영진(편역), 『눈물이란 무엇인가』, 태학사, 2001 ; 이인상(외), 『빈 방에 달빛 들면』, 학고재, 2005 등이 있다.

하고 체계화하는 일에 큰 관심을 쏟아 왔다.

이들의 분류체계에 의해 애제류 문장의 특징을 요약하면 대략 다음 세 가지로 압축된다.

첫째, 애제문은 특정 독자를 향해 전언하는 글이다. 증국번(曾國藩)은 『경사백가잡초』에서 전통 산문을 저술문(著述門)·고어문(告語門)·기재문(記載門) 등 3문으로 상위 분류한 가운데 다시 11가지의 문류(文類)로 하위 분류하였다. 이 분류에서 애제문은 조령류(詔令類), 주의류(奏議類), 서독류(書牘類)와 함께 고어문(告語門) 계열에 포함되고 있다. '~에게 고하는 글'이라는 뜻을 함축하고 있는 고어문 계열의 글은 말 그대로 특정 대상을 상정하여 쓰는 글을 말한다. 조령과 주의가 임금과 신하라는 상하관계를 전제로 주로 정사와 관련되는 공적인 업무 내용을 전달하는 글이라면 서독은 친척이나 친구 등 사적인 관계에서 주고받는 글이다. 애제문은 살아있는 인물이 아닌 초월적 존재인 신이나 죽은 사람을 고어의 대상으로 하고 있다는 점에서 이들과 구분된다.

둘째, 애제문은 실용적인 글이다. 진필상은 『고대산문문체개론』[6]에서 전통 산문을 기서(記敍), 의론(議論), 응용(應用) 등으로 삼분하고 애제문을 응용성 산문에 귀속시켰다. 응용성 산문에 함께 포함되는 문체로는 애제문 이외에도 서신(書信)·서발(序跋)·증서(贈序)·공독(公牘)·비지(碑誌)·잠명(箴銘) 등이 있는데 이들은 모두 실생활 가운데서 지어지고 특히 실용적 목적성이 강조된다는 공통점을 갖는다.

마지막으로, 애제문은 서정성을 조건으로 하는 글이다. 산문을 서정·서사·의론으로 삼분하는 방식은 최근 중국의 문장 관련 저술들이 가장 많이 취택[7]하는 것인데 이중 작가 개인의 정감 토로를 주된 표현

---

6) 심경호(역), 『한문문체론』, 이회, 1995.

방식으로 삼는 서정 양식에는 애제문을 위시하여 부(賦)・기(記)・서(書)・
서(序)・증서(贈序)・잡제(雜題)・발(跋) 등이 포함된다. 이 서정성은 주제나
내용 면에서 애제문과 가장 근접한 거리에 있는 비지, 전장문과 구별되
는 조건이기도 하다. 비지와 전장은 죽은 사람을 대상으로 한다는 점에
서 일정 부분 애제문과 유사한 특징을 보이지만 인물의 실제 행적을
기술하는 서사양식(敍事樣式)이기 때문이다. 비지에서 서사 외에 의론이
사용되기도 하고 비지의 운문 부분인 명(銘)이나 전의 논찬(論贊) 부분에
서 작가의 주관적 견해나 죽음에 대한 감상 등이 표출되기도 하지만
비지와 전장의 핵심은 망인의 실제 행적을 객관적으로 기술하여 후세
에 널리 알리는 데 있다. 반면 애제문에 있어서 서사 부분은 애도라고
하는 감정 표출의 기능과 맞물려 있다. 즉 애제문에서 망인의 평생을
개략적으로 기록하는 것은 한 인물을 객관적으로 알리거나 포폄을 가
하는데 목적이 있기보다는 그 인물이 얼마나 훌륭한 사람인가를 알려
애도의 층위를 강화하기 위한 의도가 내포되어 있다. 따라서 비지와 전
장 속 행적 기술이 형태든 사실성과 구체성을 견지하는 것과 달리 애
제문에서의 행적 기술은 사실의 전달보다는 칭송을 극대화 할 수 있는
방향으로 개괄화・전형화하는 경향이 강하다.8)

2. 애제문 속의 제문

애제문 양식은 크게 두 가지 종류로 나뉜다. 신과의 의사소통을 주

---

7) 이러한 분류법을 취한 대표적인 저술로는 湖南師範中文系(편),『문학이론기초』, 호
   남인문대학, 1980 ; 길림대학중문계(편),『문학개론』, 길림인민대학, 1981 ; 정국전
   (등),『문학이론』, 중국인민대학, 1981 등이 있다.
8) 졸고,「조선 초기 제문 연구」, 이화여대 박사학위 논문, 2001, 10~15쪽.

기능으로 하는 제축문 양식과 인간의 죽음에 대한 애도에 중점을 둔 애도문 양식이 그것이다. 제축문이 천·지·산천 등 초월적 존재를 대상으로 하여 인간의 중대사를 보고하거나 어려움을 토로하는 의식에 사용되었던 글이라면 애도문은 상장 의례 과정에서 망인에게 애도의 정을 표할 목적으로 지어지던 글이라고 할 수 있다.

청말 오증기(吳曾祺)가 찬한 『함분루고금문초(涵芬樓古今文抄)』를 보면 27종의 애제류 양식 가운데 절대 다수가 신에 대한 제축문이다.[9] 봉건 시대에 있어서 신에 대한 제축의 전통이 얼마나 중요한 의미를 가지고 있었는가 하는 것을 보여주는 근거라고 할 수 있다. 이 중에서 비교적 오래 전통을 유지해오고 또 기능이나 양식 면에서 전형성을 확보하고 있는 제축문은 축문(祝文)과 기문(祈文)·고문(告文) 등이다. 축문은 천지·산천·종묘·오사(五祀) 등의 제사에 사용되는 신에 대한 제향의 글을 광범위하게 일컫는 개념이다. 고문이나 기문 등을 따로 분류하지 않을 경우 신에 대한 제향의 글은 축문의 범주에 포괄되어 논의되는 경우가 많다. 사제(蜡祭)를 창시했다고 하는 이기(伊耆)의 축사를 모든 제축 및 애제문의 시작으로 보고 있느니만큼[10] 실상 축문은 제문 양식의 글에 있어서 가장 원초적 형태이자 근원이라고 할 수 있다.

그 중에서 특별히 나라에 큰 일이 있을 때 그 내용을 신에게 전달하는 의미로 지어지는 글을 고문이라고 한다. 여기에는 천자가 봉선(封禪) 때에 하늘에 고하는 옥첩문(玉牒文)과 종묘에 고하는 고묘문(告廟文), 일반

---

9) 告天文·告廟文·玉牒文·祭文·諭祭文·哀詞·弔文·誄·騷·祈禱文·謝文·祝文·祝香文·上樑文·釋奠文·歎道文·齋文·願文·醮辭·冠辭·祝嘏辭·賽文·密詞·贊饗文·告文·盟辭·誓文·青詞 등이다.

10) 유협, 『문심조룡』, 「祝盟」 제10, "昔伊耆始蜡 以祭八神 其辭云 土反其 水歸其壑 昆蟲無作 草木歸其宅"

사서인이 조상에게 고하는 고조문(告祖文) 등이 있다.

기문은 공물을 올리고 제사 의식을 고하는 것 이외에 특별히 바라는 바를 빌기 위한 목적성이 강조되어 있는 글이다.[11] "기청제문(祈晴祭文)" 또는 "기우제문(祈雨祭文)" 등 제문의 이름으로 발전을 보고 있어 고문이나 축문류의 글 보다는 후대에 생긴 양식[12]이라는 것이 일반적인 견해이며 실제로 제신문과 가장 밀접한 친연성을 갖는 양식이다.

신에 대한 제축의 글이 주로 공적인 의식문으로서 존재해 왔다면, 망인을 대상으로 한 애제문은 죽음에 대한 슬픔의 표현을 위주로 했다는 점에서 애초부터 사적인 표현 양식으로, 서정성이 농후한 형태로 발전하여 왔다. 『시경』 소재의 「육아」와 「갈생」·「황조」·「이자승주」 등 애도시로부터 그 연원을 찾을 수 있으며 이후에는 굴원의 「구가」, 송옥의 「초혼」, 경차의 「대초」 등 초사류의 애가, 양한 시대 「해로」·「호리」 등의 만가가 그 전통을 이어 왔다.

그러한 애도의 전통이 하나의 문체로서 정립되는 것은 주대(周代)에 뢰(誄)가 등장하면서부터이다. 뢰는 종법 제도를 공고히 하고 후장을 중시하며 제전 의식을 융숭히 하던 사회 분위기와 맞물려 망인의 덕을 칭송하고 그 죽음을 애석해하며 그 공과 덕에 맞는 시호를 주청하기 위한 목적으로 지어졌다. 일반적으로 앞에는 산문으로 죽은 자의 행적

---

11) 기문의 전형은 탕왕이 桑林의 들에 나가 스스로 희생이 되어 여섯 가지 의혹으로 자책하면서 비를 빌었다고 하는 기도문에서 찾을 수 있다. 그 내용은 다음과 같다. "大旱七年 太史占之曰 當以人禱 湯曰 吾所爲請者 民也 若必以人禱 吾請自當 遂齋戒 剪爪斷髮 身嬰白矛 以身爲犧牲 禱于桑林之也 以六事 自責曰 政不節歟 民失職歟 宮室崇歟 女謁盛歟 苞苴行歟 讒夫昌歟 言未已大雨 方數千里", 曾先之, 구기고전연구회(편), 『二十史略』, (민창문화사, 1992.)

12) 설봉창, 『문체론』, 대만 상무인서관, 민국56, 「哀祭體」, 祝文及祈文, "祈文一體 起於六朝 蓋古者祭而不祈 故漢有增祀無祈語之詔 後之有此者 不外祈請祈雨之文"

을 지어 송양하는 뜻을 붙이고, 뒤에는 죽은 자의 영광을 드러냄과 동시에 애도의 뜻을 의탁하는 4언의 운문을 첨부하는 산문과 운문의 이원적 구성 방식을 취한다.

그런데 시법(諡法)이 간소화되면서 뢰에서 시호를 정하기 위한 기능이 쇠퇴하고 대신 우애(寓哀)의 기능이 강화된다. 이러한 추세에 맞추어 등장하는 것이 사부(辭賦)에서 파생되어 나온 애사(哀辭)이다. 애사는 본래 요절한 사람을 애도할 목적으로 지어지기 시작하였고, 후대에는 주로 불우한 삶을 살다간 사람들에 대한 상심을 핍진하게 드러내는 글로 기능하였다. 뢰와 마찬가지로 산문의 서(序)와 운문의 사(辭)를 결합하는 형식으로 지어진다.

조문(弔文) 역시 사부에서 파생되어 나온 애도 양식이다. 애사보다 쓰임이 광범위하여 죽은 이를 조상하는 경우도 포함하지만 옛사람을 조문하면서 현실을 슬퍼하는 글이나 우방국에서 홍수나 화재 전쟁 등의 재난으로 인해 국가에 피해가 있고 백성들이 희생되었을 경우에 사신을 보내 조문하는 글, 전장이나 종과 같이 사물이나 공간을 슬퍼하는 작품까지도 모두 포함한다.

제사 때 사용하는 글인 제문은 신을 제사하고 송축하는 축사와 인간의 죽음을 애도하는 애도문 양식 모두에 그 뿌리를 두고 가장 늦게 나타난 애제 양식이다. "옛날의 제사는 고향(告饗)하는데 그칠 뿐이었는데 중세 이후에는 언행을 찬양하고 애상의 뜻을 의탁하는 것까지 겸하게 되었으니 대개 축문이 변한 것이다."라고 한 서사증의 언급13)은 '고향'이라는 축문의 기능에서 출발, '칭양'과 '애도'라는 기능을 부가하면서

---

13) 『문체명변』, 제문조, "古之祭祀 止於告饗而已 中世以還 兼讚言行 以寓哀傷之意 蓋 祝文之變也"

새로운 양식으로 발전해 간 제문의 성격을 간명하게 나타내 주고 있다.

제문은 뢰나 애사가 산문과 운문, 그리고 서사와 본사라는 이중 구조로 이루어진 것과 달리 산문 형태의 단일구조로 이루어진다. 서와 본사가 따로 없이 글을 쓸 수 있는 특징은 형식에 얽매이지 않고 독창력을 발휘할 여지를 확장시키는 것으로 이후 제문의 일반적인 서술 방식으로 자리를 잡게 된다.

그렇다면 이들 애제 양식은 어떤 관계로 존재하며 발전하였는가?

애제류의 발생 초기인 양한과 위진남북조기까지는 제축문과 뢰가 독보적인 진위를 차지하던 시기이다. 애사와 조문 등이 그 뒤를 이어 다소 나타날 뿐 막 지어지기 시작한 제문은 아직 기존의 애제 양식을 압도할 만큼의 힘을 확보하지 못했다.

그러다 당송 시기를 기점으로 애도 양식의 구도에는 획기적인 변화가 나타난다. 뢰는 거의 사라지고 애사와 조문은 그 수가 대폭적으로 감소하는 한편, 제문은 양적으로 급격히 팽창하는 현상을 보이기 때문이다. 뿐만 아니라 이 시기에는 고문이나 기문 등의 축사 양식이 제문 속에 대거 편입되는 현상이 나타나기도 한다. 제문이 애사 조문류의 글이 가지고 있던 애도의 기능을 흡수하는 한편, 축사의 기능까지를 광범위하게 포섭하고 있는 것이다.[14] 이러한 경향은 원명청대를 거치면서 더욱 공고화되어 종국에는 '제문'이 축문과 조문 등의 기능을 흡수한 애제문 계열을 대표하는 명칭으로 확고히 자리를 잡게 된다.[15]

이렇듯 애제문의 발전 과정은 하나의 기능이나 완결된 형태를 가지고 출발하여 고착화되기보다는, 고유의 기능이나 영역을 끊임없이 변

---

14) 애제류의 변천 과정에 대해서는 졸고, 「조선 초기 제문 연구」, 이화여대 박사학위 논문, 2001, 15~26쪽에서 자세히 다루었다.

15) 王人思, 『古代祭文精華』, 甘肅敎育出版社, 1997, 36쪽.

개 또는 확장하고 다른 애제 양식이나 제축 양식의 기능을 폭넓게 흡수하면서 전개되는 양상을 보이고 있다. 애제문 자체의 이러한 유동성은 우리나라에서 애제문의 성립 발전을 설명하는 과정에도 중요한 전제가 된다.

II. 우리나라 애제문의 변천과정

제축문과 애도문이 함께 공존하다 차차 제문으로 일원화되어간 중국의 경우와 달리 우리나라 애제문은 출발부터 제문이 주축이 되고 있다. 이는 문헌으로 확인되는 시기가 삼국시대 이후이고 이 시기에 문화적 영향을 받았던 당나라가 이미 제문 중심의 정착과정을 보이고 있었던 사정과 무관하지 않은 것으로 보인다. 그러나 자료의 절대 부족으로 정확한 연원과 발달 과정을 추적하기 어려울 뿐, 우리나라 애제문의 전통이 전적으로 중국의 영향만으로 이루어졌다고 하기는 어렵다. 고대 국가 성립 이후 민족적 전통으로 내려온 제천 의례와 천신 관념, 그리고 죽은 이를 매장하고 조의를 표하던 풍습 등이 제문의 성립에 일정한 영향을 주었을 것이기 때문이다.

1. 제신문(祭神文)의 변천과정

1) 삼국, 고려시대 : 제사의 성립과 다양한 제축문(祭祝文)

『삼국사기』 권41, 열전1에는 두 편의 글이 수록되어 있다. 하나는 김유신의 나이 17세 때 고구려 백제 말갈이 국경을 침범하는 것을 보고

중악(中嶽) 석굴에 들어가 재계하고 하늘에 고했다는 글이고, 나머지 하나는 선덕왕 말년, 대신인 비담과 염종이 왕을 폐할 목적으로 군사를 일으켜 대치하고 있는 와중에 별이 떨어져 불안감을 가중시키자 별이 떨어진 곳에서 제사 지내고 빌었다는 글이다. 애당초 문서로서 작성되었는지 아니면 구술된 내용을 문자화한 것인지는 알 수 없으나 하늘에 고했다는 점과 제사를 매개로 하고 있다는 점, 그리고 『서경』의 축문 형식이 원용16)되고 있다는 점에서 우리나라 제천문의 초기 형태를 보여준다. 다만 '천자제천(天子祭天)'의 예 관념과 무관하게 필요한 말을 간단하게 주달하는 단순 구조로 이루어졌다는 점에서 후대의 제천문과는 일정한 거리가 있다.

문헌상 제축의 전통이 제문의 표제를 달고 등장하는 것은 최치원의 문집에서부터이다. 최치원은 「제오방문(祭五方文)」과 「축양마성제토지문(築羊馬城祭土地文)」, 「제참산신문(祭巉山神文)」 등 세 편의 제신문을 남겼다. 필요한 말만을 전달하던 단계에서 발전하여 작품의 편폭도 길어지고 제문으로서의 정연한 짜임새를 갖추고 있을 뿐 아니라 압운·전고·대우 등 수사적 장치를 폭넓게 활용, 미적 세련을 가미하였다는 점이 특징으로 지적된다.

최치원이 보여주었던 창작 의식을 계승하고 있는 사람이 이규보이다. 그의 문집인 『동국이상국집』에는 도량문(道場文)·고문(告文)·원문(願文)·초례문(醮禮文) 등 다양한 형식의 제축문이 약 200여 편 수록되어 있다. 이는 역대 어느 작가와도 비교가 되지 않을 만큼 방대한 양이다. 그 대상도 용왕·성황·산악·강해신 등 다양한 신격에 걸쳐 있고 치제의

---

16) "신의 수치를 만들지 말라[無作神羞]"라는 위협조의 마지막 구절은 『서경』, 「무성」의 마지막 구절과 같다.

목적 역시 다양하다.

> "그 제사의 진설에 고기를 쓰지 않고 나물만 갖추었더니 막 사당을 떠나 말을 서서히 몰려 하는데 어떤 사슴이 몹시 당황하여 미친 듯이 날뛰다가 피를 토하면서 죽고 말이 놀라 넘어지니 이는 해괴한 일이라. 이리저리 생각해 보건대 귀신이 그 제사에 내가 고기를 쓰지 않았기 때문에 그런 것인지 아니면 그 보답에 대한 사례가 늦었다 하여 나를 깨우쳐 주는 것인지 모르겠소. 어쨌든 제수를 희생으로 바꾸는 것이 좋을 듯하여 사람을 사당에 보내어 잔을 드리노니 흠향하시고 나를 나무라지는 마시오."17)

이규보가 전주 고을에 원으로 부임한 후, 사슴이 피를 토하여 죽고 말이 놀라 넘어지는 해괴한 일을 겪고 나서 쓴 제문이다. 이보다 먼저 쓰여진 「제신문(祭神文) – 전주성황치고문(全州城隍致告文)」에 의하면 가난한 고을에 부임한 이규보는 끼니도 제대로 해결하지 못하는 형편에 제물로 고기를 올리는 것은 부당하다고 하여 금지시켰다. 그런데 후에 이러한 일을 겪게 되자 이것이 분명 귀신에게 예를 갖추지 않고 고기를 희생으로 쓰지 않아 귀신이 화풀이 하는 탓이라고 여기고 이 제문을 올렸다. 이렇듯 이규보는 제문에서 위협이나 흥정, 하소연과 간구 등 다채로운 접근 방식을 통해 절대적 권위만이 강조되거나 영험성이 과대 포장되어 인간 위에 군림하는 존재가 아니라 인간처럼 심술도 부리고 화도 내지만 반면 인간의 절박한 호소나 투정 원망이나 소원 등을 듣고 공감할 줄 아는 신격을 그려냈다. 이규보는 신을 인간의 구체적인 생활 영역으로 들어오도록 했을 뿐 아니라 제축문의 서술 기법을 확장

---

17) 이규보, 「全州重祭保安縣馬浦大王文」, "其於祀設 不肉而蔬 方離祠宇 驅馬徐徐 有鹿蹴蹴 似將狂觸 吐血而斃 馬驚具仆 其祥可駭 思之反覆 神豈以予祀不饋肉 又豈警予報謝之遲 此可代牲 遣獻于祠 神其享之 莫我敢訾"

하는데 큰 기여를 한 작가라고 할 수 있다.[18]

2) 조선 초기 :
사전(祀典)의 정비와 「원구제문(圓丘祭文)」, 「청사(靑詞)」, 「불도소(佛道疏)」

조선시대 제신문의 제술 방식에 가장 큰 영향을 끼친 것은 개국과 함께 단행되었던 사전(祀典)의 정비, 그로 인한 치제 대상의 변화이다. 제사 문제는 신왕조가 개국 초기부터 유교 이념의 구현과 관련하여 가장 시급하고도 비중 있게 추진해온 문제였다. 개국 당시 나라 안은 법석(法席)이나 도량(道場) 등 불교 의례 뿐 아니라 도교의 초제(醮祭)나 주술적 신앙 등 소위 이단에 속하거나 법도에 맞지 않는 제례 행사가 널리 행해지고 있는 형편이었고[19] 이는 유교적 사회 질서의 수립과 유교식 생활양식의 정착이라는 국가 시책에 가장 큰 걸림돌이 되고 있었기 때문이다. 따라서 이 정책은 다소 강제성을 띠고 진행되었다. 불교식, 도교식 제사와 민간의 무격신앙 등 비유교식 제사 관행을 타파하려는 조치가 강구되었고 예와 명분에 맞는 제사 질서의 수립과 관련하여 '음사(淫祀)'[20]에 대한 규제가 이루어졌다. 이에 따라 불교 도교식 제사는 물

---

18) 졸고, 「조선 초기 제문 연구」, 이화여대 박사학위 논문, 2001, 56~59쪽 참조
19) 한우근, 「조선 왕조 초기에 있어서의 유교 이념의 실천과 신앙 종교」, 『한국사론』 3, 1978, 166쪽.
20) 음사란 "祀典에 기재되어 있는 것으로 그 이치가 제사하기에 합당한 것을 제외한 그 밖의 제사"를 말한다.(『태조실록』 권2, 태조 1년 9월 기해) '제사하기에 합당'하다는 것은 『예기』에 이른 바, "천자는 천지를 제하고 제후는 산천을 제하며 대부는 五祀를 제하고 士庶人은 祖禰를 제하는 것이 예"라는 원칙에 근거한다. 이는 인간 사회의 위계 질서는 자연의 위계와 그 맥을 함께 한다는 것과, 따라서 제사 역시 그 위계가 일치될 경우에만 보응을 받는다는 논리를 도출함으로써 階梯的인 사회 질서의 구축과 함께 백성들을 민간 신앙으로부터 자연스럽게 이탈시키고자

론 제후국인 우리나라의 제천(祭天)이 금지되었고 산천신에 대한 제사 역시 군주가 직접 치제 하거나 그 대리자의 자격으로만 봉행할 수 있도록 하는 제도적 장치가 마련되었다.

그러나 사전 제도의 정비를 통해 예와 명분에 맞는 제사 질서를 수립하고자 했음에도 불구하고 불교식, 도교식 제사, 명분에 맞지 않는 제사 관행은 계속되고 있었다. 유교 사회로의 변화가 오랜 시간을 두고 자연스럽게 이루어진 것이 아니라 국가의 공권력에 의해 강제적으로 선포되었고 대중적 인식의 변화가 이루어지기 전에 제도적인 규제가 먼저 이루어진 상황에서 오래된 습속을 일시에 바꾸기는 어려웠기 때문이다. 이러한 배경에서 제천문인 원구제문과 도교 제문인 청사, 불교 제문인 불도소 등이 국가 제문으로 지어진다.

> "아 생각하건대 하늘은 만물의 아버지입니다. 그런 까닭에 하찮은 한 사나이가 나아가야 할 바를 잃어도 또한 반드시 하늘을 부르는 것인데 하물며 한 나라에 임금으로 있는 자이겠습니까. 비록 그러하나 옛날 성인이 만든 예에 오직 천자만이 제사할 수 있고 작은 나라의 임금은 감히 제사하지 못하게 하였습니다. 근세에 원구단의 제사를 정지한 것은 대개 이 때문이었습니다. 어찌 한 터럭이라도 불경한 생각이 있어서 그러하였겠습니까. 내가 과문하고도 몽매한 몸으로 하늘의 권고를 우러러 받들어 신민들의 위에 의탁한 것이 이미 오래되었습니다. 꼭 이 자리를 물러나 피하고자 하나 사세가 그렇지 않아서 지금에 이르렀더니 이에 한재를 만나 이와 같은 극도의 지경에 이르렀습니다. 억조창생이 그 화를 입게 되었으니 감히 간담을 피력하여 상제에게 밝게 고하지 않을 수 있겠습니까."[21]

하는 정치적 의도가 내재되어 있는 것이었다.

21) 변계량, 「雨雪社圓壇祭文」, "嗚呼惟天 萬物之父也 故匹夫失所 亦必號天 況於君臨一國者乎 雖然 古昔聖人之制禮也 惟天子得以祭天 小國之君 不敢以祭 近歲停圓壇之祀者 盖以此也 安有一毫不敬之念哉 予以寡昧 仰承天眷 托於臣民之上 盖已久矣 甚欲

변계량이 원구단에 올린 제천문이다. 제천에 대한 참례(僭禮) 논쟁이 가속화되던 와중에도 존속의 필요성을 집요하게 주장하였던 변계량[22]은 제문에서 '하찮은 한 사나이가 길을 잃어도 아버지를 부르는 것인데 한 나라에 임금으로 있으면서 억조창생이 화를 입는 것을 보고 있어야 하는 자야 오죽하겠느냐'고 반문을 던진다. 그리고 오히려 참례의 논란을 피하기 위해 잠시나마 원구제를 폐했던 것에 대해 송구스러움을 표한다. 당시 원구제문은 명분 논란과 외교 분쟁을 무릅쓰면서 극심한 가뭄을 타개할 방책으로 선택할 수밖에 없었던 절박한 대안이었다.

도교 제문인 청사와 불교 제문인 불도소 역시 국시에 어긋나고 예가 아님을 알면서도 거행할 수밖에 없었던 제사의 제문이다. 임금이 중한 병에 걸리거나 재앙이 심각하거나 또는 정치적 이유로 본의 아니게 사람들을 죽이고 창업의 기틀을 다지느라 토목공사 등에 백성들을 희생시킬 수밖에 없었던 상황에서 이들 제문은 소재(消災) · 도액(度厄) · 기복(祈福) · 사후명복(死後冥福) 등의 역할을 맡았다.[23]

이 退避 而勢不獲已 式至于今 乃遇旱災至於此極 億兆之生 將被其禍 敢不披肝瀝膽 昭告上帝乎"

22) 변계량은 다음 세 가지의 논리로 제천례를 옹호하였다. 첫째, 우리나라는 하늘로부터 하강한 단군을 시조로 삼는 나라요, 천자가 분봉한 나라가 아니라는 것, 따라서 단군 이래로 수천 년을 이어온 제천 행사를 이제 와서 폐할 필요는 없다는 것. 둘째 설사 우리나라가 제후국이라는 것과 제후 배천이 참례인 것을 인정한다 하더라도 중국에서도 일찍이 제후가 제천한 일이 있었고, 또 조선은 수 천리의 나라이므로 백리 제후가 배천하는 일과는 비교할 바가 아니라는 것. 셋째, 제후가 제천하는 일이 비록 예에 어긋난다 하더라도 중국 沂水가에 祭天禱雨處가 있는 것처럼 常祭는 불가하다 하더라도 사태가 심각할 시에는 당연히 거행할 수 있다는 것이다. 이러한 변계량의 견해는 수차례에 걸쳐서 집요하게 上奏되었으며 그 주장이 받아들여져 이후 몇 차례의 원구제가 더 거행되었고 그 때마다 그는 원구제문을 도맡아서 지었다.

23) 청사는 주로 극심한 가뭄 중에 지어졌다. 불도소의 대표적인 작품으로는 창업 과

3) 조선 중기 : 제신문의 규범화와 「기우제문(祈雨祭文)」, 「여제문(厲祭文)」

절박한 상황과 과도기적 대응을 배경으로 하여 지어졌던 이른바 이단과 참례에 속한 제문들은 15세기 이후 퇴행의 추세를 보이게 된다. 16세기에 들어와 사림파가 정국을 주도하면서 명분에 맞지 않거나 이단에서 나온 제사는 폐지되거나 배척되는 상황에 따른 것이다.

이후 조선 중기 제신문에서 비중을 차지하는 것은 단연 기우제문이다. 기우제문은 자연 재해의 모든 원인을 인간, 그 중에서도 국정을 책임지고 있는 위정자에게 돌리는 유교적 재이관을 반영하여 국왕이나 그 지역을 관할하는 위정자의 이름으로 지어지던 대표적인 유교 제문이다. 내용은 위정자 자신의 부덕함을 고백하고 실책을 적시하며 신의 응답을 기원하는 것이 핵심을 이룬다. 절박한 현실에서 벗어나고자 하는 간절한 호소가 바탕이 되고 있느니만큼 현실의 궁핍상이나 곤란에 처한 백성들의 모습이 그려지고, 무엇보다도 자책 형태로 전개되는 내용 속에 일국 또는 한 지방의 정치를 책임지고 있는 위정자들의 겸허한 자세와 인정(仁政)과 애민(愛民)에 대한 지향이 담겨지는 것이 기우제문의 요체이다.

그러나 예와 명분에 맞는 제사의 정착과 치제자의 조건에 대한 엄격

정에서 멸족의 길로 가게 할 수밖에 없었던 왕씨 일가를 천도하기 위해 올린 「別願法華披覽兼消災法席疏」, 「觀音窟行水陸齋疏」, 창업의 기틀을 다지는 과정에서 불가피하게 이루어져야 했던 토목 공사의 희생자를 위한 「水陸齋疏」, 기상의 이변 현상이 일어나자 이를 계기로 인간적인 번민을 호소한 「廣明寺行弧鳴群鴉鷙鳥爭噪兼毘盧舍那道場兼太一祈禳疏」, 「非時雨下雷電祈禳寶星道場疏」, 「一心眞如法席疏」, 군왕이 병에 걸렸을 때 치유를 기원하는 의미로 올린 「行顯妃殿疏」와 「貞陵行太上王救病藥師精勤疏」, 정치적으로 미묘한 갈등 관계에 있던 태종이 아버지 태조를 위해 올린 「開慶寺觀音殿行法華法席疏」 등이 있다.

성은 제문 역시 규범화되고 획일화 되는 풍조를 낳았다. 문장의 길이가 짧아지면서 축문에 가까운 형태를 보이게 되고 내용에서 역시 이규보 제문에서 볼 수 있었던 인간적인 신격의 모습과 격의 없고 밀착된 신인 관계의 면모는 물론, 조선 초기 원구제문이나 청사 등에서 볼 수 있는 구체성이나 핍진함도 좀처럼 볼 수 없게 되었다. 당시 형식화, 획일화의 문제는 곧 예(禮)의 결여이자 정성의 부족 문제로 제기되었다. 효종은 부수찬이 지어올린 기우제문을 읽고는 "죄스럽게 여긴다는 말이 언급되지 않았으니, 내 마음만 불안할 뿐이 아니다. 신을 어떻게 감동시키겠는가."라고 하면서 다시 짓기를 명했고[24] 이후 3년 4월 8일(기유)와 8년 4월 26일(무술), 10년 4월 26일(병진)에 올린 제문에 대해서도 내용을 무성의를 들어 못마땅한 심기를 피력하였다. 이러한 문제는 후대에까지 지속되어 『숙종실록』 권16, 숙종 11월 7월 7일(을축)의 기록에도 "기우제문이 간절하고 절박하며, 애소하는 뜻이 없다"고 하여 고쳐 짓게 한 사례가 발견된다. 조선 후기 학자인 정약용은 "기우제의 제문은 마땅히 새로 지어야 한다. 혹 전에 쓰던 제문을 그대로 쓰기도 하는데 이는 크게 예에서 어긋난다."[25]는 비판을 하기도 하였다.

그런데 기우제문이 타성화 되어가고 있던 당시, 또 다른 한편에서 비중 있게 지어지던 제신문이 있었다. 비명에 죽거나 억울하게 죽어 제사를 받아먹지 못하는 귀신[無祀鬼神]의 원혼을 달래기 위한 목적으로 설행된 여제(厲祭)의 제문이다. 당시 사람들은 제사를 받지 못해 울분에 가득 차 있는 영혼들의 원기가 질병을 발생시키고 화기를 손상시켜 변괴를 가져온다고 믿었고 그들을 먹이고 달래는 제사를 통해 재앙을 막거

---

24) 『조선왕조실록』, 효종 1년 5월 18일 (경오).

25) 정약용, 『牧民心書』, 「禮典六條, 祭」, "祈雨祭文 宜自新製 或用舊錄 大非禮也".

나 수습해야 한다고 생각하였다. 여제의 설행은 그동안 무속의 씻김굿이나 불교의 수륙재를 통해 표출했던 축귀(逐鬼) 또는 위령(慰靈)의 역할을 유교 제사의 범위 안으로 끌어들인 것으로, 유교적 재이관이나 예절 질서 개념만으로는 설명할 수 없는 재앙에 대한 또 다른 해석이고 해법이었다.

조선 초기 권근이 여제의 사전 편입을 주장[26]한 이래 여제문은 선초의 문헌에서부터 지속적으로 나타난다. 그러나 17세기에 오면 여제문이 유독 급속히, 그리고 대량으로 늘어난다.[27] 물론 이는 여제의 급증과 맥을 같이 하는 것이다[28] 바로 17세기가 임진왜란의 여파와 함께 병자호란까지 가중되면서 전국토가 피폐해지고 무고한 백성들이 희생을 치루어야 했던 고난의 시기라는 점에서 연유한다. 당시 고난은 양란으로 그치지 않아 17세기 후반에는 천재지변과 기근, 전염병이 역사상 그 어느 때보다 심각한 지경에 이르렀다. 물론 국가의 입장에서 가장

---

26) 『조선왕조실록』, 태종 1년 1월 갑술. 이후로 여제는 『국조오례의』에 포함되어 일년에 세 차례 정례적으로 거행되었다.

27) 17세기에 지어진 여제문 중 『한국문집총간』에 수록된 여제문은 다음과 같다. 조희일 「厲祭祈雨文」, 조익 「癘祭文」, 강백년 「北郊更遣重臣癘祭祭文」, 황호 「慶尙道癘祭祭文」, 신익전 「慶尙道癘祭文」, 이민구 「厲祭文」, 김익희 「忠淸道中央遣近臣癘祭文」, 민유중 「癘祭文」 「安道癘祭文應製」, 민정중 「癘祭祭文」, 임방 「北郊癘祭祝文」, 윤봉조 「厲祭文」, 이단상 「咸鏡道鏡城厲祭祭文」, 박태보 「厲祭祝文」, 최창대 「三次祭厲鬼文」, 조복양 「江都祭戰亡人文」, 신유한 「祭厲神文」, 노경임 「厲壇祈雨文」.

28) 『조선왕조실록』에 나타난 역질의 발생 횟수를 보면 약532회에 이른다. 이 중에서 1651년~1700년 사이에 일어난 것이 290회, 1670년과 1671년 두 해에 걸쳐 기근과 여역으로 희생된 사망자 수는 보고된 것만도 88,150명에 이른다. 당시 실태에 관해서는 1637(인조15)~1727(영조3)까지의 여제 설행 내용을 기록한 『厲祭謄錄』(규장각 소장)과 이욱, 「17세기 여제의 대상에 관한 연구」 『역사민속학』 9, 한국역사민속학회, 2000 ; B. 왈라번의 「조선 시대 여제의 기능과 의의」, 『동양학』 제31집, 단국대 동양학연구소, 2001 참조.

시급한 대책은 살아있는 백성들에 대한 진휼책이었다. 그러나 살아있
는 백성에 대한 진휼과 같은 비중으로 중시되었던 것이 죽은 자에 대
한 예우와 위령이었다. 이렇게 해서 특별히 설행된 여제는 억울하게 죽
은 백성의 원한을 풀고 위로하는 의미와 그들에 의해 괴롭힘을 당하고
있다고 믿었던 산 백성들의 삶을 보호하기 위한 이중의 의미를 지녔다.
이에 따라 여제문은 원혼에 대한 위로의 마음과 살아있는 자의 간절한
마음을 여실히 전달할 수 있어야 했고 궁극적으로는 여귀의 마음을 움
직이도록 설득력을 갖추어야 했다.

> "눈앞에 우리 백성들이 큰 액운의 때를 만난 것을 보게 되니 이러한 시기
> 에 신에게 빌지 않고 어디에 빌겠는가? 이에 내가 민망히 여기고 측은히 여
> 겨 아픔이 마치 내 몸에 있는 듯하도다. 번거롭게 고하는 것을 어찌 피하리
> 오. 극진하게 하지 않음이 없었는데 신이 들어줌은 갈수록 더욱 멀게 느껴진
> 다. 신이 어찌 어질지 않아서이겠는가? 내가 실제로 정성이 부족해서이다. 자
> 신을 반성해 보니 부끄러워할 줄 몰랐던 점이 부끄럽다 … 아! 병화는 아무
> 리 참혹하다 하나 그래도 병화를 당하지 않는 곳이 있고, 흉년은 아무리 심
> 하다 하나 이곳보다 저곳이 낫다는 구별이 있는데, 어찌 유독 전염병의 재해
> 만은 이와 같이 아주 혹독할 수가 있는가? … 아아! 참혹하도다. 차마 더 말
> 하겠는가? 병든 가운데 초조하게 근심하니 내 마음이 타는 듯하도다. 차라리
> 나 자신이 이를 당하여 갑자기 죽어서 아무것도 모르고 싶다 … 재해의 급박
> 함이 눈썹이 타는 것처럼 매우 위급하여 느슨한 음성으로 말할 겨를이 없다.
> 이에 근신을 보내고, 직접 제문을 지어 나의 간절한 마음을 고한다."[29)]

---

29) 『조선왕조실록』, 숙종 44년, 11월, 23일(정유) "目見吾民遭大厄會 方是之時 非神曷
　　祈 肆予愍惻 恫若在己 瀆告奚避 靡所不極 而神之聽之 愈往愈邈 神豈不仁 予實誠薄
　　反身而省 顔厚忸怩 … 嗚呼 兵燹雖慘 猶有不被兵之處矣 災荒雖甚 亦有彼善此之別
　　矣 何獨癘之爲災 若是其酷烈耶 … 噫嘻慘矣 尙忍言哉 病裏焦憂 心焉如焚 寧丁我躬
　　溘然無知 … 災迫燃眉 未暇緩聲 玆遣近臣 親爲文告予衷曲"

문종이 지은 선례30)를 본받아 숙종이 와병을 무릅쓰고 지었다는 두 편의 여제문31) 중 한 편이다. 역병이 전국에 번지자 "눈썹이 타는 것처럼 위급하여 느슨한 음성으로 말할 겨를조차 없는 상황"에서 "차라리 나 자신이 이를 당하여 갑자기 죽어 아무것도 모르고 싶다"는 심정을 노출하면서 지은 글이다. "그 지극한 정성과 진심에서 나온 간절함이 금석을 꿰뚫고 귀신을 울리고도 남을만한"작품으로 손꼽힌다.32)

여제문은 임금의 이름으로 지어지는 경우에는 교서(敎書) 형태로, 그리고 주현(州縣)에서 올리는 여제의 경우에는 제문의 형태로 지어졌다. 교서의 형식은 지위가 낮은 사람에게 하달한다는 인식을 보여주는 것이다. '여신'보다는 '여귀'로 불리어지고 '제(祭)-문(文)'이라는 표제보다는 '책(責)-문(文)', '축(逐)-문(文)', '양(攘)-문(文)' 등으로 지어지는 경우도 많은데 이 역시 여제의 신이 여타신과는 다른 하등의 신격으로 인식되었음을 보여준다.

그러나 통치권자 백성들에게 말을 전한다는 인식은 제문의 서술 방식에 있어서 독특한 면모를 낳았다. 중국의 여제문이 성황신을 매개로 해서 여귀를 다른 세계로 이양시키는 형태로 지어지는데 비해 우리의 경우에는 국왕 또는 치제자가 직접 여귀와 소통하는 형태로 지어졌다는 점이다. 직접 접촉하고 달래는 형태이기 때문에 이치와 감정에 함께 호소해야 했으며 이는 제문에서 구체성과 핍진성을 강화시키는 요인이 되었다.

조선 중기의 여제문은 선초의 기우제문이나 청사, 불도소와 마찬가

---

30) 문종은 應敎가 지은 제문을 보고 "내 마음에 합당치 않다"하여 손수 여제문을 지은 바 있다.(『문종실록』 권9, 문종1년 9월(계해))
31) 나머지 한 편은 숙종 24년 10월 21일(임술) 기사에 나온다.
32) 숙종 44년, 11월, 23일(정유) 기사에 대한 사신의 논찬 부분 참조.

지로 유교경전이나 예의 규범에 근거하지는 않았지만 임란과 호란, 그리고 재난의 참혹한 상처에 대한 기억이며 치유[33]의 기능을 보여준다.

4) 조선 후기 : 사적 제신문의 등장과 「송두신문(送痘神文)」

제사의 공식성과 규범성은 조선후기에 접어들면서도 변할 수 없는 것이었다. 특히 아무 신에게나 올릴 수 없고 아무나 지을 수 없다는 제신문의 원칙은 제신문이 철저하게 공문서의 범주에서 지어지도록 하였다. 이러한 때 하나의 풍조를 이루며 등장한 사적 제신문이 있어 주목해 보고자 한다. 바로 「송두신문(送痘神文)」이라는 제하에 지어졌던 제문이다.[34] 제의의 형식을 빌어 귀신에게 말을 건네거나 추상적인 존재를 귀신으로 형상화하여 쫓고 내치거나 달래는 전통은 황제가 지었다는 「축사문(逐邪文)」, 동방삭이 지었다는 「매귀문(罵鬼文)」 이래, 양웅의 「축민부(逐貧賦)」나 한유의 「송궁문(送窮文)」 등에서 그 연원을 찾아 볼 수 있다. 우리나라에서도 이규보의 「구시마문(驅詩魔文)」, 이첨의 「척사기문(斥邪氣文)」, 정도전의 「사이매문(謝魑魅文)」, 민제인의 「송서문(送暑文)」, 임제의 「송나문(送懶文)」, 오도일의 「축병문(逐病文)」 등의 작품이 유사한 형태로 명맥을 유지하여 왔다. 이들은 제사의 형식을 재현하고 있다는 점과 신으로 형상화된 대상에게 말을 건네는 형태로 서술된다는 점에서 제문의

---

33) 이욱, 「17세기 여제의 대상에 대한 연구」, 336쪽. 이욱은 이 논문에서 당시 여제문의 신이 비명횡사한 원혼으로서의 이미지와 현실의 여역을 소멸시키는 양능을 가진 신으로서의 이미지, 두 가지 형태로 나타나고 있음을 주목하였다. 그러나 그 원인과 기능과 관련해서는 구체적인 해명이 안 된 상태이다. 신관의 문제이기도 하지만 형상화의 문제로서 문학 쪽의 연구가 있어야 하리라고 본다.

34) 대표적인 작품으로는 李書九, 張混, 成海應 金祖淳, 金邁淳, 趙秉鉉, 申佐模, 正祖의 「送痘神文」과 朴允默의 「祭痘神文」, 유득공의 「送痘神詞」 등을 들 수 있다.

범주에서 논의될 수 있는 글이다.[35] 조선 후기에 등장하는 「송두신문」
도 같은 맥락에서 이해할 수 있다. 다만 이런 류의 제문이 흔히 제문조
에 포함되지 못하고 잡문으로 분류되었던 것에 비해 이들 「송두신문」
은 문집 편차에 있어서도 엄연히 제문 항목에 포함되어 있다. 당시 문
인들에게 제문의 한 유형으로 인식되고 있음을 보여주는 증거라고 할
수 있다.

> "마마의 신은 예서(禮書)에 실려 있지 않고, 유가에서 말하지 않는 것이라
> 내가 알 수 있는 것은 아니다. 그러나 수많은 백성이 귀천 구별 없이 한번 이
> 관문을 지나야만 비로소 사람이 될 수 있다. 약한 사람은 단단하게 하고 유
> 약한 사람은 굳세게 하니, 마치 오행이 서로 생성함에 상극이 되지 않으면
> 이룰 수 없는 것과 같아서 그것이 백성에게 끼치는 공은 매우 크다. 또 그것
> 은 깨끗한 것을 좋아하고 더러운 것을 싫어하며, 조용한 것을 좋아하고 시끄
> 러운 것을 꺼리며, 때때로 훤히 광경을 드러내어 사람을 숙연히 놀라게 하니,
> 마치 신이 있어서 그것을 주재하는 것 같아 세속에서 크게 받들고 경건하게
> 섬긴 지가 오래되었다. 그러니 내가 또 어찌 그것이 꼭 없다고 생각하겠는가?
> …집에 어린 딸이 있는데 생후 여섯 달 만에 신의 은혜를 입었다. 잘 어루만
> 져 주어서 살아나게 하였으니, 13일 만에 다 앓고 나은 것이다. 이에 술과 밥
> 으로 푸닥거리하여 전송하고, 이와 같은 글을 지었으니, 그 일은 세속을 따랐
> 으나 그 뜻은 끌어다 예(禮)에 넣고 싶다. 신이 계신다면 밝게 들어주시길."[36]

---

35) 논자는 이러한 류의 제문을 辟邪類 제문으로 분류한 바 있고(『조선 초기 제문 연
　　구』) 이승수는 「제문 형식의 미학적 가능성」(『한국사상과 문화』 제17집)에서 이를
　　'擬似祭文', '變格祭文'이라는 용어를 써서 논한 바 있다.

36) 김매순, 『대산집』 권12, 『送痘神文』, "痘之有神 禮書所不載 儒家所不言 余不得而知
　　之也 然林林之衆 無有貴賤 一經此關 始得爲人 脆者以堅 弱者以强 如五行之生非克
　　不成其有功 於生民甚大 又其好潔而惡穢 喜靜而忌囂 往往發見光景 肅然動人 殆若有
　　物宰乎其間 則世俗之顒薦虔奉 久矣 余又安知其必無也 … 家有小女兒 生纔六月 蒙
　　神之惠 旣撫而壽之矣 旬有三日 功成行滿 爰有酒食 以賽以餞 而爲之言如右 其事則
　　因乎俗 其義則欲引而進之於禮也 神而在者 尙明聽之"

김매순이 지은 「송두신문」이다. 그는 서두 부분에서 "마마의 신은 예서에 실려 있지 않고 유가에서 말하지 않는 것이라 내가 알 수 있는 것이 아니다"라고 운을 떼고 있다. 그러나 어린 딸이 13일 만에 완쾌된 것에 대한 기쁨 때문에 글을 짓는다는 대산은 "그 일은 세속을 따른 것이지만 그 뜻은 끌어다 예에 넣고 싶다"는 말로 마무리를 지었다.

「송두신문」의 존재와 유행은 역사적으로는 마마가 한창 성하고 그로 인해 많은 사람들이 고초를 겪었던 시대적 상황을 반영한다. 그러나 제문사적 입장에서는 엄숙한 제의의 현장에서 공식적인 용도로만 지어졌던 제신문이 그 기능을 확장해 가는 측면으로 해석될 수 있다. 제문 형식의 보편화와 함께 제신문 역시 삶의 현장에서 직접, 구체적으로 느끼는 재앙에 대해 개인적인 소회를 표하고 기원의 뜻을 전하는 글로 역할을 더해가고 있는 것이다.

2. 제망인문(祭亡人文)의 변천과정

1) 삼국 고려시대 : 애도의 전통과 제문의 등장

『삼국사기』 권47, 열전 7 「해론」조에는 칼을 뽑아 적인 백제인을 죽이고 자신도 자결한 해론의 소식을 듣고 "당시 사람들이 슬퍼하지 않는 자가 없었으며 장가를 지어 조문하였다."[37]라는 기사가 수록되어 있다. 해론이 전사한 시기가 진평왕 40년(618)이고 보면 이 장가 역시 이때 지어지고 불리어졌음을 알 수 있다. 이 시기에 이미 애도의 글을 짓는 풍습이 일반화되어 있었음을 알 수 있게 하는 기록이다. 최초의 애

---

37) "時人無不哀悼 爲作長歌 弔之"

도문이자 제문의 전신으로 파악되고 있는 「제망매가(祭亡妹歌)」의 창작 시기보다도 24~45년 정도[38] 앞선 것으로 우리나라 애도문학의 전통이 훨씬 더 일찍 수립되었을 가능성을 시사해 준다.

죽은 사람의 덕을 칭송하면서 애도하는 전통이 제사의 보급과 함께 차츰 제문이라는 양식으로 정착되었으리라는 것을 짐작하기는 어렵지 않다. 제문은 최치원의 문집에서부터 나타난다. 그러나 현존하는 작품은 최치원의 작품 2편과 고려 후기 이후에 나온 작품 38편이 전부이다. 고려 전기 자료의 소실로 인해 그 변천사를 구체적으로 재구하는 데는 한계가 있지만 남아있는 자료를 중심으로 특징을 약술하면 다음과 같다.

우선 형식적으로는 장식성이 두드러진다. 산문의 형식을 띠되 4,6문의 사부체 내지는 변려체와 결합되어 있는 경우가 많으며 제신문과 마찬가지로 압운 대우 전고 등의 활용 빈도가 높다. 이는 대행(代行) 제문(祭文)이 유독 많다는 사실과도 관련지어 생각해볼 만한 문제이다. 제문이 귀족과 승려들을 중심으로 어느 정도 일반화되고는 있으나 당시 제문이 가지고 있던 특유의 형식적 장식적 특질로 인해 아직 누구나 쉽게 지을 수 있는 글로서 정착되지는 못했던 듯하며 따라서 몇몇 글 잘하는 문사들에게 부탁하여 글을 짓는 관행이 성행했던 것으로 보인다.

내용적으로는 애도의 층위가 강화되어 있고 허무 비애 의식이 두드러지게 나타난다. 작품에 따라서는 사후 세계에 대한 언급이 나타나기도 하는데 이는 제문이 하나의 이념과 고정된 틀에 의해 지어지지 않았음을 말해준다.[39]

---

38) 「제망매가」 역시 경덕왕 때의 작품이라는 것 말고는 정확한 창작 시기가 알려져 있지 않다. 다만 경덕왕의 재위 기간이 742~765년인 것을 감안하여 계산하면 앞서 언급한 長歌와는 24~45년의 시간적 거리가 나온다.

2) 조선 초기 : 제문의 보편화와 전형화

조선 초기는 유교식 상제례의 보급과 더불어 제문이 보편화하기 시작되는 시기이다. 여말 성리학의 도입과 함께 나타나기 시작한 윤리도덕의 표방이 한층 두드러지면서 강한 이념성을 보이기 시작하고 구조와 형식, 표현 방식 면에서 일정한 전형이 형성, 이른 바 '유교 제문'의 기틀이 마련되는 시기이다. 이러한 변화는 가례의 준수가 강조되고 제사의 의미를 규정하는 감응의 논법이 등장하며[40] 유교 이념의 확산과 교화를 위한 교육적 장치가 마련되는 등의 사회 제도적 움직임과 관련을 갖는다. 그러나 무엇보다 제문이 사대부의 생활문으로 보편화되고 일정한 양식성을 지닌 문장으로 자리를 잡아가는 데는 당시 국가 차원에서 지어졌던 공적 제문의 존재를 무시할 수 없다. 조선 시대에 들어서면 제문에 대한 논의가 조정에서 이루어지고 군왕이 제문 창작에 직접 간여하는가 하면 신하의 죽음에 임금이 은전으로 하사하는 사제문(賜祭文) 및 각종 응교(應敎) 형태의 제문[41]이 관각 문학의 형태로 지어지게 된다. 전례(典禮) 차원에서 지어졌던 이들 제문은 일정한 구조와 비슷비슷한 내용을 틀로 하고 있다. 이는 제문의 양식성을 강화하였을 뿐 아니라 지배 이념과 유교 윤리를 고양시키고 본받아야 할 인간형을 보

---

39) 고려 시대 제문의 특징에 관해서는 졸고, 「조선초기 제문 연구」, 이화여대 박사학위 논문, 2001, 61~72쪽 참조.
40) 조선 초기에 활발히 이루어지는 귀신사생 논의에 대해서는 이종은·설성경·정민·윤주필·박영호·김응환, 「한국 문학에 나타난 한국인의 우주관과 사생관 연구」, 『한국학 연구』 30집, 1997 ; 조동일, 『문학사와 철학사의 관련 양상』, 한샘, 1992 ; 최재남, 『한국 애도시 연구』, 경남대 출판부, 1997 등 참조.
41) 당시 응교 형태로 지어지던 제문으로는 진향제문, 고유제문 등을 들 수 있다. 후대에 가면 주로 사제문과 (서원)봉안제문이 응교 형태로 지어졌다.

급시키는 실용적 역할을 하기도 하였다.

한편 사적 제문-가족을 대상으로 한 제문이나 친한 벗을 애도할 목적으로 지은 제문은 또 다른 방향에서 전형이 마련되고 있었다. 엄격한 규범과 공식성에서 다소 자유로운 이점을 활용, 대상과의 친소정도나 성별에 따라 다양한 서술방식이 사용되었고, 무엇보다도 대상과의 절친함에서 오는 감정의 핍진함이 이념의 선양보다는 내면 정서의 표출에 무게를 옮기도록 하였다.42)

3) 조선 중기-제문의 양산과 사회적 기능의 확대

조선 중기 제문에 있어 주목할 만한 특징으로는 양적인 팽창을 들수 있다. 이 시기에 접어들면 유교식 상제례의 정착으로 이에 수반되는 제문 역시 급속히 증가한다. 사림파들이 정국을 주도하면서 지치(至治)정치의 기반으로 소학(小學)의 도·사우(師友)의 도·향약(鄉約)의 도 등을 내세워 혈연·지연·학연 의식을 강화하게 된 배경과도 무관하지 않다.43)

누구나 쉽게 쓰고 접할 수 있는 글로 일상화되면서 제문을 주고받는 일은 사대부 문화의 일부분으로 자리 잡게 된다. 또한 학문적 유대와 정파적 이해로 문인 사회가 집단화되면서 연서 또는 연명의 형태나 공동 창작의 형태로 제문이 지어지는 일이 빈번해진다 이러한 창작 방식은 16세기 이후 하나의 큰 풍조를 이루어, 문집을 편찬할 때 아예 이들을 독립된 권으로 만드는 관행을 낳았다.44) 집단적으로 이루어진 이들

---

42) 조선 초기 제문의 구체적인 양상과 특징에 대해서는 졸고, 「조선 초기 제문 연구」, 이화여대 박사학위 논문, 2001 참조.

43) 졸고, 「16세기 사림파 제문 연구」, 이화여대 석사학위 논문, 1991, 18~22쪽.

제문은 유사한 구조와 표현 방식으로 일정하게 공통된 내용을 담는 경우가 많았다.

> "하늘이 성현을 낳은 것이 얼마 되지 않아, 공자·안자·자사·맹자 이래로 천년 세월이 흐른 다음에야 정기를 저축하고 영기(靈氣)를 잉태하여 주돈이가 나왔고 주부자 이래로 민락의 제유들이 서로 더불어 전수해서 고정(考亭)에 이르러서 비로소 이를 집대성하게 되었습니다. 그러나 주부자와 고정이 세상을 떠난 지 어언 4백여 년이 넘었습니다만 중국에서 이를 찾아보면 다시 더 나온 사람이 없습니다. 생각건대 우리 동방은 은나라의 태사(太師)인 기자로부터 비로소 오도(吾道)가 동래하기 시작했으나 그러나 선비들이 이를 들어서 알기는 어려웠습니다. 이런 때문에 아득한 상하의 일천여년 세월에 절의가 높고 문장이 수려한 자는 더러 한두 사람 있었으나 사도(斯道)에 대한 책임을 맡아서 이를 전한 자로 말하면 아직 들어 본 바가 없습니다. 그러므로 선생의 탄생은 천지가 다시 개벽한 것이며…"[45]

퇴계의 사후 그 문인들이 쓴 제문에 의하면 퇴계의 탄생은 두 가지 측면에서 역사적 의미를 갖는다. 하나는 공자→안자→ 자사→맹자를 거쳐 주돈이→이정→주희로 이어지다가 더 이상 이어지지 못한 이른바

---

44) 예컨대 퇴계가 죽자 그 문인들과 지인들은 166편의 제문, 만사, 뢰문을 남겼고 후대 이는 『만제록』이라고 하는 독립된 형태의 애제문집으로 편찬되었다. 율곡이나 남명, 우암, 동춘당, 우복 등의 문집에도 부록이나 별집 등의 형태로 그들의 사후 문인들과 지인들이 보내온 수십 편의 사제문과 제문, 만사 등이 수록되어 있다. 당시 제문의 수와 글을 지은 사람의 지명도는 곧 망자의 인맥이나 사회적 위상을 가늠하는 척도였다.

45) 『퇴계전서』 29, 「퇴계선생문집부록만제록」, 「金守一의 제문」, "天之生聖賢 盖亦不數 自孔顏思孟以來 歷千有餘年而後 儲精孕靈 周夫子乃出 自周子以來 閩洛諸儒 相與傳授 集大成於考亭夫子 考亭旣沒 迄于今四百餘祀 求諸中華 無有乎已 顧惟我邦 遠自殷師 吾道乃東 士得聞知 厥惟孔艱 是以殊邈 上下千有餘年間 節義之高 文章之麗者 則容或一二 而任斯道之責明 斯道之傳者 何其蔑蔑 先生之生 混淪再闢"

정통 유학의 도통(道統)을 계승했다는 측면이며 또 하나는 기자 이후 침체하였던 우리나라의 사문(斯文)을 흥기하게 했다는 측면이다. 공맹과 정주의 도통을 이었다고 하는 이러한 문맥의 기저에는 우리나라 선현들과의 사승 관계를 부정하는 인식이 놓여있기도 하다. 퇴계는 "제(齊)에서 배우지도 않고 초(楚)에서 배우지도 않았으며 전에도 없고 후에도 없이"[46] 홀로 우뚝 선 인물이다. "지극히 순수하여 아무런 흠도 찾을 수 없는 사람"[47]이며 곧 "육신의 형기(形氣)이면서 옥이요 사람의 모습이면서 리(理)인 사람"[48]이다. 이러한 언급 속에는 하늘이 낸 생이지지자(生而知之者)의 형상이 강하게 투영되어 있다.[49] 문인들이 공통적으로 표현하고 있는 이러한 내용은 단순히 개인적으로 지어진 글을 모아 놓은 것이 아니라 창작 단계부터 집단적 의식이 개입되어 있을 가능성을 보여준다. 그 의식의 저변을 형성하는 것은 망인에 대한 추앙, 그 망인에게서 배웠거나 인연을 맺은 사람으로서의 자부심, 그리고 그들 간의 강한 유대감이다.

이러한 집단적인 성향은 당파가 형성되는 17세기에 오면 보다 분명한 정치적 성향을 나타내게 된다. 특히 망인을 찬미하는 문맥에서 은연중 상대 당파를 비난하는 경우가 있었으며 이는 심각한 정쟁의 빌미로 작용하기도 하였다. 현종 연간에 있었던 이단하(李端夏)의 제문 논란과 숙종 연간에 있었던 최석정의 제문 논란은 제문의 정치적 성격을 극명하게 보여주는 예이다. 전자는 이단하가 영안위(永安尉) 홍주원(洪柱元)에

---

46) 위의 책, 「康倫 등의 제문」, "不齊不楚 匪前匪後…能其獨師"
47) 위의 책, 「權春蘭 등의 제문」, "嗚呼先生 至純無疵"
48) 위의 책, 「閔應祺의 제문」, "肉形而玉 人貌而理"
49) 졸고, 「만제록에 나타난 퇴계의 형상」, 『퇴계학보』 제112집, 퇴계학연구원, 2002, 88~90쪽.

대한 제문을 지으면서 "군왕이 군의 마음을 알아 매우 융숭하게 예우하셨다."고 쓴 것이 당론을 부식하려는 의도로 비추어지면서 불거진 논란이다. 그리고 후자는 소론의 영수 윤증이 사망한 뒤 소론측 인사인 최석정이 지은 제문 가운데 송시열을 비난한 대목이 있다고 하여 쟁점화된 사건이다. 최석정은 제문에서 송시열을 가리켜 "공언(空言)은 실천하지 못하였고 고론(高論)은 이룬 것이 없었다."는 표현을 쓰는데 이 때 노론측 인사와 유생들은 송시열의 대의는 효종의 대의이고 따라서 송시열을 비난한 것은 곧 성조를 무함한 것이라는 논리로 연일 상소를 올려 최석정의 처벌을 상주하였다.50)

당시 이단하를 옹호하는 입장에서는 "모든 치제문에 반드시 찬양하는 말을 쓰는 것은 대개 그 죽음을 측은히 여기고 애도하는 까닭"이라고 하면서 "지금 이단하가 제술한 제문의 내용은 그가 생전에 입은 조정의 은총을 낱낱이 서술한 것에 불과하지 당론을 부식하려는 의도가 있었던 것은 아니다."라는 논리를 폈다. 최석정 제문 사건에 대해서도 숙종은 문제가 된 제문은 공가(公家)의 문자가 아니기 때문에 조정이 개입하는 것은 옳지 않다는 태도로 대응하였다. 그러나 최석정의 경우와는 다르게 이단하는 선왕께서 통렬히 미워하시던 것을 감히 당론을 찬양하기 위한 목적으로 썼다고 하여 국문을 당하게 된다. 고묘(告廟) 제문(告廟祭文)을 쓴 권해가 송시열을 '적괴(賊魁)'라고 칭했다고 하여 극변으로 유배되는 사건51)이나 단지 장희재에게 제문을 지어달라는 위촉을

---

50) 숙종 40년 8월 12일(신사), 숙종 40년 8월 17일(병술), 숙종 40년 9월 11일(기유), 숙종 40년 10월 1일(기사), 숙종 40년 10월 12일(경진), 숙종 40년 10월 25일(계사), 숙종 40년 11월 3일(신축), 숙종 40년 11월 16일(갑인), 숙종 41년 3월 4일(경자) 등에서 관련 내용을 볼 수 있다.

51) 숙종 6년 8월 29일 을묘, 동년 9월 3일 무오 기사 참조.

받았다는 이유만으로 변방에 유배되는 김태윤 사건[52] 또한 관례적 차원에서 이해될 수 있는 제문의 수수 방식이나 제문에서 흔히 쓸 수 있는 칭송의 내용이 그 수위나 표현 방식에 따라 정치적으로 해석되고 이용될 수 있음을 보여주고 있다.

조선 중기 제문의 분포 면에서 또 한 가지 주목할 만한 점은 가족, 친족 단위의 제문과 여성 제문이 급격히 늘어난다는 점이다. 이 시기에 오면 당숙, 종숙, 재종, 삼종 등 구체적인 촌수를 명기한 제문으로부터 족제, 족형, 족숙, 족질 등 혈연 관계만을 명시한 제문에 이르기까지 제목에서부터 친족 관계를 드러내는 제문들을 많이 접할 수 있다. 더불어 여성에 대한 제문 역시 급격히 증가하는데 그 대상은 망실, 망녀, 망매를 비롯하여 자부, 백수, 질부, 백모, 종모, 계수, 계모, 서조모, 총부에 이르기까지 광범위하게 걸쳐있다.

일단 친족을 대상으로 한 제문의 증가는 17세기 이후 공고화되는 친족 개념과 가문 의식을 반영하고 있다고 보여진다. 부계 혈연을 중심으로 가족 친족제가 정착되고 이에 따라 가문을 선양하고 가문내 성원들과의 유대를 강화해야 할 필요성이 절실해지면서 제문이 일정부분 그 역할을 맡았다고 할 수 있다. 여성 제문의 증가 역시 여성 자체에 대한 관심의 증가나 인식의 변화를 보여주는 측면은 아닌 것으로 보인다. 망실, 망녀 등 극히 제한적인 대상을 제외하고는 의례적인 칭송과 상투적인 구성을 벗어나지 못하고 있기 때문이다. 오히려 이들 제문에서 보다 분명하게 간취되는 것은 현모, 양처, 효부로 표상되는 가부장 사회의 이상적 여성상을 형상화 하고 여성이 속한 가문을 드러내며 제문을 읽

---

52) 숙종 22년 7월 24일(무인), 숙종 27년 10월 18일(신미), 숙종 27년 10월 22일(을해), 숙종 27년 11월 21일(갑진) 기사 참조.

는 독자들에게 본받아야 할 삶의 모습을 교육시키는 실용적 측면이다. 양란 이후 가부장적 질서를 공고히 하기 위한 방편으로 여성 교육이 중시되고 규훈서가 등장하며 사족 여성의 전이나 행장의 편찬이 늘어나는 추세와 같은 맥락에서 이해된다.[53]

4) 조선후기 : 서정성의 확대와 전범의 이탈

조선 후기는 가례가 기층화, 저변화 하는 추세와 함께 제문 역시 더욱 보편화 하는 시기이다. 이 시기에 오면 제문의 작가층과 대상층이 확대되면서 혈연 관계의 친족 집단 뿐 아니라 외가나 처가쪽 제문이나 첩, 서모, 서형제와 같은 서계혈족에 대한 제문도 폭넓게 지어진다. 비복이나 유모와 같은 낮은 계층에 대한 제문이 등장하고 여성 대상의 제문이 꾸준히 증가하는 것은 물론, 여성이 지은 제문이 나타나기도 한다.[54] 제문의 기층화, 보편화 현상은 크게 두 가지 방향에서 주목할 만한 특징을 낳았다. 하나는 의례 생활과 밀착되면서 실용적 기능이 비대해지는 경향이고[55] 또 하나는 그와 정반대로 제문 장르에 대한 진지한

---

53) 이 시기에 급증하는 사족 여성 대상의 전, 행장 묘지명이 지니는 사회적 의미에 대해서는 김미란, 「여성전기의 서술 의도」, 『한국고전여성문학연구』 3 ; 홍인숙, 「송시열, 17세기 여성사의 문제적 인물」, 『우리 한문학사의 여성인식』, 집문당, 2003 ; 임유경, 「노론 벌열층의 여성 인식」, 『우리 한문학사의 여성인식』, 집문당, 2003 참조.

54) 첩을 대상으로 한 제문으로는 이유장의 「祭亡妾宋娘文」, 유언호의 「祭雲娘文」, 조관빈의 「祭崔娘文」 등이 있고 侍婢에 대한 제문으로는 홍세태의 「祭琴婢墓文」, 이유장의 「祭老婢占德文」이 있다. 유모를 대상으로 쓴 제문은 이여의 「祭乳母文」, 이익의 「祭乳母文」, 정종로의 「祭乳母文」이 있다. 한편 여성이 지은 제문으로는 任允摯堂, 金三宜堂, 申芙蓉堂, 姜貞一堂 등이 지은 제문 10여 편이 전해온다.

55) 당시 이러한 경향에 대해 박무영은 제문의 공적 기능이 극대화 되는 측면으로 설

반성과 함께 새로운 모색이 나타나는 경향이다.

18세기 문인인 심노숭은 당시 제문을 두고 "나는 제문은 가송(歌頌)이나 지장(誌狀)과는 다른 것이라고 생각하였는데 세상에선 행록을 써 고하니 그 슬픔이 신을 감동시키는 것을 보지 못하였다."[56]라고 비판한 바 있다. 지나치게 형식적이고 실용적인 측면에 치우쳐 있으면서 진정을 드러내고 망자와 교감하는 본연의 역할에서는 멀어져 있음을 지적한 말이다. 이 시기 타성화 되어가고 있는 제문에 대한 이러한 반성의 움직임은 비지 전장과 다른 서정적 기능의 회복을 유도하였다. 이러한 추세에 따라 이 시기에 오면 도덕적 규범을 나열하기 보다는 사소한 일상을 소재로 하여 구체적인 삶을 구성하고, 무병신음(無病呻吟)하는 상투적 목소리 대신 인간 내면의 섬세한 움직임을 포착하면서 진솔하고 풍부하게 감정을 드러내는 제문이 많이 나타난다. 몇 가지 주목할 만한 동향을 제시하면 다음과 같다.

첫째, 같은 대상에 대해 누차에 걸쳐, 또는 연작(連作) 형태로 쓰는 제문이 많아진다. 주로 부인과 자식에 대한 제문에서 집중적으로 나타나는 현상이다. 예컨대 김수항은 망녀에 대한 제문만 6편을 지었다. 그의 아들 김창협 역시 딸과 아들에 대한 제문을 연작 형태로 6편 남겼고 홍석주도 6편의 망아 제문을 지었다. 그런가하면 이광사는 부인에 대한 제문만 자그마치 8편을 지었고 김진규도 6편의 망실제문을 남겼다. 숙종이 인현왕후에게 내린 제문도 6편이나 된다. 보통은 죽은 직후, 소상, 대상, 담제, 천장 등 일정한 상제례 절차에 따라 지어졌지만 생일이 돌아오거나 묘를 찾았을 때, 또는 절차와 관계없이 사무치는 정을 표현하

명으로 하고 있다. 「18세기 제망실문의 공적 기능과 글쓰기」, 『한국한문학연구』, 제32집, 2003 참조.
56) 심노숭, 「書告祭文後」, 김영진, 『눈물이란 무엇인가』, 태학사, 2001, 37쪽에서 재인용.

기 위해 짓는 경우도 있었다. 이는 제문이 '제사를 지내기 위한 글'에서 '슬픔을 표출하고 그리움을 토해내는 글'로 변화되고 있음을 말해준다. 특히 이러한 경향이 망실 제문과 망아 제문에 집중적으로 나타나고 있는 점은 사대부가 공식적으로 언급해서는 안 될 영역으로 취급받아 의도적으로 금기시했던 가정과 가족에 대한 사적 발언의 매체로 제문이 활용되고 있음을 보여준다.

둘째, 애사(哀辭)가 급증하고 뢰(誄)가 다시 애제문의 전면에 부상한다. 주지하다시피 애사는 주로 요절하거나 불우한 삶을 살다간 사람을 대상으로 썼던 글로 애제류 문장 가운데서 가장 서정성이 농후한 양식이다.57) 그런가 하면 뢰는 본래 시호를 주청하기 위한 목적으로 지어지던 극히 실용적인 글이지만 후대에는 애사와 유사한 용도로 활용되었던 글이다. 두 가지 모두 애도문의 전통이 제문을 중심으로 수립되었던 우리나라에서는 조선 중기까지 잘 나타나지 않는다. 그런데 후기에 들어서면 거의 모든 문집에 등장할 정도로 보편화되는 양상을 보이고 있다.58) 애제문 가운데 애도의 기능을 독차지했던 제문이 그 자리의 일부분을 애사나 뢰사에 내주고 있는 현상이라고 할 수 있다. 여러 애제문이 공존하다 제문으로 일원화되어간 중국의 경우와 다른 방향의 변화를 보여주고 있어 흥미롭다. 애제 양식이 실용성보다는 서정성에 무게를 두게 되면서 표현과 구성 방식 면에서 다채롭게 분기되어가는 추이

---

57) 애사에 관해서는 김윤조, 「연암의 이몽직 애사에 관하여」(『한문교육연구』 4, 199)와 오석환, 「농암의 애제류 산문문학연구」(『한자한문교육』 4집)에서 연암과 농암의 애사를 소개한 바 있고 이병기, 「애사에 관하여」(『고시가연구』 제5집)에서 매천 황현에 대한 애사를 소개한 바 있다.

58) 성대중의 『청성집』에는 애사가 19편 수록되어 있는데 이는 제문은 3편만 수록되어 있는 것과 비교해볼 때 상당한 비중이다. 이 시기에는 거의 모든 문집에 3~10편 정도의 애사가 나타난다.

를 보여주는 측면이라고 할 수 있다.

셋째, '제문 같지 않은 제문', 즉 제문의 전범을 벗어나는 글이 등장한다.

> "세상에는 이 삶을 한낱 꿈으로 여기며 세상에 노니는 사람이 있을 터, 그런 사람이 석치가 죽었다는 말을 듣는다면 크게 웃으며 참 세상으로 돌아갔다고 할 것이다. 하도 크게 웃어 입안에 머금은 밥알이 벌처럼 튀어나오고 갓끈은 썩은 새끼줄처럼 끊어질 것이다. 석치는 진짜 죽었구나. 귓바퀴는 이미 문드러지고 눈알도 이미 썩었으리니, 이젠 진짜 듣지도 보지도 못하리."[59]

박지원이 지은 「제정석치문(祭鄭石癡文)」이다. 슬픔을 담되 경건해야 한다는 제문의 일반적인 공식을 벗어버리고 있다. 슬픔을 노출하지 않고 오히려 웃음이라는 역설을 통해 내면의 슬픔을 진하게 담아낸다.

'제사를 조건으로 하지 않는 제문' 역시 제문의 전범을 벗어난 경우라고 할 수 있다. 예컨대 황윤석은 병이 들자 스스로 일어나지 못할 것이라고 여겨 「자제문(自祭文)」을 지었다. 자기가 자신의 제문을 지었다는 것과 죽은 이를 대상으로 하지 않고 있다는 점에서 원칙을 벗어나 있다. 이 시기에 유행처럼 등장하는 '의제문(擬祭文)'[60] 역시 제문 형식을 취하되 실제 제사를 전제로 하지는 않고 있다는 점에서 같은 맥락에서 이해할 수 있다.

한편, 박제가의 「제이사경문(祭李士敬文)」은 제문의 형식을 빌고는 있

---

59) 박지원, 『연암집』 권10, 별집, 「祭鄭石癡文」, "固有夢幻此世 遊戲人間 聞石癡死 固將大笑 以爲歸眞 噴飯如飛蜂 絶纓如拉朽 石癡眞死 耳郭已爛 眼珠已朽 眞乃不聞不覩"

60) 홍석주, 「擬祭昌黎先生文」, 정범조, 「擬祭堂叔改葬文」, 이학규, 「擬祭丁孺人文」, 유언호, 「祭告夫人墓文」 등이 있다.

지만 고인을 추모하는 문맥 속에 생전에 고인과 나누었던 시에 대한 토론을 문답 형식으로 담고 있어 실상은 문학론의 성격이 우세하다. 제목부터 「제(祭)－서(書)」로 되어 있는 이광사의 「제류씨분전서(祭柳氏墳前書)」는 세차를 서술하고 고유하는 서두 부분이 없고 대신 계절과 날씨를 운운하며 안부를 묻고 고인과 나누었던 추억을 회상하며 전편을 엮고 있어 전형적인 편지 형식에 근접해 있다.[61]

이처럼 이 시기에 오면 제례의식에 사용되었던 제문이 실용성은 덜고 대신 서정성을 강화하면서 전통적인 서술 방식에서 이탈하거나 다른 장르와의 착종까지 보여주고 있는 사례들을 많이 볼 수 있다. 단순히 전통적인 제문의 계승이나 변이 차원에만 머무는 것이 아니라 인근 산문 양식과 활발하게 교섭하면서 체질 자체를 변혁해 가고 있는 과정을 보여주는 측면이다. 기성의 가치 체계에 대한 전면적인 비판이 제기되고 문학에 있어서도 개성과 창의를 발휘하려는 움직임이 나타나며 무엇보다도 인간의 감정을 적극 긍정하는 사회 분위기가 무르익는 이 시기의 사회 문화적 동향과 유기적으로 호응하면서 제문사의 흐름 역시 전환이 이루어지고 있는 것이라고 할 수 있다.

5) 구한말 : 애국심의 고취와 울분의 토로

이 시기는 한문학의 쇠퇴와 함께 제문 역시 퇴조의 길을 걷는 시기이다. 그러나 외세의 침략과 국권의 침탈, 기존가치체계의 붕괴 등 거국적 위기에 봉착하게 되는 시점에서 제문은 특별한 역할을 하게 된다.

---

61) 박제가의 제문에 대해서는 「박제가의 제문 및 송서연구」(『어문론집』, 민족어문학회, 2005), 이광사의 제문에 대해서는 박무영, 「이광사 제망실문의 연구」, 『국어국문학』 138, 국어국문학회, 2004 참조.

이 시기에 나라를 위해 죽은 사람들을 기리면서 국권 회복에 대한 결의를 표출하는 제문이 많이 나타난다는 점은 주목해볼 필요가 있다. 예컨대 유인석은 화서 문하에서 의거를 하였다가 순절한 십현을 기리며 「제사절십현문(祭死節十賢文)」을 지었고 자신과 뜻을 같이하여 싸우다 죽은 의병들을 위해 「제의졸문(祭義卒文)」을 지었다. 또한 왜국 대마도에서 순국한 최익현에게는 「제면암최공문(祭勉庵崔公文)」을 지어 올렸다. 김택영은 안중근이 순국한 후 여순의 묘에 제사지내는 상황을 설정, 「의제안해주문(擬祭安海州文)」을 지었고 역시 순국한 황현의 영전에 「요제매천문(遙祭梅泉文)」을 올렸다. 신기선이 을사조약 후 자결한 민영환을 기리며 지은 「제민충정공영환문(祭閔忠正公泳煥文)」[62]이나 김윤식이 나라를 위해 싸우다 죽은 애국지사를 추모하기 위해 지은 「애국사사추도문(愛國死士追悼文)」[63]도 같은 맥락에서 이해할 수 있다. 이들 제문은 직접 제전에 바치기 보다는 대부분 멀리서 추모하고 추앙하기 위해 지어졌다. 죽음을 슬퍼하기 보다는 장렬한 죽음을 기리고 궁극적으로는 작가 자신을 포함하여 살아있는 자의 의식을 깨우기 위한 의도가 강하게 드러나는 글들이다.[64]

"이때 서울에 을사오적 중의 한 사람인 아무개 대신이 있었다. 조약을 체

---

62) 申箕善, 『陽園遺集』 권1.

63) 金允植, 『雲養集』 권14.

64) 제문이 충렬을 선양하고 애국심을 고취하기 위한 목적으로 지어진 것은 남송 말기의 애국지사 문천상을 위해 지은 왕염오의 제문에서 그 전례를 찾을 수 있다. 송나라가 원나라에 의해 망해갈 즈음 문천상은 원나라에 사신으로 갔다가 그 감옥에 갇히게 된다. 이 때 혹시라도 절개를 떨어뜨릴까 염려한 왕염오는 「生祭文」을 지어 미리 죽음을 유도하였고, 죽은 후에는 「死祭文」을 지어 그 충절을 기린 바 있다.

결한 날 대궐에서 돌아와 여러 형제들을 빙 둘러 모아놓고 그 일을 하나하나 이야기 하며 '내 거의 죽을 뻔 했다'고 말하고 있었다. 그 며느리를 따라온 한 여종이 몰래 부엌에서 그 소리를 듣고는 뛰어나와 단도를 들고 꾸짖어 말하기를 '너는 지위가 높은 대신인데 나라를 위해 죽지는 못할망정 도리어 구차히 면하려고 하니 내 이 칼이 너의 양단을 베지 못하는 것이 한이라. 내 어찌 너의 개 돼지 같은 음식을 먹겠는가?'하고는 드디어 옛 주인에게로 돌아갔다."[65]

의제문(擬祭文) 형식으로 지어진 이 글은 직접 제전에 올리기 위해 쓴 글이 아니다. 을사조약 후 울분을 이기지 못하고 자결한 송병선을 따라 자결한 여종 '공림'을 기리기 위해 제문 형식을 빌려 왔을 뿐이다. 그런데 황현은 망자인 공림을 기리는 문맥에서 또 다른 여종을 등장시킨다. 바로 을사오적 가운데 모 인사의 여종으로 주인의 매국적 소행을 듣고는 칼을 들어 '이 칼로 베지 못하는 것이 한이라'는 말을 남기고 그 집을 떠났다는 인물이다. 황현은 죽음으로 충렬을 보인 공림과 살아 충렬을 실천한 또 다른 여종을 대등하게 추앙하고 있다. 이는 제문이 단지 죽은 이를 추모하기 위한 기능을 넘어 충렬이라고 하는 특정한 주제의식을 표출하기 위한 용도로 활용되고 있음을 보여준다.

그런가 하면 구한말의 제문은 국권의 상실로 '대놓고 말 못하는 사정'과 '억울한 심사'를 담아내는 그릇이기도 하였다. 이러한 성격은 당시 국왕이었던 고종과 순종의 제문에서 선명하게 나타난다. 고종과 순종의 문집에는 각각 765편과 610편의 제문이 수록되어 있다. 상당수가

---

65) 황현, 『매천집』 권지5, 「擬祭宋婢恭臨文」, "是時 京師某大臣五賊之一也 勒約之夜 自闕而退 環集群兄弟 歷話其事 曰 吾幾乎死矣 有一婢新隨其媤來者 竊聽廚下 躍出 提短刀 罵曰 汝位至大臣 不能死國 反幸其苟免 我此刀恨不斫汝兩端 吾豈食汝狗彘物 遂走歸故主"

양식적 틀에 일정 부분만을 변형한 짧은 글이어서 작품의 수가 가지는 의의는 크지 않지만 이중 대부분이 명성황후에 대한 제문이라는 점은 주목을 요한다. 고종과 순종은 명성황후가 시해된 뒤 4달~1년이 지난 뒤에야 전(奠)을 마련하거나 상식을 올리는 과정에서 제문을 올렸다. 그런데 고종의 경우, 죽음과 가장 근접한 시기의 제문은 오히려 5~6줄 안팎의 의례적 문장으로 이루어져 있고 한참 시간이 흘러 1년이 거의 다 된 시점에 와서야 '흉역지변(凶逆之變)'이니 '극변(極變)'이니 하는 표현을 써서 분노와 원통함을 드러낸다.[66] 그리고 차수를 더해가면서 자신의 부덕과 나라를 잘 다스리지 못한 부끄러움을 진솔하게 풀어 놓기 시작한다. 한편, 순종은 고종보다 훨씬 뒤에 와서야 제문을 짓기 시작한다. 그러나 제문에 나타나는 분노와 슬픔의 감정은 고종을 훨씬 능가하고 있다. 순종은 제문에서 "국모를 시해한 것으로도 모자라 국권을 조롱하고 나라의 법을 변경하며 수개월이 지나도록 국휼(國恤)을 반포하지 못하고 있었던"[67] 당시의 상황을 소상히 서술하고 있다. 그리고 그

---

66) 죽은 시점에서 가까울수록 제문의 문장도 길고 핍진함이 두드러지는 것이 일반적인 현상이다. 그런 면에서 보면 이들 두 왕의 제문은 제술 시점과 제문의 양상, 내용 모든 면에서 의문점을 남기고 있다. 명성황후는 1895년(을미년) 8월 20일에 시해되었다. 고종은 네 달 후 동지에 제문을 처음 올렸고 순종은 그 다음해 8월 20일에 처음 제문을 지었다. 제문을 지은 시점에 대해서는 여러 가지 추측이 가능할 것이다. 상기 중에 자식이 양친에 대한 제문을 짓는 경우는 극히 보기가 드문데 이는 상주의 위치나 역할과 관련지어 이해해야 하는 측면도 있다. 그러나 초반에 지은 제문이 짧은 형태의 의례적인 내용으로 이루어져 있고 오히려 후반으로 갈수록 핍진성이 강화되고 있다는 것은 명성황후가 억울하게 죽을 당시에는 정작 국왕이자 남편인 고종이나 아들인 순종 모두 슬픔조차 제대로 표현하지 못했음을 보여준다.

67) 순종,『正軒集』,「明成皇后殯殿誕辰日別奠祭文」, "凶逆之慘 萬古未有 操弄國柄 變更國典 至於國恤 數月未行頒布 百禮隨以闕焉"

분노를 "흉도들의 모가지를 베었어도 분이 풀리지 않으니 강상을 떨어뜨린 흉도를 모조리 죽이고 그 피로 삽혈을 한 뒤라야 하늘의 해를 우러러 볼 수 있을 것"[68]이라는 원색적인 표현으로 표출한다. 순종의 제문에는 "복수지의(復讎之義)"나 "침과지의(枕戈之義)" 등의 비장한 표현이나 "나라의 원수를 갚고 나라의 수치를 풀겠노라"는 결의에 찬 맹서 등이 자주 등장한다. 이들에게 있어 제문은 외세에 의해 비극적 생을 마감한 아내와 어머니에 대한 통곡의 마음, 약국의 군왕으로서 느끼는 울분과 통탄을 표현할 수 있었던 공식적인 수단이었으며 한 두 번의 토로로 가시지 않을 한과 고통을 풀어내는 연속적인 해원의 방식이었다.

　이렇듯 구한말의 제문은 나라가 위기에 봉착했을 때 민족정신이나 애국심을 고취하고 국권회복의 결의를 다지는 글로, 그리고 마음대로 드러낼 수 없는 내면의 통한을 표출하는 글로 시대적 역할을 수행하였다. 이는 죽은 이를 찬양하는 문맥에서 이념이나 가치를 선양할 수 있고 죽음을 애도하는 문맥에서 감정을 노출할 수 있는 제문의 양식적 특성 때문에 확보할 수 있는 기능이었다.

Ⅲ. 애제문의 문학적 전망

　논의의 출발점으로 다시 돌아가 보도록 하자. 우리나라 애제문의 근간을 이루어 왔던 제문은 기본적으로 '실용문'이다. 신과 인간, 산자와 죽은 자의 관계는 예법에 의해 엄격히 규정되었으며 제사의 규범성은

---

68) 위의 책, 「明成皇后殯殿八月二十日晝茶禮祭文」, "彼逆渠 雖已斬馘 猶未洩神人之憤 漏綱兇徒 必盡殲而歃血然後 乃可以仰見天日"

곧 제문의 양식성으로 나타났다. 그러나 '고어(告語)', 즉 신에게 고하고 죽은 자에게 고하는 서술 방식은 '소통'과 '교감'이라고 하는 또 하나의 조건을 파생시켰다. 무엇보다도 재앙과 죽음이라는 극한의 상황은 신과 망인을 인간의 슬픔과 고통을 들어주고 함께 공감해주는 존재로 상정하고 있다. 제문의 '서정성'은 곧 제문이 태생적으로 포함하고 있는 이러한 조건을 토대로 한다.

우리나라 애제문의 변천사는 실용적 기능과 서정적 기능의 변주 형태로 전개되어 왔다. 실용적 기능은 주로 망인을 찬미하거나[제망인문] 위정자의 실책을 자책하는[제신문] 문맥에서 발휘된다. 공식성이 농후할수록, 지배 이데올로기가 강한 영향력을 행사하는 시대일수록, 개인적 관계보다는 사회적 관계 속에서 지어질수록 실용적 기능이 우세하였다. 반면 서정적 기능은 주로 망인을 애도하거나[제망인문] 재앙의 해소를 바라는[제신문] 문맥에서 드러난다. 사적 성향이 강할수록, 지배이데올로기가 약화되어 있는 시대일수록, 신 또는 망인과의 정서적 거리가 밀접할수록 상투적 '칭송'이나 '고유'보다는 내면 정서의 표출이 두드러지는 경향을 보인다.

제문이 가진 두 가지 기능은 시대적 조건이나 사회적 배경, 작가의 지향 등에 따라 다양하게 활용되어 왔다. 때로는 이상적 인물형을 창출하고 지배 이데올로기를 주입하며 사회 성원을 교육시키는 역할을 하기도 하였고 때로는 집단의 세를 과시하거나 명예를 드높이며 우월성, 동질감을 드러내는 수단이 되기도 하였다. 제문이 단지 실존했던 일군의 옛글이 아니라 사회적 문화적 의의를 지닌 문체일 수 있는 것은 시대 사회적 요구에 따라 그 기능을 변개 확장하면서 그 시대 문장으로서 '살아있는 역할'을 했다는 데 있다. 그러나 제문이 여기에서 나아가 미적 체계를 갖춘 문학으로서의 의의를 확보할 수 있는 것은 당 시대의 사회적 문화적 기능을 수행하면서 인간 내면의 정서를 핍진하게 드러내고 감동적으로 형상화하고 있다는 데 있다.

예컨대 조선 시대의 제신문은 공식적인 제사의 의례문으로 지어졌고 공식적 제사는 철저히 예와 명분의 이름으로 엄수되었다. 제문의 역할은 제사의 상징성을 형상화하고 의미화 하는 데 있었다. 그러나 문집에 현존하는 대부분의 제문이 절박한 상황이 계기가 되어, 예와 반드시 합치되지 않는 상황에서 지어졌다는 점은 묘한 역설을 보여준다. 오히려 제문의 역할은 '마땅한 제사'의 '정당한 절차'보다는 '불가피한 제사'의 '어쩔 수 없는 사정'을 설득력 있게 피력하고 공감을 끌어내는데 있었다.

제망인문을 쓴 사람들 역시 죽음이라는 실존의 문제를 유교적 이념으로 이해하려 하였고 해결하려 하였다. 천인합일(天人合一)에 도달한 군자, 부덕을 완수한 여성 등 이른 바 '여한 없는' 삶을 그려냈으며 이들 삶에 대한 칭송을 통해 죽음을 수용하려 하였다. 그러나 사랑하는 이를 잃은 슬픔은 여전히 그 자리에 있었고 제문의 작가들은 이념과 정서의 갈등을 행간 속에 숨기면서 은밀히 드러내기도 역설과 반어 등의 수사적인 방식을 통해 완곡히 표현해 내기도 하였다.

문학에서 주목해야 할 부분은 예와 정, 이념과 정서, 실용과 서정 그 틈새와 간격에 있다고 보인다. 규범화되고 양식화된 틀 속에서, 지배이념을 수용하고 실용적 기능을 배제하지 않으면서도 어떤 태도로 죽음과 재앙을 받아들였는지, 어떤 방식으로 내면의 목소리를 표출했는지 하는 것이야말로 제문의 문학성을 규명하고 미적 의의에 접근하기 위해 지속적으로 천착해야 할 과제일 것이다.

공적 애도문학과 형상성의 문제

 내성(內聖)과 외왕(外王)에 이르는 길 :
행장(行狀)을 통해 본 조선시대 군왕의 형상

Ⅰ. 군왕 행장의 수찬 과정과 작품 개관

예로부터 군왕의 삶과 업적은 다양한 방식으로 기술되어 역사에 남았다. 생전의 언행과 공과가 사관들에 의해 기록되어 실록의 '기사'가 되었다면 죽음 후에는 그 생애가 행장과 시장, 묘지명 등으로 재구성되어 '문장'으로 남았다. 공식적인 모든 언행을 사실에 입각하여 기록하는 사서의 기사와는 달리 비지(碑誌)·전장류(傳狀類)의 글은 역사적 사실 중에서도 유의미한 사실을 취택할 수 있고 시비포폄을 곁들일 수 있으며 일정한 형상화가 이루어질 수 있다는 점에서 다분히 방향성과 의도성을 담보하고 있는 글이다. 그럼에도 불구하고 군왕의 비지전장은 사서(史書)에 실려 공식성이 부여되었고 실제로 그 내용은 군왕을 포폄하고 그가 다스리던 시대를 평가하는 자료로 활용되기도 하였다.

그렇다면 임금의 행장은 사실적이고 객관적인가? 행장은 과연 한 군왕의 삶과 시대를 자세하고 충분하게 담아내고 있는가? 행장을 한 편의 문장 자료로 가정했을 때 그 안에서 서술 특징과 미의식이 포착되는가? 궁극적으로 행장이라고 하는 '문장'을 통해 재구성되는 군왕의 삶은 역사적으로 어떤 의미를 지니는가? 본 장에서는 행장이 군왕의 죽음 직후 가장 먼저, 그리고 가장 상세하게 쓰이고 추후 입전과 추시 (追諡), 비지문 서술 등에 있어서 저본으로 활용된다는 점에 주목하여 군왕의 생애를 잘 '드러내기' 위한, 혹은 잘 '드리우도록' 하기 위해 어떤 과정을 거쳐 행장이 완성되는지, 생애 가운데 어떤 부분을 취택하고 어떤 방향으로 엮는지 하는 것을 살펴 찬술의도와 형상성의 문제, 그리고 문학적 의의에 접근하기로 한다.

1. 자료 취합과 수찬 과정

가까운 친구나 문생이 고인의 세계·이름·작위·임관경력·연수 등을 서술하여 짓는 일반 사대부의 행장[1]과 달리 임금의 행장은 그리 간단하게 또는 한 개인에 의해 찬술되지 않는다. 한나라 국왕의 생애를 재구성하는 일이니만큼 우선 광범위하게 자료를 수집하는 사전 절차와 많은 사람들이 참여하는 논의의 절차가 있게 된다. 그 절차를 약술하면 다음과 같다.

후사왕이나 왕대비에 의해 행장의 수찬 명령이 내려지면 『실록』의 사초와 『승정원일기』의 기사를 중심으로 행장의 일차적인 얼개가 만들어지게 된다. 사초의 기록은 실제 행적에 기반하고 있기 때문에 가장 객관적이면서도 기본이 되는 자료라고 할 수 있다. 그러나 공식적 삶뿐 아니라 인품이나 성격 등 알려지지 않는 부분까지 한나라 국왕으로

---

1) 서사증, 『文體明辯』, 「行狀」, "蓋具死者世系名字爵里行治壽年之詳 或牒考功太常使議諡 或牒史館請編錄 或上作者乞墓誌碑表之類皆用之 而其文多出於門生故吏親舊之手 以謂非此輩不能知也"

서의 총체적인 면모를 소상하게 기술해야 하는 행장의 특성상, 주변 사람들의 언술이나 사집(私集), 『여지승람』은 물론, 종가의 행록이나 구전되어 오는 말 등 비공식적 기록들까지 행장의 자원으로 활용되었다.[2] 그 중에서도 임금을 가까이 모시던 신하들과 왕대비의 언술은 수찬 과정에 절대적 영향력을 미쳤다. 영조 승하 직후 행장 수찬을 즈음하여 신하들에게 "평소 기거하실 동안의 성덕을 적어내라"고 하명하는 기사[3]나 인종 승하 직후 "궁중에서 평소 거처하실 때의 언동과 덕행에 대해서 알고 계신 내용을 드러내 주십사"고 왕대비에게 청한 내용[4] 등에서 사실을 확인할 수 있다. 이에 명령을 받은 신하들은 선왕의 행적이나 인품과 관련하여 자신이 보고 들은 것을 적어내었고 부탁을 받은 왕대비 역시 언문으로 된 행록과 참고가 될 만한 자료를 내려 보냈다.[5]

　이러한 자료들을 취합하여 초고가 만들어졌다. 그러나 초고는 또 몇 차례의 가감절차를 걸치는 것이 상례였다. 예를 들어 인종의 행장 수찬 당시 초고는 조사수(趙士秀) 등 몇 사람에 의해 이루어졌다. 그러나 신광

---

2) 『효종실록』, 효종 6년 4월 9일(계해), 효종이 열성의 행장 자문을 찾아내기를 명하자 홍문관에서 "열성의 행장 지문은 實錄에서 얻고 私集에서 나오고 『輿地勝覽』에 보이는 것이 40道입니다만."이라는 보고를 한 바 있다.
3) 『영조실록』, 영조 52년 3월 7일(무인).
4) 『명종실록』, 명종 즉위년 7월 20일(경진).
5) 성종·인종·정조·순조·헌종·철종 행장의 경우가 그 예이다. 당시 왕대비들은 "망극한 중이라 기억이 잘 나지 않는다"고 하면서도 언문으로 된 행록을 내렸고 인종의 경우 왕대비는 특별히 궁중에서의 언행을 기록한 언서와 인종의 임종시 유언, 세자로 있을 때 지은 시문들과 선왕인 중종의 병이 위독하였을 때 하늘에 올린 제문, 세자 시절 왕의 탄신일에 올린 箋文과 詩 등을 함께 내렸다. 정조의 경우는 당시 왕대비 정순왕후와 함께 어머니인 혜경궁 홍씨 또한 자료를 내려 보냈다. 관련 내용은 연산 1년 2월 2일, 명종 즉위년 7월 22일, 『정조』·『순조』·『헌종』· 『철종실록』 부록에 실려 있는 왕대비 행록과 왕대비 언서 참조.

한이 다시 가감하였고 서술에 이의를 제기하는 윤인경 등의 견해를 받아들여 내용 중 일부를 삭제하였다.[6]

　행장에 어떤 내용을 넣고 빼느냐의 문제, 어떤 표현을 쓰느냐의 문제는 신료간 군신간 갈등의 단서가 되거나 심지어 당쟁과 옥사의 빌미가 되기도 하였다. 대표적인 예가 현종의 행장을 두고 수년간에 걸쳐 벌어진 논란이다. 현종의 행장은 당시 이조참의였던 이단하가 지어 올렸는데 민감한 사안이었던 대비의 복제 문제를 행장에 쓴 것이 발단이 되어 최초 수찬자인 이단하가 파직되고 소론의 영수였던 윤휴가 고쳐 썼다가 6년 후 대제학 남구만에 의에 다시 수정되는 기나긴 갈등을 겪었다.[7] 이 때문에 현종의 행장은 윤휴와 남구만이 쓴 글이 『현종실록』과

---

6) 『명종실록』, 명종 즉위년 7월 27일. 당시 문제가 된 내용은 대행왕 인종이 복성군을 위해 글을 올려 억울한 것을 호소하였다는 것과 조광조 등의 관직을 회복하였다는 것 등 두 가지였다. 삭제 이유는 이 내용을 그대로 싣다보면 대행왕을 칭송하는 효과는 있겠으나 인종의 선대왕이자 그 일의 책임자인 중종의 입장에서는 과실을 드러내는 결과를 초래할 수 있다는 것이었다.

7) 효종 사후 대비가 朞服을 大功服을 입느냐의 문제로 노론 소론간 논란이 뜨거웠던 당시, 결국 소론이 주장한 기복으로 확정되었는데 노론 계열의 이단하는 이 내용을 행장에 기술하면서 "대공복을 주장한 책임 예관을 죄준 다음 국가의 전례가 비로소 정해졌다"고 썼다. 행장을 검토한 사왕 숙종은 이 문장이 모호하다고 하면서 "예경에 상고하여 잘못된 복제를 釐正하고 그 이후에 예관을 죄었다"는 내용으로 바꾸라고 하였다. 즉 내용의 방점이 예경에 의거하여 잘못된 것을 바로잡은데 있어야지 책임자를 문책한데 있어서는 안 된다는 의미였다. 이단하는 고친다고 고쳤으나 "예관을 죄주고, 失對하였다고 하여 首相을 죄주었다"는 문장을 넣어 또 문제를 확대하였다. 이에 숙종은 수상이 죄를 받게 된 것도 단순히 실대 때문이 아니라 선왕의 뜻에 반하는 "다른 의론을 부탁"했기 때문이라고 적시하기를 명했다. 단순히 대신으로서 직임을 완수하게 못했다는 소극적 죄가 아니라 특정 목적을 가지고 의도적으로 부탁하려한 적극적 죄상이 드러나도록 해야 한다는 것이었다. 명을 따르려 하지 않는 이단하와 분노한 숙종이 대치하고 있을 때 허적이 나서서 "행장의 문장은 금석의 문과 같이 영구성을 갖는 것이어서 신중해야 하고

『현종개수실록』에 각각 수록되어 있다.

　문구와 문투를 놓고 수년 동안 계속된 이 논란은 행장의 내용과 문장이 어느 정도로 민감하게 받아들여지고 또 얼마나 많은 토론과 수정을 거쳐 완성되었는지를 단적으로 보여주고 있다. 특히 당쟁이 한창이던 시절, 역사적 사건을 행장에 어떻게 수록하는지의 문제는 왕심(王心)의 향배와 사건의 정당성을 입증하는 잣대로서 중요한 의미를 가졌다. 현종이 효종의 행장을 보고 "대왕께서 평소 수립한 커다란 규범이 지금 행장에서는 다 거론되지 못하였으니 불가불 다시 자세히 밝혀 후세에 전하라"[8]고 하여 고칠 것을 명한 것이라든지, 영조의 행장을 찬술하면서 정조가 "행장을 완성된 글이라고 여기지 말고 자구 사이에 미안(未安)한 곳은 단락에 따라 상세히 논하도록 하라"[9]고 지시한 일 등은 후사왕까지 적극적으로 개입하여 행장이 수정되었음을 시사해준다.

분명해야 하는 데다 숙종의 명대로 쓴다면 선왕이 감정을 크게 가한 것처럼 되어서 글을 짓는 체식에도 맞지 않는다"고 하며 중재를 하였다. 그리고 결국 이 사안은 "예경을 따르지 않고 타인의 의논을 따랐기 때문에 죄주었다"는 선에서 절충되었다. 그런데 봉합될 듯하였던 이 문제는 얼마 안가 다시 불거졌다. 진사 박봉상 등이 상소하여 '타인'이 누구인지를 분명히 적시해야 한다고 이의를 제기한 것이다. 여기서 타인은 송시열을 염두에 둔 것이었고 송시열의 이름을 넣자는 것은 곧 문제의 발단이자 중심에 노론 세력을 넣자는 것이었다. 이단하는 그것이 선왕이 직접 지목한 내용이 아니라는 것과 또 본인이 송시열과 사제 관계에 있음을 언급하며 끝까지 고치지 않다가 파직되었다. 이후 현종의 행장은 소론의 영수였던 윤휴가 직접 고쳐 다시 올렸고 6년 후 대제학 남구만에 의해 다시 수정되었다.

8) 「현종행장」, "領府事李景奭　撰進孝宗大王行狀　王下札曰 … 而今此狀中　不甚擧論 此一款不可不明白寫出　傳諸來世"

9) 『정조실록』, 정조 2년 11월 18일(갑진).

2. 작품 개관

현재 조선시대 군왕의 행장은 22편이 남아있다. 군왕의 행장은 사왕
(嗣王)이 등극한 후 국상 절차 속에서 논의가 이루어지고, 완성된 전문이
실록—주로 부록조—에 실리는 것이 상례이다. 그러나 실제 현황은 시
대와 대상에 따라 다소 다른 양상을 보여준다. 다음은 실록 및 각종 문
헌에 수록된 군왕 행장의 목록이다.

군왕	찬술자	수록문헌
태조	행장 없음	
정종	미상	세종실록 세종1년 10월 6일(丁丑) 고부사(告訃使) 관련 기사
태종	미상	세종실록 세종4년 5월15일 (신미) 고부사(告訃使) 관련 기사
세종	의정부	세종실록 세종32년 2월22일(丁酉) 고부사(告訃使) 관련기사
문종	신숙주	신숙주『보한재집』
단종	행장 없음	
세조	미상	예종실록 예종즉위년9월16일 (임신) 고부사(告訃使) 관련기사
예종	미상	예종실록 예종1년 2월 11일(庚申) 고부사(告訃使) 관련기사
성종	미상	성종실록 부록
연산군	행장 없음	
중종	행장 없음	
인종	영의정 윤인경 좌의정 유관 좌찬성 이언적 우찬성 권벌 좌참찬 정옥형 우참찬 신광한	이언적『회재집』
명종	이황	이황『퇴계집』
선조	호조판서 이정귀	이정귀『월사집』「소경대왕행장(昭敬大王行狀)」이라는 제목으로 수록
광해군	행장 없음	

군왕	찬술자	수록문헌
인조	좌의정 이경석	인조실록 부록
효종	영돈녕부사 이경석	효종실록 부록
현종	이조판서 겸 지의금부사 윤휴/ 병조판서 겸 동지경연사 남구만	현종실록 부록/ 현종개수실록 부록
숙종	미상	숙종실록 부록
경종	이조참판 겸 대제학 이덕수	경종실록 부록
영조	대제학 서명응	영조실록 부록
정조	행 지중추부사 이만수	정조실록 부록
순조	우의정 박종훈	순조실록 부록
헌종	판중추부사 권돈인	헌종실록 부록
철종	좌의정 조두순	철종실록 부록
고종	완순군 이재완	순종실록 부록
순종	전 홍문관학사 윤덕영	순종실록 부록

주요 특징을 약술하면 다음과 같다. 첫째, 행장이 누락된 경우가 있다. 우선 연산군과 광해군은 행장이 없다. 정통성이나 정당성을 상실하여 행실이 이미 의미 없게 된 왕의 경우 행장은 지어지지 않았다. 이는 행장이 역사적 기록으로서의 의의는 물론 선양과 추앙의 목적을 동시에 가지고 있는 글임을 말해준다. 그런데 태조와 단종, 중종의 경우도 행장이 없다. 단종은 폐위된 상태로 죽음을 맞았기 때문에 당초에 행장이 지어지지 않았을 가능성이 있고 태조와 중종의 경우는 전란 중 유실된 것으로 보인다. 병자호란 직후 "병화에 유실된 … 열성의 행장, 책문, 지문 등을 별도의 책으로 엮자"는 상소가 올라오고 있거니와[10] 이때 홍문관에서 4년여에 걸쳐 열성조의 행장 지문 등을 찾아내는 작업을 했음에도 불구하고 이 두 편의 행장은 끝내 찾아내지 못한 것이 아

---

10) 『효종실록』, 효종 2년,11월 26일(신축).

닐까 추정된다. 수록 문헌이 일관적이지 않은 것도 이와 관련이 있는 것으로 볼 수 있다. 인조조 이전의 행장은 실록에 독립적으로 수록되어 있지 않고 관련 기사에서 찾거나 찬술자의 문집에서 확인해야 하는데 이 역시 조선 중기 이후에 와서야 군왕 행장에 대한 인식이 제고되고 국가 차원의 관리가 이루어졌음을 입증한다.

둘째, 당시 문명이 있을 뿐 아니라 정치적으로 영향력 있는 인사의 이름으로 찬술이 이루어졌다. 최종 찬술자의 이름이 명기되어 있는 조선 중기 이후 행장을 살펴보면 대체로 당시 권력을 쥐고 있던 당파의 인사에 의해 찬술되었음을 확인할 수 있다. 국권 상실 이후인 고종 순종의 경우, 친일파 인사에 의해 행장이 지어지고 있는 것 또한 행장에서 정치적 의미를 배제할 수 없는 이유이다.

셋째, 행장의 편폭이나 구성 방식, 표현 방식 등에 있어서 시대별·군왕별 편차가 나타난다. 재위 연한이 길고 치적이 많아 적을 내용이 많은 왕일수록 편폭이 길어지는 것이 일반적인 특징이다. 그러나 시대를 놓고 보았을 때 초기로 올라갈수록 편폭도 짧고 관념적 추상적 서술 성향이 강한데 비해 후대로 내려오면 편폭의 확대와 함께 찬술 방식에 있어서도 구체성이 돋보인다. 예를 들어 정종의 행장은 100자 안팎으로 극히 소략하다. 이름자와 탄생–등극–사망의 내용을 간단히 기술하였을 뿐이다. 세종의 경우는 명(明) 황제에게 시호를 청하기 위해 보낸 글이 행장으로 대체되어 있는데 그 속에는 세종이 재위시절 황제에게 받은 16편의 칙서가 전문 수록되어 내용의 대부분을 차지하고 있다. 신숙주의 『보한재집』에 수록되어 있는 문종의 행장 역시 내용은 실록과 크게 다르지 않다. 생애 전반을 논평하는 의론 부분이 들어가 있으나 인자한 품성과 학문적 깊이, 어진 군주로서의 모습 등을 추상적으로 언술하는 형태이다.[11]

임금의 행장에 찬술자 이름이 명기되고 실록의 부록 항목에 수록되며 편폭이 대폭 늘어나면서 내용과 구성에 일정한 방향이 감지되는 것은 인종의 행장부터이다. 인종의 행장은 이언적을 포함한 6인이 공동 찬술한 것으로 되어 있고 연대기적 서술과 주제집중적 서술이 결합되어 있는 찬술 방식―즉 일이 일어난 순서대로 기술하되 특정한 치적이나 인품을 도드라지게 하기 위해 관련 일화를 집중적으로 배치하는 형태-을 구사하고 있다. 찬술자에 따라 의론(議論)을 따로 붙이거나 '오호애재(嗚呼哀哉)' 등의 문구를 넣어 애통한 마음을 노출시키기도 한다. 이후 행장은 대개 비슷한 방식으로 서술되며 군왕 행장의 일반적인 체제로 자리를 잡게 된다. 조선 중기에 와서 군왕 행장에 비중이 더해지게 되는 배경에는 사회 전반에 성리학이 뿌리를 내리고 경연이 활성화되며 유교 이념에 입각한 이상 사회의 모델과 성군상이 확립되고 있는 것 등이 영향을 미쳤으리라고 추정된다.

II. 군왕 행장의 찬술 방식과 형상화 방식

전장(傳狀) 문체에 속하는 행장은 태어나서 죽을 때까지의 일을 연대기적으로 기술하는 방식이 일반적이다. 추후에 시장(諡狀)이나 비지문(碑誌文)의 기초 자료가 된다는 점에서 서사 및 기술이 극히 상세해야 하는

---

11) 「문종행장」, "王姿儀秀偉 性寬弘簡重 明毅仁恕 孝友天成 奉上遇下 一以至誠 恭儉自持 不惑異端 不近聲色逸欲等事 無毫髮可指者 貫澈經史 洞達古今 而尤深於性理之學 時與近侍 尙論歷代治亂之機 先儒異同之說 而一歸于理 詞簡意暢 聞者莫不充然有得" 세조와 성종의 행장 역시 명황제의 칙서와 임금이 내린 교서를 원문 그대로 수록하고, 훌륭한 군조의 덕목을 추상적으로 나열하는 방식은 다르지 않다.

것도 기본적인 조건이다.[12] 그러나 조선시대 군왕 행장의 경우 각각의 삶, 다른 시대를 기술하고 있다고 생각지 못할 정도로 일정한 공통점이 감지된다. 군왕의 행장에서 다채로운 삶을 찾기보다는 전형화 된 삶을 주시해야 하는 이유가 여기에 있다. 본 장에서는 군왕 행장의 생애 기술 과정에서 비중 있게 언급되는 내용과 공통적으로 포착되는 서술 특징을 중심으로 찬술 방식을 살펴보기로 한다.

1. 위대한 탄생과 비범한 자질 : 탄생과 성장

조선조 임금 27명 중에서 적통을 타고나서 원칙에 맞게 왕이 된 인물은 많지 않다. 실제 역사에서 임금이 되는 것은 여건과 정세에 크게 좌우되고 있었음을 보여준다. 그럼에도 불구하고 군왕의 행장은 '본래부터' 예정되어 있던 '비범한' 군왕의 탄생을 기술하고 있다. 가장 일반적인 것은 왕을 상징하는 용이 등장하는 것[13]이다. 왕과 관련된 이의 꿈에 용이 보이는 것[14]은 물론, 태어난 후 몸에 용반이 나타났다거나 용을 닮은 모습을 보였다는 식의 변이된 형태도 있다. 탄생할 때 방에 서기가 어렸다거나 오색 기운이 가득했다거나 상서로운 동물이 나타났다는 등의 상서로운 조짐과 신이한 요소들도 비범한 군왕의 필연적 탄생을 암시하는 장치이다.

적통이 아닌 경우, 또는 등극 과정에서 논란이 있었던 경우 신이한

---

12) 심경호, 『한문산문의 미학』, 고려대출판부, 1998, 186쪽.
13) 탄생담에 용이 등장하는 경우는 인조, 효종, 숙종, 영조, 정조, 순조 등을 들 수 있다.
14) 「숙종행장」, "孝廟嘗夢見明聖王后寢室 有物覆以衾 開視乃龍也" 「정조행장」, "莊獻世子夢 神龍抱珠入寢 像夢中所覩 畫揭宮壁 誕降前一日 天大雷雨 流雲布濩 彩龍數十 蜿蜒騰空 都人士咸覩而異之"

요소는 더 부각된다. 예를 들어 반정을 통해 임금이 된 인조의 경우, 아무 날 귀한 분이 탄생할 것이라고 예언하는 사람은 물론 모후의 꿈에 "귀자희득천년(貴子喜得千年)"이라는 글귀를 쓰고 사라진 사람도 등장한다. 태어나서 보니 한고조의 관상이어서 선조가 누설하지 말라고 당부했다는 내용도 있다.[15] 영조의 행장에는 탄생 3일전에 붉은 빛이 동방에 뻗치고 그 위에 흰 기운이 서린 가운데 백룡이 보경당(탄생 장소)에 들어갔을 뿐 아니라 태어나자마자 팔뚝에 아홉 개의 용반이 보였다[16]는 내용이 실려 있다. 소현세자가 죽고 나서 등극한 효종의 경우 서기가 침실로 들어와 서려있었다는 탄생담과 함께 왕위에 오르는 날 오색 기운이 침실에 가득하고 머리와 몸이 큰 거북이가 벽 사이에 있었다는 등극담이 아울러 서술되고 있다.[17] 궁 밖에서 나고 자라 갑자기 왕위에 오른 철종 역시, 왕으로 추대된 날 나타났다고 하는 광기(光氣)와 무지개, 양화진에 양떼가 무릎을 꿇고 앉아있는 기이한 현상[18] 등이 비중 있게 기술되고 있다. 이러한 신이한 요소들은 위인전이나 영웅 설화 속의 탄생담과 궤를 같이 하는 측면이면서 정치적 상징 조작[19]의 한 유

---

15) 「인조행장」, "及其日誕降 忽有紅光照耀 異香滿室 是夕 仁獻王后之母平山府夫人申氏在傍睡 夢赤龍現於后側 又有人書諸屛兩行八字 二字則朦朧未記 而曰貴子喜得千年 府夫人欣然而寤 已誕矣"

16) 「영조행장」, "誕王于昌德宮 前三日紅光亘于東方 白氣罩其上 是夜宮人夢白龍 飛入寶慶堂 堂卽王誕降之室也 王生有異質 右腕累累龍蟠文者九"

17) 「효종행장」, "是夕白氣三條 飛入寢室 凝着西偏窓櫳間 似烟非烟 久而乃散 見者異之而已 … 王在藩時 相人者見王 竊相語曰 眞王者云 及入燕 一日困臥 忽有五色之氣 凝滿寢室 壁間有一龜出頭 而體甚巨 王疑夢諦視之 非夢也 至是 相者之言驗焉 龜亦有知也歟"

18) 「철종행장」, "是年春夏 每夜中有光氣 見潛邸南山及輿衛渡甲津也 彩虹橫長江如橋 至楊花津 有群羊來跪 爲迎候狀"

19) 꿈을 통한 상징 조작의 예는 문재윤(2008), 「조선조 정치적 상징조작에 관한 소고」,

형이기도 하다. 왕권의 정통성과 필연성을 강조하면서 군왕의 존엄성과 권위를 강조하는 효과를 나타낸다.

그러나 이후 서술에서 비범성은 신이한 요소보다는 타고난 자질과 뛰어난 도덕성, 남다른 지혜에 의해 강화되는 경향이 있다. 일찍부터 일어서고 걷는 신체적 조숙성,[20] 두서너 살이 되던 무렵부터 글자를 알고 독서에 몰두[21]하는 영민함과 성실성, 아이답지 않게 유희를 일삼지 않거나 웃고 말하는 것이 적은[22] 속 깊은 자질 등이 그것이다. 그 비범성은 간혹 시험을 통해 임금의 재목으로 입증되기도 한다. 예를 들어 덕흥군의 셋째 아들로 왕위에 오른 선조의 경우 두 형과 함께 선왕 명종에게 "어관을 써보라"는 시험을 받자 "군왕이 쓰시는 것을 어찌 신하가 감히 머리에 쓸 수 있겠습니까"는 대답을 함으로써 명종이 "이 관을 너에게 주어야겠다"[23]고 마음을 굳히는 계기가 되었다. 현종은 선왕 인조가 요순과 걸주에 대해 질문을 하자 그들이 성군과 폭군이 되는 바를 『사략』에 근거하여 대답함으로써 현명함을 인정받았고[24] 정조는

한국동양정치사상사학회 학술대회 발표논문집, 한국동양정치사상사학회 참조.
20) 정조의 경우 백일도 안 되어 일어섰고 한 달도 안 되어 걸어 다녔다고 한다. 헌종 역시 백일도 안 되어 걸어 다녔다. 관련 행장 참조.
21) 인종은 세 살 때부터 이미 글자의 뜻을 알아 '生而知之者'라고 하였다고 하며 효종은 5살 때부터 권하지 않아도 부지런히 배우는 모습을 보였을 뿐 아니라 공부를 안 하는 아이들을 타이르기까지 하였다. 정조는 돌상에 차려놓은 구경거리를 보지 않고 단정히 앉아서 책을 펴더니 읽었다고 하고 순조는 두 살 때 새 달력을 보고 병풍 속 글자와 같은 글자를 가려냈다. 헌종은 어려서부터 천자문을 읽었다고 하며 철종은 4살 때 천자문을 읽었다고 한다. 관련 행장 참조.
22) 인종과 인조, 고종의 경우가 대표적이다. 관련 행장 참조.
23) 「선조행장」, "幼時 恭憲王嘗幷與二兄召入 脫所御冠 令以次着觀所爲 次及於王 王跪而辭曰 君上之御 臣子何敢掛頭 恭憲王驚歎曰 然 當以此冠 遂給汝也"
24) 「현종행장」, "仁祖嘗展曾先之史略 歷問帝王賢否 至堯舜 則對以極賢 至桀紂 則對以甚惡 仁祖曰 何爲而賢 何爲而惡 對曰 堯則土階三等 遠金玉而親君子 其仁如天 其知

“흉년이 들었을 때 어떻게 백성을 구제해야 하는가”라는 영조의 물음에 “양혜왕처럼 처리해야 한다”는 대답을 하여 그 학문적 수준과 사려 깊음에 대해 칭찬을 들었다.[25]

천부적인 측은지심 역시 군왕의 자질이다. 숙종은 다섯 살 때 기르던 참새 새끼가 죽자 묻어주었고 우유를 짤 때 송아지들이 슬피 울자 그 소리를 듣고 불쌍히 여겨 우유를 들여오지 못하게 하였다[26] 순조는 벌레나 지렁이 같은 미물조차 차마 다치게 하지 못하는[27] 여린 마음을 가지고 있었으며 헌종은 어병(御屛)에 있는 인물을 그릴 때 ‘그림 속 인물이 아플까봐’ 만지지 못하게 할[28] 정도로 타고난 인애의 소유자였다. 맹자는 죽으러 가는 소를 차마 보지 못하는 제선왕의 행동에서 인정(仁政)의 단초를 보았거니와 하찮은 미물까지도 존중하고 아끼는 마음이야말로 백성의 부모가 될 자격을 단적으로 보여준다.

무엇보다 군왕들은 극진한 효자였다. 특히 효성을 입증하는 예화는 극단적인 것이 많다. 문종은 부왕 세종이 승하하였을 때 몸에 등창이 심하여 건강이 몹시 안 좋은 상태였다. 이에 신료들은 작은 예절만 고수하지 말고 큰 계책을 생각하라고 하며 무리한 시빈을 말렸다. 그러나 왕은 ‘차마 그러지 못하겠’노라고 하며 끝내 도를 넘는 거상을 하였다.[29] 인조는 모비의 환후에 손가락을 베어 피를 올렸고[30] 인종은 중종

如神 豈非賢乎 桀紂則剝民財以實府庫 爲瓊宮瑤臺 忠諫者謂之誹謗 進言者謂之妖言 豈非惡乎 仁祖益奇之”

25) 「정조행장」, “嘗於賓筵問曰 三南告歉 何以濟民 王對曰 有粟則可濟 曰 何處得粟來 對曰 如梁惠王事亦可也 英宗笑曰 善”

26) 「숙종행장」, “所養雀雛死 令瘞之 內局取牛酪 而其犢悲鳴 王聞而憐之 不進酪 其仁孝之性 自幼如此 顯廟奇愛之”

27) 「순조행장」, “雖蟲豸蠕息之微 不忍拂其性而傷其生”

28) 「헌종행장」, “嘗所御屛畵人物 戒人勿命壓之曰 畵中兒疼矣”

이 위중해지자 추운 날 목욕재계하고 친히 글을 지어 하늘에 빌면서 밤새 노천에 서 있었다. 선왕이 죽자 머리 풀고 맨발로 당에 쓰러졌고 신하들이 흰 유건을 바쳤으나 발을 가리지 않았으며, 6일간은 물과 미음 모두 사절하여 지팡이를 짚어야 일어날 정도로 초췌해졌다. 신하들이 권도를 따라 육선을 권하였으나 인종은 외려 '성효가 미덥지 않아 이런 말이 나온다'며 자책을 하였다.[31] 정도를 넘어서 슬퍼하고 신체를 상하게 할 정도로 금식, 금욕하면서 거상하는 효자로서의 모습은 타고난 성품과 자질, 행실 등을 집약적으로 표현하고 있는 부분이다. 효(孝)야말로 치국(治國) 이전에 이루어야 하는 수신(修身)과 제가(齊家)의 가장 기본적인 덕목이자 백성들을 가르치기 위해 군왕이 솔선수범해야 하는 절대적인 가치였기 때문이다.

2. 내성(內聖)에 이르는 길 : 학문과 성덕

　　왕도정치를 지향한 유교에서 임금은 단순한 통치자가 아니라 하늘의 도를 구현하는 자여야 했다. 백성들을 교화시킬 수 있는 자여야 했으며

---

29)「문종행장」, "景泰元年庚午二月 莊憲王又薨 王水漿不入口者三日 哀毁過制 凡喪祭遵用古禮 王之在莊憲王喪也 方患疽 侍殯號擗 大臣咸曰 殿下瘡猶未合 不宜觸寒守殯 動勞身體 請退居于外 以待平善 侍殯未晚 何可苦守少節 不爲大計 王曰 所不忍也 固請不聽"

30)「인조행장」, "母妃之寢疾也 王又割指進"

31)「인종행장」, "二十三年甲辰 恭僖王遘疾彌留 王侍側 晝夜不解冠帶 進藥必先嘗 粥飮亦爲之廢 形瘁面墨 侍人無不泣下 知其必傷 王分遣宰執 遍禱宗社山川 請釋囚以祈命 時方沍寒 沐浴齋潔 親於殿庭 露立祝天 自昏達朝 及薨 散髮跣足 仆于庭下 大臣憂憫 進以素襦巾 亦不肯着 水漿不入口者六日 … 大臣擧先王遺敎 請從權進肉 答曰 予之誠孝未孚 致有此言 哀慟愈深 臺諫侍從伏閣以請 不聽 議政尹仁鏡率百官立庭以請者 至於累日 亦不聽 母妃親自泣勸 王爲一勉從 而竟不之進"

그러기 위해서는 남을 다스리기 이전에 임금 자신이 끊임없는 수양을
통해 도덕적으로 완벽한 인격체를 만들어 가야 했다. 그 방법은 학문에
있었다. 학문은 마음을 바르게 하는 근본이었고 만물의 이치를 궁구하
는 방식이었으며 요·순·우·탕·문·무로 대표되는 이상적 임금의
덕과 그들이 행한 훌륭한 정치에 근접하는 유일한 길이기도 하였다.

군왕의 행장에서 중요하게 언급되는 것이 학문에 관한 내용이다. 이
른바 호학 군주로 널리 알려진 성종·영조·정조 등의 행장에서는 물
론, 경연이 강조되는 조선 중기 이후 명종·선조·효종·현종 등의 행
장에 오면 학문과 관련된 내용이 전체 내용에서 차지하는 비중이 크게
높아진다. 그 가운데 주목되는 것은 몸을 돌보지 않고 학문에 매진하는
학구열이다. 행장에 의하면 성종은 밤이 늦어 물러나기를 청하는 신하
들을 '어진 사대부와 접촉하면서 유익한 점이 많으니 피곤하지 않다'고
하며 밤새 붙들어 두었고,32) 효종은 건강이 좋지 않아 수차례 신하들로
부터 정강을 요청 받았음에도 불구하고 번번이 거절하며 한여름이나
한겨울에도 쉼 없이 하루 세 번 경연을 여는 강행군33)을 하였다. 인종
은 까닭이 있어서 강을 쉬게 되는 경우 마음에 부족함을 느껴 혼자 한
밤중까지 책을 읽었으며34) 현종은 눈병이 심해져 글씨를 보기 힘든 지
경에 이르자 옥당의 관리에게 사서오경을 큰 글씨로 베껴오게 하여 보
면서까지 책을 손에서 놓지 않았다.35) 스스로 '만학도'라는 인식이 강

---

32) 「성종행장」, "至於夜分諸臣請退 王曰 古人有云 接賢士大夫之時多 則氣質變化自然
而成 予今日得聞所未聞之言 禆益弘多 殊不爲倦勿退"

33) 「효종행장」, "庚寅早春 方有未寧之候 筵臣請姑停講 王曰 開筵論難 多有可聞 且無
疾痛 安得不爲 正當六月 日三臨筵 筵臣恐致勞傷 又請日一進講 王曰 予素多病 冬日
嚴凝 則勢難頻講 欲於此時 頻數開筵 又於十一月 請姑停筵 王不許曰 若極寒 則予當
觀勢處之 姑勿煩稟"

34) 「인종행장」, "其或有故輟講 則終日不慊於心 危坐不寐 讀至夜分"

하였던 영조는 시간을 절약하여 공부해야 한다는 생각이 절박하였다.
그 때문에 아무리 몸이 편치 않거나 날씨가 더워도 강학하기를 그치는
법 없이 밤 두시가 되어야 공부를 그만두었고 밤새 왕대비를 모시고
잔치를 하게 되었을 때에도 법복을 벗지 않은 채 날이 새기를 기다려
바로 경연에 참석하곤 하였다.36) 능에 행차하거나 적전을 간 뒤에도 피
곤타하여 강을 폐지 한 적이 없었고 칠순이 되고 이령(頤齡)이 되어 시
력이 어두워진 상태에서도 경연에 참여하고 손에서 책을 놓지 않았
다.37)

군왕의 학문이 군왕의 마음을 바르게 하여 이상적 군주[聖君]를 만드
는 역할을 하는 것이고 보면 호학 군주로서의 면모는 곧은 심성, 경건
하고 반듯한 삶, 절제된 생활 등 실천적 면모로 이어졌다. 군왕들은 성
품이 엄중하여 한가하거나 편안히 있을 때도 농담을 하지 않고38) 얼굴
을 찡그리거나 웃는 모습을 드러내지 않으며39) 말수가 적고40) 사냥, 성
색, 음주 등을 가까이 하지 않으며41) 사물이나 음식에 대해 좋아하거나

---

35) 「현종행장」, “後眼患甚 令玉堂 寫進四書五經 大其字樣 以便覽閱 雖在疢疾之中 其
孜孜典學如此”

36) 「영조행장」, “夏六月 天甚熱 王猶講學不輟 至夜鼓四下 乃罷 … 秋七月 王以東朝七
旬 召耆社臣宣饌以飾慶 東朝亦以王六旬有三 具饌以賜之 及諸臣醉歸 王至東朝侍話
以悅東朝心 比退則天已明矣 不脫法服 直詣正堂, 召儒臣, 講中庸”

37) 「영조행장」, “以祁寒盛暑 增添講日 晝必移晷 夜輒趁鍾 雖當陵幸親耕之後 亦不以勞
倦或曠 方春秋七旬 以三伏日 開朝晝夕三講 討論不倦 比及于頤 視昏不能辨字 猶親
誦小學以爲講 一月六對”

38) 「인종행장」, “王性嚴重 雖在燕閒 淵默無戲言”, 「순조행장」, “自少坐必跪臥必正 終
日無戲言”

39) 「인종행장」, “王 … 嚬笑不形”

40) 「경종행장」, “王天性沈毅 德容渾厚 平居罕言笑 人莫測其際”

41) 「문종행장」, “王語大臣曰 人君必須憂勤 不可自逸 古有內作色荒 外作禽荒 酣酒嗜飮
峻宇彫墻 一向好著者 此人君之通患也 吾性不喜此 雖有勤者 不能好也”

싫어하는 기호가 없을 뿐 아니라 사치를 배격하는,[42] 온유돈후한 성품의 소유자였다. 그들은 마음을 흐트러트리지 않고 백성들의 어려움을 새기기 위해 「무일도(無逸圖)」와 「빈풍도(豳風圖)」, 「사물잠(四勿箴)」, 「성학십도(聖學十圖)」 등을 병풍으로 만들어 늘 곁에 두고 보았고,[43] 공평치 못한 마음으로 선악(善惡)과 정사(正邪)를 분별하지 못할까 경계하면서 사욕을 억제하는 삶을 살았다. 한 시녀가 화려하게 단장한 것을 보고 궁 밖으로 좇아냈다는 인종[44]이나 병이 나은 후 하례를 청하는 신하들에게 "조심함을 잃어 병이 생겼고 대신들에게 근심을 끼쳤으니 뉘우쳐야 할 일이지 하례를 받을 일이 아니"라고 하여 끝내 하례를 거절하였다는 선조,[45] 가뭄이 한창일 때 신하들이 단오첩을 지어 올리자 "이럴 때 허문(虛文)은 짓지 않는 것이 좋겠다"고 하여 첩사를 금지했다는 현종,[46] 사람이 자꾸 먹으면 번식이 되지 않는다고 하며 낙죽과 고기를 물리쳤다는 철종[47] 등 군왕들의 유별난 고지식함은 일거수일투족이 수양이었던 그들의 삶을 함축적으로 보여주고 있다.

---

42) 「선조행장」, "性素簡約 不喜紛華 聲色游畋之娛 逸豫侈靡之樂 無一掛于心 食不重味 衣常澣濯 妃嬪宮人 亦不敢服侈靡"

43) 「인종행장」, "令宮僚書程頤四箴 范浚心箴 曁書之無逸 詩之七月篇 列諸左右以觀省", 「선조행장」, "滉又撰聖學十圖 西銘考證 手寫程子四勿箴以進 王虛心嘉納 命皆繕寫 爲屛 置諸左右 朝夕觀省", 「인조행장」, "聖學圖皇極圖及無逸篇 命儒臣書之 作屛置 諸左右"

44) 「인종행장」, "王 … 不邇聲色 不好奢侈 嘗有一侍女 服粧稍麗 怒而出之"

45) 「선조행장」, "時王有疾 久而乃瘳 禮曹累請陳賀 王曰 人之疾 殆未必不由於失攝之致 頃者不意得病 危而復蘇 貽憂大臣 驚動群下 方且祇懼悔罪之不暇 豈可偃然受賀乎"

46) 「현종행장」, "以旱災 理冤獄 避殿減膳禁酒 以端午帖製進 王曰 旱災此酷 如此虛文 勿爲之可也"

47) 「철종행장」, "藥院有酪粥 … 命停止曰 牛不字畜不蕃 又不喜肉曰 予若嗜此 士庶競 效之 畜之禍 必滋多"

3. 외왕(外王)의 실현 : 인정과 덕치

학문과 수양을 통해 도달한 내성(內聖)의 경지에서 나아가 결국 임금이 궁극적으로 도달해야 하는 지점은 그 임금의 덕이 감화를 끼쳐 백성들을 변화시키는 외왕(外王)의 경지이다. 임금의 학문과 삶이 일반 사대부들보다 엄격하고 철저했던 것 역시 임금의 도덕적 자질이 훌륭한 정치와 직결된다고 생각했기 때문이다. 치적은 군왕의 행장에서 빼놓을 수 없는 주요 내용이다. 그러나 행장에서 치적은 단순히 가시적인 업적이나 통치술을 의미하지 않으며 크기나 양으로 가치가 매겨지지도 않는다. 치적의 무게를 가늠하게 하는 가장 중요한 요건은 인(仁)과 덕(德)이다.

가장 광범위하게 볼 수 있는 치적은 구휼(救恤)과 안민(安民) 정책이다. 가뭄 홍수로 인한 흉년이나, 전쟁, 역병 등의 위기가 있었을 때 군왕들은 감세 정책을 폈고 내탕고를 풀었으며 양식과 약을 내렸다. 어가 앞에서 호소하는 농민들의 목소리를 듣고는 차마 조세를 독촉하지 못했으며[48] 사정이 긴박할 때에는 국전(國典)에 없고 상례(常例)에 없는 일이어도 개의치 않고 구휼하였다. 또한 백성들의 힘을 동원하고 세금으로 비용을 충당해야 한다는 부담으로 될 수 있으면 토목공사를 벌이지 않았다. 영조 때 한양의 하천이 막혀 준설의 필요성이 제기되었을 때에도 백성을 위하는 길이지만 백성들에게 부담을 줄 수 없다하여 내탕고를 열어 장정을 고용해서 일을 시행하였고[49] 정조 때 화성 공사를 할 때

---

48) 「선조행장」, "京畿之民 以催糴爲苦 呈訴於駕前 王敎曰 有司獨不見畿甸之田野耶 蓬蒿滿目 何忍催租"

49) 「영조행장」, "川漸壅關 幾與隄平 霖潦之餘 往往有汎濫之患 … 王曰 是雖爲民 豈可煩民力乎 乃捐累萬緡 雇丁夫濬之 戒勿催督"

에는 완공이 눈앞에 닥쳐 속력을 내야할 시점에 이르러서도 먼저 해야 할 것은 기근에 힘들어 하는 백성들의 구휼이라고 하며 공사를 과감히 중지하였다.[50]

엄정함보다 너그러움을 지향했던 법 집행 역시 인정(仁政)의 면모를 잘 드러내준다. 군왕들은 엄히 법을 집행하여 국가의 기강을 잡는 데 힘쓰기 보다는 혹 한 명의 백성들이라도 억울하게 누명을 쓰거나 죄 없이 형벌을 받는 일이 있을까 하여 노심초사하였다. 백성들이 죄를 저지르게 되는 것도 군왕이 어질지 못하고 교화가 이루어지지 못한데서 연유하는 것이기 때문에 임금이 반성해야 하는 문제이지 백성들을 단호하게 처벌하는 것이 능사가 아니라고 생각하였다. 이에 숙종은 부모가 자식을 죽인 사건이 나자 "백성들을 덕과 예로 인도할 줄 모르고 법과 형벌로 죄를 멀리 하기만을 바라온 탓"이라고 하며 자신을 통렬히 꾸짖었고[51] 영조는 정릉(靖陵) 가는 길에 장사를 지낸 한 백성이 있어 지방관이 그 묘를 파헤치자 임금이 다니는 길가에 장사를 지낸 것이 분명 국법을 어긴 일이긴 하지만 백성의 무덤을 파헤치는 것이 어찌 왕도 정치이겠느냐고 하며 백성을 용서하고 오히려 지방관을 죄 주는 파격을 단행하기도 하였다.[52]

---

50) 「정조행장」, "冬 停華城城役 自癸丑始築 工幾完 至是 六道告歉 王屢欲停役 諸臣言 工役之不傷財不病民 教曰 城役爲所重也 停役亦爲所重也 … 予臨一國 一國之民 皆 吾赤子 不能使百億萬顖顱之類 不農不商 仰食於一城之役 則所活者幾何 爲今之道 莫 如聚會精神於荒政一事 仍下綸音于華城府 停其役"

51) 「숙종행장」, "噫 父子慈愛 天賦之常性 渠雖蚩蚩 亦必不至於汨喪 而爲此至不忍之事 此豈無所致而然哉 藐予小子 曾不知以德禮導之 但欲以法制刑罰 苟冀其遠罪 使民不 自愛而輕犯法 駸駸然日趨於綱常斁敗 國隨危亡 寡昧之自責痛心 奚但大禹之泣辜哉"

52) 「영조행장」, "秋九月王幸靖陵 見除道毁民塚 王怒曰 民不有國法 犯葬御路傍罪也 然 毁民塚 豈王者之政乎 遂罪地方官"

부득이 백성들에게 형벌을 가해야 할 때에도 엄히 벌하기 보다는 너그럽게 용서하는 길을 택하였고 죄가 있어 벌을 받는 도중이라도 가급적 고통스럽지 않도록 하였다. 효종은 사형수의 경우 세 번 심의하여 결정하되 증거가 미진할 경우 사형을 면하게 하였고,[53] 영조는 부모에게 받은 신체를 훼손하게 되어서는 안 된다고 하여 무릎을 으깨는 형, 주리를 트는 형, 단근질하는 형 등 이른 바 육형(肉刑)을 폐지하도록 하였다.[54] 정조는 국문을 당할 때 비가 오거나 더우면 초막을 설치하여 더위를 가려주고 하고 싶은 말을 충분히 할 수 있게 하였으며 귀양을 갈 때는 처첩을 데리고 갈 수 있도록 배려하였다. 조선시대 군왕들의 일관된 법 의식은 "백성을 살리기 위한 것이지 죽이기 위한 것이 아니"라고 하는 호생지덕(好生之德)[55]에 있었다.

한편 군왕들은 철저히 절제하고 검약하는 삶을 통해 인정을 실천하였다. 창고에 있는 임금의 재물은 모두 백성들의 고혈이고, 임금의 사치야말로 백성의 고혈을 짜내는 일이라고 생각했기 때문이었다. 선조와 현종, 경종, 영조, 헌종 등 대부분의 군왕들은 겉옷이 아니면 절대 비단을 입지 않았고 무명옷을 몇 번이고 빨아 입고 꿰매 입었다.[56] 경종은 평소에 입던 옷이 너무 소박하고 낡아 상을 당했을 때 입혀드릴

---

53) 「효종행장」, "十餘死囚 皆將伏法於今日 三覆議讞 猶慮其未盡 復欲問諸卿等 諸臣皆贊之而更讞 特減二囚死"
54) 「영조행장」, "予於乙巳 旣除壓膝刑 壬子又除捕廳剪周牢刑 今只餘烙刑而已 頃當親鞫亦循用之 然肉刑笞背 五刑之一 而漢帝唐宗 猶且除之 況無於刑之刑乎 咨金吾 其永除烙刑著爲令"
55) 『서경』 「大禹謨」에 皐陶가 舜 임금의 '好生之德'을 찬양하면서 "무고한 사람을 죽이기보다는 차라리 형법대로 집행하지 않는다는 비난을 감수하려고 하셨다.[與其殺不辜 寧失不經]"라고 일컫은 말이 나온다.
56) 이 내용은 선조 인종·현종·경종·영조·정조·순조 등 대부분 군왕의 행장에 두루 나타난다.

옷이 없을 정도였다.[57] 영조와 정조는 낮고 좁은 침전에 비가 오면 물이 새는 지경에 이르렀음에도 불구하고 궁궐을 수선하지 않았고[58] 순조 역시 거처하는 곳에 흙 바른 것이 떨어지고 창문이 파손되며 방이나 기둥이 더러워졌는데도 '무릎만 용납하면 될 뿐 크게 꾸밀 일이 없다'하여 보수에 비용을 들이지 않았다.[59]

이렇듯 행장에 나타나는 군왕들의 치적은 눈에 보이는 거창한 업적이 아니라 의미 있는 법이나 제도의 제정, 백성을 향한 따뜻한 배려의 모습으로 나타난다. 덕치와 인정이 현실과 동떨어져 관념적으로 존재하는 것이 아니라 임금의 어진 마음으로부터 나와 좋은 제도와 법을 통해 실현될 수 있음을 보여주는 측면이다.

Ⅲ. 군왕 행장의 미의식

『서경』의 「요전」과 「순전」에는 요임금과 순임금의 덕을 찬양하여 "공경하고 밝고 문채가 빛나고 생각함이 자연스러우며 진실로 공손하고 능히 겸양하시다.[欽明文思允恭克讓]", "깊고 명철하고 문채나고 밝으시며 온화하고 공손하고 성실하고 독실하시다.[濬哲文明溫恭允塞]"라고 적고 있다. 『서경』의 이 대목은 이후 유교 사회에서 전형적인 성군의 이미지로 고착화 된다.[60] 조선시대 군왕의 행장에서 모델로 삼고 있는 형상

역시 요순의 형상이다. 문제는 요순이라고 하는 전설적 인물의 추상적이고 관념적인 형상에 어떤 방식으로 실체감과 생동감을 부여하느냐에 있다. 군왕 행장의 미의식은 이 지점에서 발휘된다.

1. 일상적 소재의 의미화

정조는 영조의 행장을 엮으면서 "(대행왕의) 성덕과 대업은 신민의 마음속에 남아있고 후에 방책에 기록될 것이므로 굳이 행장을 만들지 않더라도 모두 알 것"이라고 전제하고 "그러나 외부 사람들이 자세히 알지 못하는 궁중의 일은 내가 말하지 않는다면 밝힐 사람이 없을 것"이라고 하면서 행장의 자료로 쓸 글을 내린 바 있다.[61] 왕대비들이 언문 행록을 내려 행장 찬술에 참고가 되게 한 것도 사서에서 배제될 수 있는 생애의 사적인 부분, 소소한 부분들을 메우기 위한 의도였다고 할 수 있다. 그렇다면 행장에서 자잘한 일상, 단편적인 삶의 편린들은 어떤 의미를 가지는 것일까? 행장에 등장하는 몇 가지 예화를 들어본다.

> ● 인조 때 성균관에서 대사성의 가르침을 따르지 않는 무리가 있었다. 인조는 "나라에서 정한 스승을 소홀히 해서는 안된다"고 하며 학생들을 나무랐다. 그러면서 벌을 내렸는데 "어온(御醞)을 벌주로 하사하는 것"이었다. [62]

---

60) 이 구절은 군왕의 성덕을 찬양하는 제반 문장, 예컨대 비지문과 제문을 포함하여 애책문, 시책문 등에서 광범위하게 볼 수 있다.

61) 「영조행장」, "嗣王殿下 進臣等教曰 我先王盛德大業 在今在臣民 在後在方策 固非有待於狀 乃若宮中之事 外人不與知者 予不穀不言之 夫孰能宣昭乎 肆予不穀 永思前烈 萬幾之暇 綴遺事六十六 則咨爾太史之臣 旁采訓謨 撰次爲狀 以附實錄之後"

62) 「인조행장」, "金德諴爲大司成時 儒生輩有不率教者 王遣近侍 以御醞罰之曰 士有三

● 현종은 임금이 행차하는 길을 닦을 때 가마만 겨우 드나들 수 있을 정
도로 최소한의 공사만 하도록 하였다. 백성들의 농토에 손해를 끼치지
않기 위해서였다. 행차 후에는 곡식이 상했는지를 물어 손해를 본 농가
에 대해서는 몇 배에 해당되는 값을 주었다.[63]

● 영조 때 비축미 가운데 홍부미(紅腐米 – 쌀이 상하여 색이 붉게 된 것)가
햅쌀을 상하게 한다 하여 가격을 내려 백성들에게 팔자는 의견이 올라
왔다. 영조는 만일 먹을 수 없는 쌀이라면 백성들에게 속여 팔 수 없다
하여 먼저 직접 먹어보겠다고 하였다.[64]

● 숙종은 약으로 쓰기 위해 우황을 얻는 과정에 수백마리의 소가 도살된
다는 말을 듣고 이를 금지하게 하였다. 환후가 오래되었는데 차도가 없
자 이번에는 약원에서 물오리를 진상하였는데 역시 "만물이 생육하는
봄철에 짐승을 차마 죽일 수 없다"하여 들이지 말라고 명하였다.[65]

● 영조 때 군신들을 소대한 다음 음식을 내리고 부모가 계신 사람들에게
는 그 음식을 싸가지고 가서 부모님을 대접하게 하였다. 제신들은 서로
음식을 싸서 소매에 넣어 가지고 가는데 부모가 계시지 않은 사람들은
빈손으로 돌아갔다. 왕은 그들은 보고 목이 메었는데 모든 신하들도 감
격하여 울지 않음이 없었다.[66]

死 師生之分重矣 況國之定爲師表者乎 金德誠立節昏朝 遊心經傳 求之當世 鮮有其倫
諸生不法古規 不遵師訓 不可謂之無失矣 今以御醞罰爾等 其欽哉 諸生皆感悅"

63) 「현종행장」, "其幸溫泉時 王曰 道路修治 厪容駕馬毋或廣占 損害民田 … 近侍有自
溫泉還者 王問有禾稼傷處乎 對以鋪仗近處 有些損害 王命優給其直"

64) 「영조행장」, "惠局奏 紅腐米積之久 反傷新米 宜輕其價 賣與畿民 以無用爲有用也
王曰 善 然若其不可食也 豈容欺元元乎 予當爲民先嘗 速取紅腐來"

65) 「숙종행장」, "因御藥所用生牛黃 數日之內 屠宰數百首之多 雖是畜物 心用惻然 屠宰
限五日 姑停 … 聖候久在違豫中 藥院進江鴨 王曰 禮記月令 無覆巢 無取麛卵 古聖
人取生育之意也 當此春和萬物生育之時 不忍傷害 治病自有他道 何必取此 勿復進入"

66) 「영조행장」, "召對宣饌, 命有父母者歸遺之 於是諸臣爭取盈袖 其無父母者 空手而退
王爲之悽咽 諸臣亦莫不感泣"

유가에서 도(道)란 고원(高遠)한데 있는 것이 아니라 일상생활 속 동정(動靜)의 사이에 깃들여 있다고 말한다. 행장 속 이러한 소소하고 일상적인 예화 역시 군왕의 성덕(盛德)을 드러내기 위해 찬술자의 서술 전략에 의해 선택되고 배치된 장치들이다. 대립과 갈등보다 화기애애한 술자리를 통해 사제지간의 화해를 도모하도록 한 인조의 예화에서 글을 읽는 사람은 임금의 너그러운 성품과 현명한 대응 능력을 본다. 임금이 다니는 길을 닦으면서도 백성들에게 피해가 가지 않았는지를 면밀히 살폈던 현종의 예화나, 헐값으로 싸게 파는 비축미일지언정 백성들을 속이거나 상하게 할 세라 직접 먹어보겠노라고 했던 영조의 예화 속에서는 불편을 감수하면서까지 백성을 배려하려했던 임금의 마음씀씀이를 읽을 수 있다. 지존(至尊)의 약재로 부득이 써야하는 미물이라도 생육의 계절에 차마 죽일 수 없다하여 물리친 숙종의 예화나 부모를 생각하며 눈물짓는 신하들 뒤에서 함께 목이 메는 영조의 예화에서는 정에 약하고 눈물 많은 임금의 성정을 포착한다. 일상적 소재의 활용은 성덕(盛德)과 인정(仁政)이라는 관념에 구체성을 부여하고 정서적으로 교감하게 하는 역할을 하고 있다. 일정한 서술 패턴과 유사한 내용 속에서 군왕의 모습과 마음을 생생하게 감지할 수 있는 것도 보편적 삶과 일상 속에서 의미 있는 소재를 포착해 적절히 활용하고 있기 때문이다.

2. 사은(私恩)과 사정(私情)의 형상화

역모에 관련된 왕자들이나 친인척들을 죄 줄 때에 신료들은 늘 같은 명분으로 임금의 결단을 촉구하였다. 사은(私恩)으로 공의(公義)를 폐해서는 안 된다는 것이었다.67) 정치적 논리에 따라 근신이나 종친 심지어 가족까지도 제거해야 했던 시기, 신하들이 내세우는 공의의 논리는 늘 사은을 베풀고 싶은 군왕과 갈등의 국면을 형성하였다. 행장은 이러한 갈등의 모습을 진솔하게 그리고 있다. 예컨대 효종은 잠도 같이 자면서 하루도 떨어져있지 않았던 동생 인평대군이 역모에 휘말리자 그 사실을 끝까지 믿지 않았다. 위독하다는 말을 듣고는 급히 달려갔으며 죽음 후에는 큰 더위에도 빈소를 떠나지 않고 죽도 마시지 않으면서 비를 맞고 친히 염습하였다.[68] 정조는 이복동생 찬(禶)을 정치적 이유로 사사한 후 마음이 아파 오랫동안 정사를 보지 않았다. 신료들이 '사사로운 은혜'라고 하면서 극구 말렸으나 개의치 않고 찬을 후장하였으며 그 처는 석방시켰다. 대비의 명에 의해 할 수 없이 동생 인(祸)을 귀양 보낼 때에는 신하들이 죽기를 무릅쓰고 수레를 붙잡았는데도 귀양 가는 동생을 돈화문 밖으로 배웅하였으며 일 년에 한번은 귀양지에서 몰래 불러들여 어가를 타고 가서 만나기도 하였다.[69]

한편, 예(禮)의 문제 역시 군왕에게는 인간적 고뇌를 유발하게 하는 요인이었다. 사회적 관계 속에서 인간의 행동을 규정짓는 것이 예일진댄 예에는 명분이 있고 그에 따라 정해진 법도가 있었다. 상제례는 이러한 명분론적 인식을 상징적으로 구현하는 의례였고 왕실의 상제례는

---

67) 공의와 사은의 문제를 들어 논란을 벌인 대표적인 예로 태종 때 민씨 처남들의 처단 문제, 양평대군의 폐위문제, 정조 때 외조부 홍봉환의 처벌 문제 등을 들 수 있다. 해당 실록의 기사 참조.

68) 「효종행장」, “與麟坪大君濬 自幼時宿必同衾 不忍一日相離 及長 暫相阻 則輒戀戀不置 出入禁中 無朝無暮 … 麟坪病革報急 王乘小輿 蒼黃徑出 近臣步而從 臨呼已絶矣 撫而長號 淚如泉迸 侍衛之臣 無不哽咽 時暑熱方熾 而坐不暫離 粥亦不御 冒雨連臨 親苞襲斂”

69) 「정조행장」, “王將行遷奉之禮 遣內司官 召祸於沁都 潛入城裏 廷臣莫有知也 慈殿屢下諺敎 責諸臣 大臣以下求對不許 排闥亦不召接 慈殿命中使 押祸還配 諸大臣令禁堂捕將 奉慈旨擧行 王遽命駕至敦化門外 諸臣攀輿以死爭之 輿不得前 不得已還內 自是歲 歲一召祸至京”

특히 더 철저하고 엄격한 원칙하에 이루어졌다. 그러나 상당수의 군왕들은 예와 법도 때문에 마음대로 하지 못하고 임금이기 때문에 차마 드러내기 어려웠던 마음 속 깊은 곳의 사정(私情)을 품고 살았다. 행장은 이 또한 담아내고 있다. 일례로 반정을 통해 왕위에 오른 인조는 일찍 부친을 여의고 편모슬하에서 자랐다. 그 어머니에 대한 효성은 군왕이 되고 나서도 변하지 않아 병이 위중하였을 때에는 손가락을 베어 피를 올리고 궁궐 뜰에서 기도를 할 정도로 극진했다. 그러나 기어이 상을 당하자 대통(大統)의 의리로 힘써 간하는 신료들의 의견을 받아들여 생모의 상을 장기(杖朞)로 확정하였음에도 불구하고 심상(心喪)의 제도를 따르겠노라고 하면서 버텼다. 상례를 중단하지 않는 임금과 탈상 및 곡례(哭禮) 중단의 요구를 하는 조정 대신들의 갈등은 계속 이어졌으나 인조는 "엄친을 잃고 편모도 오래 봉양치 못했는데 … 원(園)의 흙이 마르지 않고 몸에 병도 없이 왜 권도를 따라야 하느냐"고 하며 끝내 자신의 주장을 관철했다.70) 순조 역시 시마복(3개월)으로 결정된 어머니 수빈 상을 3년상으로 치르고 장례 후까지 상복을 입었다. 그리고 "나더러 지나치다 한다면 허물을 받아들이겠다"고 했다.71)

공의와 사은의 문제가 충돌하는 지점에서 행장은 국법에 따라 공의 앞에서 단호하게 행동하는 군왕보다는 사은을 지키지 못해 못내 안타까워하고 괴로워하는 인간적 군왕의 편에 선다. 예와 법도를 강조하기

---

70) 「인조행장」, "丙寅春母妃之寢疾也 王又割指 進而沐浴 親禱于禁中 及遭憂 欲行三年之喪 禮官臺諫以大統之義力爭之 乃行杖朞 而實持心喪之制 大臣率百官 請從權制於七朔之後 王曰 予早失嚴親 只恃偏母 榮養未久 慈堂遂空 惟予心事 曷有其極 得有一國之奉 而父母俱不在焉 東望西顧 痛哭而已 粤自初喪 仰遵禮制 抑至情者 非爲予身也 爲宗社也 爲慈殿也 爲臣民也今者園土未乾 身無疾病 豈有從權之理也"

71) 「순조행장」, "今以予爲過 則予當以爲親之心 受以爲過 不敢辭也"

보다는 임금이기 때문에 온전히 쏟을 수 없었던 어머니에 대한 그리움과 효심을 측면에서나마 그려낸다. 군왕의 행장은 조선시대 임금이 짊어지고 살아야 했던 고뇌와 번민의 기록이면서 그 고뇌와 번민을 인간적으로 수용하고 승화한 감동의 기록이기도 하다.

3. 공경과 겸손의 미학

유가에서는 가뭄, 홍수 천체의 변이 등 삶에서 일어날 수 있는 재이의 원인을 군왕에게서 찾는다. 나라가 장차 도를 잃으려 하면 하늘이 먼저 재해를 내려 꾸짖는 뜻을 알리고 그런데도 군왕이 스스로 반성할 줄 모르면 괴이한 일을 일으켜 두렵게 한다[72]는 것이다. 군왕들은 덕과 인정에 대한 치열한 반성과 개선만이 재앙을 극복하는 유일한 길이라고 믿었다. 따라서 가뭄 홍수 등으로 하늘의 경고가 내려지면 임금들은 감선(減膳)·피전(避殿)·철악(撤樂) 등 자신을 단속하고 반성하는 절차를 밟았다. 신하들에게 자신의 잘못을 묻고[求言] 그 잘못의 내용을 솔직하고 간절하게 글로 적어 호소한 것도 재앙을 물리치기 위한 관행이었다.

"인군이 몸을 조심하고 덕을 닦지 못해 재앙을 만났을 때 오직 기도만 하는 것은 말세의 일이오. 그대들은 나의 허물은 책망하지 않고 기도만 하라 하니 근본을 버리고 말단을 취하고 있구려. 인사가 아래에서 바로잡히면 천기가 어찌 위에서 순하지 않겠소. 인사를 닦이지 않는데 하늘이 어찌 감응할 수 있겠소. 내가 즉위하고부터 재해가 매우 심하니, 밤낮으로 근심되고 두려워서 어찌할 바를 모르겠소. 그대들은 말단의 일만 생각하지 말고 각각 곧은 말을 아뢰어 위로 내 잘못을 책망하고 아래로 백성의 억울한 일을 풀어 주

---

72) 『漢書』 卷56, 「董仲舒傳」, "國家將有失道之敗 而天乃先出災害以譴告之 不知自省 又出怪異以警懼之 尙不知變 而傷敗乃至 以此見天心之仁愛人君而欲止其亂也"

시오.73)"

인조는 가뭄으로 인해 기우제를 지내면서 신하들에게 자신의 허물을 적어 내라는 분부를 내렸다. 그런데 드러내놓고 임금의 허물을 적시하는 것이 편치 못했을 신하들은 책망보다 기도가 중요하다는 취지의 말을 아뢰었던 것으로 보인다. 인조는 덕이 없어 재앙의 원인을 제공한 임금에게 통렬한 반성과 자책 없이 기도만 하라는 것은 근본을 모르는 일이라고 하면서 솔직하고 날카로운 직간을 주문하였다. 임금이 잘못을 들어 고백하고 뉘우쳐야 하는 순간에 그 잘못을 바로 알게 하지 못하는 것은 임금과 합심하여 왕도정치를 이루어야 하는 신하들로서는 직무유기가 분명하다는 호령이었다.74)

보통 기우제문이나 교서는 임금의 이름으로 지어지지만 관각 문인들이 짓는 것이 통례이다. 그러나 숙종의 경우 신하가 지은 기우제문이 "나를 벌하고 책망하는 말이 지극히 소략하고 … 책망하는 말투가 전혀 간곡하거나 애절한 뜻이 담겨 있지 않다"하여 다시 짓기를 명하다가75) 아예 자책의 내용을 담은 글들을 손수 지었다. 그 내용과 기술 태도는 매우 공경스럽고 겸손하며 진솔하고 간절하다.

---

73) 「인조행장」, "人君不能側身修德 遇災惟知祈禳 末世之事也 爾等不責予過而勸予祈禳 可謂棄本取末矣 人事正於下 則天氣豈有不順於上乎 不修人事 天其應諸 自予忝位 災譴甚酷 夙夜憂懼 罔知攸濟 爾等勿思末務 各陳讜言 上責予過 下解民冤"

74) 정조는 마땅히 말을 해야 할 처지에서 함묵한다하여 사간원 사헌부의 신하들을 파직하였고 헌종은 나라를 위해 조언을 구하는 자리에서 형식적인 건의만 올라오자 내용이 한심하거나 건의하지 않는 신하들을 파직, 감봉 처분하였다. 「정조행장」 「헌종행장」 참조.

75) 「숙종행장」, "王曰 日昨祭文中 罪已責躬之語 極其草略 … 今觀三角祭文 略及責躬之語 而全無懇迫哀籲之意, 改製以入"

"내 부덕하여 하는 일마다 모두 제대로 되지 않아 하늘의 재앙을 불러들였노라. 홍수와 가뭄, 풍상은 곡식을 해쳐 우리 무고한 백성들로 하여금 구렁텅이에 빠지게 하였노라. 이를 생각하면 내 마음이 찢어지는 것 같아 정녕 임금으로서 그대들을 대할 면목이 없다. 그러나 바라노니 그대들은 굶주림과 추위를 견디면서 처자들을 보호하여 혹시라도 유리걸식하는 경우가 없도록 하라. 나도 의복과 음식을 줄여서 그대들을 구휼하는 방도로 삼고자 하니 내 말이 거짓이라고 생각지 마라. 아 그대들은 나의 자식이 아닌가? 부모가 혹 가난하여 그 도리를 다하지 못한다고 어찌 자식이 그 부모를 버리고 떠나갈 수 있는가? 그리고 간혹 굶주림을 견디지 못해 도적질하는 자가 있더라도 그 또한 어찌 본심이겠는가? 실로 내가 그대들의 산업을 마련하여 주지 못한데서 비롯된 것이라.76)"

이 글은 홍수와 가뭄이 연달아 들어 곤궁에 빠진 백성들에게 숙종이 직접 지어 내린 교서이다. 부덕한 자신 때문에 백성들이 고통을 받고 있다는 것, 마음이 찢어지고 면목이 없으나 자식을 구하는 부모의 마음으로 최선을 다해 구휼할 것이니 믿어달라는 간곡한 메시지를 담고 있다. 군왕의 행장은 이렇듯 임금이 신하들에게 허물을 묻는 내용, 신에게 죄를 고하고 반성하는 내용, 백성들에게 자신의 잘못을 고백하는 내용들을 비중 있게 싣고 있다. 숙종 행장만 해도 교서와 기우제문 등 자책의 내용을 담아 직접 지은 글 10여 편이 전문 수록되어 있다. 이러한 직접 인용 형태의 전문 수록은 재앙에 임하는 군왕의 경건한 마음과 백성들에 대한 책임 의식, 재앙을 극복하고자 하는 간절한 마음들을 함축적으로 담아 강력하게 전달하는 효과를 나타낸다.

---

76) 「숙종행장」, "予以否德 所爲多不善 以致天降之災 水旱風霜 害爾禾穀 使我無辜之民 阽於溝壑 念之至此 予心如割 誠無顏面 以臨于爾等之上也 惟望爾等 忍飢寒保妻子 毋或流離 予方削衣減食 以爲求活爾等之計 勿以予言爲不信也 嗚呼 爾等非予之赤子 乎 父母雖或貧不能養其子 寧有其子棄父母而去者乎 且或有迫於飢餒而爲盜者 亦豈 本心哉 實由於予不能制爾等之産"

무엇보다 스스로를 낮추고 꾸짖는 자책의 말이나 글들은 추상적이지 않고 구체적이며 완곡하지 않고 직설적이다. 재이 앞에서 군왕들은 "내 마음이 바르지 않았는지 정치가 깨끗하지 못했는지"를 반성했다. "인재 등용을 신중히 하지 못했는지, 뇌물을 엄단하지 못했는지, 곤궁한 백성들을 적절히 어루만지지 못했는지, 군졸들이 피로한데 구휼을 다하지 못했는지, 변방 방비가 제대로 되지 않았는지 상벌이 잘못되어 공과 죄가 분명치 않았는지, 부역이 고르지 않아 백성들이 원망하고 풍속이 아름답지 못하여 인륜이 도치되었으며 언로가 통하지 않아 직간이 원활치 못했는지"를 하나하나 적시하였다.77) 때로는 "칠정 가운데 가장 쉽게 나오고 다스리기 어려운 것은 노(怒)인데 나의 병통이 여기에 있다"고 솔직하게 고백하면서 "함양의 공부가 미진해서 그렇게 된 것이"78)라고 자책하기도 하였고, 왕의 성품이 편벽되다고 지적하는 신하에게 사실을 인정하며 "성낼 일이 있으면 참고 참아 한밤중까지 생각하겠노라"79)는 다짐을 하기도 하였다. "보위에 오른 지 10여 년이 지났는데 백성을 위해 한 일이 하나도 없다 … 모든 것이 내가 힘쓰지 않은데서 연유됨을 왜 모르겠느냐?"고 하면서 신하들에게 간곡히 나라를 구할 방도를 묻기도 하였다.80) 행장 속에 포진된 공경과 겸손의 언사들은 군

---

77) 「명종행장」, "予念君心萬化之原 而心有所未正歟 王朝四方之本 而政有所未淸歟 用人雖愼擇 而賢或有遺者歟 苟且雖禁斷 而賄尙有行者歟 赤子困窮 而字撫失其宜歟 軍卒疲弊 而捄恤未能盡歟 邊圉虛疎 而備禦或有闕歟 賞罰僭濫 而功罪或未辨歟 賦役不均 而民怨有鬱塞歟 風俗不美 而綱常有倒置歟 言路或未通 而納諫有未快歟"

78) 「숙종행장」, "七情之中 易發而難制者 唯怒爲甚 予之病痛 每在這裏 向日之事 亦不忍一時之忿 致此無前過擧 玆實涵養之功 有所未盡而然也 反躬慙悔"

79) 「효종행장」, "宋時烈論及王性偏 請盡其和平之道 王曰 卿豈不知予之病哉 予之病痛 有氣質之偏 方其怒也 不知事之是非 故有不中者矣 自近日以來 如有怒事 則忍而治之 中夜思之 則怒漸弛矣"

80) 「헌종행장」, "又敎曰 予之嗣服 已過十載 民國之事 無一可施 予雖寡昧 豈不知皆由

왕의 위엄과 신임이 스스로 세우고 높여 얻어지는 것이 아니라 오히려 낮추고 버리고 솔직해짐으로써 얻어지지는 것임을 여실히 보여준다. 그리고 역설적으로 이는 군왕을 칭송하고 드높이는 역할을 한다. 자신의 통치에 책임질 줄 알고 백성들 앞에 솔직할 수 있는 성군상의 또 다른 표현 방식이다.

IV. 정치적인, 그리고 문학적인 글, 군왕의 행장

군왕의 행장은 '찬술(纂述)' 또는 '수찬(修撰)'한다고 한다. '술(述)'의 개념은 '작(作)'과 달라 사실성과 객관성을 담보하고 있다. 객관적 찬술을 위해 행장의 수찬자들은 사건이 일어난 날짜와 배경을 상세하게 기술한다. 행위나 말의 주체를 분명히 하기 위해 조정에서 신하들과 논의한 내용이나 경연 과정에서 주고받은 말, 명나라에서 온 황제의 칙서나 사신의 말까지 직접 인용의 형태로 기술하는 것이 원칙이다. 직접 인용문의 형식은 기술하는 사실의 내용에 가감이나 윤색이 없음을 시사한다. 군왕의 행장이 실록에 실리고 역사적 평가 자료로 활용될 수 있는 것도 군왕의 행장이 가지고 있는 이러한 공식성과 객관성에 기반을 두고 있다.

그러나 행장은 매우 정치적인 글이다. 좋은 내용만 적어 왕권의 정통성과 정당성을 옹호하는 역할을 하고, 권력을 가진 자에 의해 찬술되며, 누차에 걸쳐 수정되면서 당파의 이해를 반영하여 엮어지는 경우가

予不能自强乎 咨爾方伯居留之臣 悉具民國爲弊之端 條列狀聞 毋孤予寡人臨門詢訪之至意"

많기 때문에 그렇다. 예를 들어 반정을 통해 등극한 인조의 행장에는 광해군의 폭정을 드러내는 것에 많은 지면이 할애되어 있다. 숙종의 행장은 송시열과 윤증의 싸움을 수록하면서 윤증은 ‘적(賊)’, 송시열은 ‘유현(儒賢)’으로 표현하여 시비와 선악을 분명히 규정하고 있다. 경종의 행장에서 인현왕후에 대한 효성을 크게 부각시킨 것이라든지 영조 행장에서 영조의 세제 책봉의 부당성, 경종의 사인 의혹 등을 문제 삼아 일어난 이인좌의 난을 토벌하는 과정을 상세히 서술하고 있는 것 등도 두 행장이 지닌 정치적 성격을 잘 보여준다.

정치적 색깔이 무엇보다 선명하게 드러나는 것은 고종과 순종의 행장이다. 친일 인사에 의해 지어진 이 두 편의 행장은 이전시대 행장이 예화나 대화 등을 통해 형상화의 의도를 보여주고 있는 것과 달리 주요 정치적 사안들을 메모 형식으로 적고 있어서 서술 특징 면에서 차이를 보여준다. 고종 행장까지 순종실록 부록에 함께 수록되어 있어 편차 면에서도 특이점을 발견할 수 있는데 이는 두 군왕의 행장이 애초부터 그다지 비중 있게 찬술되지 않았음을 짐작하게 하는 대목이다. 무엇보다 고종의 행장에는 명성황후의 죽음에 대한 언급이 없다. 순종의 행장에 와서야 간략히 서술되어 있으나 “부황(父皇)의 마음을 받들어 슬프고 고통스러운 마음을 억제하였다”81)고 하여 나라의 치욕을 한낱 개인의 슬픔으로 의미 축소시키고 효성의 문제만을 부각시키고 있다. 경술국치에 대해서는 “시사(時事)가 크게 변혁되어 황제께서는 천도를 즐기는 사람이 천하를 보존한다는 뜻을 생각하여 열 줄의 조서를 내리고 만기(萬機)의 번잡함을 풀어버리고는 오직 종묘를 받들고 백성들을 편히

---

81)「순종행장」, “乙未八月 宮闈之戒嚴忽疎 而明成太皇后崩 帝遽遭酷禍 莫洩至恨 窮天極地 若無所歸 而以承順父皇之心爲心 勉抑悲苦之衷 常以愉容婉色 仰慰惟憂之念”

할 것에 전념하였다"고 하면서 "이에 백성들의 추대하는 마음이 더욱 깊어졌다"[82] 서술하고 있다. 고종 순종 행장이 보여주고 있는 사실의 왜곡은 행장 전편의 내용이 찬술자에 의해 얼마나 윤색되고 조작될 수 있는지 하는 것을 보여준다.

그러나 군왕의 행장은 역사 서술에서는 좀처럼 드러나기 어려운 인간 내면의 갈등, 정(情)의 문제를 적극적으로 다루어 감동을 생산하고, 사건과 인물들, 말과 글을 특정 주제에 맞게 선별하고 포진하는 찬술 의도를 선명하게 보여주고 있다는 점에서 문학적 성격 또한 농후한 글이다. 무엇보다도 전달하고자 하는 정치적 의미를 암시적이고 함축적인 형태로, 때로는 글보다 행간 속에 포진하고 있어 면밀한 수사적 독법이 요구된다. 군왕의 행장에서 포착되는 의미는 유교 사회에서 지향하는 이상적인 임금상, 즉 전형적 성군(聖君)의 모습이다. 군왕의 행장에서 사실 여부를 따지거나 어느 임금이 특별히 성군에 근접해 있는지를 논하는 것, 통치의 기술이나 정책적 변통 같은 현실적 통치자로서의 면모를 굳이 추구하는 것이 의미 없는 이유도 거기에 있다. 사실에 기반을 두지 않은 것은 아니되, 군왕의 생애를 오로지 도덕성에 무게를 둔 성군의 모습으로 재구성, 이미지화하고 있기 때문이다.

그렇다면 성군은 어떤 모습인가? 현종의 행장을 찬술한 남구만은 전대 성군의 성덕을 칭송하면서 다음과 같은 찬을 붙인 바 있다.

> "엄숙하고 공손하고 두려워했을 뿐이며 감히 안일하지 않았을 뿐이다. 감히 홀아비와 과부를 업수이 여기지 않았을 뿐이고 공손하고 검소했을 뿐이다. 형벌을 제거하고 조세를 감면했을 뿐이고 덕택을 백성에게 내렸을 뿐이

---

82) 「순종행장」, "泊庚戌 時事又丕變 帝思樂天者保天下之義 下十行之詔 釋萬機之煩 惟 以奉宗廟安生靈爲念 是以下之所以愛戴者盆深"

다. 사직을 오래 유지할 수 있었던 것도 결국 이러한 점에 의지했을 따름이
다.83)

"불과 … 할 뿐이다[不過曰…而已]"의 한정 구문이 중첩되어 있는 이 마
지막 문장은 성군의 모습이 거창하거나 장황한 것이 아니라 백성에 대
한 진심어린 관심과 상식적인 배려의 범위 내에 있음을 시사한다. 흥미
롭게도 조선시대 군왕은 뛰어난 능력이나 강력한 카리스마, 단호한 결
단력과는 다소 거리가 멀다. 이들은 농담도 할 줄 모르고 기호도 딱히
없으며 타고난 능력보다는 학문을 통해 끊임없이 인격을 완성해가는
인물들이다. 신하들에게는 엄격하되 부모에게는 몸을 상할 정도의 효
성을 보이고 백성들의 고통에 가슴 아파하는 여린 마음의 소유자이고,
어쩔 수 없이 겪어야 했던 재앙 앞에서 자신의 부덕과 무능력을 심하
게 자책하는 인물이기도 하다. 몇 번씩 빨아서 낡은 옷에, 무너지고 부
서진 궁궐도 수리하지 않고 사는 소박한 임금들이며 백성들을 위해 꼭
필요한 토목 사업을 벌이면서도 행여 그들의 생계에 지장을 줄세라 내
탕고를 열어 공사 대금을 마련하는 임금들이다. 법과 원칙보다 인정과
도리를 내세우고 권위를 드날리고 위엄을 높이기보다는 하늘과 백성들
앞에 고개를 숙이는 임금, 잘못이 있으면 흔쾌히 받아들이고 수긍할 줄
알며 마땅히 슬퍼하거나 아파해야 할 때 서슴없이 눈물을 흘리는 임금
의 모습이 곧 인정(仁政)과 덕치(德治)의 구체적인 형상이라고 할 수 있다.
　조정에서 흔히 쓰이던 말 중에 "요 임금과 순 임금을 본받으려거든
조종을 본받아야 한다.[欲法堯舜 當法祖宗]"84)는 말이 있다. "내각의 신하

---

83) 「현종행장」, "然其所以贊之者 不過曰嚴恭寅畏而已 不敢荒寧而已 不敢侮鰥寡而已
　　恭儉而已 除刑賜租而已 德澤在人而已 社稷長遠 終必賴之而已"
84) 본래는 宋나라 范祖禹의 말인데 조선왕조실록이나 각종 문헌에 祖宗의 업적과 공,

들로 하여금 지문·행장·보감·실록·정원일기를 발췌해 책을 만들어 앞으로 서연에서 진강토록 하라"[85]는 정조의 명이나, 순조 때 "보감이나 지장에서 본받을 만한 치법(治法)이나 정모(政謨)를 뽑아 한권의 책자를 만들어 여가에 읽도록 하시라"는 남공철의 간언[86] 역시 행장의 기능을 압축적으로 설명해준다. 즉 행장은 관념적 요순의 형상을 실존했던 조종(祖宗)의 삶을 통해 구체화하여 '다가가 본받을 수 있는 임금', '친근하게 느낄 수 있는 임금'으로 만드는 역할을 했다. 선명한 주제 의식과 형상 의식을 지닌 '문장'이었을 뿐 아니라 덕치로 표방되는 유교 정치의 이상을 선양하는 교화의 메시지였고 후왕을 요순으로 인도하기 위한 교육 자료였다.

繼述의 필요성을 언급할 때 상투적으로 등장한다.
85) 「정조행장」, "命內閣諸臣 抄出誌狀寶鑑實錄及政院日記 分授纂成 將備冑筵進講也"
86) 『순조실록』, 순조 1년 8月 19(경인).

 공맹(孔孟)과 정주(程朱), 도산과 퇴계의 형상화
『만제록(輓祭錄)』 속 스승 퇴계의 형상

Ⅰ. 스승에 대한 추앙과 애도의 기록, 『만제록(輓祭錄)』

잘 알려져 있다시피 퇴계는 행장(行狀)이나 비지(碑誌)와 같이 사후 인물을 서사하는 글에 대해서 조심스런 태도를 가지고 있었다. 그것은 비지 등이 "허장과령(虛張過逞)", "유무찬양(惟務讚揚)"[1]의 요소를 가지고 있다고 생각했기 때문이며 이러한 요소가 그 사람의 실상을 왜곡시킬 소지를 안고 있다고 우려했기 때문이다. 마찬가지로 퇴계는 다른 사람들에 의하여 자신이 과장되이 칭송되거나 실상과 달리 평가되는 것을 원치 않았다. 그리고 그의 이러한 확고한 지론은 자신의 비지를 쓰지 말라는 구체적인 유언으로 나타나고 있다.[2]

---

1) 『퇴계전서』 7(퇴계학연구원, 1989~), 권29, 「論李仲虎碣文 示金而精」, "大抵爲人紀
行傳後 須勿爲虛張過逞之語 乃眞是其人之事 若不問當否 惟務讚揚 則後世雖有見之
者 是別有一般人 其實非當年李風后也 何益之有" (이후 『전서』로 약칭함)

2) 『전서』 17, 「언행록」, 권5, 類編, 考終記 퇴계가 죽음에 임박하여 아들 寯에게 내린
遺戒 중에 "비석을 쓰지 말라… 이 일을 다른 사람에게 부탁하여 지을 것 같으면
기고봉 같은 사람은 실제로 없었던 일을 장황하게 써서 세상의 웃음을 살 것이
다."라는 언급이 있다.

그러나 퇴계는 애제문(哀祭文)에 대해서만큼은 포용적인 태도를 견지했던 것으로 보인다. "만사를 아무데서나 구하거나 헛되이 과장해서는 안 된다"고 하면서도 "그렇지 않으면 쓰는 것이 무슨 해가 되겠는가[3]"라고 하여 관용적인 자세를 보였으며 실제로 퇴계 자신이 가까운 친지나 지인의 죽음 앞에 수 편의 만사와 제문을 남김으로써 애제문에 대한 태도가 비지문의 그것과는 달랐음을 보여주었다. 그렇다면 퇴계가 애제문에서 취한 요소는 무엇이었을까?

애제와 비지는 모두 망인의 행적을 찬양하고 그 죽음을 안타까워하는 문맥에서 쓰여지는 글로 그 내용 측면에서만 본다면 크게 다르지 않다. 그러나 찬술(창작)동기와 용처를 보면 근본적인 차이를 발견할 수 있다. 요컨대 비지는 한 인물의 평생을 기록하여 후세에 전하기 위해 쓰여지는 글이다. 따라서 그 사람에 대한 공정한 이해와 객관적인 서술이 요구된다. 그러나 실제 활용 면에서 연고자의 부탁을 받고 지어진다는 이중성을 갖는다. "아름다움에 대해서만 칭송하고 악을 일컫지 않는다.[稱美而不稱惡]"[4]이라는 비지 특유의 서법은 비지가 가진 이러한 이중적 특성에서 연유한다고 볼 수 있다.

반면 애제문의 요체는 한 인물의 평생을 기록하는 데 있는 것이 아니라 그 죽음에 대한 안타까움을 표하는 데 있다. 따라서 쓰는 사람의 자발적인 동기에 의해서 쓰여지며 사건과 인물 자체를 서술하기보다는 사건과 인물에 대한 작가의 인상과 정서를 전달한다. 망인에 대한 다소 과장된 칭송을 포함하면서도 비지에서와 같이 엄격한 잣대의 적용을 받지 않을 수 있는 이유는 이러한 내용이 가까운 이를 잃은 슬픔이라

---

3)『전서』8, 권34,「答鄭汝仁問目」 "輓詞不宜廣求虛誇則非 不然 用之何害"
4)『예기』,「제통」

고 하는 주관적 감정적 문맥에서 표현되기 때문이라고 할 수 있다.

퇴계의 문인들은 퇴계의 유지를 받들고, 또 명현의 행적을 경솔하게 지을 수 없다는 이유로 비지와 행장 짓는 일을 꺼려하였다.[5] 대신 만사와 뢰문, 제문 등 애제문을 적극 활용, 스승에 대한 애도를 표현하였으며 그 애도의 문맥에서 존경하는 스승의 모습을 형상화하였다. 퇴계 사후에 이들이 올린 추도문을 모아 따로 구성한 애제문집이『만제록(輓祭

---

5) 퇴계는 사후 자신의 비지를 짓지 말라는 말과 함께 自銘을 지어 남겼다. 그러나 실제 사정은 퇴계의 遺戒를 따를 수 없었던 것으로 보인다. 기대승은 퇴계의 自銘을 앞세우고 후서를 얹은 묘갈명을 쓰면서 '두 번이나 상소를 하여 예장을 사양하였음에도 허락을 받지 못하여 끝내 사양할 수 없음에 따라 墓表에 남기신 훈계를 따라 銘을 새겼다.'라고 기록하고 있다. 한편 실록에 의하면 퇴계가 죽자 사헌부에서 시호를 내려야 한다는 공론이 일게 된다. 그러나 시호를 의논함에 있어서 행장을 기다려야 한다는 원칙 때문에 시호가 늦어지게 되는데 이 때 신료들은 '무릇 사람의 시호를 의논함에 있어서 행장을 기다리는 것은 그 사람의 마음가짐과 일을 행한 자취를 살피고자 함인데 이황은 도덕의 성대함이 해와 별과 같이 나타났으니 행장을 굳이 기다릴 필요가 없다'고 주장한다. 특히 李珥는 '명현의 행장은 경솔하게 지을 수 없는 것'이라고 하면서 사후 20년이 지나서야 비로소 나올 수 있었던 朱子의 행장을 예로 들었다. 그리고 박순이 지은 誌文을 근거로 시호를 내리자는 의견을 올린다. 그러나 당시 군왕이었던 선조는 행장이 있어야 시호를 지을 수 있다는 원칙을 고수하게 되며 이 때문에 시호는 세 달이 지난 후에야 내려지게 된다. 한편 문인들은 誌文의 내용을 두고도 많은 논란을 벌였다. 처음 박순이 지은 지문을 보고 글 내용이 정확하지 않다고 비판하였으며 임금의 명으로 관원이 이를 맡게 되자 이는 더더욱 쓸 수 없다고 극력 반대하다가 결국 기대승에게 위촉하게 된다. 그러나 기대승이 지은 묘갈명도 '중년 이후 바깥을 그리워하는 생각을 끊었다'라는 문안을 둘러싸고 시비가 일었다. 이러한 일련의 사건들은 퇴계의 문인들이 퇴계의 평생을 기술하는 문제에 얼마나 조심스럽고 민감한 태도를 취했는지 하는 것을 잘 보여준다. 자세한 내용은『전서』17, 「언행록」권5, 類編, 考終記 ;「언행록」권6, 부록, 崇終獻議 ;『전서』28, 「도산급문제현록」, <文純公退陶先生墓碣銘>, 박순,『사암집』권지2, 「退溪先生墓地銘 幷序」 ;『선조실록』선조 6년, 11월 24, 25, 26, 28일 기사 참조.

錄)』[6]이다. 홍섬(洪暹) 외 88인이 쓴 만사 88편과 신전(申澱) 외 10명이 쓴 뢰문 10편, 그리고 문명개(文命凱) 등 114인이 쓴 제문 68편 등 200여 명이 쓴 추도문 116편으로 구성되어 있다. 만사와 뢰문은 모두 개인 자격으로 올려진 것들이지만 제문의 경우는 2명에서부터 18명까지 연명(連名)하여 지은 제문 18편과 안동부 유생 59명을 대표하여 지은 제문 한 편이 포함되어 있다.[7]

이 책은 크게 두 가지 측면에서 주목할 만한 특징을 보이는데 그 하나는 참여 인원과 규모의 방대성이고 또 하나는 내용과 주제 의식 표현 기법 면에서의 획일성이다. 즉『만제록』은 114명이나 되는 대규모의 인사가 참여하고 있고 만사와 뢰문, 제문 등 3종의 시문 양식이 동원[8]

---

6)『퇴계전서』29, 퇴계학연구원, 2002.

7) 정순목은『만제록』의 참여 인사들이 '門人'이라는 표현을 직접 쓰고 있음을 주목하고 홍섬, 정응두, 송인수 등 몇 명을 제외하고는 문도로 분류될 수 있는 사람이라고 밝혔다. (「만제록에 나타난 퇴계상」,『퇴계학보』75, 76호, 1992) 이들 중 정탁은 만사와 뢰문, 제문을 모두 지었으며 구봉령과 기대승, 이이, 조목 등 26명은 제문과 만사를 함께 지었다. 또 김부필, 김부의, 김부륜과 금응협, 금난수, 조목 등은 단체로 연명하여 올린 제문과 개인적 제문을 따로 쓰고 있다. 김부필, 이숙량, 김부의 등은 문인들 이름으로 올린 제문과 사마소 유생 이름으로 올린 제문을 함께 남겼다. 대체로 퇴계와의 관계가 밀접하게 논의되는 사람일수록 중복적으로 작품을 남겼음을 할 수 있다. 자세한 서지 사항은『전서』29에 수록된「퇴계선생문집부록(만제록) 부록」과 拙稿인「解題」참조.

8) 만사와 뢰문 제문은 같은 哀祭 양식에 포함되는 글이지만 용처와 형식면에서 다른 특징을 가지고 있다. 만사는 운문 형식으로 만장이라고 하는 弔旗에 적어 장례 때 사용하는 글이다. 전례적 성격이 강하고 또 짧은 시형에 애도를 담아야 하기 때문에 관용적 표현이나 수사적 장치를 활용하여 응축된 정서를 표현한다. 뢰문은 원래 시호를 주청하기 위한 목적으로 지어지던 글이다. 따라서 애도보다는 일생을 기술하는 부분이 강화되어 있는 특징이 있으나 후대에는 제문과 유사한 용도로 사용되었다. 제문은 제전에서 읽혀지는 글이다. 형식에 제한이 없고 어느 지점에 일괄적으로 지어지는 것이 아니며 편폭 또한 확장할 수 있어서 단형의 글에

되어 166편에 달하는 작품으로 이루어졌음에도 불구하고 대부분의 작품들이 일정한 유형으로 양식화되어 있는 특징을 보인다. 작가적 개성과 작품성 면에서 분명한 한계를 보여주고 있는 측면임에 분명하지만 이를 문학 작품으로서 조명해보고자 하는 이유는 전 작품에 일관되고 있는 반복적이고 집단적인 요소가 퇴계 문인들의 공통된 가치관과 세계관, 심미관에 토대를 두고 있음을 가정하기 때문이며 무엇보다도 일정한 형상의식을 가지고 이루어진 작품집임을 전제하기 때문이다. 본장에서는 그들이 퇴계를 어떻게 인식하였고 이를 어떤 방식으로 표현했으며 이를 통해 궁극적으로 어떤 의식을 표출하려 하였는지 하는 것을 살펴보고자 한다. 이는 퇴계를 이해하는 하나의 단서를 마련함과 동시에 당대 문인들 형상 의식과 심미관을 파악하는 계기가 될 수 있을 것이다.

II. 인물 형상의 두 방향

1. 공맹(孔孟)과 정주(程朱)의 형상

만사와 뢰문, 제문 등 애도의 글은 일반적으로 망인의 성품이나 업적을 칭송하고 작가의 애도를 결합하는 서술 방식을 취한다. 망인의 훌륭했던 삶을 칭송함으로서 그 죽음이 주는 충격과 상실감을 효과적으로

서는 충분히 표현할 수 없는 망인의 삶, 작가의 내면 정서 등을 비교적 상세히 기술할 수 있는 이점이 있으나 역시 공식적인 성격이 강하여 일정하게 양식화된 틀을 중심으로 애도를 표현한다.

전달할 뿐 아니라 애도라고 하는 정서적 반응으로 자연스럽게 나아가기 위한 장치이다. 글의 종류에 따라 또는 작가의 개성에 따라 차이는 있으나 일반적으로 망인의 평생을 대략적으로 기술하고 이어 애도를 표하는 방식이 가장 일반화되어 있다.

> "삼광(三光)과 오악(五嶽)의 기운이 온전하여 위대한 현인을 독실하게 탄생하였으니 온화한 옥처럼 순일한 금처럼 그 순수함을 하늘로부터 받았습니다.9)"

> "강하와 교악이 빼어남을 품고 규벽이 정기를 내리셨습니다. 시운의 제회를 기약하고 탄생하여 품부받음이 순수 청명하셨으니 빙상(氷霜)의 절조요 설월(雪月)의 금회였습니다.10)"

‘하늘로부터 순수하고 청명한 정기를 품부받고 자연의 빼어난 기운을 취집하여 탄생했다'라고 하는 언급은 흔히 위인의 탄생을 나타내기 위해 사용하는 관용적 표현이다. 하늘로부터 부여받은 기질의 청탁(淸濁)과 수박(粹駁)에 따라 인간의 유형이 나뉘고 그 중에서도 상지(上智)에 해당하는 사람은 기(氣)의 맑음과 질(質)의 순수함을 타고 난다11)는 성리학적 인간관에 토대를 둔 서술이라고 할 수 있다. 특히 『만제록』의 작가들은 퇴계의 순수하고 따뜻한 자질을 금과 옥으로, 그리고 맑고 탁트인 자태와 정신세계를 눈과 서리 얼음 항아리 등으로 비유하였다.12)

---

9) 「朴大立의 祭文」, "光嶽氣全 篤生大賢 玉蘊金精 純粹稟天"

10) 「李文樑의 제문」, "河岳孕秀 奎璧降精 生期運會 稟賦純淸 氷霜節操 雪月襟靈"

11) 『전서』속집 8, 「天命圖說」, "人之生也 稟氣於天 而天之氣 有淸有濁 稟質於地 而地之質 有粹有駁 故稟得其淸且粹者 爲上智 而上智之於天理 知之旣明 行之又盡 自與天合焉"

12) 精金과 美玉·雪月·氷壺 등은 퇴계의 천품을 묘사할 때 거의 상투적으로 사용되

글의 서두에 제시되는 이러한 내용은 비범한 인물로서의 퇴계를 암시
하면서 천품의 탁월함과 고매함을 요약적으로 제시한다.

"하늘이 나으신 성현이 얼마되지 않는 바, 공자·안자·자사·맹자 이래
로 천년 세월이 흐른 다음에야 정기를 저축하고 영기(靈氣)를 잉태하여 주돈
이가 나왔고 주부자 이래로 민락의 제유들이 서로 더불어 전수해서 고정(考
亭)에 이르러서 비로소 이를 집대성하게 되었습니다. 그러나 주부자와 고정
이 세상을 떠난 지도 어언 4백여 년이 넘었습니다만 중국에서 이를 찾아보면
다시 더 나온 사람이 없습니다. 생각건대 우리 동방은 은나라의 태사(太師)인
기자로부터 비로소 오도(吾道)가 동래하기 시작했으나 그러나 선비들이 이를
들어서 알기는 어려웠습니다. 이런 때문에 아득한 상하의 일천여년 세월에
절의가 높고 문장이 수려한 자가 더러 한두 사람 있었으나 사도(斯道)에 대한
책임을 맡아서 이를 전한 자로 말하면 아직 들어 본 바가 없습니다. 그러므
로 선생의 탄생은 천지가 다시 개벽한 것이며…13)"

고 있는 어휘들이다. 「언행록」 권2, <資品>에는 "마음씨는 탁 트이어 가을달, 얼
음항아리와 같았으며 기상은 따뜻하고 순수하여 精金美玉과 같았다."라는 언급이
있다. 또한 이들은 퇴계가 詩材로도 가장 많이 활용한 어휘들이다. 이동환은 「퇴
계 시세계의 한 국면」(『퇴계학보』 25, 퇴계학연구원, 1980)에서 매화와 달의 이미
지를 주목하고 이들을 청정한 세계의 표상이라고 해석했으며 홍우흠은 「퇴계의
매화시첩에 대한 연구」(『인문연구』 4, 영남대 인문과학연구소, 1980)에서 매화의
색태를 형용한 어휘 가운데 옥과 빙설이 등장함을 주목하고 여기에서 淸淨透明
潔白冷淡의 이미지를 간취했다. 한편 최신호는 「퇴계의 문학관에 있어서의 志의
문제」(『성심어문론집』 16, 성심여대, 1994)에서 雪·月·竹을 소재로 한 자연시를
통해 인욕을 씻어낸 눈과 달과 같은 지순한 정을 포착한 바 있다.

13) 「金守一의 제문」, "天之生聖賢 盖亦不數 自孔顔思孟以來 歷千有餘年而後 儲精孕靈
周夫子乃出 自周子以來 閩洛諸儒 相與傳授 集大成於考亭夫子 考亭既沒 迄于今四百
餘祀 求諸中華 無有乎已 顧惟我邦 遠自殷師 吾道乃東 士得聞知 厥惟孔艱 是以殊邈
上下千有餘年間 節義之高 文章之麗者 則容或一二 而任斯道之責明 斯道之傳者 何其
蔑蔑 先生之生 混淪再闢"

글에 의하면 퇴계의 탄생은 두 가지 측면에서 역사적 의미를 갖는다. 하나는 공자→안자→자사→맹자를 거쳐 주돈이→이정→주희로 이어지다가 더 이상 이어지지 못한 이른바 정통 유학의 도통을 계승했다는 측면[14]이며 또 하나는 역시 기자 이후 침체하였던 우리나라의 사문을 흥기하게 했다는 측면이다. 『만제록』의 작가들은 한결같이 퇴계를 "수사(洙泗)를 거슬러 오르고 염락(濂洛)의 근원을 찾으며 제자와 백가를 아울러 출입한 분",[15] "정자와 주자를 벗으로 공자와 맹자를 스승으로 삼은 분"[16] 등으로 표현하고 있으며 나아가 "동국의 공맹이요 오늘의 정주"[17]로 규정하고 있다. 곧 "성인이 멀어져 말씀이 인멸하여 바른 학문이 황폐해져 수사의 못물이 마르고 이락의 물결이 고갈한"[18] 상황에서 "안택(安宅)이 공허하고 정로(正路)가 거칠어진 세상을 가련히 여겨 상제가 보낸 순유(醇儒)"[19]이다. 동시에 "기자 이후 명현이 나오기는 했지만 다들 허문(虛文)에 종사하여서 의리를 분별하지 못했고, 또 사사로운 몸에 사사로운 학문이어서 사람마다 문호(門戶)가 달랐으며"[20]과 "적통을 계승하지 못함으로써 용(用)을 잘못 체(體)로 인식하고 가짜와 진짜가 혼

---

14) 道脈에 대한 언급은 『만제록』의 내용 중 중요한 부분을 차지한다. 대표적인 예를 들면 다음과 같다. 「趙穆의 만사」, "東土斯文孰啓前 淵源統緖見無緣 精分光岳眞儒出 學接濂閩正脈傳", 「南致利의 만사」, "廖廖千載倡吾東 沿洙源流續晦翁", 「申溪의 만사」, "考亭千載後 大道屬吾東" 「金㻋의 만사」, "名世生當五百年 分明一派紫陽傳", 「白見龍의 만사」, "晦翁千載有陶翁 天運循環道又東"

15) 「金富弼 등의 제문」, "泝流洙泗, 尋源濂洛 諸子百家 泛濫出入"

16) 「尹卓然의 만사」, "程朱斯尙又 鄒魯有餘師"

17) 「金隆의 제문」, "東國孔孟 今日程朱"

18) 「金宇宏의 제문」, "聖遠言湮 正學蓁蕪 洙泗澤渴 伊洛波枯"

19) 「朴承任의 만사」, "安宅成空正路蕪 帝矜斯世界醇儒"

20) 「김부필 등의 제문」, "矧吾東方 僻在遐裔 箕疇邈矣 文獻無徵 倡道無人 異端並興 間有名賢 從事虛文 義理莫辨 王伯誰分 私身私學 人各異門"

동되는"21) 폐단을 겪었던 우리나라에 진정한 도를 전한 인물이기도 하다. 공맹과 정주의 도통을 이었다고 하는 이러한 문맥의 기저에는 우리나라 선현들과의 사승 관계를 부정하는 인식이 놓여있다. 퇴계는 "제(齊)에서 배우지도 않고 초(楚)에서 배우지도 않았으며 전에도 없고 후에도 없이",22) "사승의 가르침을 거치지 않고도 묵묵한 가운데 도와 더불어 계합"23)한 인물이다. "타고난 기질이 도에 가까운 사람"24)이면서 "지극히 순수하여 아무런 흠도 찾을 수 없는 사람"25)이며 곧 "육신의 형기(形氣)이면서 옥(玉)이요 사람의 모습이면서 리(理)인 사람"26)이다. 이러한 언급 속에는 하늘이 낸 생이지지자(生而知之者)의 형상이 강하게 투영되어 있다.

"훌륭하도다. 선생이시어! 실로 하늘이 낳은 성덕이십니다. 품부받음이 이미 탁이한데 완벽히 수양하여 흠결이 없었습니다. 자질이 본래 따뜻하고 공손한데다 뜻이 겸손하였으며 기품이 실로 영민하지만 자신을 비움을 더욱 지극히 하였습니다. 명(明)과 성(誠)이 함께 나아가고 경(敬)과 의(義)를 나란히 세워서 일삼음이 있되 미리 기약하지 않았으니 하늘에 솔개가 날고 연못에 잉어가 놀았습니다.27)"

성리학적 사유에 의하면 인간은 하늘의 리(理)를 부여받고 태어나기

---

21) 「具鳳齡의 제문」, "顧惟嫡統 莫究似續… 嗚呼世遠 士多岐惑 高悟性命 絶廢文字 卑或沈淪 徒循外志 認用爲體 疑眞誰晰"
22) 「康倫 등의 제문」, "不齊不楚 匪前匪後…能其獨師"
23) 「李養中의 誄文」, "昔我先生 稟資溫良 不由師承 默與道契"
24) 「金晬의 誄文」, "恭惟先生 天資近道"
25) 「權春蘭 등의 제문」, "嗚呼先生 至純無愆"
26) 「閔應祺의 제문」, "肉形而玉 人貌而理"
27) 「柳根의 誄文」, "猗歟先生 實天生德 稟賦旣異 完養無缺 質本溫恭 尤加遜志 氣實英敏 益致虛己 明誠兩進 敬義偕立 有事勿正 鳶飛魚躍"

때문에 존재론적으로 하늘과 동일하다. 그러나 육체를 형성하고 있는 기의 작용으로 하늘과 어긋날 가능성을 항상 내포하고 있는 바, 여기에서 인욕의 제거와 천리의 보존이라는 수양과 실천의 당위 명제가 도출된다. 알려져 있다시피 퇴계는 "명성양진(明誠兩進)", "경의협지(敬義夾持)"를 중심으로 하는 거경(居敬)의 수양 방법을 제시하였다. 그리고 이를 "연비어약(鳶飛魚躍)"과 "물망 물조장(勿忘 勿助長)"의 비유로 설명한 바 있다.28) 각각 『시경』29)과 『맹자』30)에서 용사한 이 말의 핵심적인 의미는 솔개가 날고 물고기가 뛰노는 것에서 자연의 리(理)를 보듯 사람 역시 일삼는 것이 있되 미리 기대함이 없고 잊거나 미리 조장하는 병통이 없이 경(敬)의 공부를 한다면 본체(本體)가 드러나고 묘용(妙用)이 유행하는 것을 깨달을 수 있다는 것이다. 문인들은 이렇게 수양의 방법과 그 공효를 역설하기 위해 퇴계가 끌어온 비유와 전고들을 퇴계의 형상으로 옮겨놓고 있다. 퇴계가 추구했던 형이상학적인 학문 세계가 고스란히 퇴계의 삶으로 재구성되는 것이다. 이를 통해 도달하게 되는 지점은 "하늘로부터 품부받음이 이미 탁이한데 완벽히 수양하여 흠결이 없는" 완전한 인물로서의 형상이다.

> "방안에는 항상 주자의 글들이 펼쳐져 있는데 강호에서는 길이 범공의 근심을 걱정했다네 …남쪽으로 오면서 이미 농사나 지을 계책을 이루었지만 북쪽을 바라보며 항상 임금을 보필할 충정을 바쳤다네31)"

---

28) 『전서』17, 「언행록」권4, <論理氣>, "鳶飛魚躍 狀化育流行 上下昭著 莫非此理之用 天惟無欲 故理氣流行 自然無一息間斷 人亦必有所事 而無期待 去念去長之病 則本體呈露 妙用顯行 亦無一息之間 其象乃如此"
29) 『시경』, 「旱麓」, "鳶飛戾天 魚躍于淵"
30) 『맹자』, 「공손추 상」, "必有事焉而勿正 心不忘 勿助長也"
31) 「沈喜壽의 만사」, "堂室常存朱子旨 江湖長抱范公憂…南來已遂明農計 北望常輸補袞衷"

"순임금의 조종에서 몇번이나 모책을 올렸던가. 안자의 마을에서 온전히 마음을 즐겼다네.32)"

출사(出仕)와 퇴처(退處)는 퇴계의 삶에 있어서 가장 심각한 갈등의 요소가 아니었나 싶다. 『만제록』에서 역시 이 부분만큼은 유일하게 모든 인사들의 생각이 일치하지 않는다. 예컨대 "멀리 군민(君民)에 대한 뜻을 품고 중년에 과거의 금방(金榜)에 올랐다"고 하는 성락의 만사33)와 "집은 가난한데 어버이가 늙어서 강잉하여 과거를 보았다"고 하는 신홍조 등의 제문34)사이에는 일정 거리가 존재한다. 퇴처의 동기를 "신병 때문이었다"고 본 박대립의 제문35)과 "지취가 시대와 맞지 않았다"고 생각한 신익 등의 제문,36) 그리고 "흉사(凶邪)의 무리가 분란을 일으키고 사림들이 섬멸당한 것"이 물러난 동기가 되었다고 하는 오수영의 제문37)에서 역시 견해상의 차이를 읽을 수 있다. 그러나 공통적인 것은 서술 과정에서 출과 처의 문제가 늘 함께, 그리고 동등한 비중으로 언급되고 있다는 점이다. 즉 작가의 지향은 주자의 글이 펼쳐져 있는 방안의 풍경과 범중엄이 되어 세상을 걱정하는 방 밖의 풍경, 그리고 고향으로 돌아오는 남쪽 길과 임금이 계시는 북쪽 길 양쪽에 함께 걸쳐 있다. 순임금의 조정에서 모책을 올린 일과 안자의 마을에서 마음을 즐긴 일 어느 하나에도 편중된 무게를 싣지 않는다. 이들은 "나아가 임금을 섬

---

32) 「吳健의 만사」, "舜廊謨幾薦 顔巷樂心全"
33) 「成洛의 만사」, "遠懷君民志 中年薦金榜"
34) 「辛弘祚 등의 제문」, "家貧親老 科製强裁 一揚天朝 聲譽振雷"
35) 「朴大立의 제문」, "辭病歸來 遯世獨立"
36) 「申瀷 등의 제문」, "志與時違 懇乞骸骨"
37) 「吳守盈의 제문」, "二聖繼陟 凶邪煽亂 士林殲滅 伯氏見背 亦被汚衊 太行世路 九疑 人腹 黽勉從事 求退尤切"

기는 것은 군자의 포부요 물러나 도를 강하는 것은 대현(大賢)의 할
일"38)이라고 규정하고 "현성(賢聖)은 평생의 학문이요 경륜(經綸)은 일세
의 재능"39)이었다고 말하고 있다. 즉 출사와 퇴처는 하늘의 기수에 응
한 것40)이요 천리에 따른 것41)이면서 예와 의를 온전히 한 것42)으로 표
현되고 있다. '구원에서의 삶을 살았으되 세상을 잊은 것은 아니었
다'43)고 하는 언급이나 미처 다 펴지 못한 경륜에 대한 안타까움을 피
력한44) 문맥에서는 도학자로서의 위상에 상대적으로 묻힐 수 있는 경
세가로서의 면모와 역할을 균형있게 부각시키고 있다는 인상을 받기도
한다. 퇴계가 평생 정치보다는 학문에, 중앙보다는 산림에 삶의 무게를
두고 있었던 여러 정황과 문헌적 증거로 볼 때 이러한 서술은 다분히
도식적인 경향이 강하다. 그러나 문인들은 퇴처의 문제로 고민하고 갈
등하는 현실적이고 인간적인 형상을 취하기보다는 하늘의 뜻에 따라
독선(獨善)과 겸선(兼善)을 완벽하게 이룬 원론적이고 이상적인 인물 형상
을 취하였다. 이는 세상의 궁함과 독선(獨善)의 당위성을 인정하면서도
겸선천하(兼善天下)를 염원하고 지향하였던 문인들 자신의 의식을 투영

---

38) 「李宗仁 등의 제문」, "進而致君 君子所期 退而講道 大賢當爲"
39) 「許筬의 만사」, "賢聖平生學 經綸一世才"
40) 「沈義謙의 만사」, "行止孰使之 用舍眞天數"
41) 「裵三益의 제문」, "辭受取予 義之與比 用捨行藏 一聽於天"
42) 「金復一의 제문」, "出非循人 處豈忘世 辭受進退 惟義與禮" 金富倫의 만사, "出處行
   藏 惟適義云", 洪天民의 만사, "辭受皆由義 行藏豈染塵"
43) 「李從仁 등의 제문」, "豈若沮溺 果於忘世 常思孔孟 寓意經濟 那知一日 遘此二竪" ;
   「李仲樑의 만사」, "平生心契在山村 終始寧忘聖主恩" ; 「權應仁의 만사」, "平生事業
   本經綸 時晦元非學隱淪" ; 「洪天民의 만사」, "本是懷經濟 元非慕隱淪"
44) 「李鐸의 만사」, "經綸未遂扶廊廟 明哲終歸臥草廬" ; 「鄭琢의 제문」, "經綸竟未試 無
   祿奈斯民" ; 「柳成龍의 만사」, "空將濟民世憂民 遽値崩山拔木年" ; 「宋應漑의 만사」,
   "如何未展胸中蘊 一閉佳城夜正漫" ; 「許筬의 제문」, "展闢所蘊 謂將致澤 孰知一疾
   遽至易簀"

한 것이라 보아 무방할 것이다.

학문과 재능을 아우르고 모든 것을 겸비한 전인적(全人的) 인물로서의 형상은 퇴계와 비견되어 거론되는 인물이 30여 명을 상회한다는 사실에서도 확인할 수 있다. 이윤과 부열, 직과 설, 기와 용, 사안과 사마광 등을 등장시켜 경세가로서의 퇴계를 부각시키는 한편, 도연명이나 안연, 백이, 숙제, 증삼, 주렴계, 이연평, 엄자릉, 상산사호 등을 인용하여 처사 내지 절사로서의 면모를 부각시키고 있다. 그런가 하면 한유와 유종원, 이백 두보, 종요, 왕희지, 조맹부 등과 비견되어 문장과 글씨의 탁월함을 강조하기도 한다. 이를 통해 표현하고자 하는 것은 "덕이 있어도 재주가 어려운 것이 옛날부터 그랬는데 이 두 가지를 홀로 온전히 갖춘 인물"[45]으로서의 퇴계이다. 그리고 이러한 완결성은 "문장을 여사의 일"로 여기고 "글씨가 본래의 뜻은 아니었음"에도 불구하고 "덕이 있으면 언이 있는 법이요", "마음이 마르면 글씨도 발라지기 때문"이라는 논리로 설명되고[46] 있다.

한편 퇴계는 모든 것을 아우르고 겸전한 전인적 인물로서의 형상에서 나아가 서로 대립되는 것이 조화되어 피차(彼此) 내외(內外)의 경계가 없는, 통연(洞然)하고 자재(自在)로운 형상으로 나타난다.

> "대하여 보면 따뜻한데 멀리서 보면 장중하였습니다. 있으면서 없는 듯하니 우매한 자가 이를 본받고 융숭하면서도 높지 않으니 보는 자가 작록을 잊었습니다. … 노하지 않아도 위엄이 있어서 나쁜 짓을 하던 자가 멈칫하고 말이 없어도 믿음이 있어서 선을 하려는 자가 모범으로 삼았으니 어린 아이들이 그 이름을 외우고 사동(使童) 주졸(走卒)이 조심할 줄 알았습니다.[47]"

---

45) 「林芑의 만사」, "德稱才難古昔然 先生於此獨能全"
46) 「金宇宏의 뢰문」, "觀其文者 謂是韓柳 有德有言 匪文之務 觀其筆者 謂是籀隷 心正 筆正 書及餘緒"

　　"진실을 축적하려는 노력이 오래되어 정밀한 의리가 신명의 경지에 들어
갔으니 천지의 위대함과 무극의 진수와 해와 달의 차고 기욺과 음양의 발생
소멸과 물 뿌리고 청소하는 자잘한 일들과 강상의 지극함, 아래로 인사의 공
부 과정을 배우고 위로 천리의 심법에 이르는 일과, 본체와 작용의 현저함과
은미함, 섬세함과 소략함의 근본 지말이 얼음 풀리듯 과녁을 꿰뚫듯 환히 융
합함이 끝이 없었습니다.48)"

　　퇴계는 따뜻함과 장중함, 있음과 없음, 높음과 낮음 등 양단을 아우
르는 포용적인 인품의 소유자로 나타난다. 한편, "차가움과 따뜻함, 단
단함과 우아함을 겸비한 사람"이며49) "문(文)과 질(質)이 절당함을 입고
청(淸)과 화(和)가 조화된 인물"50)이기도 하다. 그런가 하면 물 뿌리고 청
소하는 자잘한 일상생활로부터 위로 천리의 심법에 이르기까지 체용(體
用)과 본말(本末)이 환히 용융되어 신명(神明)의 경지에 이른 사람이기도
하다. 이렇게 서로 대립되는 양단의 개념을 함께 제시하는 것은 『만제
록』뿐 아니라 『언행록』 등에서도 널리 발견되는 표현 특징 중의 하나
이다. 이질적인 것과 양립할 수 있으면서 동시에 조화롭게 결합할 수
있는 이러한 경지, 즉 "중(中)과 화(和)를 진실로 축적한 자재로운 세계",51)
"큰 근본이 확립됨으로써 만가지가 하나로 관통되어 체(體)와 용(用)이
근원을 같이 하고 현(顯)과 미(微)가 간극이 없는 경지",52) "도체의 은미
함과 일용의 세밀함이 하나같이 통연하여 눈으로 보면 곧 마음이 계합

---

47) 「柳雲龍의 제문」, "卽之也溫 望之也莊 有而若無 愚者效得 崇而不高 見者忘得…不
　　怒而威 爲惡者勅 不言而信 爲善者法 兒童誦名 走卒知恪"
48) 「李禎의 제문」, "眞積力久 精義入神 天地之大 無極之眞 日月盈虛 陰陽消息 灑掃之
　　細 綱常之極 下學工程 上達心法 體用顯微 精粗本末 氷釋的破 昭融無際"
49) 「金克一의 제문」, "惟靈 氷雪之淸外著 金玉之貞內蘊"
50) 「金富弼 등의 제문」, "文質得宜 野史難名 淸和相濟 夷惠無跡"
51) 「裵紳의 만사」, "眞積中和 自在開一"
52) 「宋言愼의 제문」, "大本斯立 萬殊一貫 體用同原 顯微無間"

하는"53)의 경지이다. 이는 하나의 리를 중심으로 내외의 근본과 피차의 구분을 없애고 물(物)과 아(我)가 하나되는 경지를 지향했던 퇴계의 도학 세계와 통한다.54)

이렇게 『만제록』의 인물 형상 방식은 성리학적 이념과 퇴계 학문의 핵심 개념을 서술적으로 구성하고 이를 퇴계의 형상으로 옮겨 놓는 형태로 이루어져 있다. 즉 옛 사람들이 이미 확립해 놓은 성현의 전형을 퇴계의 형상으로 재구성하는 형태이다. 구체적이고 개성적이기보다는 다분히 관념적이고 추상적인 경향이 우세한데 이는 특정 시대에 현존했던 한 사람의 실존 인물이기보다는 공맹정주로 표상되는 전형적 성현으로서의 퇴계상을 부각시키기 위한 형상 의도를 보여주는 측면이라고 할 수 있다.

2. 도산(陶山)과 퇴계(退溪)의 형상

잘 알려져 있다시피 퇴계에게 있어서 자연은 단순히 쉬고 완상하는 공간을 넘어서 성정을 도야하고 이법을 깨닫는 도장이었다. 퇴계는 산과 물, 풀과 나무 등이 어울려 있는 일상의 생활 가운데서 천리의 유행과 대자연의 경이로움을 발견하였으며 풀 한 포기나 미물들의 생명에서도 자연의 이치를 깨달았다. 그리고 자연에서 얻은 이러한 깨달음과 감흥을 산수시와 산수유기 등으로 형상화한 바 있다. 『만제록』에서 역시 자연은 퇴계의 삶을 구성하는 재료이자 그의 정신세계를 표현하기 위한 소재로 광범위하게 등장한다.

---

53) 「李完의 제문」, "道體之微 日用之細 隨處洞然 目擊心契"
54) 금장태, 『퇴계의 삶과 철학』, 서울대출판부, 1998, 192쪽.

"광악이 정기를 나누어 참된 선비가 나오니 학문이 염민(濂閩)에 접하여 정맥을 전하였다네.

형철한 얼음 항아리에 가을달이 비치고 높고 밝은 백일이 하늘 가운데 떴구나.55)"

형철한 얼음 항아리와 맑게 비치는 가을달, 그리고 세상을 환히 비치는 백일은 하나로 결합되어 밝고 높은 이미지를 형성한다. '빙호추월(氷壺秋月)'은 퇴계의 비유로서 『만제록』에서 가장 많이 등장하는 어휘 중 하나이다. 본래는 주자의 스승인 이연평(1093~1163)의 별칭인데 퇴계는 도회함양(韜晦涵養)의 생을 보낸 이연평을 평생토록 "소경이 눈을 뜬 것처럼 목마를 때 물을 얻은 것처럼" 흠모하고 동경하였으며56) 문인들은 이러한 스승을 빙호추월에 견주었다.57) 빙호추월이라는 표현 속에는 얼음항아리처럼 정결하고, 밝고 맑은 가을 달처럼 고고한 퇴계의 정신세계가 은유되어58) 있을 뿐 아니라 나아가서는 "세속의 기심을 초탈한"59) 초월적 면모와 "천연에서 나온 형연함"60)이라고 하는 이취적 의미가 함축되어 있다.

"갓 끈을 씻는 못물이 맑고 구름 가린 하늘에 돈대가 형철했으며 빛나는 바람결이 호호하기만 한데 비 개인 달빛은 곱기만 했으니 먼지를 닦은 거울이요 물결이 잔잔한 옥 연못이었습니다. 성경(誠敬)의 공을 도타이 하고 소장

---

55) 「趙穆의 만사」, "精分光岳眞儒出 學接濂閩正脈傳 瑩澈氷壺映秋月 高明白日在中天"

56) 좌등인, 「이퇴계와 이연평에 관하여」, 『퇴계학보』 62집, 퇴계학연구원, 1989, 20쪽.

57) 「金富倫의 만사」, "千載氷壺秋月後 陶山更有李先生" ; 「李誠中의 만사」, "玉色金聲 程伯子 氷壺秋月李延平"

58) 「金應生의 제문」, "氷壺之潔 秋月之淸 瑩澈襟抱 蕭灑神精" ; 「李壽千의 제문」, "氣質淸粹 氷壺秋月"

59) 「柳仲郢의 만사」, "鶴姿仙骨似氷淸 逈脫塵機皓月晴"

60) 「具鳳齡의 제문」, "精金美玉 絶無瑕慝 氷壺秋月 炯出天然"

(消長)의 이치를 밝혀 놓으니 한가한 가운데의 해와 달이요 고요한 속의 천지였습니다. 구름이 스러졌다 일어나는 높은 산은 푸르기만 하고 물결이 잦다 일렁이는 잔잔한 물살은 스스로 맑았습니다.[61]”

“도산의 봉우리가 푸르디 푸르고 퇴계의 물이 끝없이 흘렀습니다. 띠를 이은 집이 새로 이루어지니 돈대가 있고 지당이 있었습니다. 더러는 산에 올라 나물을 뜯고 더러는 봇살에서 물고기를 잡고 완락재에서 글을 읽다가는 나와서 소요하며 노닐었습니다. 역사(驛使)가 소식을 전하니 매화꽃술이 분방하다는 것이었습니다.[62]”

퇴계의 삶 가운데 도산에서 은거하던 시기를 서술한 부분이다. 일찍이 퇴계는 도산 남쪽에 도산 서당을 구축하고 그 주변의 풍경과 아취를 「도산기」로 적은 적이 있다. 이 제문에서 묘사한 경치 역시 산기슭이 끊기는 곳에 위치한 맑은 연못 탁영담(濯纓潭)과 그 동쪽 위에 쌓아 만든 천연대(天淵臺) 서쪽 산기슭에 쌓아 만든 천광운영대(天光雲影臺) 등 「도산기」의 풍경과 일치한다. 여기에 작가의 설명이나 느낌은 전혀 들어가 있지 않다. 다만 작가는 비 개인 달빛과 어우러진 거울처럼 맑고 옥같이 잔잔한 물결을 포착하고 있으며 나물 뜯고 고기 잡으며 책을 읽다 때로 노니는 고요한 일상의 흥취를 걸러내고 있다. 그리고 구름이 일다가 스러지는 늘 푸른 산과 물결이 일고 잦아지며 스스로 맑아지는 물, 그리고 분방하게 피어있는 매화꽃술을 정지된 화면으로 제시한다. 맑고 잔잔한 물과 우뚝한 산, 분방하게 피어 향기를 전하는 매화, 그리고 주변 경물이 어울린 조화의 풍경이야말로 맑고 높고 청진한 퇴계의 정

---

61) 「李宗仁 등의 제문」, “纓濯潭清　臺瑩雲天　光風浩浩　霽月娟娟　塵去明鏡　波靜玉淵　篤誠敬功　明消長理　閒中日月　靜裏天地　雲消雲起　高山獨青　波伏波興　止水自清”
62) 「李湛의 제문」, “陶山蒼蒼　退水決決　茅棟新成　有垲有塘　或採于山　或漁于梁　玩樂時習　逍遙徜徉　驛使傳信　梅蘂芬芳”

신 세계와 물아의 경계를 허물고 자연과 혼연히 하나가 된 열락의 경지를 형상화 한다.

특히 우뚝 솟아오른 산과 도도히 흘러가는 물[63]은 실제 지명이면서 퇴계의 별호로서 중의적인 의미를 확보하고 있는 '퇴계'와 '도산'으로 등장하여 보다 뚜렷한 상징성과 형상성을 드러내게 된다.

> "기수가의 봄바람을 증자가 홀로 찾았었지. 도산 머리의 비 개인 달빛이 너무나 깨끗하구나.[64]"

> "물결은 자계(紫溪)의 달빛에 통하고 산자락은 대니(戴尼)의 안개에 접해라.[65]"

도산 머리에 걸려 있는 비 개인 달빛은 증삼이 목욕하고 노래 부르며 돌아오는 길에 맞았던 봄바람과 접하고 있다. 그런가 하면 퇴계의 물결은 연원을 거슬러 올라 주희가 살던 자계(紫溪)의 달빛과 연결되고 도산의 자락은 공자가 태어난 대니(戴尼)의 안개와 만난다. '현재', '이곳'의 도산과 퇴계는 '옛날', '저곳'의 성현들과 만나는 상징적 공간이며 달빛과 안개는 그 둘을 잇는 매개물이다. 『만제록』의 작가들은 출렁출렁 흘러가는 퇴계의 물결과 우뚝하게 솟아오른 도산 봉우리, 그리고 그 위를 비추는 달빛 가운데서 공자의 궐리(闕里)[66]와 수사(洙泗)의 기슭,[67]

---

63) 산과 물은 퇴계가 淸과 高의 의미를 취해 애호하였던 자연 공간이다.(『전서』 10, 권41, 「丹陽山水可遊者續記」, "山水之好 好其淸高耳 淸者自淸 高者自高 其於人之知 不知 何預哉") 「陶山十二曲」에서는 靑山과 流水의 이미지로 인간 속에 내재하고 있는 변하지 않는 본연지성을 은유한 바 있다.

64) 「丁應斗의 만사」, "沂水春風曾獨往 陶山霽月正無邊"

65) 「李純仁의 만사」, "波通紫溪月 山接戴尼烟"

66) 「文命凱의 제문」, "吁嗟闕里 退溪之濱"

그리고 주자의 무이(武夷)의 형상68)을 보고 있다. 그런가 하면 퇴계의 기슭과 도산의 골짜기에서 정자의 이수에 연결된 물결과 주자의 여산 빛에서 따온 푸르름의 정경을 보기도69) 한다. 여기에는 과거와 현재의 간극이 존재하지 않으며 더불어 자연과 인간의 간극이 존재하지도 않는다. 종적으로는 고(古)와 금(今)이 이어지고 횡적으로는 서로 대립되는 것이 조화되며 궁극적으로 인간과 자연, 인간과 세계가 혼연히 하나가 되는 절대적 조화의 경지. 천인합일(天人合一)로 상징되는 바로 그 형상이 퇴계의 형상이다.

III. 정(情)의 표출 양상

퇴계는 "인간의 칠정(七情)은 외물(外物 : 대상)이 형기(形氣 : 주관 감각)에 감촉되어 마음속에서 움직여 경(境)을 따라 나온다"70)라고 말하고 있다. 형기가 존재하고 외물에 의한 감촉이 불가피한 인간의 삶에 있어서 정의 형성과 표출은 자연스러운 것이라고 할 수 있다. 특히 인간에게 있어 죽음은 애(哀)와 구(懼) 등 부정적인 정을 촉발시키는 중요한 동기가 된다. 그리고 애제문은 이러한 정을 표현하고 구조화하는 방식이다. 본 장에서는 죽음이 환기된 지점으로부터 발하여 표출되는 정의 양상을 살펴보고자 한다. 칭송의 문맥에서 형성된 성현으로서의 퇴계상이 애

---

67) 「金應生의 제문」, "趨趍竝進 士友甚衆 武夷之曲 泗洙之上"

68) 「崔顒의 만사」, "退溪萬古同淸洛 陶阜當今卽武夷"

69) 「李從仁 등의 제문」, "築室退溪 搆齋陶谷 波連伊水 翠挹廬岳"

70) 『전서』 5, 권16, 「答奇明彦」, 論四端七情第一書, "喜怒哀懼愛惡欲 何從而發乎 外物觸其形而動於中 緣境而出焉爾"

도의 문맥으로 이어지면서 어떤 양상으로 수용되는가 하는 것을 고찰하기 위함이다.

1. 사정(私情)과 공정(公情)의 융합

> "도학이 그 들보가 무너지고 대하(大廈)가 그 기둥이 꺾였습니다. 시귀(蓍龜)가 그만 가 버렸으니 혐의를 어디서 결단하며 해와 달이 어두워졌으니 혼몽을 누가 깨우치리까. 이는 백성이 복이 없음이요 또한 나라의 재앙이라 하겠습니다. 슬픕니다. 성학(聖學)이 다시 밝혀질 수 없으니 선생에서 일어났다가 선생에게서 끊어지고 말았습니다.71)"

퇴계의 죽음은 큰집을 지탱해주는 들보가 무너지고 기둥이 꺾이며 혐의를 결단해줄 시귀(蓍龜)가 가 버리고 세상을 비출 해와 달이 어두워진 '국가적 재앙'으로 표현된다. 그 밖의 작품에서도 "태산이 무너지고 대들보가 꺾였다"72)거나 "상서로운 기린이 상서하고 아름다운 봉황이 멸몰했다"73)거나 또는 "서일(瑞日)이 침륜하고 상운(祥雲)의 광채가 멸몰했다"74) "곤륜산 옥이 묻히고 조래산의 송백이 꺾였다"와 같은 유사한 표현을 볼 수 있다. 이중에서 "산퇴양훼(山頹樑毀)"는 공자가 죽기 전 자신의 죽음을 직감하면서 불렀다는 일명 태산가, "태산이 무너졌도다. 대들보가 무너졌도다.[泰山其頹乎 梁木其壞乎]"의 내용75)을 옮겨온 것이며 봉황·기린·서일·상운 등도 역시 성현 또는 위인을 상징하는 관습적

---

71) 「金隆의 제문」, "道學樑摧 大廈柱折 蓍龜逝矣 嫌疑誰決 日月晦矣 昏蒙誰開 民之無祿 邦國之災 吁嗟聖學 其不復明 興於先生 絶於先生"
72) 「琴蘭秀 등의 제문」, "山頹樑毀 吾道之悲"
73) 「李龜壽 등의 제문」, "泰山崩兮樑木摧 祥麟逝而彩鳳歿"
74) 「趙穆의 제문」, "瑞日淪光 祥雲沈彩"
75) 『예기, 「단궁 상」

이미지들이다. 퇴계의 죽음을 보통 사람의 죽음과 차별화시킬 뿐 아니라 나아가 공자를 비롯한 성현의 죽음과 일치시키려는 표현 의도를 반영한 것이라고 할 수 있다. "안자보다는 37년을 더 사셨으나 공자에게는 3년이 모자란다",76) "공자의 향수에는 3년이 못 미치고 순임금에게는 과반에 그쳤다",77) "도는 주자와 같아서 우열이 없는데 향수는 공자에 비해 두 서너 해가 모자란다"78)와 같이 옛 성인들의 향년과 구체적으로 비교하는 방식이나 공자의 죽음을 예언했다는 두 기둥 사이의 꿈,79) 공자가 안연의 죽음 앞에서 외쳤다고 하는 '하늘이 나를 버렸도다.[天喪予]'의 탄식,80) 그리고 부열이 타고 하늘로 올라갔다는 기미(箕尾)의 고사등이 동원되고 있는 것81) 등도 같은 맥락에서 이해할 수 있다.

"물결이 멎은 사수(泗水)에 인경(麟經 : 춘추)가 끊어지고 소무(韶舞)가 걷힌 순임금의 조정에 봉궐(鳳闕)이 비었구나.82)"

"사문(斯文)이 이미 공부자(孔夫子)를 잃어버렸는데 주회옹(朱晦翁)의 오도(吾道)를 전할 길이 없어라. 궐리(闕里)와 행단(杏壇)에 현송(絃誦) 소리가 끊어지고 노봉(蘆峰)과 운곡(雲谷)에 강연이 공허하구나.83)"

"염계의 물이 목이 메어 울고 백록동의 봄이 처량하니 슬프구나.84)"

---

76) 「李德弘의 제문」, "壽顔卅七 少孔三年"
77) 「金隆의 제문」, "少三孔壽 强半舜年"
78) 「金富弼의 만사」, "道同朱子無優劣 壽比文宣少二三"
79) 「柳景深의 만사」, "坐虛前席傾三接 天喪斯文冥兩楹"
80) 「李鐸의 만사」, "斯文統緖知無主 震悼丁寧若喪予"
81) 「權應仁의 만사」, "騎箕忽被天工奪 山月凄凉照武夷"
82) 「楊士彦의 만사」, "波回泗水麟經斷 韶輟虞廷鳳閣虛"
83) 「具贊祿의 만사」, "斯文已喪孔夫子 吾道無傳朱晦翁 闕里杏壇絃誦斷 蘆峰雲谷講筵空"
84) 「洪天民의 만사」, "嗚咽濂溪水 凄凉鹿洞春"

퇴계의 죽음은 사수의 물결이 멎은 것 순임금의 악무인 소무(昭舞)가 끊어진 것으로 비유된다. 그런가 하면 공자가 살던 권리(闕里)와 제자들을 가르치던 행단(杏壇)에 현송 소리가 끊어지고 주희가 살던 노봉(蘆峰)과 제자들에게 강학하던 운곡(雲谷)에서 강연이 멎은 것으로 묘사되기도 한다. 그리고 그 슬픔은 멀리 공간을 뛰어넘어 염계(濂溪)의 물을 울리고 백록동(白鹿洞)의 봄을 처량하게 한다. 이들 구문에서 퇴계라고 하는 실제 주어는 괄호 속에 묶여 있으며 그 대신 비유되는 대상 즉 공자와 주자가 죽음의 당사자로 등장한다. 퇴계라고 하는 한 인물의 죽음이기보다는 세상을 구제하고 인도할 '성현'의 죽음으로 의미화 하기 위한 장치이다.

따라서 그 죽음에 대한 반응 역시 일상적인 애도 차원을 넘어선다.

"공의 존망은 천지 기화의 성쇠와 관계되는 것이니 국운의 트이고 막힘과 사문의 흥기와 상패가 수반합니다. 그런데 지금 돌아가셨으니 무릇 혈기있는 자라면 누군들 비감한 마음을 일으키지 않을 수 있겠습니까?[85]"

"저의 사정으로 통곡하는 것이 아니라 오도를 위하여 슬퍼하는 것입니다.[86]"

퇴계의 죽음은 천지기화(天地氣化)의 쇠퇴, 국운의 비색, 사문(斯文)의 쇠락을 의미한다. 그러므로 퇴계를 잃은 슬픔은 나라를 위한 슬픔이며 사문을 위한 슬픔이고 오도를 위한 슬픔, 즉 공정(公情)이다. 『만제록』의 작가들은 한결같이 "하늘에 울부짖고 땅에 호곡하는 사람들의 아우성",[87]

---

85) 「李仲樑의 제문」, "公之存亡 關天地氣化之盛衰 國運否泰 斯文興喪隨之 今其亡也 凡有血氣者 孰不興悲天喪之嘆"
86) 「李從仁 등의 제문」, "非我哭私 爲吾道悲"

"백성들의 슬픔과 선비들의 통곡",88) "임금님의 심한 애도"89)를 부각시키며 이 슬픔이 사사로운 울음에 그치지 않음을 강조하고 있다. 사정(私情)은 공정(公情)에 포섭되거나 후행하는 양상으로 나타나고 있거니와 이로 인해 사정이 주도하는 격렬한 내면정서는 일단 통제된다. 대신 공정이 지향하는 바의 비장한 슬픔으로 이동한다. 공정의 지향점은 개별적이고 특수한 정서가 아니라 퇴계의 위대함, 그리고 퇴계가 믿고 다르던 '오도', '사문'의 위대함을 부각시키는 데 있다.

2. 인정(人情)과 자연(自然)의 융합

공정에 의탁하는 방식과 더불어 『만제록』에서 가장 광범위하게 활용되는 서정 방식은 경물 묘사에 가탁해 정을 표현하는 방식이다.

> "태산이 어찌 그리 갑자기 무너집니까? 유자의 무리들이 종주를 잃었습니다… 낙동강 강물은 끊임없이 흘러가건만 근원의 물결을 누가 다시 추구하리까.90)"

> "대마루가 하루 저녁에 꺾어지니 슬픔이 얼마나 지극하리. 글이 천년을 어둡게 되었으니 누가 이를 다시 밝힐 것인가. 적막한 도산 땅에 봄날이 저물어 가는데 벼랑의 꽃과 못 둑의 풀은 누굴 위해 흐드러졌는가?91)"

태산이 무너지고 대마루가 꺾인 슬픔은 끊임없이 흘러가는 낙수와

---

87) 「辛弘祚 등의 제문」, "號天叫地　衆聲喧咆"
88) 「許筬의 만사」, "民悲傅林渴　士哭孔梁摧"
89) 「成洛의 만사」, "朝野同一悲　沈慟迫吾黨　宸心甚哀悼　亦爲斯道喪"
90) 「金誠一의 만사」, "喬岳崩何遽　儒林失所宗…洛江流不舍　源派更誰窮"
91) 「柳仲郢의 만사」, "樑摧一夕悲何極　文晦千年孰更明　寂寞陶山春欲晚　巖花池草爲誰榮"

적막한 도산 땅의 풍경으로 표현되고 있다. 앞서 우뚝 솟은 도산의 봉우리와 출렁출렁 흘러가는 퇴계, 그리고 그 위를 비추는 밝고 밝은 달이 퇴계의 높고 청진한 정신세계를 상징하였다면 적막한 도산 땅에 흐드러지게 핀 꽃과 부질없이 흘러가는 강물은 슬픔을 환기하고 부추키는 매개물로서 역할을 한다. 적막하여 말이 없는 옛 서재[92] 도산에 남아있는 이내와 노을,[93] 봉우리를 덮고 있는 구름과 오열하듯 흐르는 퇴계의 물소리,[94] 그리고 퇴계의 물 기슭에 파릇하게 돋아나는 봄풀[95]과 산 속, 분 속에 피어있는 매화,[96] 연못 위를 비추는 새벽달[97]들도 슬픔을 환기하는 소재들이다.

> "도산의 봉우리는 우러를수록 높고 낙동강 물은 흐를수록 도도합니다. 도가 높고 덕이 숭고하여 비길 자가 없으니 영화가 밖으로 발하여 마침내 감출 수가 없습니다. 도산의 봉우리에 해가 저물려 하는데 낙동강의 물은 가고 돌아오지 않습니다. 흐르는 세월을 붙잡을 수가 없으니 모습이 점점 멀어져 갑니다. 도산의 봉우리가 곧고 우뚝한데 낙동강 물결은 쉼없이 흘러갑니다. 발꿈치를 돋우고 바라보아도 끝이 안 보이는데 비통한 나의 마음은 억눌러도 되지 않습니다.[98]"

---

92) 「許箴의 만사」, "靑丘不盡恨 寂寞舊書齋"

93) 「尹根壽의 만사」, "陶山餘物色 千古祗深悲" ; 「吳健의 만사」, "痛矣斯文喪 陶山空鎖烟" ; 「鄭芝衍의 만사」, "他年忍過陶山路 滿目烟霞慘淡中"

94) 「權轍의 뢰문」, "慘陶山之雲黯 悲退溪之流咽"

95) 「朴漸의 만사」, "退溪悲春草 陶山愁落日" ; 「李山海의 만사」, "傷心退溪畔 春草又新年"

96) 「李湛의 만사」, "想得山中梅定發 今春誰寄一枝來" ; 「李文樑의 제문」, "惟彼陶山之雲木凄凉 退水之氷泉咽絶 盆梅窖竹失主而逢春兮 誰賞方塘之曉月"

97) 「李仲樑의 제문」, "菴室空虛 院靜寮寂 烟沈梅徑 霧塞松扄 書幌風凄 方塘月盈"

98) 「鄭琢의 뢰문」, "陶山之兮仰彌高 洛之波兮流滔滔 道尊德崇兮無與爲曺 英華外發兮竟不韜 陶之山兮日欲暮 洛之波兮逝不返 流光兮難挽 儀刑兮漸遠 陶之山兮竦而直 洛之波兮流不息 跂予望兮望不極 余心悲兮難掩抑"

　문인 정탁이 지은 뢰문의 전문이다. 이 글은 전편이 도산과 낙동강 물의 비유로 일관되어 있다. 우러를수록 높은 도산의 봉우리와 흐를수록 도도한 낙동강 물이 도가 높고 덕이 숭고했던 퇴계의 삶을 형상화하고 있다면 해가 저무는 도산의 봉우리와 다시 돌아오지 않는 낙동강 물결은 그 죽음을 형상화하고 있다. 이 때 도산의 봉우리와 낙동강 물은 중층적인 의미를 가지고 등장한다. 실재하는 자연으로서의 공간과 이념적 자연으로서의 공간이다. 만고에 푸르고 그침 없이 흘러가던 이념적 공간으로서의 '청산'과 '유수'는 작가의 내면에서 해가 저물어 어둡게 된 도산과 한번 흘러가 다시 오지 못하게 된 물결이라고 하는 실재하는 자연과 충돌한다. 이 지점에서 슬픔의 정은 극대화된다. 그러나 작가의 내면 정서는 발꿈치를 돋우고 바라보아도 끝이 안 보이는 우뚝한 산과 쉼 없이 흘러가는 물결에 귀착한다. 즉 어두워진 산과 흘러가버린 물에 대한 슬픔을, 도달하기는 아득해도 늘 그 자리에 있는 산과 다시 오지는 못하지만 중단 없이 영원히 흐를 산과 강의 이치 가운데 응결시키는 것이다.

　"영원히 돌아가 의탁할 곳이 어디인가. 도산 봉우리가 우뚝하고 낙동강 물이 깊구나.99)"

　"동쪽 삼한 땅에 궤범을 드리웠으니 백세가 지나도록 영원히 도산을 우러를 것입니다.100)"

　"청량산 머리의 한 조각 달빛에서 영원한 당신의 금도(襟度)를 뵈오리라.101)"

---

99) 「姜文佑의 만사」, "千載依歸何處托　陶山卓立洛江深"
100) 「南彦經의 만사」, "東韓垂軌範　百世仰陶山"

결국 도산과 퇴계 그리고 그 위를 비추는 한 조각 달빛은 퇴계의 금도이고 자취이다. 그리고 후인들이 돌아가 의탁할 곳이기도 하다. 여전히 남아있는 물색과 새로 돋아나는 풀들, 그리고 속절없이 흘러가는 물이 퇴계의 부재를 환기시키면서 슬픔을 부추기는 요소로 작용했다면 여전히 변하지 않는 자연의 모습과 길이 되풀이될 계절의 순환은 영원히 변하지 않을 이치이자 우러러 본받아야 할 퇴계상으로 거듭난다. 이렇게 『만제록』의 서정 방식은 극히 절제되어 있고 이념화되어 있다. 있는 그대로의 슬픔을 표현하기보다는 걸러진 슬픔을 표현하기 때문이며 슬픔을 남기기보다는 보다 높은 이념적 가치로 승화하기 때문이다.

Ⅳ. 형상화 방식의 특징과 문학적 함의

문인과 지구(知舊)들이 애제의 글을 통해서 표현하려 하였던 것은 한 개인의 스승이기보다는 '간세(間世)의 현인(賢人)', '백대(百代)의 대유(大儒)', '사문(斯文)의 종장(宗匠)'의 모습이었다. 하늘이 준 천성을 완벽히 보존한 인물이며 지경(持敬)을 통해 천인합일의 경지에 이른 이상적 인간의 전형이었다. 이들은 이러한 주제 의식을 사실적 구체적이기보다는 추상적 관념적인 방식으로 표출하였으며 이로써 퇴계를 현실적이고 실존적인 인물이기보다는 규범적 상징적인 인물로 형상화하였다. 그리고 이러한 형상 의식을 공고히 해주는 정서적 장치로 공정을 표방하였으며 이를 통해 서정적 자아의 영역을 축소하는 대신, 대상의 위대함을 부각시키고 그 대상이 믿고 따르던 이념의 중요성을 강조하였다.

---

101) 「朴淳의 만사」, "淸凉一痕月　千古見襟期

그러나 일정하게 양식화된 틀과 관념적 요소를 주재료로 하여 166명에 달하는 사람들이 비슷한 형태로 토해내고 있는 칭송과 애도의 목소리를 과연 문학의 관점에서 유의미한 것으로 수용할 수 있는지는 선뜻 단언하기 어렵다. 사실성과 구체성이 배제된 규범적이고 전형적인 인물 형상에서, 그리고 사정이 절제되고 보편적 이념이 부각되는 서정 방식에서 세계와의 갈등 모습이나 구체적 삶의 면면, 울부짖고 통곡하는 인간적 제자의 모습은 좀처럼 찾을 수 없기 때문이다.

그렇다면 『만제록』이 가지고 있는 이러한 형상화 방식과 정서 표출의 양상이 지니는 의미는 무엇일까? 이는 애제문의 관습적 성격과 16세기 사대부들이 지닌 가치관, 심미관의 교차 지점에서 논의되어야할 문제라고 생각된다. 주지하다시피 애제 양식은 유교의 문화적 전통 속에서 관습적으로 존속하여 온 문장 양식으로 고유의 기능과 서술 방식을 보유하고 있다. 양식화된 틀을 중심으로 짜여진다는 것과 관용적 표현이 투식의 형태로 마련되어 있는 것 등은 이들 글이 개별적이고 특수한 감정을 표현하기보다 일정하게 보편화된 정서에 기대어 표현되는 글임을 말해준다. 무엇보다도 애제문은 상장 의례의 한 부분으로 수용되었던 글이다. 그 중에서도 만장에 걸리는 만사나 제전에 올려지는 제문의 경우, 특유의 공식적이고 실용적인 성격은 다분히 사회적 정치적 맥락에서 집단적 가치의 선양이나 집단 정서의 표출 수단으로 활용될 소지를 안고 있기도 하였다.[102]

---

[102] 喪이 나갈 때 함께 뒤따르게 되어 있는 만장의 수효는 그 사람의 지위나 신분 사회적 영향력을 상징하는 기준의 하나였다. 조선 후기에 오면 이러한 현상은 좀 더 심해져서 명망 있는 문인들을 찾아다니며 만사와 제문을 부탁하는 사례들이 빈번해진다. 哀祭文이 슬픔과 애도의 정감을 담기보다는 죽음의 의식에 필요한 상투적인 풍습으로 변해가고 있음을 의미한다. 한편 제문 역시 정치적으로

문인들이 퇴계의 영전에 올린 제문과 만사 역시 애제문의 이러한 관습적이고 실용적인 측면을 수용하면서 동시에 적극적으로 활용하는 방향에서 지어졌다고 보인다. 작품 수의 방대함도 그렇거니와 연명 형식103)과 중복 창작104) 등 집단성을 드러내는 작품이 많다는 것, 그리고 대부분의 작품이 유사한 구조와 내용 표현 방식을 공유하고 있다는 점 등은 이들 작품이 단순히 개인적으로 지어진 애도의 글을 모아놓은 것이 아니라 창작 단계부터 일정한 의식이 개입되었을 가능성을 짐작하게 해준다. 그 의식의 저변을 형성하고 있는 것이 같은 스승에게서 수학한 사람으로서의 문도 의식과 삶의 방식과 가치관을 함께 하는 사람으로서의 사대부 의식이 아닐까 한다. 이들은 글의 첫머리에 "문인·문생·문하·시생" 등의 표현을 써서 문도임을 밝히고 있으며 사제 관계를 맺게 된 내력이나 공부한 햇수, 사제지간의 일화 등을 상세히 적고 있다. 그리고 자신을 "도에 어둡고 학문에 몽매한 썩은 나무",105) "못나

쟁점화 되는 경우가 많았다. 최석정이 윤증의 제문을 쓰면서 송시열을 비난했다고 하여 노론의 공격을 받았던 사례(순종 40년 8월 12일, 신사)가 대표적인 경우라고 할 수 있다. 이에 대한 논의는 안대회, 「한국 한시의 죽음 소재」(『한국 한시의 분석과 시각』, 연세대출판부, 2000)와 졸고, 「조선후기 어제 제문의 규범성과 서정성」(『한국한문학연구』 30집, 한국한문학회, 2002)에서 볼 수 있다.

103) 連名 형식은 주로 제문에서 활용되고 있다. 전체 제문 68편 중에서 연명 제문이 18편인데 2명이 연명한 것에서부터 18명까지 연명한 것까지 있다. 한편 안동부 유생 생원 강륜 등이 지은 제문은 59명을 대표해서 지은 제문이다.

104) 중복 창작 역시 『輓祭錄』에서 일반화된 창작 방식이다. 정탁은 만사와 뢰문 제문을 모두 지었으며 구봉령, 기대승, 이이, 조목 등은 제문과 만사를 썼다. 또 금음협, 금응훈, 금난수 등은 단체로 연명하여 올린 제문과 별도로 개인적 제문을 따로 쓰고 있으며 김부필, 이숙량, 김부의 등은 문인들 이름으로 올린 제문과 사마소 유생 이름으로 올린 제문을 함께 쓰고 있다.

105) 「金守一의 제문」, "小子無似 昧道懵學 曾忝函丈 難雕朽木" 姜崙 등의 제문, "崙等 質愚才下 難雕朽木"

고 용렬하며 자질이 노둔하고 마음이 옹색한 멍청한 고깃덩이"106) 등
으로 겸사하면서도 스승을 잘 모시기로 유명했던 자공이나 증삼의 제
자, 주자와 자신을 비유하는 등107) 은근히 자부심을 드러내고 있다. 이
들이 가지고 있던 자부심 가운데 가장 큰 것은 퇴계가 단지 학문을 가
르치는 스승에 불과한 것이 아니라 고매한 인격과 진정한 도덕성을 겸
비한 참다운 스승이었고 비단 한 집단의 스승만이 아니라 유자라면 누
구나 숭모하고 그렇게 되기를 바라는 일대의 유종이었던 점에 있었다.
그들이 이해한 이러한 퇴계의 모습은 혼탁한 사회 상황과 진정한 유자
를 갈구하던 이 시대적 요청과 맞물려 본받아야할 인물의 전형으로 인
식되도록 하였다고 보이며 이를 적극 선양해야 할 동기를 제공해 주었
다고 보인다. 비지 행장과 달리 사실성과 객관성의 부담에서 자유로울
수 있고 수사적 표현이 용이하며 정서적 요소를 강화할 수 있어서 형
상화 측면에서는 유리한 조건을 확보하고 있는 애제문의 특성이 이들
의 이러한 필요와 효과적으로 접합할 수 있었던 것은 물론이다.

　강한 목적의식과 관념적 지향을 보이고 있음에도 불구하고『만제록』
이 문학 작품집으로서 논의될 수 있는 이유는 이러한 서술 특징이 당
대 문학관에 토대를 두고 형성된 것이라는 점과 그것이 형상화의 과정
에서 유효한 미적 세계를 구축하고 있다는 점에 있다. 주지하다시피 유
가의 문학관은 개인 감정과 정서에 따른 상대주의를 극복하고 인류 보
편의 정서와 규범으로 개인의 정서를 규제하는 특징을 보인다.108) 16세

---

106)「具鳳齡의 제문」, "竊念駑庸　質魯心塞 … 至于今日　務務頑肉".
107)「鄭琢의 만사」, "恩深杏壇聖　禮愧端木賢" ;「權好文의 만사」, "築場子貢悲　難及負
　　土候" ;「李光軒의 만사」, "身麼寸錄違情禮　奔(缺)延平愧考亭" ;「金守一의 제문」,
　　"旣不得親承啓手啓足之命　又未及面請其儀禮之參用"
108) 윤호진,『한시의 의미구조』, 법인문화사, 1996, 77쪽.

기에 들어오면 정감 대신 성정지정(性情之正)을 글에 담으려는 경향이 보다 강화되고 있거니와109)『만제록』의 형상화 방식은 바로 이러한 전통 유가의 문학관에 뿌리를 두고 있다고 할 수 있다. 그러나 좁게는 후세에 전해지는 글의 효용론적 기능을 중시하고 온유돈후(溫柔敦厚)의 미감을 추구했던 퇴계의 심미관을 포괄적으로 계승한 측면이 아닐까 한다. 특히 퇴계는 감정이 과도하게 노출되는 글에 대해 좋지 않은 인식을 가지고 있었다. 수 편의 글 속에서 "과령(過逞) 긍부(矜負) 자희(自喜)한 기상"110)이나 "긍호방탕(矜豪放蕩), 설만희압(褻慢戲狎), 완세불공(玩世不恭)",111) "격앙헌지(激昂軒輊)"의 서술태도112)를 비판하고 "방탄(放誕) 방잡(厖雜)한 언어 사용을 경계113)하였으며 지나친 감정의 시어를 단속해야 할 필요성을 제기114)하였다. 퇴계의 이러한 문학적 인식은 중절(中節)에 맞지 못하고 그 속에 리를 포함하지 못한 정을 악으로 규정한 그의 철학적 인식과도 맞물려 있다.115) 퇴계를 대상으로 하고 정의 표출을 목표로 지

---

109) 이민홍,「조선 전기 자연미의 추구와 한시」,『한국한문학연구』제15집, 한국한문학연구회, 1992, 109쪽.

110) 『전서』6, 권23,「與趙士敬」, "細看公詩 近覺有長進趣味可喜 但其間不無有過逞矜負自喜之態 而少謙虛斂退溫厚之意 恐如此不已 終酷有妨於進德修業之實也"

111) 『전서』10, 권43,「陶山十二曲跋」, "與翰林別曲類 出於文人之口 而矜豪放蕩 褻慢戲狎 尤非君子所宜尙 惟近世有李鼈六歌者 世所盛傳 猶爲彼善於此 亦惜乎其有玩世不恭之意 而少溫柔敦厚之實也"

112) 『전서』4, 권13,「答宋寡尤別紙」, "大抵向見左右志氣 頗多激昂軒輊 激昂軒輊固勝於委靡頹塌 然苟恃此自負 而謂人之莫己若也 則必至於矜豪縱肆 不循軌度 傲物輕世 其行於世也 有無限病痛"

113) 『전서』9, 권35,「與鄭子精琢」, "君惟以過多鬪靡逞氣爭勝爲尙 言或至於放誕 義或至於厖雜 一切不問而信口信筆 胡亂寫法 雖取快於一時 恐難傳於萬世"

114) 『전서』12, 외집 1권,「贈李叔獻」, "過情詩語須删去 努力工夫各自親"

115) 「進聖學十圖箚 幷圖」, <心統性情圖說>, "心不統情 則無以致其中節之和 而情易蕩…七者之情 氣發而理乘之 亦無有不善 若氣發不中 而減其理則放 而爲惡也"

어지는 만사와 뢰문, 제문 창작에 있어서 스승의 이러한 문학관과 심미관이 영향을 미쳤으리라는 것은 짐작하기 어렵지 않다. 사정을 토로하기보다는 정 속에 이치를 담고 궁극적으로는 '본받아야 할 퇴계상'을 형상화함으로써 수후(垂後)의 효용성을 추구하려 한 『만제록』의 작품 특성은 이러한 맥락에서 설명될 수 있을 것이다.

또한 『만제록』에 문학성을 부여할 수 있는 중요한 요소로 구조적 통일성을 간과할 수 없으리라고 본다. 『만제록』의 작가들은 성현의 형상과 온유돈후의 미감을 효과적이면서 일관적으로 표현하기 위해 '자연'을 소재로 활용하였다. 퇴계가 변하지 않는 성(性)의 속성을 설명하기 위해 자주 끌어온 산과 물의 이미지를 '도산'과 '퇴계'라고 하는 구체적인 공간으로 옮겼으며 그 속에 돋아난 풀과 그 위를 비추는 달, 그리고 그 가에 핀 향기 그윽한 매화 등 주변 경물의 어울어짐을 통해 천인이 하나가 된 의경을 형상화하였다. 그리고 도산과 퇴계 주변의 경물을 보고 슬픔의 정을 흥기하였으며 여기서 동시에 슬픔을 극복할 수 있는 이념적 가치를 발견하였다. 즉 『만제록』에서 자연은 성현이라는 관념적 인물에 형상성을 부여하고 천인합일이라는 철학적 경지를 구체화하는 방식이었으면서 동시에 슬픔의 정서가 중절(中節)을 확보하고 이념적 지향성을 갖도록 하는 방식이었다.

경계에 놓인 애도문학과 갈등의 문제

 공의(公義)와 사은(私恩)의 경계에서
18세기 팔모(八母) 복제(服制) 담론과 애제문학 속의 어머니

Ⅰ. 어머니, 여덟 가지의 이름

우리나라에서 예(禮)가 사회적인 파급력을 갖게 되는 것은 고려말 신흥사대부들에 의해 『주자가례』가 들어오면서부터이다. 주자가례는 처음에는 불교와 민간신앙적 유습에 맞서 유교적 생활 방식의 정착이라는 측면에서 강조되었으나 조선 중기 이후 사족과 민간에까지 보급되면서부터는 일상 문화의 중심에 놓이게 된다. 예가 생활에서 차지하는 영향력이 막강해지고 이를 잘 실천하고자 하는 사대부들의 의욕이 맞물리면서 예를 공유하던 사람들 간에는 자연스레 예에 대한 담론이 오고가기 시작했다. 주로 서신과 논설, 논변 등의 글을 통해 이루어진 예 담론은 예의 절목이나 행례의 절차를 묻는 세세한 일에서부터 예의 본질을 추구하는 진지한 논의에 이르기까지, 때로는 학파의 신념이나 당파의 이해관계를 관철시키기 위한 정치적 목적성까지 포함하면서 광범위하게 전개된다.

그 중에서도 복제 문제는 예 담론의 중심축에 놓여 있었다. 왕의 사친(私親)을 어떻게 대우하여 복을 입느냐 하는 문제가 예송 논쟁의 핵심

이었음은 널리 알려져 있거니와 사대부가에서 역시 복제 논의는 정통성 및 가문내의 권력과 결부되면서 다분히 논쟁적인 성격을 띠고 전개되었다.

이렇게 복제를 두고 해석이 분분할 수밖에 없었던 것은 가족 관계의 복잡성 때문이었다. 종법제의 확립과 함께 입후(立後)가 가문 유지의 기본 조건으로 인식되고, 후사를 잇기 위한 방편으로 축첩이 일반화되며, 아들을 낳지 못하는 어머니가 축출의 요건으로 용인되면서 다양한 부자 모자 관계가 형성되었다. 이에 부자 모자 관계를 해석하는 잣대 역시 혈연관계와 인위적인 명분 관계가 복합적으로 얽히면서 세분화된 층차를 이루게 되었다.

특히 '어머니'는 혈연과 종통을 중심으로 그 위상이 분명하게 규정되던 '아버지'와 달리 가문내의 지위와 역할에 따라 자식에 대한 권리와 명분이 복잡다단하게 부여되던 존재였다. 『주자가례』에서는 어머니를 8종류 – 적모(嫡母), 계모(繼母), 양모(養母), 서모(庶母), 자모(慈母), 유모(乳母), 출모(出母), 가모(嫁母) – 로 나누고 각각의 지위에 따라 차별화된 복제를 적용한다. 그러나 명분과는 별도로 다분히 정리를 배제할 수 없는 모자 관계의 성격상, 인위적으로 규정된 복제는 필연적으로 정서적 요소가 충돌하는 일이 많았다. 특히 명분을 어그러뜨리지 않으면서 인정의 문제에 합리적으로 다가갈까 하는 것은 예를 연구하고 논하는 사대부들의 심각한 고민거리였다.

18세기는 임병 양란이후 지속되어 오던 사회 변화가 더 급격히 진행되고 유교적 질서가 심각하게 흔들리면서 지배 체제를 정당화시켜주던 성리학적 논리가 위기에 봉착하게 되는 시기이다. 이러한 때, 체제 붕괴에 대한 위기의식은 주자학적 이념을 강화하고 종법 질서를 공고히 하는 보수적 경향으로 나타나고 있었고 이를 뒷받침하는 제도로서 유교적 예제의 실천이 강조되었다. 여기에 경제적으로 성장한 서민층을 중심으로 상층 사대부의 예를 추종하려는 경향까지 맞물리면서 18세기는 가례가 저변으로 확대된다. 어머니 복제 논의 역시 종법제도의 정착과 가례의 저변 확대라고 하는 이시기 사회 문화적 배경을 안고 활발하게 이루어진다. 이들 담론은 예제의 근원을 탐구하기 위한 학문적 관심이면서 동시에 복잡한 가족 관계 속에서 다양한 형태로 제기되고 있는 현실적 문제에 해법을 마련하기 위한 실천적 노력이기도 하였다.

이 장에서는 예의 원칙으로 받아들여졌던 팔모에 대한 복제 규정으로부터 출발하여 이에 대해 동의하거나 이의를 제기하는 예 담론을 통해 사대부들이 어머니에 대해 가졌던 인식을 고찰하고, 이를 묘지명, 행장, 제문 등 생활문 속에 나타나는 삶의 모습과 비교함으로써 당대 예의 틀 속에서 구현되던 어머니상을 추출해내는 것을 목적으로 한다.[1] 규범과 인식, 그리고 인식과 실제 사이의 거리를 측정하고 그 의미를 도출하게 될 본장의 연구는 18세기 다양한 형태로 전개되어 왔던 예 담론의 한 부분을 고찰한다는 의의와 더불어 가부장적 사회에서 복제라는 예제 속에 투영된 당시 어머니상을 재구성한다는 의의가 있다.

---

1) 예 담론은 주로 예를 비교적 잘 아는 사람에게 의문이 나는 점을 묻고 문의를 받은 사람이 예서의 내용이나 선현들의 예론들을 근거로 하여 답변하는 형태로 진행되었다. 문집 자료의 경우, 저술한 사람의 견해는 물론 답변 쪽에 있다. 그러나 물음쪽의 내용 역시 주목해야 하는 것은 이들이 생활의 현장에서 제기 되고 시행 과정에서 혼란을 초래했던 실제적 문제이기 때문이다. 가례나 기존의 예서들이 명쾌하게 설명해 주지 못한 변례와 속례의 양상을 이 부분에서 확인할 수 있다.

II. 의(義)와 은(恩)의 규범화 : 팔모복제 담론의 전개 양상

복제는 크게 '친친(親親)'과 '존존(尊尊)'이라고 하는 두 가지 원리에 의해 규정된다. 친친이 혈연적 친소 관계를 규정하는 논리라면 존존은 명분과 존비 관계를 규정하는 논리이다. 이 두 가지 원리의 결합에 의해 상복을 하는 기간[喪期]와 상복을 하는 방식[喪裝]이 결정된다. 상기에는 3년·1년·9개월·7개월·5개월·3개월 등이 있고 상장에는 재료를 인공적으로 가공하지 않은 순서에 따라 참최(斬衰)·자최(齋衰)·대공(大功)·소공(小功)·시마(緦麻) 다섯 가지의 종류가 있다. 이 상기와 상장을 결합하여 참최삼년복·자최삼년복·자최장기복·자최부장기복·자최오월복·자최삼월복·대공구월복·소공오월복·시마삼월복 등의 기본 조합이 이루어진다. 혈연적 유대관계와 신분적 상하관계가 깊으면 깊을수록 상기는 길어지고 상장은 인위적인 재단 과정이 생략되어[2] 거칠게 된다.[3]

그러나 다양한 삶의 조건은 다섯 가지 상복제도 속에 미세한 변수를 형성하게 하였으며 이들 변수는 정해진 규범 안에서 가복(加服), 강복(降服) 등의 이름으로 등쇄의 규정을 또 만들게 하였다.

복제를 규정하고 가감하는 원리로서 기준이 되는 것이 의(義)와 은(恩)의 개념이다. "상복이 마련되는 것은 은과 의에 관련되니 저 사람이 나에게 어떤 은례(恩禮)가 있고 어떤 의가 있느냐에 따라 복을 입는다"는

---

2) 참최복은 가장 무거운 상복으로 옷의 밑단을 꿰매지 않는다. 중한 상복일수록 인위적인 가공이 없는 상태로 옷을 지어 입는다. 이는 사랑하는 이의 죽음으로부터 야기된 깊은 슬픔을 마치 내 몸의 한 부분이 끊어져 나간 것 같음을 형상화한 것이다.

3) 장동우, 「다산예학의 연구」, 연세대 박사학위 논문, 1998, 6쪽.

말[4]이나 "모든 복제는 은의로써 정해진다"[5] "상복의 제도는 비록 예에 전거가 없더라도 은과 의가 모두 무거우면 복을 입지 않을 수 없다."[6] "은의가 균등하면 복제가 같다."[7]는 등, 18세기 문집에서 볼 수 있는 많은 언급들은 복제라는 예제가 은과 의라는 윤리적 정서적 가치가 유기적으로 결합되어 이루어졌음을 말해준다. 그러나 추상적 개념의 '은의'는 이념이나 사회 관습, 개개인이 가지고 있는 가치관 등에 의해 적용이나 해석이 분분할 수밖에 없는 문제였다. 특히 소생관계와 양육관계 명분관계가 복잡하게 얽혀있는 어머니 복제의 경우, 자식과의 의를 규정하고 은을 해석하는 문제는 여러 가지 경우의 수가 등장하면서 복잡한 양상을 띠었다.

1. 의(義)의 무게와 배제되는 친모(親母)들 : 적모, 생모, 가모 담론

적모(嫡母), 생모(生母) 담론 : 효를 가장 중요한 가치로 여기는 유교적 전통에서 부모의 상은 3년으로 규정되어 있다. 이 3년은 자식이 부모의 품을 벗어나게 되는 최소한의 시간으로, 낳고 키워주신데 대한 보은의 의미를 담고 있다.[8] 다만 최고의 의미를 지니면서 어떠한 경우든 변함이 없는 아버지 참최복과 달리 어머니를 위해 마련되어 있는 자최복은 돌아가실 당시 아버지가 생존해 있느냐의 여부에 따라 기년복과

---

4) 정조, 『홍재전서』, 「事大禮說」, "服之設 緣恩義也 彼於我 何恩何義 而爲之服也"

5) 안정복, 『順菴先生文集』, 「世子服私議」, "凡服惟以恩義爲定"

6) 정약용, 『여유당전서』, 「상례사전」, 「雜敍七國制 爲養父母三年」, "服喪之制 禮雖無據 恩義俱重 不可無服"

7) 김종후, 『본암집』, 「答仲謙叔」, "其恩義均而服制等"

8) 『논어』, 「양화」, "子生三年 然後免於父母之懷 夫三年之喪 天下之通喪也"

삼년복으로 나뉘어서 시행되었다. 즉 상복을 입을 시점에서 아버지가 살아계시지 않으면 삼년복을 입지만 만일 아버지가 생존해 있는 상황이라면 3년을 다 지키지 못하고 기년으로 강복(降服)하였다. 이 복제의 근거는 한 집안에 두 통(統)을 둘 수 없다는 명분의 논리와 아버지가 죽은 아내에 대한 복을 마친 상태에서 아들이 여전히 복을 입고 있으면 아버지의 마음을 미편하게 해 드릴 수 있다는 심리적인 이유 등이 복합적으로 작용한 것이었다.

그러나 자최3년(혹은 기년)의 복제 역시 어느 어머니에게나 균등하게 적용될 수 있는 것은 아니었다. 자최3년의 정복(正服)은 아들의 어머니로 규정되어 있지만 그 안에는 아들을 낳아 가통을 잇도록 하고, 그러면서 남편에게 버림받거나 사후 개가하지 않아야 하는 세부적인 조건을 포함하고 있다. 위의 조건 중 어느 하나라도 충족시키지 못한 어머니의 경우, 비록 친모라 하더라도 자최3년(혹은 기년)복이 허용되지 않았다.

강복의 조건으로 가장 일반적인 경우는 자식이 남의 후사가 된 경우였다. 본래 생모는 적모 속에 포괄되어 논의되기 때문에 팔모(八母)라는 범주에 따로 들어가 있지 않다. 그러나 종법제의 정착과 함께 친어머니를 떠나 적모를 어머니로 모시는 일이 보편화 되면서 생모의 문제는 복제 담론의 중심에 부상하게 된다.

> "예를 논하는 사람은 엄격함을 숭상하지 후함을 숭상하지는 않습니다. 천하에 아버지보다 더 높은 것이 없는데도 남의 후사가 된 사람은 복을 낮추어 부장기(不杖期)로 하며, 천하에 어머니보다 더 친한 것이 없는데도 서자로서 아버지의 후사가 된 사람은 더러 자기를 낳아 준 어머니를 위해 복을 입지 않기도 하고 더러는 시마복을 입기도 합니다.9)"

정약용의 이 언급은 후사로 인해 새로운 부자(모자)관계가 성립되었을 경우 생부모에 대해 취해야 자식의 태도를 간명하게 말해 주고 있다. 그것은 혈연적으로, 정서적으로 '천하에 그보다 높고 귀한 분이 없을지라도' 그 예를 낮추어 강복해야 하고 때로는 무복까지 감수해야 하는 명분의 원칙이다. 이 원칙에 따라 남의 후사가 된 자는 생모를 위해 강복된 자최부장기를 입었고, 서자로서 아버지의 후사가 된 경우는 적모를 어머니로 여기고 친생모는 서모로 간주, 시마3월의 복을 입었다.[10]

이러한 명분의 논리는 상기, 상장 뿐 아니라 명정(銘旌)이나 신주(神主) 등에 들어가게 되어 있는 호칭에도 적용되었다.

> "대개 고비(考妣)라는 것은 짝의 칭호이니 어머니[생모]는 감히 짝이라고 칭할 수 없다. 적모가 아버지의 짝이 된 뜻이 있기 때문이다. 그러므로 첩의 자식은 감히 비(妣)로 그 어머니의 신주를 쓰지 못하고 망모(亡母)라고 칭해야 한다.[11]"

> "'생부' '생모'라고 하는 칭호는 실로 정을 끼워 넣은 논의에서 나온 것이지 바른 예는 아니다. 그러나 정자가 '친'을 칭하는 것이 잘못되었음을 힘주어 말하였음에도 불구하고 예서에는 '생친'을 칭한 곳이 역시 많다. 대체로 '친'이라고 일컫는 것은 후사가 된 사람에게 혐의가 되지만 '생'자를 가하게 되면 서로 혼동되지 않아 혐의가 없을 것 같다.[12]"

---

9) 정약용, 『여유당전서』, 「答李汝弘書」, "然論禮之家 尙嚴而不尙厚 天下莫尊於父 而爲人後者降之爲不杖期 天下莫親於母 而庶子之爲父後者或爲之無服 或爲之緦麻"

10) 권상하, 『寒水齋先生文集』, 「答成仲擧」, "庶子爲父後者。以嫡母爲母。其所生母便是庶母。則勿論嫡母有無。服庶母之緦而心喪三年而已"

11) 박필주, 『黎湖先生文集』, 「答申仲瑞」, "盖考妣者。敵耦之稱。母者不敢敵耦之稱。以有嫡母之爲父之耦。故妾之子不敢以妣題其母主而稱謂亡母。"

12) 송재형, 『松巖集』, 「答金副提學」, "生父生母之稱 實出於參情之論 而非禮之正也 但程子極言稱親之非 而禮稱生親處亦多 盖稱親固嫌於所後 而加生字則不相混而無嫌故也"

호칭은 집단내의 지위를 공인하는 문제와 결부되어 상당히 민감하게 제기되었던 사안 중의 하나이다. 가장 중요한 원칙은 처/첩, 적/서의 처지에 따라 그 지위가 엄격히 구분되어야 한다는 것이었다. 우선 고(考)와 병칭되는 비(妣)는 적모에게만 허용된 호칭이었고 따라서 어머니가 적모가 아닐 경우에는 '본생(本生)', '생친(生親)'이라는 글자를 넣어 구별하거나 '망모(亡母)', '선모(先母)', '소생모(所生母)' 등의 표현을 썼다. 그런가 하면 아들 자신을 칭하는 글자로서 '효자(孝子)'나 '애자(哀子)'의 사용이 금기시 되었다. '애자'는 아버지와 몸을 나란히 한 어머니(적모)에게만 허용되는 글자였고 '효자' 역시 승중(承重)의 의미를 담고 있는 글자였기 때문이다.[13]

그러나 무엇보다도 생모에 대한 가장 차별적인 규정은 실제 상을 당했을 때 아들이 아들로서의 도리를 수행할 수 없다는 데 있었다.

> "낳아주신 은혜가 비록 중하지만 후사된 자의 의가 지극히 엄하니 의리로써 은례를 결단해야지 두 가지의 예를 모두 융성히 할 수는 없다… 만일 장례 전에 생가의 빈소를 지키게 되어 후사된 집안이 제사를 받들 사람이 없다면 어찌 후사된 자로서의 역할을 오로지 했다고 할 수 있는가[14]"

적모의 상기가 다 끝나지 않은 상태에서 생모의 상을 또 만난 사례들 두고 문의한 것에 대해 답변한 내용이다. 답변의 요지는 '본생모의

---

13) 이희조, 『芝村先生文集』, 「答閔靜能」, "母亡稱哀子 本指與父齊體之母也 非與父齊體之母 而亦稱哀子 則是於嫡母 亦爲同稱也 於嫡母於所生母 同稱哀子 已涉未安 況其父雖先亡 以所生母之死而合稱爲孤哀 尤恐不當矣 未知如何也 …孝子孝孫之孝 皆爲承重者之稱"

14) 이상정, 『大山先生文集』, 「答權匡伯別紙」, "所生之恩雖重 而所後之義至嚴 蓋以義斷恩 不可以幷致其隆也 …若葬前守殯於生家而使所後饋奠無人奉行 則安在其專於所後邪"

상을 지킬 수 없다'이다. 낳아 준 은혜가 비록 중하지만 소후의 의리가 지극히 엄하니 '의리'로써 '은혜'를 결단해야 한다는 것이다. 이렇듯 후사자와의 관계에 놓여있는 생모 논의는 유독 엄격하고 강경한 색채를 띠었다. 후사 제도의 의미는 종통을 수립하는데 있었고 그런 면에서 두 개의 통(統)을 둘 수 있는 여지는 철저히 배제해야 했기 때문이다.

그러나 살아서 잘 섬기지도 못했고 죽어서조차 마음껏 예우할 수 없었던 생모에 대한 안타까움은 의를 무너뜨리지 않으면서 은을 고려할 수 있는 방법을 모색하게 하였다. 생모에 대한 예를 누르는 대상, 즉 아버지와 적모가 모두 없을 때 3년으로 신복(伸服)할 수 있다는 논의는 그 대표적인 예이다. 이러한 논란은 당시 상당히 널리 퍼져 있었던 모양으로 18세기 문인들의 문집에 광범위하게 나타난다.

> "송나라의 복제, 시마조(緦麻條)에 '서자로서 아비의 후사가 된 자가 적모가 없으면 생모를 위하여 복을 입는다.' 하였으니, 적모가 있는 자는 그 생모의 복을 입을 수 없습니까?"

> "서자로서 아비의 후사가 된 자는 적모를 어미로 삼으므로 그 생모는 곧 서모이네. 그러니 적모가 살아계시든 그렇지 않든 서모의 시마복을 입고 심상을 할 따름이네. 송나라의 제도는 옳지 않네.15)"

적모가 생존해 있으면 지엄한 예법을 거슬릴 수 없지만 혹 적모가 죽어 '두 어머니'의 혐의를 피할 수 있으면 생모에 대한 예를 펼 수가 있지 않겠느냐는 것이 문제를 제기 하는 사람의 입장이었다. 그들은 생

---

15) 권상하,『한수재문집』,「答成仲擧」, "宋制緦麻條 庶子爲父後者 無嫡母則爲所生母服 然則有嫡母者 不可服其生母耶 庶子爲父後者 以嫡母爲母 其所生母便是庶母 則勿論 嫡母有無 服庶母之緦而心喪三年而已 宋制非是"

모를 신복할 수 있는 전거를 송나라 예제에서 찾았다. 당나라 개원례에도 같은 규정이 있는 것16)과 『맹자』의 공손추장에 "왕자의 소생모가 죽으면 적모에게 눌려서 감히 상을 마치지 못한다."라고 한 대목이 있는 것 역시 신복(伸服) 논의의 단서가 되었다.17) 그러나 이 문제를 거론한 대다수의 선비들은 한 목소리로 '그럴 수 없다'는 단안을 내린다. 그것은 적모와의 관계 때문이 아니라 아버지와의 관계 때문이다. 후사자가 생모의 복을 입고 있으면 제사를 지낼 수 없게 되고 이는 아버지를 이은 후사자의 본분에 크게 어긋나는 일이라는 것이다. 즉 후사자에게는 "어머니에 대한 '사정'보다 승후의 '의리'를 우선시해야 하는"18) 준엄한 의무가 부여되었다.

출모(出母), 가모(嫁母) 담론 : 의와 은의 문제에서 생모보다 더 엄격하게 아버지와의 의리가 적용되고 있는 것이 출모와 가모의 복제 담론이다. 출모란 아버지와 이혼하여 나간 어머니를 말하고 가모란 아버지가 죽은 후 개가한 어머니를 말한다. 이 경우 『주자가례』에서는 자최3년에서 강복된 자최 장기를 복제로 규정하고 있다. 여기서 논란의 대상이 되고 있는 것은 '남의 후사가 된 자는 복이 없다'라고 하는 무복(無服) 규정이다. 이 규정의 근거는 아버지와 일체가 된 사람으로서 아버지가 부인으로 인정하지 않는 사람을 어머니로 인정할 수 없다는 엄한

<hr>

16) 송환기, 『性潭先生集』, 「答宋台鼎」, "開元禮令 妾子若無嫡母則爲所生母得伸三年 然則嫡母在則不得伸三年耶 開元禮令 非出於經據 恐不可輕從矣"

17) 채지홍, 『鳳巖集』, 「答金常甫」, "庶子母死 似無壓於嫡母之義 而不但開元禮如此 孟子齊宣王欲短喪章註 陳氏曰 王子所生之母死 壓於嫡母而不敢終喪 此必有所攷 不敢臆斷"

18) 김이안, 『三山齋集』, 「答三從侄達淳」, "庶子爲父後者 爲其母緦 旣有禮經定制 誰敢容他議乎 此非薄於母也 專以承後爲重"

명분에 있다. 아버지 쪽에서 의를 끊은 출모나 미망인의 도리를 지키지 못하고 스스로 지아비와의 의를 끊었다고 간주되는 가모의 경우 역시 가부장권이 강화되는 추세와 함께 배척되는 경향이 강했다.[19] 다음 두 편의 이야기는 출모 가모에 대한 당시 선비들의 인식을 보여준다.

"전국책을 보면 제나라 장자의 어머니가 장자의 아버지에게 죄를 지어 죽임을 당해 마잔(馬棧)의 아래에 묻혔다. 그런데 장자는 고쳐 장사지내지 않으면서 다음과 같이 말을 하였다. '아버지가 가르침을 주지 않고 돌아가셨다. 아버지의 가르침을 얻지 못했는데 어머니를 장사지내면 이는 돌아가신 아버지를 속이는 것이다.' 무릇 전국시대의 선비로서 이와 같이 할 수 있었으니 대개 아들이 그 출모를 감히 사적으로 어찌할 수 없었던 것은 아버지를 이어 조상들과 한 몸이 되었기 때문만은 아닐 것이다.[20]"

"향리에 어떤 사람이 있는데 여종을 가까이 하였고 여종에게는 본래 남편이 있었는데 매를 맞고 죽었다. 그 아들이 자라나서 이를 듣고는 '아버지는 어머니 때문에 죽었으니 이는 (아버지를) 죽인 것입니다. 어찌 차마 그를 어머니라 하겠습니까?'라고 하고는 도망가서 죽을 때까지 몰랐다. 내 이를 듣고는 '이 사람은 바로 의리의 중심을 얻었다고 할만하다. 인정의 지극한 곳은 가르치지 않아도 이처럼 저절로 깨달을 수 있다. 이러한 변고를 만난 자는 이 백성으로 표준을 삼아야 할 것이다'라고 하였다.[21]"

---

19) 정약용의 『상례사전』 중 출모에 대한 논의는 자그마치 20조항에 달한다. 母子 조항이 모두 합해서 7개인 것과 비교해보면 상당한 비중을 두고 언급했음을 알 수 있다. 바로, 당시 출모, 가모에 대한 문제가 사회적으로 심각했음을 시사한다.

20) 김종후, 『本庵續集』, 「箚錄」, "按戰國策齊章子之母　得罪於章子之父　殺而埋馬棧之下　章子不更葬而曰　父未教而死　不得父之教而更葬母　是欺死父也　夫以戰國之士而能如此　蓋子之不敢私其出母　不獨爲承父體祖也"

21) 성호의 이 글을 정약용이 『여유당전서』, 「欽欽新書」, 「經史要義三」에서 재인용하였다. 내용상 『여유당전서』의 글이 자세하여 이를 자료로 쓴다. "鄕里有人　私於婢　婢自有夫　杖而死　其子旣長　聞之曰　父因母而死　是與弑也　何忍母之乎　遂逃不知所終　余聞之曰　此氓正得義理之中　人情至處　不敎而自曉如此　凡遭此變者　當以氓爲準"

　　두 편 예화 모두 죽은 어머니를 예장(禮葬)하지 않고 방치해 두거나, 살아있는 어머니를 팽개치고 부양하지 않는 아들의 이야기를 담고 있다. 그런데 이 예화를 소개하는 작가들은 모두 그 아들을 옹호하는 입장에 있다. 옹호의 근거는 '아버지에 대한 의리'이다. 앞의 이야기의 주인공인 장자는 『맹자』에 '광장'이라는 이름으로 설정된 인물이다. 『맹자』에 의하면 그의 어머니는 남편인 아버지에게 부정한 죄를 지은 것으로 인해 살해당하였고 아들인 광장은 아무리 어머니가 부정한 죄를 지었다고는 하지만 어머니를 죽인 아버지를 용서할 수 없다는 이유로 아버지와 싸우다 쫓겨났다. 그러나 『전국책』에서 그는 이러한 일을 알고 있는 제나라 왕이 '(진나라와의 싸움에서) 전승을 거두면 반드시 어머니 묘를 이장해 주겠다.'라고 한 제안을 거절하며 '제 어머니는 아버지께 죄를 지었고, 아버지는 어머니의 묘를 어떻게 하라는 말씀 없이 돌아가셨기에 감히 어머니의 묘를 이장할 수 없다'고 말하는 용기 있는 '장자'로 다시 등장한다. 비록 어머니 문제로 아버지와 의절하긴 했지만 결국 아들이 귀착하는 지점은 '출모를 감히 사적으로 어쩔 수 없는' 아버지에 대한 의리인 것이다. 후자의 내용은 성호 이익이 『성호사설』, 「인사문」에서 「계모시부(繼母弑夫)」라는 제목으로 소개한 이야기이다. 내용인즉 한 여종이 윗사람의 눈에 들었고, 이후 본남편이 매를 맞고 죽어야 했다. 문면에서 적시하지는 않았지만 정황상 어머니가 스스로 개가했다기보다는 신분적 열세 속에서 어쩔 수 없이 정조를 잃고 남편까지 잃었을 공산이 크다. 그런데도 아들은 "어머니 때문에 아버지가 죽었으니 어머니가 아버지를 죽인 것"이라고 단언한다. 이 이야기를 소개하는 이익 역시 "아들은 아비의 마음으로써 마음을 삼아야 한다. 그 아비의 혼이 있다면 반드시 원수를 갚아달라고 할 것인데, 아들의 도리로 어찌 어길 수 있겠는가?"라고 하면서 "잉(俴)의 아내가 되지 않는 자는 백(白)의 어미가 될 수 없다."는 자사의 말을 인용, 아들의 행동을 정당화하고 있다.

자사가 했다는 이 말은 출모, 가모를 언급하는 사람이라면 누구나 짚고 넘어가던 논의이다. 『예기』 단궁에 의하면 공자의 집안은 3대에 걸쳐 부인을 쫓아냈다. 우선 공자는 아들 백어를 두고 부인과 이혼했다. 이 경우 부재모상(父在母喪)[22]에 해당되기도 하거니와 '출모'의 규정이 적용되기 때문에 아들은 1년 이상의 복을 입을 수 없다. 그런데 백어는 1년이 지난 후까지도 슬픔을 거두지 못했고 이를 보다 못한 공자는 '슬픔이 지나치다'고 하면서 따끔하게 나무랐다. 그런 백어 역시 아들 자사를 낳고 이혼했다. 그런데 백어의 부인은 위나라로 가서 재가하여 서씨의 부인이 되었다. 그런 어머니가 죽자 아들인 자사는 자신의 사당에서 슬피 울었고 자사의 문인들은 '서씨의 어머니가 죽었는데 어찌하여 공씨의 사당에서 곡을 하느냐'고 하면서 비꼬았다. 자사 역시 이혼했는데 그 아들인 자상은 어머니의 상에 복을 입지 않았다. 역시 문인들이 와서 자사에게 '당신 아버지는 출모의 상을 당했을 때 복을 입었는가'고 물었다. 이 때 자사는 '잉(伋 : 자사의 이름)의 아내가 아니면 백(白 : 자상의 이름)의 어머니가 아니다'라고 단호하게 내친다.

이 내용은 출모의 상에 자식이 복을 입지 않는 전거로 자주 활용되어 왔다. 그러나 성인과 현인으로 추앙되고 있는 공자 – 백어 – 자사가 모두 이혼을 했다는 것은 후대 사람들에게 논란거리를 제공했다. 정말 이것이 실재했던 사실이었는지를 묻는 것으로부터 왜 그랬는지를 묻고 추론하는 논의가 이어졌다. 그러나 이전시대의 논의들이 대부분 '잘못

---

22) 부모의 상은 3년이 원칙이지만 만약 아버지가 계시는 상태에서 어머니가 먼저 돌아가셨을 경우 기년복을 입었다.

전해진 내용일 것'이라거나 '주석을 잘못 달았을 것'이라거나 '자구를 잘못 해석하여 생긴 문제일 것'이라는 등, 주로 전해 내려오는 과정에서 있었을 수도 있는 착오나 오류 쪽에 무게를 두는 경향이 강했던 반면 이 시기에 오면 이 이야기를 정면으로 거론하면서 그 내용의 논리성에 관심을 두는 논의들이 나타난다.

> "자사의 어머니가 위장에서 죽었다. 공자가 시아버지가 되고 백어가 남편이 되며 자사가 아들이 되는데도 오히려 쫓겨날 죄가 있었고, 또 남에게 시집을 갔으니 그녀는 필시 크게 악한 여자였을 것이다.[23]"

이덕무는 공자와 같은 시어버지와 백어와 같은 남편과 자사 같은 아들을 두고 있으면서도 쫓겨났다는 것은 필시 그녀가 '악녀'이었기 때문이었을 것이라고 단정한다. 물론 그 근거는 제시되어 있지 않다. 그러나 출모로만 그려지고 있는 공자나 자사의 부인과 달리 백어의 부인이 출모와 가모의 조건을 동시에 갖추고 있는 여성이라는 점은 중요한 시사점을 준다. 출모에 비해 가모는 훨씬 더 엄한 잣대로 인식하고 처우했음을 보여주는 측면이다.[24]

---

23) 이덕무, 『靑莊館全書』, 「禮記臆」, 「檀弓」, "子思之母死於衛章 以孔子爲舅 伯魚爲夫 子思爲子 猶有可出之罪 而又嫁於人 其人必大惡也"

24) 출모의 경우, 사정에 따라서는 다시 받아들여야 한다는 의론이 일기도 하였다. 에컨대 이형상은 세가지의 출모를 거론하고 있다. 첫째는 義絶이니 칠거지악을 범해 내치는 것이요, 둘째는 法絶이니 왕법을 어겨 관에 고하는 것이며, 셋째는 域絶이니 지역이 막혀 있기 때문에 끊어지게 되는 경우이다. (이형상, 『甁窩先生文集』, 「答鄭台彦問目」, "大抵絶妻有三道 一曰義絶 爲犯七出也 二曰法絶 王法告官也 三曰域絶 道里礙阻也") 첫째를 제외하고는 부득이 하여 출모가 되는 경우가 있기 때문에 후에 고려해야 한다는 것이 많은 선비들의 생각이었다.

"모든 출모와 시집간 계모를 따라간 자도 어머니의 복을 입는데 유독 가모복만 없는 것은 왜인가? 출모는 의는 비록 남편과 끊어졌으나 은은 자식과 연결되어 있다. 그러므로 아들이 그를 위해 기년복을 입고 지팡이를 짚는 것이다… 또한 계모를 따라가 양육을 받았다면 그 모자의 은혜는 그래도 온전하니 이러한 복을 지키는 것 역시 마땅하다. 그러나 부인의 의는 죽을 때까지 평생 한 사람만을 좇는 것이다. 남편이 죽어 재가하는 것은 죽음을 져버리는 것이고 하물며 자식이 있는데 함께 지켜주면서 장성하기를 기다리지 않는 것은 삶을 져버리는 것이다. 이는 정욕을 따르면서 도리를 잃은 것이니 성인이 그 아들의 복을 만들지 않은 것은 깊이 끊어버린 까닭이다.25)"

성해응이 지은 「출모가모복설(出母嫁母服說)」이다. 이 글은 『의례』「상복」 규정에 출모의 아들과 개가한 계모의 전처 아들은 기년복이 명시되어 있는데 왜 '가모복'은 없는지에 대해 묻는 것으로부터 출발하고 있다. 그리고 논거로 출모와 가모, 그리고 남편 사후 개가하면서 전처의 자식을 데리고 가서 키운 계모, 세 가지의 경우를 예시하고 있다. 그는 출모의 경우, 의는 비록 남편과 끊어졌으나 은은 자식과 연결되어 있기 때문에 복을 입을 수밖에 없다고 말한다. 또한 계모가 전처의 자식을 데려가 키운 경우 역시 키워준 모자의 은혜가 온전하기에 복을 입어 마땅하다고 주장한다. 그러나 가모의 경우, 한 사람을 따라 평생을 마쳐야 하는 부인의 의를 져버렸다는 점에서 문제가 된다. 남편이 죽었다고 재가하는 것은 죽음을 져버린 것이고 자식을 키우면서 장성하기를 기다리지 않는 것은 삶을 져버린 것이라는 것이다. 가모는 곧

---

25) 성해응, 『研經齋全集』「出母嫁母服說」, "凡出母與繼母嫁而從者從母服 而獨不著嫁母服者何也 出母者 義雖絶於夫 恩猶繫於子 故子爲之期且杖…又從乎繼母而寄育焉 則其母子之恩猶全也 持此服也 亦宜矣 婦人之義 從一而終 夫死而再嫁者 是背死也 況有子而不與之相守以俟長成者 是棄生也 是情慾縱而防喪矣 聖人所以不制其子之服者 所以深絶之也"

"정욕을 따르면서 도리를 어긴 것"으로 규정되면서 성인이 복을 만들지 않은 타당한 이유로 해석된다. 가모에 대한 부정적인 견해는 "굶어 죽는 일은 작고 절개를 잃는 일은 크다"[26]고 한 이익의 말이나 "도둑질을 하거나 악창에 걸리거나 온갖 흠이 다 일어난 경우라고 하더라도 개가(를 하여 음란죄를 저지르는 것보다는)보다 중하지 않다"[27]고 한 정약용의 언급에서도 확인할 수 있다.

가모에 대한 논의가 이렇게 강경한 어조를 띤 배경에는 열녀 이데올로기가 확산되고 여성들에게 수절이 강요되고 있던 당시 사회 분위기가 관련 되어 있다. 당시 조선 사회는 법에도 규정되어 있지 않고 이치상으로도 그럴 수 없는 여종, 기녀 서인들에게까지 수절의 풍속이 만연되어 있었다. 이를 두고 성해응은 "삼대에도 없던 일"이라고 하였고 이익은 "지나친 일이다"라고 했으며 이긍익은 "풍속이 박절하고 편협하기가 이에 이르렀다"라고 비판한 바 있지만[28] 이는 전적으로 서인들에게까지 강요되고 있는 지나친 수절 요구에 대한 비판이었지 개가 자체에 대한 옹호의 의미는 아니었다. 사대부가 여성들에게 있어 개가는 여전히 남편에 대한 배반이었고, 자식에게 무복의 정당성을 부여하는 치명적인 도덕적 결함이었으며 '의'의 잣대로 부적격한 어머니를 배제시키는 논리적 근거였던 것이다.

---

26) 이익, 『국역 성호사설』, 7권, 「인사문」, 「婦棄夫」, 민족문화추진회, 1986.

27) 정약용, 『여유당전서』, 「상례사전」, 상기별, 「출모7」, "雖竊盜惡瘡 衆釁畢擧 其罪猶 未至於改嫁"

28) 『경국대전』에 의하면 서인 이하 여성은 개가 금지의 규정이 없다. 그럼에도 불구하고 전 여성에 대해서 수절을 강요하는 것에 대해서 성해응은 「출모가보복설」에서, 이익은 『성호사설』, 「인사문」, 「出婦」 편에서, 이긍익은 『열려실기술』, 「정교전교」 편에서 비판하였다. 유사한 내용을 박지원의 「열녀함양박씨전」에서도 볼 수 있다.

2. 은의(恩義)의 경중과 구분되는 제모(諸母)들 :
   자모, 서모, 양모, 유모 담론

자모(慈母), 서모(庶母) 담론 : 잘 알려져 있다시피 조선시대에는 친모와 별도로 '서모'라고 하는 또 다른 형태의 어머니가 있었다. 혈연적인 관계는 없되 아버지를 통해 맺어진 인위적인 모자관계라고 할 수 있다. 서모에 대해 입는 복은 태생적 신분이나 집안 내 지위와 역할, 자식의 유무, 복상하는 자식과 맺고 있는 정서적 거리 등 여러 가지 조건에 따라 세분화되어 있었다. 우선 '첩에게 자식이 없고 첩자에게 어머니가 없는 경우 아버지가 첩에게는 명하여 자식으로 삼으라고 하고 아들에게 어머니로 삼으라'고 하면 친모자지간과 같은 관계가 성립한다. 이 경우 친모와 똑같은 자최3년의 중복을 입게 되는데 이를 '자모'라고 한다[29]. 그러나 자모의 의미는 어머니 없는 자식과 자식 없는 어머니가 결연되어 친모자지간과 같은 관계를 이루며 살았다는 정리적 측면에 있지 않다. 아버지의 명이 없을 경우, 두 등급이 격하된 소공복을 입는다는 규정에서 그 의미를 확인할 수 있다

> "(아버지의) 명이 없이 모자 관계가 되었으면 자신을 길러준 서모의 복을 입으면 된다. 주소에 자신을 길어준 서모의 복은 소공이라고 했다. 신독재는 "아버지의 명이 없는 자모라면 반드시 삼년복을 입지 않아도 된다."고 말하였다. 단『대전』에 세 살 이전에 데려다 키운 경우는 자최3년이라고 했으니 이것으로 말하자면 은의의 경중을 참작하는 것이 좋을 것 같다. 수암은 "비록 젖먹여 기르지는 않았어도 아버지의 명이 있었다면 어찌 삼년복을 입지 않을 수 있겠는가?"라고 하였다.[30]"

---

29) 『의례』「상복」傳, "慈母者何也 妾之無子者 妾子之無母者 父命妾曰女以爲子 命子曰 女以爲母 若是則生養之終其身 慈母死則喪之三年如母 貴父之命也"

송환기는『의례』「상복」의 주소와『경국대전』의 조항, 신독재, 수암 등의 말을 인용해 아버지의 명이 있었던 경우와 그렇지 않은 경우를 구분하여 논의하고 있다. 어릴 적부터 키워준 경우 은의를 참작해야 하지만 역시 3년 복의 '자모'가 되느냐 소공복의 '서모자기자(庶母慈己者)'가 되느냐 하는 절대적인 기준은 아버지의 명에 있다는 것이다.

한편, 양육 관계가 없는 보통 서모일 경우, 복을 입는 기준은 자식을 두었는지의 여부에 달려 있었다. 자식을 둔 서모에게는 시마복이 적용되었고 자식이 없는 서모라면 복이 없었다. 이 그 이유에 대해 임성주는 다음과 같이 말하고 있다.

"첩자들이 서로 그 어머니들을 위해 복을 입는다면 이는 아버지의 첩이니 단지 서모의 시마복을 입는 것입니다. 그러나 첩이 다른 첩자를 위해 복을 입는다면 이는 군(君)의 중자(衆子)이니 마땅히 여군(女君)과 똑같이 기년복을 입어야 합니다. 두 가지는 모두 중요성이 아버지에게 있는 것입니다. 말씀하신 대로 어머니를 가볍게 아들을 무겁게 여긴다고 하는 것은 큰 착오입니다 … 정씨의 주석에 자식이 없으면 시마복이고 자식이 없으면 그 뿐이라고 하니 이는 첩이고 서모가 아니기 때문입니다.『의례』에 '선비는 서모를 위해 자식이 있고 없고를 막론하고 모두 시마복을 입는다'고 했는데 후세에는 잉첩들이 무수히 많아져 그들을 위해 모두 복을 입는 것이 어려워졌습니다.『가례』에 자식이 있는 자에게만 시마복을 입는다고 한 것은 여기에서 비롯된 것 같습니다.[31]"

---

30) 송환기,『性潭先生集』,「答宋台鼎」, "不命爲母子則亦服庶母慈己之服可也　疏庶母慈己者服小功也　愼齋曰　慈母無父命則不必服三年　但大典三歲前收養者齊衰三年　以此而言則酌量恩義之輕重處之似當　遂菴曰雖不乳育　旣有父命　安得不三年"

31) 임성주,『鹿門先生文集』,「答或人」, "兩妾之子相爲其母則其母是父之妾也　只得服庶母緦　妾爲他妾之子則是君之衆子也　當與女君同服期　二者皆重在父　來諭母輕子重大錯… 鄭註　有子則緦　無子則已　妾也非庶母也　儀禮士爲庶母　無論有子無子皆服緦　後世妾媵無數　有難盡爲之服　家禮有子者方服緦　恐由乎此"

이 글은 아들이 서모를 위해 입는 복[시마복]보다 서모가 아들에게 입는 복[기년복]이 무거운 것과 서모의 상에 자식의 유무가 중요하게 되는 이유를 묻는 지인에게 답변하는 형태로 되어 있다. 임성주의 견해에 의하면 서모의 복제를 차별하는 관행은 본래 『의례』에는 없다가 후세에 생겼다. 잉첩들이 무수히 많아지고 그들을 위해 모두 복을 입는 것이 여의치 않아지면서 『가례』 단계에서 생긴 관행이라는 것이다. 차별성의 근거는 가부장적 논리에 있다. 아버지를 중심에 놓고 보았을 때 자식에게 서모는 아버지의 첩이지만 서모에게 자식은 지존인 군(君)의 중자가 되고 이러한 명분의 차이가 복제의 차이로 나타난다는 것이다. 특히 자식이 없는 경우 그 위상은 단순히 '아버지의 첩'에 머물 뿐, '어머니'로서의 지위를 획득하지 못한다. '아버지의 첩'이 '아들의 서모'로 인정되고 그 가문의 일원으로 수용되느냐의 여부는 전적으로 자녀를 생산 할 수 있었느냐에 달려 있었다.32)

한편 이 시기 서모 복제 담론에서 빼놓을 수 없는 것이 서조모(庶祖母) 복제 담론이다. 서조모는 본래 할아버지의 첩을 일컫는 말로, 예의 규정상 무복(無服)에 해당한다. 그러나 당시 서조모에게 자식이 없을 경우 '아버지'가 자신의 서자를 명하여 후사로 삼게 하는 일이 흔히 있었다. 손주가 할머니의 후사가 되는 경우의 특수성 때문에 사대부들 사이에서는 자모의 예로 대하여 3년복을 입느냐, 아니면 조모의 예로 대하여

---

32) 자식이 없는 경우라도 본래 처한 신분이 천하지 않거나 예로써 정식으로 맞아들인 첩이라면 사정이 달랐다. 이익은 "良族을 예로써 맞아들였다면 女君을 보좌한 것과 같으니 어찌 자식이 없다고 끊을 수 있는가?(『星湖先生全集』, 「儀禮經傳喪服志疑」, "且大夫服貴妾 註謂姪娣 士雖無如此 良族之接見以禮 若攝女君之類 豈可以無子斷之乎")"라고 말하고 있거니와 신분적 조건은 적서의 논리와 자식의 유무 등과 함께 또 다른 층차를 형성하였다.

기년복을 입느냐, 그것도 아니면 후사가 된 전중(傳重)의 경우를 적용하여 3년복을 입느냐의 문제로 논란을 벌였다.

논자들의 견해는 의리와 함께 은혜의 경중을 고려하는 방향으로 모아졌다. 즉 본래는 무복이지만 길러준 서모에게 복을 입는 규정과 조모에게 복을 입는 규정을 아울러 적절하게 적용하자는 견해이다. 예컨대 이형상은 퇴계와 사계의 논의를 끌어와 서모에게 입는 시마복과 자신을 길러준 서모에게 입는 소공복 사이에서 조금 일수를 더하자는 견해를 내었고[33] 송문흠은 조서모는 물론 증조서모의 경우에도 함께 살면서 은혜를 입은 명목으로 입는 이른바 '동찬시(同爨緦)'[34]를 입을 수 있다는 견해를 내었다.

이렇듯 서모에 대한 복제 논의는 의리를 우위에 두고 비교적 강경한 입장에서 이루어졌던 친모 논의와는 달리 은혜와 의리의 절충점을 모색하는 방향에서 이루어졌다. 이는 서모상(庶母喪)의 경우 가부장제나 종법제의 근간을 흔드는 일이 별로 없었을 뿐 아니라 축첩이 보편화되면서 같은 생활권에서 서모와 적자, 서형제들이 정리를 나누며 살아야 했던 현실적 여건이 반영되었기 때문으로 보인다.

양모(養母), 유모(乳母) 담론 : 복제의 조건을 형성하는 친친(親親)과 존존(尊尊) 어디에도 속하지 않고 신분적으로도 열등한 위치에 있으면

---

33) 이형상, 『甁窩先生文集』, 「答鄭台彦問目」, "但自少乳養慈己者小功 故退溪答人曰 尊公侍人 雖無子 乃代幹之人 宜服緦而稍加日數 沙溪亦曰庶母雖無子 若同居則以同爨服緦 有養育之恩則小功 亦自禮意而推之也"

34) 송문흠, 『閒靜堂集』, 「與金仲陟」, "雖然禮有所謂同爨緦者 足下之服曾祖庶母也 不以慈己而以同爨之緦 則庶乎其可也" 동찬의 시복이라는 것은 함께 산 정리로 입는 복이다. 일반적으로 서모와 계부의 복이 여기에 해당한다.

서 오복의 예로 대우해야 하는 사람이 있었다. 남의 아이를 입양하여 키운 양모[35]와 특별한 사정으로 수유를 받을 수 없는 아이를 맡아 젖을 먹이고 키워주는 유모가 그 대상이다.

양모의 경우 아이를 데려가 키운 시점이 3세 이전일 경우는 그 은혜의 중함을 고려하여 자최3년복이 적용되었다.[36] 한편 유모는 타성이면서 천한 위치에 놓여 있다는 신분적 한계 때문에 본래 우리나라에서는 따로 복제가 마련되어 있지 않다가 성품을 형성시켜준 은의의 중요성을 들어 『경국대전』에 시마 3월로 수록되었다.[37] 양모와 유모의 복제 담론은 아버지에 대한 의에 의해 엄정하게 재단되고 있는 친모 복제나, 은(恩)의 요소가 중요하게 부각되지만 아버지의 명이라고 하는 의의 조건과 강하게 결합되어 있는 서모 담론에 비해 전적으로 은의 측면이 강화되어 있다는 점에서 어머니 복제의 또 다른 층위를 보여주고 있다.

다만 양모와 유모의 복은 '길러준 만큼의 은혜'에 대해서만 복을 입는다는 특수성이 있다. "3세 이후 입양된 경우에는 자최3년복을 입지 않는다"[38]거나 "사고(四孤 : 흉년을 만나 자식을 팔았거나, 구렁텅이에 아이를 버

---

35) 양자, 양모라는 칭호는 문헌에서 두 가지 의미로 혼동되어 쓰인다, 그 중 하나는 후사자의 의미이고 또 다른 하나는 수양자, 입양자의 의미이다. 본고에서는 정약용의 『여유당전서』, 「잡편집」. 「八之類, 八母」조에 나와있는 대로 "遺棄子受養"의 의미로 사용한다.

36) 정약용은 『여유당전서』, 「상례사전」, 「상기별 雜敍五 爲養母三年」에서 양모의 복제 변천에 대해 논하였다. 본래 자최기복이었던 것이 『개원례』에 오면 자최삼년으로 강화되고 『孝慈錄』에 오면 양모의 은혜를 천륜과 같은 것으로 간주, 참최3년에 해당시켰다고 한다.

37) 『조선왕조실록』, 태종 3년 계미조 참조

38) 송재형, 『송암집』, 「答崔鳳壽問目」, "三歲後被養者 本無齊衰三年之制," 안정복, 『순암선생문집』, 「答鄭都事 問」 "養他人子爲子 而旣無三歲前收養之恩 身長後爲之者 不可服三年"

렸거나, 부모다 다 죽어 시마복을 입을 친척조차 없거나, 아이를 낳고 유기한 경우)에
해당되는 아이를 길렀을 경우라야 복을 받을 자격이 있다"[39]는 등의
언급은 자최3년의 조건이 얼마나 엄격하게 적용되었는지를 말해준다.

양부, 혹은 유모의 남편까지는 복이 미치지 못한다는 규정 역시 '길
러준 은혜'에 한한다는 의미를 적용한 것이라고 할 수 있다.

> "삼부팔모(三父八母)에 양모만 있고 양부가 없는 것은 어머니는 길러주는
> 것으로 은혜를 삼기 때문이다. 그래서 비록 친어머니는 아니라 하더라도 강
> 보에 쌓여 젖을 먹는 아이에게는 모두 어머니의 도리가 있다. 그러나 아버지
> 는 낳은 것으로 은혜를 삼는다. 그렇게 때문에 양육했다 하여 아버지의 도를
> 자처하는 것은 온당치 않다.[40]"

삼부팔모(三父八母)에 양모(養母)만 있고 양부(養父)가 없는 것은 아버지
의 도리는 낳은데 있지 기른데 있지 않기 때문이다. 즉 부자관계는 혈
연관계를 원칙으로 하는 것이기 때문에 설사 길러준 은혜가 있다 하더
라도 이를 이유로 복을 입을 수 없다. 이러한 인식 때문에 "양모의 은
혜를 미루어 양모 남편 집안의 성을 쓰고 양모 남편의 제사를 받드는
것은 오랑캐의 풍속이면서 인륜을 어지럽히는 자"[41]로 지탄이 되었다.
당시 사대부들이 혈통이나 종통을 벗어난 가족 관계에 대해서 얼마나
보수적이고 완고했는지를 보여주는 측면이다.

이러한 보수성과 완고성은 적첩을 구분하고 귀천을 의식하면서 양모

---

39) 김정희, 『국역 완당전집』, 제5권, 서독, 「與人」, 민족문화추진회(간), 1996.
40) 김창협, 『농암집』, 「答金美晦」, "其三父八母 有養母而無養父者 母以養爲恩 故雖非
    親母 而凡襁褓乳哺者 皆有母之道焉 父則以生爲恩 故不當以養育之故而處以父道"
41) 정약용, 『여유당전서』, 「상례사전」, 「雜敍五 爲養母三年」 "今秦周之子 推養母之恩
    遂冒養母夫家之姓 以奉養母夫家之祀 則夷狄之俗 亂倫之甚者也"

나 유모에게 복 입기를 꺼려하는 풍조로 나타났다.

> "선비가 유모에 대해서 입는 복이 이미 허용되었는데 비녀 출신이라고 해서 복을 입지 않으니 알지 못하겠다. 태어나 젖을 잃었다면 은혜가 천속과 같은 것인데 어찌 비녀 출신이라고 하여 복을 입지 않는다는 말인가?[42]"

> "세살 이전이라면 길러준 은혜가 매우 무겁다. 옛 사람들도 그 은혜의 경중에 따라 보답하였다. … 그 사람이 귀하든 천하든 반드시 구애될 필요는 없을 것 같다. 다만 받은 은혜가 깊다면 복을 입는 이외에 어찌 최선을 다하는 도리가 없겠는가?[43]"

은혜의 내용을 차치하고 대상의 신분을 문제로 삼아 복을 입지 않는 풍조에 대해 의식 있는 선비들은 한 목소리로 비판의 태도를 취하였다. 정약용은 "젖을 잃은 아이에게 유모의 존재는 '천속'과 진배없다"고 말하였고 심육도 "수양(收養)의 무게가 무거울진댄 그 사람이 귀하든 천하든 구애받지 말아야 한다"고 주장하였다. 이익도 천속과 다름 없는 유모에게 "정성을 가지고 보답하는 사람을 보지 못하겠다"[44]는 말로 각박한 세태를 비판한 바 있으며, 김창협은 아예 유모의 복이 나무 가볍다고 하서 "천민이라 하더라도 자기를 길러준 자를 위해 입는 소공복을 적용해야 한다"[45]고 말하기까지 하였다. 유모나 양모복의 강조는 혈

---

42) 정약용, 『여유당전서』, 「상례사전」, 「雜敍十一 乳母緦」 "士於乳母 既許有服 則其以婢生口而不服 又所未曉 生而失乳 恩同天屬者 豈以婢生口而不服乎"
43) 심육, 『樗村先生遺稿』, 「答人」, "三歲前 收養之恩甚重 古人亦有隨其輕重報之…其人之或貴或賤 恐不必深拘也 第受恩既深 則持服之外 亦豈無自盡之道耶"
44) 이익, 『星湖先生全集』, 「祭乳母文」, "每見人乳養他母 顧復孺慕 幾與天屬無間 及至壯長 亦鮮有誠報之者也"
45) 김창협, 『농암집』, 「答濟謙」 "進士所論固然 而乳母服則太輕 考見喪禮備要小功條 士大夫於賤人 養己者服小功 乃國制也 今當依此爲是矣"

연과 종통 중심으로 이해되고 있던 어머니의 의미를 확대시킨 것이라고 할 수 있다.

III. 은(恩)과 정(情)의 형상화 : 비지(碑誌)·전장(傳狀)·제문(祭文)에 나타난 어머니

사람의 죽음을 매개로 하여 지어지게 되는 비지 전장 제문 등은 사람의 일생을 서술하면서 슬픔을 드러낼 수 있다는 문체상의 특성 때문에 인물을 형상화하거나 그 인물에 대한 지극한 정을 표하는 매체로 자주 활용되어 왔다. 이 장에서는 이들 문장 양식을 통해 사적으로 회고되는 어머니를 살펴보기로 한다. 담론의 장에서 이념과 제도로 간취되는 어머니, 그 이면에 놓인 어머니의 모습이라고 할 수 있다.

1. 못 다한 도리와 회한 : 생모의 형상

주지하다시피 조선시대에 아이를 낳았다는 것 자체만으로는 어머니의 지위가 보장되지 않았다. 특히 종법제가 뿌리를 내리고 가문의 대를 잇는 문제가 중시되는 조선 후기에 오면 자식을 낳지 못하는 것과 함께 자식을 많이 두는 것 역시 오히려 모자관계를 불안하게 하는 요인이 되었다. 종법을 수호하기 위해, 또는 한 집안의 대를 끊지 않기 위해 자신의 아들을 다른 사람의 후사로 보내야 하는 일이 일반화되었기 때문이다. 후사가 된 아들이 생모를 대상으로 쓴 글에는 종법제도가 가진 모순과 갈등의 면면이 잘 드러난다.

"아버님께서 나에게 오셔서 말씀하시기를 "네가 형님의 아들이 되는 것을 너의 어머니는 미리 알고 계셨단다. 옛날에 우리 어머님께서는 감식안이 매우 높으셔서 형수에게 후사가 없고 네 어미나 지극한 행실이 있는 것을 아시고는 늘 눈여겨두고 '집안을 화평하게 할 며느리가 나타났다'라고 말씀하셨지. 하루는 친히 작은 수첩 하나를 가지고 오셔서 주면서 '내 새댁이었을 때 이것을 나의 시아버님께 받고는 받들어 지키면서 감히 40년 동안 실추시키지 않았다. 지금 종사가 정해지지 않았으니 그 책임이 너에게 있다. 위로 선조의 제사를 받들고 아래로 서속들을 어루만지는 도리가 모두 이 수첩에 있으니 너는 잊지 말고 공경히 받들어라.'라고 하셨단다… 네가 태어났을 때 형님이 부탁하는 말씀을 하시자 네 어머니는 이를 듣고 '내 시어머님께 받은 은혜가 두터운데 보답할 방법이 없었습니다. 내 자식으로 하여금 종사를 잇게 한다면 내 다시 무슨 한이 있겠습니까'라고 하였다. 이 역시 세속의 편협한 아녀자라면 미치지 못할 일이었단다." 나는 또 울면서 가르침을 받았다. 아! 불초자가 어려서는 어머니의 음성과 모습을 기억하지 못하고 커서는 어머니의 언행을 기록하지도 못하는구나. 집안에서 전해들은 한 두 가지 이야기도 이에 그치니 아 슬프도다. 이것으로 족히 여범을 전하고 후대의 군자들로 하여금 우리 선공인께서 옛 성녀의 덕성을 가지고 있었음을 알게 할 수 있겠는가? 망극한 하늘이여. 아 애통스럽도다.[46]"

임상덕이 쓴 생모의 행장이다.[47] 글에 의하면 임상덕은 일찍이 백부

---

46) 임상덕, 『老村集』, 「生妣恭人全州李氏行狀」, "先府君又進而敎之曰 汝爲伯氏子 汝母之所先知也 昔吾先妣藻識甚高 見伯嫂無嗣 而汝母有至行 每目注曰 宜家之婦出矣 嘗親奉一小帖 授而戒之曰 吾爲新婦時 受此于吾舅 奉而周旋 不敢荒墜四十年 今宗嗣未定 厥有責在汝 上奉先祀 下撫庶屬之道 皆在此帖 汝其敬無忘 … 及汝生 伯氏已有屬意言 汝母聞之曰 吾受姑厚恩 無以報 若使吾子續宗祀 吾復何恨 此亦非世俗褊性婦人所能及也 象德復泣而拜受敎 嗚呼 不肖子幼不能記母之聲容 壯無以誌母之言行 其一二所得於家庭者止此 嗚呼痛哉 此亦足以傳之女範 而使後之君子 知吾先恭人有古聖女之德性者耶 昊天罔極 嗚呼痛哉"

47) 전술했다시피 妣라고 하는 글자는 적모에게만 전용되던 칭호이다. 그러나 당시 생모에게 "본생" 혹은 "생"을 붙여서 "妣"를 칭하는 경우가 꽤 있었던 것으로 보인다. 성호 이익은 "근세에 더러 출후한 아들이 本生考妣라고 부르는 경우가 있는

의 후사로 출계하였고 이후 평생 생모와는 거리를 두고 살았다. 어머니의 얼굴과 음성도 기억하지 못한다는 아들은 아버지가 전해주신 말을 옮겨놓는 형태로 행장의 전편을 엮고 있다. 백모에게 후사가 없을 것을 미리 직감한 할머니가 어머니에게 종사를 부탁했던 일, 끝내 백모에게 후사가 없자 어머니가 아들을 선뜻 내어 주시면서 '내 자식으로 종사를 잇게 한다면 여한이 없겠노라'라고 대답했던 일, 이 모든 내용이 아버지가 전달하는 말의 형식으로 담담하게 기록되어 있다. 작가는 짐짓 끝까지 자신의 목소리를 감추는 서술 방식을 구사한다. 그러나 애써 담담한 자세를 취하려 했던 아들의 감추어진 목소리는 '어머니에 대해 아는 것이 없이 전해들은 한두 가지 이야기로 행장을 엮어야 하는 애통한 심정'을 표현하는 대목에서 노출되고 만다. 생모에 대한 그리움과 회한을 행간에 숨겨놓고 있는 이 글의 독특한 서술은 사정으로 치부되어 마음대로 드러낼 수 없었던 생모에 대한 아들의 마음 그 자체를 비유적으로 형상화한 것이라 할 수 있다.

"유세차 을사년 시월 을축삭 초열홀 갑술일에 우리 본생선비이신 동래정씨의 운구가 광주 월곡 옛 선영으로부터 나오시어 십삼일에 용인 구흥산으로 발인하시고 십오일에 본생선부군의 묘 곁에 이장되게 된다. 아들 원은 숙부의 후사로 나갔는지라 감히 면례에 전을 올릴 수가 없기에 계인(啓靷)하기 하루 전에 별도로 잔을 받들고 고한다…잠들어 계신 곳 다시 열리고 만장과 운불삽 보게 되니, 어른어른 그 모습 다시 받들듯 하고 멍하니 슬픈 마음 기약이 있을 듯한데, 황망히 찾아도 아득하여 뵐 수 없으니 소리쳐 부른들 대답하고 땅을 쳐본들 들으시리까 … 하룻밤 지나 다시 중천으로 돌아가시면

데 이것은 아마도 실제 있는 일일 것 같다. 혹 정리에 가깝지 않겠는가"라고 하여 그 타당성을 인정한 바 있다. (이남규, 『국역 수당집』 권4, 1997, 「親屬의 호칭에 대한 고찰」에서 인용)

예전처럼 아버님을 만나시겠지요. 이 사람만 홀로 따라가지 못하니 영원한
또 한번의 이별에 술 한잔만 받듭니다. 자리에서 돌아보아도 나의 아우 보이
지 않으니 지금 어디로 갔기에 나와 함께 못합니까… 외로운 이내 몸, 차라
리 알지 못하는 아우가 부럽습니다. 승중한 어머님의 가르침 이 삶에 다른
길 없으니 아득한 옛적부터 지극한 아픔 끝이 있겠습니까. 하늘을 뚫는 곡성,
땅끝까지 이르는 피눈물, 슬프디 슬픈 존령이시어, 조금이나마 돌아보아 주
소서[48]"

이보다 앞서 기록한 「본생비동래정씨묘지후기(本生妣東萊鄭氏墓誌後記)」
에 의하면 오원에게는 두 명의 생모가 있었다. 한 사람은 오원을 낳아
준 친생모이고 또 한 사람은 오원을 낳고 바로 죽은 친생모의 뒤를 이
어 길러준 계모이다.[49] 후에 오원은 숙부의 후사로 나가게 되었고 계모
의 유일한 혈속이었던 또 다른 동생 완(琬)도 백부의 후사가 되었다. 그
런데 백부의 후사로 나갔던 동생은 열아홉이라는 나이에 후사 없이 죽
었고 계모 정씨의 제사는 그 다음 계모 서씨의 아들이 받드는 상황이
되었다. 이 글은 두 어머니를 천장하기로 하면서 계모에게 올린 제문이
다. 글은 후사가 된 사람은 감히 면례(緬禮 : 遷葬禮)에 전을 올릴 수가 없

---

48) 오원, 『月谷集』, 「本生妣東萊鄭氏遷葬時祭文」 "維歲次乙巳十月乙丑朔初十日甲戌 我本
生先妣東萊鄭氏之柩 出自廣州月谷舊塋 將以十三日靷向龍仁駒興山下 十五日從葬于
本生先考府君墓旁 子男瑗出承叔父後 禮不敢服緬主奠 乃前啓靷一日丙子 別奉觴以
告曰 …重開幽隧 載覩旋翣 優優容聲 若將復承 怳怳哀情 如有所期 皇皇以求 邈邈無
覿 叫呼誰應 摽擗誰聞 … 明發擧紼 指彼新塋 曾幾日夕 將復重泉 從先君藏 會遇如
初 哀哀鮮民 獨不能從 終天再訣 奉玆一觴 回顧于次 不見吾弟 伊今何適 不與兒同
… 煢煢孤命 羡弟無知 重承慈誨 此生無路 茫茫亘古 至痛何窮 徹天之聲 徹地之血
哀哀尊靈 儻少憐顧"
49) 오원은 본생모와 관련하여 모두 세 편의 글을 남겼다 「本生妣東萊鄭氏墓誌後記」,
「本生妣安東金氏遷葬時祭文」, 「本生妣東萊鄭氏遷葬時祭文」 등이 그것이다. 『月谷
集』에 수록되어 있다.

기에 계인(啓靷)하기 하루 전에 별도로 잔을 받들고 제문을 올려야 하는
상황을 설명하는 것으로부터 시작한다. 그리고 이어 달려가 뵙고 싶지
만 '홀로' 따라 갈수 없이 '또 한 번 영원한 이별'을 감내해야 하는 후
사자 아들의 아픔이 전편에 드러나 있다. 복받치는 감정의 절정에는 아
무리 돌아보아도 보이지 않는 이복동생이 있다. 어머니의 친아들이지
만 역시 출후하였기에 이 자리에 있고 싶어도 있을 수 없는 동생이다.
처지는 자신과 같지만 그 동생이 '차라리 부러운 것'은 그는 이미 죽어
'이 슬픔' 겪지 않아도 되기 때문이다. '승중한 아들'로서 이 길 밖에
다른 길이 없으니 이 마음을 존령께서 조금이나마 알아달라는 마지막
구절은 후사자의 절통한 심정을 함축적으로 응결시켜 놓고 있다.

　이렇듯 당시 사대부들이 철두철미하게 새기고 살아야 했던 출후의
도리와 아버지에 대한 의는 생모에 대한 그리움을 감내하고 극복하면
서 이루어야 하는 것이었다. 공식적으로는 펼치지 못하고 어머니가 죽
고 나서야, 조심스레 풀어놓는 이러한 사정은 제도에 의해 속박당한 모
자지정의 한 면모라고 할 수 있다.

2. 그리움과 연민의 교직 : 서모, 유모의 형상

　주지하다시피 서모와 유모는 신분적으로 차별적 위치에 있었던 존재
였다. 그러나 아버지를 매개로 늘 가까이 있는 존재였고 경우에 따라서
는 한 집안에서 살면서 생활을 공유해야 하는 존재이기도 하였다. 당시
일상을 서술한 글을 보면 서모가 적자와 같은 집에 살면서 아이들을
보살피고 집안을 돌보며 친모자지간과 같은 관계를 유지하며 살았다는
기록을 많이 볼 수 있다. 예컨대 '수십년을 함께 살았다'는 언급이나
'정성과 예를 다하여 서모를 섬겼다', '서모 두 사람과 함께 살았다',

‘서모의 사후 제사를 지내고’, ‘나이가 찬 서제나 조카를 시집 장가 보냈다’는 등의 표현은 일상 속에서 서모와의 관계가 상당히 가까웠음을 시사한다.

> "(서모가) 처음 우리 집에 시집올 때 내 나이 겨우 12살이었다. 머리에 서캐와 이가 많고 또 부스럼이 잘 났는데 서모는 손수 빗질해 주고 또 그 고름과 피를 씻어주었다. 그리고 바지·적삼·버선을 빨래하고 꿰매며 바느질하는 수고도 서모가 담당하다가 장가를 든 뒤에야 그만두었다. 그러므로 나의 형제 자매 중에서 특히 나와 정이 두터웠다. 신유년의 화에 내가 남쪽 지방으로 귀양가니, 서모는 늘 나를 생각하며 눈물을 흘렸다. 죽을 때에 미쳐서는, "내가 다시 영감(정약용을 말함)을 보지 못하겠도다." 하는 말과 함께 숨이 끊어졌으니 아, 슬프도다… (서모는) 3녀 1남을 낳았다 … 이들은 모두 일찍 과부가 되었고 막내딸은 요절하였다. 아들은 약횡(若鑛)이다… 1남을 낳았는데 키우지 못하였으며 세 아내도 다 일찍 죽었는데 조곡(鳥谷)의 기슭에 장사지냈다… 명은 다음과 같다. 일생을 셋으로 나누면/ 삼분의 일이 즐겁고 영화로웠네/ 하담(荷潭) 선영 기슭에 따라가지 못하였으니/차라리 세 며느리 무덤 있는 곳에 의지함이 낫지 않으랴[50]"

정약용이 서모 김씨를 그리워하며 쓴 묘지명이다. 서캐와 이가 득실거리고 부스럼이 난 자신의 머리를 손수 빗질해주고 고름과 때를 씻어주며 장가들기 직전까지 빨래며 바느질을 해주면서 어린 적자를 보살펴주던 젊은 서모의 모습과, 귀양 가는 적자를 안타깝게 바라보고 눈을

---

50) 정약용, 『여유당전서』, 「庶母金氏墓誌銘」, "始來時鏞之齒甫十二 頭多蟣蝨 又善瘡癤 庶母手自枇櫛 又洗其膿血 襦袴衫韤 其澣濯綻緝之勞 亦庶母任之 至冠娶而後已焉 故於我昆弟姊妹 特與我情篤 辛酉之禍 余謫南中 庶母每念彈淚 及其死也 曰吾不復見令監 聲與息俱絶 嗚呼其可悲也 …擧三女一男 … 皆蚤寡 末出者夭 男曰若鑛 … 生一男不育 三妻皆蚤死 葬於鳥谷之麓 … 銘曰 參分其一生中 一分其樂其榮 既不克從于荷之麓 無寧來依乎三婦之塋"

감는 순간까지 못내 그리워하던 늙은 서모의 모습까지, 유난히 돈독했던 서모와의 관계가 생생하게 그려져 있다. 그러나 불우했던 서모의 삶과 서모의 상을 지켜주지 못하는 자신의 불우한 처지가 오버랩 되면서 서모에 대한 그리움은 복받치는 슬픔으로 바뀐다. 묘지명의 내용에 의하면 서모는 슬하에 1남 3녀를 두었으나 딸 셋은 모두 과부가 되거나 요절하였고, 하나 있는 아들 역시 세 번이나 장가를 들었으나 세 번 다 아내를 잃었다. 게다가 정약용 자신은 유배지에 있어 장례를 주도 할 수 없고 하는 수 없이 서모를 선영에 모시지 못하고 세 며느리가 묻힌 언덕에 묻어야 하는 상황이다. 그러나 정약용은 명(銘) 부분에서 일생에서 삼분의 일은 즐겁고 영화로웠으리라고 말함으로써 슬픔을 정돈한다. 삼분의 일이란 서모가 시집와 그 집 사람으로 살던 기간이지만 실상은 정약용 자신의 마음을 투사한 고백이다.

오랫동안 함께 살면서 쌓은 정과 자신을 돌보아준 지극한 정성, 그럼에도 불구하고 융성한 예를 올리지 못하는 안타까움은 유모를 대상으로 한 글에서도 나타난다. 유모는 아이가 아주 어릴 적부터 젖먹이고 품고 기르는 어머니 역할을 대신했던 사람으로 세월의 깊이와 더불어 친밀함의 농도 역시 진한 경우가 많았다.

"나는 어려서부터 약하고 병이 많았다. 7세가 되어서도 젖을 먹었는데 김씨는 자신이 낳은 아이에게는 젖을 끊고 나에게 먹이기를 7년을 한결같이 하였으니 그의 근실하기가 이와 같았다. 나는 성인이 되어 독서를 좋아했다. 김씨는 등불 뒤에 앉아서 글 읽는 소리를 들으며 혹 기름을 더 붓고 심지를 돋우면서 책 읽는 것을 도왔다. 내가 점점 명성을 얻게 되자 (김씨는) 빨리 공명을 이루어 당대에 현달해지기를 바랐다. 그런데 나는 과거에서 여러 번 낙방을 하였고 (김씨는) 한 번 떨어질 때마다 한바탕 울었다. 나는 을유년 겨울, 증광시에 붙어 갈옷을 벗었다. 그러나 김씨는 땅에 들어간 지 이미 해를 거른 뒤였다.51)"

신정하가 유모의 무덤에 넣기 위해 쓴 광지(壙誌)이다. 글의 서두 부분에 의하면 어머니가 임종하면서 시비인 김씨에게 자신을 부탁했고 유모는 울면서 상전의 명을 받았다. 아이는 7세 때까지 유모의 젖을 먹었고 유모는 자신의 친자식에게는 젖을 끊으면서까지 아이를 돌보았다. 아이가 공부할 때는 늘 지켜 앉아서 기름을 붓고 심지를 돋우었고, 간절한 마음으로 아이의 출세를 기원하였으며, 과거에 낙방하였을 때는 한바탕 울면서 안타까움을 표하기도 하였다. 신정하가 그려내고 있는 유모의 모습은 곧 '어머니'의 모습 그 자체이다.

이렇듯 비지문이나 제문 등에 나타나고 있는 유모들은[52] 공통적으로 "아이는 마른 자리에 두고 자신은 진자리에 거하면서 온 몸이 문드러지도록 헌신하고, 어떠한 수고도 마다하지 않는"[53] 지극한 어머니로, "마치 충신이 어린 주상을 지극한 정성으로 보호하듯 하는"[54] 충성스러운 아랫사람의 모습으로 나타난다. 이러한 정성 때문에 유모들은 자신이 낳은 자식을 잃기도 하고[55] 때로는 남편에게 버림받기도 하였으

---

51) 신정하, 『恕菴集』, 「乳母玉偓壙誌」, "靖夏幼弱多疾 七歲猶食乳 金輟其所乳者以乳靖
　　夏 七年如一日焉 盖其勤至此 靖夏旣成人 好讀書 金嘗於燈背坐聽 或添膏剔地以助讀
　　及靖夏稍有聲 日望其取功名速 以如當世之顯者 而靖夏數困於場屋 每聞其一落 輒爲
　　之一涕泣 靖夏尋以乙酉冬 中增廣試釋褐 而金之入地 已間歲矣"
52) ≪한국문집총간≫에 수록된 작품으로는 김주신의 「姜召史壙記」 「祭乳母文」 「乳母
　　尹召史壙記」, 박필주의 「乳母壙誌」, 신정하의 「乳母玉偓壙誌」, 이익의 「祭乳母文」,
　　조구명의 「乳母李氏墓誌銘」, 김종후의 「乳母壙誌」, 오재순의 「乳母張媼墓誌銘」, 정
　　종로의 「祭乳母文」 등이 있다.
53) 오재순, 『醇庵集』, 「乳母張媼墓誌銘」, "媼之保余也 推燥就濕 肌肉爲爛 歷屢寒暑 終
　　無幾微楚色 媼於余其勞無不至矣"
54) 박필주, 『黎湖先生文集』, 「乳母壙誌」, "盖無一時一念之不在於余 譬則忠臣之竭力擁
　　佑幼主 死生以之誠一無他者也"
55) 박필주 『黎湖先生文集』, 「乳母壙誌」, "其女之與余同乳者死而不顧"

며56) 평생을 외롭게 지내야 하기도57)하였다. 그러면서도 아이와의 관계는 아이가 젖을 뗀 이후에도 지속되는 경우가 많았다.

> "내가 집에 돌아오고 나서도 서로 간절히 생각하였고 간혹 와서 만나게 되면 꼭 손을 붙잡았습니다. 문에 들어오시면 보자기를 풀어 나에게 엿을 먹여 주셨지요. 돌아갈 때가 되면 머뭇머뭇 주저하며 돌아보았으니, 곡진한 마음 늙어서까지 여전하셨습니다. 전에 적양에 있을 때는 저에게 와서 의탁하셨지요. 흰머리에 남은 여생, 이미 노경에 이르셨지만 있는 힘을 다하여 주부를 보좌하셨습니다 … 어느날 갑자기 돌아가시면서 수구의 마음 간절하다 하셨지요. 갈림길에 임해 슬픔을 나누며 안타까운 마음으로 서로를 보았습니다. 눈물 줄줄 흘리면서 손가락 걸며 뒷날을 기약하고 다시는 헤어지지 말자고 했는데 어찌 알았겠습니까? 이 이별이 영원한 이별이 될 줄을.58)"

정종로 역시 태어나서 바로 어머니를 여의었다. 문맥으로 보면 아이는 유모에게 맡겨졌다가 어느 정도 커서 집에 돌아온 것으로 보인다. 그러나 유모는 아이가 보고 싶을 때마다 찾아왔고 그 때마다 보자기를 열어서 아이에게 먹을 것을 주었다. 그리고 늙어서는 키워준 아이에게 의지해서 살았다. 그러나 죽음을 예감한 유모는 자신의 집으로 돌아가길 원했고 잠시 아이와 연락이 끊긴 사이 역병에 걸려 죽게 된다. 정종로는 유모와 헤어지면서 손가락을 걸며 다시 만나면 헤어지지 말자고 했던 기억을 떠올린다. 그러나 "안타까운 마음으로 서로를 보며 눈물을

---

56) 조구명, 『東谿集』, 「乳母李氏墓誌銘幷序」, "其丈夫李泰順 以龜命故棄去"

57) 오재순, 『醇庵集』, 「乳母張媼墓誌銘」, "嘗嫁金姓良人 未衰哭夫 孀居幾三十年 以辛未四月五日坊于家"

58) 정종로, 『立齋先生文集』, 「祭乳母文」, "逮我歸庭 又切相思 或時來見 手必有攜 入門解苞 啗我以飴 及其將返 睠顧躑跙 繾綣之意 至老不衰 往在赤羊 遂來我依 鶴髮殘齡 已迫崦嵫 佐婦治生 隨力有爲 …忽焉告歸 首丘願切 臨歧語悲 脈脈相視 有淚盈眦 共指後期 謂不久離 那知此別 遂成斗箕"

줄줄 흘리던 모습"은 서로 예감했듯 "영원한 이별"의 모습이다. 이러한 장면 묘사를 통해 작가는 자식에게 폐를 안 끼치려 애쓰는 어머니의 모습과 헤어지는 것이 안타까워 연연해하는 아들의 모습을 재현한다. 살아서도 그 은혜에 변변히 보답하지 못했고 삶의 여러 가지 장애 때문에 죽어서 역시 제대로 예를 갖추지 못한 '지체 낮은' 어머니에 대한 그리움과 연민의 표현이다.

IV. 복제 담론과 애제문학에 투영된 어머니

유교의 상례는 산 자가 충분한 애도를 표하고 또 죽은 자에게 지극한 공경과 정성을 드림으로써 슬픈 마음을 차차 순화시켜 나가는 과정이라고 할 수 있다.[59] 상례의 한 부분인 복제 역시 "정에 맞도록 예를 만들어 친소와 귀천의 구별을 밝힌 것"[60]으로 사람의 마음에서 자연스럽게 우러나오는 인정의 경중이 복제의 기준이 된다. 즉 상처가 큰 자는 아픔이 오래가고 아픔이 심한 자는 낫는 것이 더디듯 상기란 인정의 경중에 따라 슬픔과 아픔이 회복되는 최소한의 기간을 말한다. 공자는 부모의 경우 그 기간을 3년으로 잡았다. 그러나 가장 극진한 형태로 지켜졌던 아버지 복제와 달리 명분의 요소, 신분적 위상 등이 복합적으로 작용하고 있는 어머니 복은 그 변수에 따라 다양한 층차가 만들어

---

59) 『예기』, 「단궁 상」, "喪禮 哀戚之至也 哀節順變也", 陳註 : "孝子之哀 發於天性之極至 豈可止遏 聖人制禮 以節其哀 蓋順以變之也 言順孝子之哀情 以漸變而輕減也"
60) 『예기』, 「삼년문」, "三年之喪 何也 曰 稱情而立文 因以飾群 別親疎貴賤之節 而弗可損益也"

졌다.

어머니 복제에 관한 담론은 『주자가례』나 기존의 예서, 예설 등에 명문화되지 못하였거나 명문화되었다 하더라도 시속(時俗)이나 인정과 갈등을 이루는 측면을 중심으로 전개되었다. 그러나 그 귀착점은 의(義)를 중심으로 하여 은(恩)을 포용하는 쪽이었다. 그것은 이 문제가 종법제와 가부장제를 흔들 수 있고, 나아가서는 체제 자체에 대한 위협이 될 수 있는 문제였기 때문이다. 즉 후사 제도를 유지하기 위해서는 혈연의 정에 이끌릴 수 있는 생모에 대한 배제가 보다 철저히 이루어져야 했다. 축첩 제도 속에서 파생된 제모(諸母)들은 집안 내의 역할에 따라 예우할 필요성이 있었지만 기준에 따라 구분을 엄격히 해야 했다. 친어머니가 아이를 키울 수 없게 된 경우 양모나 유모의 존재는 필수적이었으니 이들에게는 제도적 차원의 보은이 이루어져야 했다. 어머니 복제 담론은 입후(立後)와 축첩(蓄妾) 등으로 파생되는 복잡한 가족 관계망 속에서 명분과 인정을 조율하되, 가부장 사회에 맞는 모성을 제도화하는 과정이었다. 공론의 형식을 띠고 활발하게 전개될 수밖에 없었던 것도 복제가 단지 망인에 대한 개인적인 예우 차원의 문제가 아니라 봉건 체제의 기틀을 형성하고 가부장제의 근간을 이루는 관건이었기 때문이다. 주로 서신이라고 하는 비공식적 매체를 활용하고 있으면서도 논조가 강경하고 논거가 치밀할 수밖에 없었던 것 역시 복제 담론이 태생적으로 지닌 공리적이고 이데올로기적 성격을 잘 보여준다.

그러나 공식적인 담론의 장에서 한 발 벗어났을 때 그들은 혹 생모를 따로 둔 자식이기도 하였고 혹 어머니를 일찍 여의고 서모나 유모에게 양육된 사람이기도 하였다. 그들이 다른 사람의 후사자가 되었다고 하여 또는 자신의 어머니가 부적격의 지위에 있었다고 하여 '내려입거나', '입지 못한' 상복은 『예기』에서 이른 바 대로 그 슬픔이 회복되는 최소한의 기간조차 못되는 경우가 많았다. 이에 이들은 공식적으로 예우될 수 없는 어머니에 대한 슬픔과 회한을 개인적인 표현 매체를 통해 표출한다. 묘지명이나 행장 제문 등 사람의 일생을 서술하면서 정감을 함께 표출할 수 있는 산문 양식들이 그것이다.

이들이 어머니를 대상으로 쓴 글은 사대부를 대상으로 한 글과도 다르고 온당한 예우를 받았던 일반적 선비 행장이나 묘지명과도 일정한 차이를 보인다. 가장 두드러진 특징은 여성을 대상으로 한 비지전장에서 흔히 지향하는 '지극한 효부'이자 '공손했던 아내', '인자한 어머니' 등 이른바 이상적 여성상의 현양에 무게를 두고 있지 않다는 것이다. 그보다는 '뒷전'에 놓여서 평생을 살아야 했던 어머니의 안타까운 삶과 지극했던 어머니의 사랑, 그리고 채 펴지 못한 자식의 도리와 정을 표현하는데 서술의 주안점이 있다. 특히 이들 아들이 글을 통해 간절히 남기려 했던 것은 제도의 이면에 놓인 어머니의 존재, 모자라고 하는 엄연한 '관계'였다. 예컨대 오원은 '망자가 낳거나 키운 자식들은 모두 출계하거나 죽고, 죽은 후 새로 들어온 계모의 아들이 제사를 받들게 되었노라'는 내용을 붙이기 위해 「묘지후기」를 쓴다.61) 그런가 하면 「광지」 형식으로 유모에 대한 글을 쓴 사람들은 대부분 '시간이 오래되고 봉분이 밋밋해져서 후대 사람들이 혹여 그곳이 무덤인 줄 모르고 밭이라도 쓰게 될까봐'62) 글을 지어 묻는다고 말하고 있다. 낳은 아들도, 기

---

61) 오원, 「本生妣東萊鄭氏墓誌後記」, "嗚呼 琬旣長出爲伯父後 纔年十九夭死無子 淑人血屬 於是絶矣 府君之銘庶食其報者 爽矣 天道尙忍言哉 不肖瑗 卽琬之兄 而元配金氏出也 弟瓘, 瓚繼配徐氏出也 瑗, 瓚亦出繼諸父 瓘實奉府君淑人祀云 不肖瑗泣血 附記舊銘之下 敬納諸新壙"

62) 김주신, 『수곡집』, 「乳母尹召史壙記」, "玆刊一片白石爲誌 送奴祭告埋于壙前 以寓余悲念之意 而亦祈後人毋畎畝於玆三尺之封焉" ; 박필주, 『여호집』, 「乳母壙誌」, "忍痛畧書其事爲識 以納於墓 後之人尙有以哀之而不使耕犁加焉" ; 신정하, 『恕菴集』, 「乳

른 아들도 제사를 모시지 못하고 결국 얼굴도 알지 못하는 또 다른 아들에게 사후를 의탁해야 하는 현실 속에서, 또는 시간이 가면 속절없이 잊혀질 수밖에 없는 인간의 한계 속에서 비지전장류의 글은 복제라고 하는 공식적인 어머니 대우에서 소외되고 차별받던 어머니들을 재현하고 의미화 할 수 있는 매체였다. 혹여 인몰될지도 모르는 어머니의 존재와 애틋한 모자지간의 정을 드러내고 영원히 남길 수 있는 유일한 방법이었다.

비록 죽은 뒤에 불러보는 사모곡일지언정 그 글들 속에는 복제라고 하는 공식적 예 속에 가려진 어머니에 대한 애틋한 마음이 무르녹아 있다. 가부장 사회의 주체로 살았지만 또 다른 한편에서는 객체로, 희생자로 살아가야 했던 당시 수많은 아들들의 속내라고 할 수 있다. 그 속에서 간취되는 안타까운 어머니의 모습과 자식의 눈물이야말로 종법 사회를 지탱하며 살아야 했던 당시 많은 모자(母子)들의 갈등 모습이자 진술한 내면으로 이해해야 할 것이다.

母玉儇壙誌」 "恐時久封夷而無以識其處也 追爲此誌 埋諸壙側"

 예(禮)와 정(情)의 접점과 거리
어제제문(御製祭文)의 내면과 임금의 가족들

Ⅰ. 치제문(致祭文)과 어제제문(御製祭文)

유교 사회에서 군왕은 대천치민(代天治民)하는 존재로 규정된다. 하늘로부터 신성한 권한을 위임받아 생령을 다스리는 존재, 즉 세속적인 통치권과 함께 초월적인 세계와의 교섭을 모두 관장하는 지존의 존재이다. 군왕의 이러한 위엄과 초월적 위상을 상징적으로 드러내 주는 것이 제사였다. 조선의 군왕은 위로는 인간의 삶을 풍요롭게 해주는 신에 제사를 올림으로써 초월적 위상을 드러내었으며 아래로는 국가에 공을 끼친 백성에게 치제함으로써 군주로서의 위엄을 밝혔다. 그 중에서 군신 관계의 범주에서 군왕이 신하에게 내리는 제문을 치제문(致祭文)·사제문(賜祭文)·유제문(諭祭文)이라고 한다.1) 서사증은 『문체명변』에서 "천

---

1) 致祭文과 賜祭文, 諭祭文의 개념은 명확하게 구분되지 않는다. 치제문의 경우는 치제와 함께 내리는 祭文이라는 의미가 포함되어 있고 賜祭文은 군왕의 하사 사실을 강조한 표현이라고 할 수 있지만 실제 사용에 있어서는 그 용례가 따로 구분되지 않는 경우가 많다. 諭祭文의 경우 역시 군왕의 諭示라는 의미를 전면에 내세운 것인데 우리나라의 경우를 놓고 보았을 때 일반적으로 근친에게 내린 경우

자가 사신을 보내어 제사하는 말”을 유제문(諭祭文)으로 정의하면서 “혹 여러 종실과 비빈에게 내려 친친(親親)을 밝히기도 하고 혹은 훈신 대신에게 내려 현현(賢賢)을 밝히면서 군신간의 시종 변함없는 뜻을 보이기도 한다.”고 그 기능을 설명하고 있다. 단 “유제문은 왕언의 한 종류”로서 “일반 제문과는 별개의 종류로 구분”2)된다. 설봉창도『문체론』에서 “주(周) 천자가 제후에게 고하는 말로부터 유(諭)라고 하는 명칭이 유래하였다”3)고 하면서 조령체(詔令體)로 분류하고 있다. “전아하고 장중해야 하며 사조(詞藻)를 강구해야 한다.”는 조령체(詔令體)의 문체적 조건을 적용하면4) 치제문을 왕언(王言)으로 따로 분류하는 것이 비단 주체의 특수성만을 고려한 것은 아님을 알 수 있다. 지제교나 예문관원 등 전례(典禮)와 의문(儀文)에 밝고 문장에 뛰어난 사람이 제술을 담당하고 있다는 것도 치제문의 엄격한 규범성을 입증해 준다.

그러나 공적 의례적 성격을 띠고 주로 담당 관원들에 의해 지어졌던 치제문의 제술 관행이 숙종·영조·정조대를 기점으로 하여 주목할만한 변화를 보이기 시작한다. 군왕이 손수 치제문을 쓰는 사례가 급격히 늘어나고 있다는 사실이다.『열성어제(列聖御製)』5)와『홍재전서(弘齋全書)』6)

가 많아 致祭文이나 賜祭文을 표방한 글보다는 다소 덜 공식적인 의미를 포함하는 것으로 추정된다. 그러나 실제로 諭祭文을 표방한 祭文은 많지 않다. 따라서 본고에서는 군왕이 신하에게 내리는 祭文 형태로서 가장 일반화되어 있고 포괄적인 의미를 지니는 致祭文을 御製祭文의 대표적 명칭으로 사용하기로 한다.

2) 서사증,『문체명변』,「諭祭文」, “按諭祭文者 天子遣使下祭之詞也 或施諸宗室妃嬪 以明親親 或施諸勳臣大臣 以明賢賢而示君臣始終之義 自古及今皆用之 蓋王言之一體也 故今採而錄之 若其他臣庶相祭之文 則別爲一類云”

3) 薛鳳昌,『文體論』,「詔令」, 대만, 상무인서관, 민국56, 77쪽. “左傳有周天子諭告諸侯 此爲諭名之始 漢高入關告諭 是諭與告一也”

4) 심경호,『한문 산문의 미학』, 고려대 출판부, 1998, 398쪽.

5) 이집, 홍석보(공편),『列聖御製』, 규장각본, 1776(간).『열성어제』는 조선조 역대 군

에 수록된 작품을 기준으로 볼 때 숙종은 58편, 영조는 194편, 그리고 정조는 431편에 달하는 어제제문(御製祭文)을 남겼다.7) 이는 역대의 왕이

왕의 親製 詩文을 모아 간행한 책이다. 1631년(인조9년)에 義昌君 이광이 태조, 태종, 세종, 문종, 세조, 성종, 인종, 선조의 시문을 모아 처음 간행한 이래 그 후 누차에 걸쳐 보완 간행되어 현재까지 연산, 광해, 고종, 순종을 제외한 23왕의 어제가 남아 있다.
6) 정조, 『國譯 弘齋全書』, 임정기外(역), 민족문화추진회, 2000.
7) 숙종과 영조 정조 세 군왕이 지은 제문은 그 대상 면에서 다소 차이점을 보인다. 숙종의 경우에는 왕실 가족과 종친을 대상으로 한 제문, 그리고 전쟁과 부역, 질병 등으로 가엾게 죽은 백성들에 대한 厲祭文이 대부분을 차지한다. 특히 숙종은 仁祖의 繼妃 莊烈王后와 어머니이자 顯宗妃인 明聖王后, 元妃 仁敬王后, 繼妃 仁顯王后, 효종의 딸이자 숙종에게는 고모가 되는 淑徽公主, 淑安公主, 숙명공주, 경종의 부인이자 며느리인 단의빈 등 주로 왕실가 여성들에 대한 제문을 집중적으로 썼다. 숙종을 태어날 때부터 모시며 충성을 다했던 尙宮 유씨와 유모 奉保夫人 이씨에 대한 제문을 남긴 것도 특기할 만한 점이다. 영조의 경우도 능과 사당에 올린 의례적 제문과 선대의 유신들에게 예우 차원에서 내린 제문도 더러 있으나 대부분은 왕실가 인물과 당대 신료들에 대한 제문이다. 숙종과 영조가 왕실 가족을 중심으로 선별적으로 제문을 쓴 것과 달리 정조는 왕실가 제문을 포함하여 공식적 제문의 대부분을 친제하였다. 정조가 남긴 431편을 분류하면 능·묘·사원·서원 등에 내린 제문이 약 150여 편으로 가장 많고 외척, 인척, 종친 등에 대한 제문 약 110여 편, 祭神文이 약 30여 편에 달한다. 나머지는 신료들에 대한 제문인데 이 중 정조 당시까지 생존하였던 신하에 대한 제문은 80여 편에 불과하다. 숙종 영조의 제문에 비해 정조의 작품은 편폭도 짧고 대부분 양식적 틀에 맞추어 비슷비슷한 형태로 짜여 있는 것을 볼 수 있는데 이는 친제에 임하는 정조의 시각이 두 선왕과는 달랐음을 보여준다. 그러나 정조의 제문 가운데서도 개성이 돋보이고 핍진함을 드러내어 작품으로서 주목해볼 필요가 있는 제문은 대부분 왕실과 관련된 인물들, 그리고 정조와 직접적으로 관계를 맺고 있었던 당대 신료들에 대한 제문이다. 세 군왕의 작품 세계를 별도로 조명하여 문학적 개성을 도출하고 특히 정조의 제문이 보여주고 있는 광범위한 작품 세계를 면밀하게 고찰해볼 필요성도 제기될 수 있으나 본고에서는 세 군왕의 제문이 가진 공통적인 요소를 중심으로 '御製祭文'의 특성에 접근하기로 한다.

한 두 편 정도의 제문만을 남기고 있는 경우8)와 비교해볼 때도 특기할 만한 편수이며 군왕의 문집 전체에서 차지하는 작품의 비율을 놓고 보았을 때에도 상당한 분량이다.

당시 실록은 군왕이 제문에 보인 관심을 상당히 특기할 만한 일로 적고 있다. 숙종 7년 5월 3일에는 당시 홍문관 제학이었던 이단하가 지어 올린 영소전(永昭殿) 제문의 사의가 간곡하고 측달해서 유명을 감격시킬만하다고 하여 말을 하사하였다는 기사를 볼 수 있으며, 숙종 11년 7월 7일에는 관원이 지어올린 삼각산 기우제문에 간절하고 절박하며 애소하는 뜻이 없다고 하여 고쳐 짓게 한 사례가 발견된다.9) 그런가 하면 숙종 32년 10월 29일에는 당시 지제교였던 신심이 우윤 김횡이 치제문을 지어 올리자 이를 보고 본문의 위 아래 뜻이 이어지지 않는다고 하면서 두 구를 친히 지어 첨입하게 하기도 하였다. 영조도 성혼의 묘와 이이의 화석정 옛터를 지나면서 교자 안에서 허리를 굽혀 예를 표하고 제문 두구를 짓고 첨입하라고 명한10) 바 있으며 영조 32년 4월 6일에는 제학이 지어올린 하향(夏享) 제문을 보고 "제학이 지은 제문이 나의 뜻을 다 표현하지 못했으니 친히 지어야겠다."하고 친제한 바 있다.

정조는 관원들의 제문 제술에 훨씬 더 적극적으로 그리고 엄격하게 간여하였다. 영조 52년 당시 왕세손이었던 정조는 엄사만이 지은 제문

---

8) 『열성어제』 수록 작품을 중심으로 조사한 바에 의하면 이전 시대 군왕의 제문 작품으로는 문종 1편 중종 2편 인조 2편 명종 1편 경종 2편 등만이 현존한다.

9) 그 밖에도 숙종 10년 6월 27일 신유, 11년, 7월 3일 신유, 11년 7월 12일 경오, 18년, 5월 12일, 신유 등에는 祈雨祭文을 짓는 문인들에게 자신에게 허물을 돌리고 책망하는 뜻을 특별히 넣으라고 부탁한 바 있다. 責己의 뜻이 충분치 못하다고 하여 고쳐짓게 한 사례는 정조 1년 4월 24일, 기미 기사에서도 발견된다.

10) 영조 16년 8월 30일 무진.

을 보고 "근래 사신들은 전혀 글을 숭상하지 않아 모든 찬술에 기복 변화가 없으니 이러고도 어찌 모든 왕언을 대신 지을 수 있겠는가?"라고 강하게 비판하면서 옛 문형인 서파 오도일을 제문 잘 쓰는 사람으로 직접 지목하기도 하였다.[11]

당시 실록에 등장하는 제문 관련 기사들은 이들 왕이 제문에 대해 얼마나 깊은 관심을 가지고 있었는가 하는 것을 말해주고 있다. 친압(親押)[12]의 과정에서 내용이나 체제만을 문제 삼은 것이 아니라 문장 구성과 표현의 적실성까지를 지적하고 있는 것이야말로 제문에 대한 언급이 막연한 관심의 차원을 벗어나 일정한 안목과 창작 능력을 겸비하고 있었음을 입증해 준다. 제문에 대한 이러한 적극적인 관심과 식견이 친제의 동인이 되었을 것임은 물론이다.

그러나 많은 제문을 손수 짓게 한 보다 중요한 요인으로서 군왕 자신의 강한 내면적 동기를 간과할 수 없다. 숙종은 옥체가 심히 불편하여 세자에게 국정을 위임한 상태에서도 제문을 친히 지었으며[13] 영조 또한 지병에 시달리던 만년에 이르기까지 손수 제문을 지었다. 그런가 하면 정조는 국가 제사에 사용되었던 제문 축문의 대부분을 친제하였다. 이는 세 군왕의 친제문이 전례적인 의미에서 지어졌으나 다분히 내

---

11) 정조 즉위 당시 지제교였던 엄사만은 의정부 進香文을 지어 올린 후 "문장과 뜻이 모두 제대로 표현되지 못하였다"라는 문책과 함께 체직된다. (정조 원년 5월 6일 병자)

12) 왕이 어필로 사인 하는 것을 말한다. 중종 11년 8월 8일, 정사에 왕이 전교를 내려 '제문과 축문에 굳이 친압을 할 필요가 있겠는가 대압도 무방하지 않는가' 물은 적이 있다. 이 때 담당 관원은 "예문을 가지고 본다면 반드시 친압하여야 합니다."라고 回啓하였다.

13) 숙종 44년 8월 7일 임자에 지은 「愍懷嬪改封墓後致祭文」과 숙종 44년 11월 23일 정유에 지은 「北郊厲祭文」이 옥체가 심히 불편하여 정무를 세자에게 위임한 상태에서 지은 제문이다. 여기에 대해서는 실록 관련 기사 참조.

면 정서의 표출 양식으로서 별도의 함의를 포함하고 있을 가능성을 시사해 준다.

이 장에서는 대작을 관행으로 하고 의례적 공적 특징을 주 특징으로 하는 치제문의 창작 전통에서 군왕의 친제문이 갖는 의의를 살펴보고 이들 제문이 지닌 작품으로서의 가치를 규명해보고자 한다. 이는 정치적 역할과 역사적 평가에 묻혀 상대적으로 덜 조명을 받았던 문인으로서의 왕을 조명하는 기회가 될 것이며 공식적 의례문으로서의 제문이 가진 문학적 함의를 타진하는 계기가 될 것이다. 이를 위해 먼저 실록에 등장하는 관련 기사들을 통해 치제문의 일반적인 제술 관행과 규범을 살피기로 한다. 어제 제문 또한 치제문의 일반적인 규범을 바탕으로 지어졌으리라는 가정에 입각한 것이다.

II. 치제문의 규범성

1. 명분(名分)의 논리와 예(禮)·정(情)의 관계

유교 사회에서 예는 사회적 관계 속에서 인간의 행동을 규정짓는 것으로 필연적으로 명분론적 의미를 포함하게 된다. 사회적 관계에서 지위의 고하와 신분의 귀천은 문란해서는 안 될 법도였으며 명분에 순응하는 것이야말로 하늘의 명령에 응하는 것이면서 인간관계의 질서를 확립하는 것으로 인식되었다.[14] 제사는 이러한 명분론적 인식을 상징적으로 구현하고 있는 의례였다.[15] 조선시대 전반에 걸쳐 제사 문제가

---

14) 금장태, 『조선 전기의 유학 사상』, 서울대 출판부, 1997, 23쪽.

명분 논쟁의 주요 소재로 등장한 것은 그런 면에서 당연했다고 할 수 있다. 특히 국가 제사에 사용되는 제문은 형식과 호칭, 문안의 세세한 부분까지도 명분의 시빗거리로 등장하였다.

호칭 논란의 출발은 연산군 2년 4월로까지 거슬러 올라간다. 폐비 윤씨의 묘소 제문에 어떤 호칭을 쓰느냐를 두고 벌어진 이 논란에서 당시 신료들은 '자친(慈親)'과 '윤씨(尹氏)', 그리고 '선비(先妣)'라는 호칭을 두고 대립하였다. 윤씨가 왕의 생모이지만 선왕에게 의절을 당하고 사사(賜死)된 인물이라는 점 때문에 생긴 문제였다. 곧 자식의 정(情)을 펴되 군왕의 예(禮)에 어긋나지 않는 호칭이 무엇이냐 하는 것이 쟁점이었으며 논란 끝에 신료들은 정과 예에 부합하는 최선의 방법으로서 휘(諱)는 칭하지 않는 대신에 친(親)을 칭하는 방식, 즉 "군왕은 삼가 자친 모씨에게 고합니다."라는 문안을 선택한다.

예와 정에 부합하는 호칭을 두고 벌어졌던 이러한 논란은 영조 때에도 비슷한 형태로 재현된다. 곧 사친인 숙빈 최씨에 대한 호칭의 문제였다. 영조는 지금까지 써오던 '사친(私親)'이라는 호칭에 대해 불만을 토로하면서 '선비(先妣)'로 쓰는 것이 어떻겠느냐고 신료들에게 문의한다.16) 이에 대해 당시 조정의 원로들은 '비(妣)'라고 하는 글자는 '고(考)'와 대칭되어야 하는데 지금의 경우 병칭이 곤란하다는 것과 남의 후사가 된 자는 어버이에 대하여 고(考)라고 칭하지 못함이 예의 원칙이라는

---

15) 『예기』는 천자로부터 서인에 이르기까지 신분에 따른 제사의 대상과 범위를 엄격하게 규정하고 있다. (『예기』, 「曲禮」, "天子 祭天地 祭四方 祭山川 祭五祀 歲徧 諸侯方祀 祭山川 祭五祀 歲徧 大夫 祭五祀 歲徧 士祭其先", 「王制」, "天子七廟 三昭三穆 與大祖之廟而七 諸侯五廟 二昭二穆 與大祖之廟而五 大夫三廟 一昭一穆 與大祖之廟而三 士一廟 庶人祭於寢")

16) 영조 29년 10월 22일 계묘.

것을 내세워 '선자친(先慈親)', '선자(先慈)', '자친(慈親)' 중의 하나를 선택할 것을 건의한다. 영조는 일단 '선자친(先慈親)'이라는 호칭을 선택한다.[17] 그러나 2년 후 영조는 어머니의 시호를 '휘덕(徽德)'으로 올리면서 다시 호칭의 문제를 제기한다. '선자친' 3자는 고금의 전례가 없는 것이어서 축문을 읽을 때마다 늘 송구스런 마음이 들었는데 이정귀의 『남궁록』과 『주례』에서 '선비'라고 한 선례를 찾았다는 것이다.[18] 다음의 제문은 이러한 내용을 담고 있다.

> "삼가 죽책(竹册)과 은인(銀印)을 받들어 올리고 시호를 휘덕이라 더해 올리니 제문의 두사는 『주례』를 따라 선비라 칭하였습니다. 아 지금 이후로는 30년 동안 맺힌 소자의 마음이 조금 풀릴 듯합니다. 해동의 신하 백성들로 하여금 어머니가 아들 때문에 귀하게 된다는 의를 알게 하려 합니다. 윤기(倫紀)가 잘 갖추어졌고 정과 예가 잘 맞아 유감도 없고 흠될 것도 없습니다."[19]

영조의 어머니에 대한 정이 얼마나 애틋하였는지는 널리 알려진 사실이지만 특히 어머니를 '선비'라는 호칭으로 간절히 부르고 싶어 했다. 그러나 예의 원칙을 주장하는 신료들의 주장에 밀려 뜻을 이루지 못하다가 선례를 친히 상고한 후 가까스로 명분을 획득하고[20] 그제서야 비로소 제문의 두사(頭辭)로 '선비'라는 호칭을 사용한다. "이제 정과 예가 잘 맞아 유감도 없고 흠될 것도 없다."는 영조의 안도는 명분을

---

17) 이러한 내용은 「毓祥宮仲冬親祭文」에서 볼 수 있다. ("今稱慈焉 二字之上 加以一先 體玆尤重 宜更竹編 何行祝辭")
18) 영조 31년 12월 4일 계묘.
19) 영조, 「毓祥宮上册印日親祭文」, "謹奉上竹册銀印 加上謚號曰徽德 祭文頭辭 乃遵周禮 亦稱先妣 嗚呼 從今以後 小子三十年 鬱結之心 庶可少伸 而使海東臣隣 乃知母以子貴之義 倫紀團圓 情禮允叶 可無餘憾 亦無欠缺"
20) 영조 31년 12월 4일 계묘.

조건으로 하는 예와 예를 전제로 하는 정의 관계를 선명하게 보여주고 있다.

다음의 예문 또한 예와 정의 관계를 잘 드러내주는 글이다.

> "이에 전례를 상고하여 새벽에 말을 달려 빈전에 가니 봉대에는 티끌만 일고 눈 닿는 곳마다 마음이 쓰리도다. 어렴풋이 용모와 목소리가 앞에 있는 듯한데 후사도 없으면서 또 오래 살지 못하였구나."21)

> "오호라 임금이 신하의 상에 임하여 조문하는 것은 예법에 있는 것인데 하물며 나는 사정으로 한번 네 빈소에도 가지 못하였으니 참으로 참을 수 없 구나. 이에 덜 추운 날을 택해 병든 몸을 부액 받으며 친히 임하니 적막한 집 빈 당에는 오직 명정과 영구만이 머물고 있는데 거가가 문 밖에 임하였는데 도 너는 어찌하여 밖으로 나와 맞이하지 않는단 말인가?"22)

한 국가의 주인이요 만백성의 부모로서 존재했던 군왕에게 있어서 사적인 관계는 사실상 없는 것이나 다름없었다. 자식이나 형제들과도 공식적으로는 군신간이었으며 따라서 왕을 아버지로 부르거나 대비를 어머니로 부르는 등 사가의 호칭은 원칙적으로 허용되지 않았다.23) 이 러한 예법에 따라 왕실가의 제문이라 하더라도 공식적으로는 신하에게 내리는 제문, 즉 유제문 또는 치제문의 형태로 지어졌다.

위의 제문은 숙종이 친누이인 명안공주에게 내린 유제문이며 아래의 제문은 아들 연령군에게 내린 유제문이다. 군왕에게 있어서 누이와 아

---

21) 숙종, 「諭祭明安公主文」, "爰稽典禮 夙駕殯第 鳳臺生塵 觸目酸辛 優優容聲 怳若在 前 既無繼嗣 又不永年".
22) 숙종, 「諭祭延齡君文」, "嗚呼 君臨臣喪 禮也 況以予情境 不得一往 誠所不忍 肆趁未 寒 扶病親臨 則廖廓空堂 只留旌柩 車駕臨門 而汝何不出迎耶"
23) 신명호, 『조선의 왕』, 가람기획, 1998, 63쪽.

들의 빈전으로 달려가는 길에는 "전례(典禮)"와 "군신간의 예"라고 하는 형식적인 절차가 놓여있다. "임금이 신하의 상에 임하여 조문하는 것은 예법에 있는 것인데… 거가(車駕)가 문 밖에 임하였는데도 너는 어찌하여 밖으로 나와 맞이하지 않는단 말인가?"라는 숙종의 탄식은 왕실가 상례의 면모를 단적으로 드러내 주는 대목이다.

이렇듯 군왕이 내리는 제문에서 명분은 가장 중요한 원칙이었으며 정은 이러한 명분을 구현하는 예와 결합되었을 때만 의미를 가질 수 있었다. "예를 마치고 통곡하며 의소세손의 영령에 친히 전을 올린다.[禮畢後痛哭 親奠于懿昭世孫之靈]"24)라는 서두부의 투식구와 "의문이 모두 갖추어졌고 정과 예에 흠결이 없도다.[儀文具備 情禮罔缺]",25) "삼년만에 몸소 제향을 드리니 정과 예가 조금 펴진 것 같습니다.[三歲躬享 情禮少伸]"26) 등의 종결부 문안이 시사하듯 치제문에서 예는 주제자인 군왕과 치제자의 관계를 규범화하고 공식화하는 장치이자 정이 일정한 틀을 형성하도록 하는 바탕이다.

2. 공의(公義)의 강조와 사은(私恩)의 문제

공적 의례문인 치제문에 있어서 명분의 논리와 함께 중시되어야 했던 것은 사실성과 객관성이었다. 정을 표현하는 과정에서 종종 수반될 수 있는 과장된 칭송과 그로 인해 생길 수 있는 사실의 은폐·왜곡 등은 공적 문서의 결함으로 간주되어 심각하게 논란이 되었으니 대표적인 사례가 현종 년간에 있었던 이단하의 제문 논란27)이다. 당시 이단하

---

24) 영조, 「懿昭世孫賜諡後祭文」.
25) 영조, 「順康園親祭文」.
26) 영조, 「毓祥宮冬享親祭文」.

는 영안위 홍주원의 치제문을 찬진하였는데 제문의 구절 중에 "처음에 선뜻 허락하지 않으셨던 성교는 신칙과 격려를 보인 것이고 끝내는 경의 마음을 알아 매우 융숭하게 예우하셨다"라고 한 대목이 문제가 되었다. 당시 현종은 "상이 끝까지 매몰차게 대하지 않으신 것은 그가 의빈(儀賓)으로 남은 마지막 한 사람이었기 때문이었지 당론의 마음을 믿은 것은 아니었다"고 하면서 그를 엄하게 다스릴 것을 명한다. 이 때 도승지 김휘 등은 "모든 치제문에 반드시 찬양하는 말을 쓰는 것은 대개 그 죽음을 측은히 여기고 애도하는 까닭"이라고 하면서 "지금 이단하가 제술한 제문의 내용은 그가 생전에 입은 조정의 은총을 낱낱이 서술한 것에 불과하지 당론을 부식하려는 의도가 있었던 것은 아니다."라고 옹호한다. 그러나 현종은 선왕께서 통렬히 미워하시던 것을 감히 당론을 찬양하기 위한 목적으로 썼다고 하여 치제문을 쓴 이단하를 잡아다 엄하게 국문하도록 한다. 인조가 수찬 조중려와 교리 이만이 지어 올린 김상용과 정온의 치제문을 보고 사실과 맞지 않거나 칭찬하는 말이 너무 많다고 개찬케 한 사례28)나 숙종 때 고묘제문(告廟祭文)을 쓴 권해가 송시열을 '적괴(賊魁)'라고 칭했다고 하여 극변으로 유배되는 사건29) 또한 비슷한 맥락에서 이해할 수 있다.

물론 문제가 된 제문의 문안 자체는 문면에 나타난 어구만으로는 판단하기 어려울 만큼 상당히 우회적이고 간접적이다. 과장적으로 칭송을 늘어놓으면서 애도를 펴는 것이 제문의 일반적인 서법이고 보면 군왕의 민감한 반응은 오히려 납득하기 어려울 정도이다. 그러나 당시 군왕들은 즉각 결단을 내려 왕언(王言)의 지엄함을 보이고 있거니와 이는

---

27) 현개 13년 11월 1일 임신.
28) 인조 15년 10월 28일 임술, 인조 19년 7월 20일 갑오 기사 참조.
29) 숙종 6년 8월 29일 을묘, 동년 9월 3일 무오 기사 참조.

곧 치제문이 일반 제문과는 엄격히 차별화된 기준으로 지어져야 함을
보여준다. 그 기준은 공용문(公用文)으로서 객관성을 확보할 것, 그리고
역사적 실상과 왕의 의중을 적시할 것으로 요약된다.

특히 당파간의 갈등이 첨예화되는 17세기를 전후하여 복제를 두고
벌어진 예송논쟁과 함께 제문의 문안을 둘러싼 논쟁은 다분히 정쟁의
성격을 띠고 있었다. 표면적으로는 사실 여부와 진실성을 문제삼고 있
었지만 실상 망인을 찬미하는 문맥에서 은연중 상대 당파를 비방하거
나 사실을 과장하여 자당의 우월성을 부각시키는 경우가 많았으며 이
는 당파의 이해와 맞물려 격렬한 논쟁으로 비화되었다. 이러한 상황에
서 왕언(王言)으로 지어지는 치제문은 공의(公義)를 표방하는 것이어야 했
다.

> "그런데 끝내 죄를 자초하여 그 황량한 바다 섬에 형제가 함께 유찬되었
> 으니 이는 모두 나의 성의가 천박하여 인자하게 덮어 주시는 하늘의 믿음을
> 감동시키지 못한 탓이었다. 그러나 우리 성상께서 사은(私恩)으로 공의(公義)
> 를 버리지 않으신 것은 어찌 이른 바 인륜의 지극함이 아니겠느냐"30)

정조가 이복 동생인 은신군 이진(李禛)에게 내린 제문이다. 영조 47년
당시 은신군은 기강을 문란했다는 죄목으로 제주로 귀양간 지 얼마 안
돼서 죽었다. 이 글은 정조가 세손 시절, 적소로부터 돌아온 동생의 영
구 앞에 내시를 보내 치제하게 하고 지은 제문이다. 글의 앞머리에서는
"우리 형제만큼 정이 깊은 형제는 없을 것"이라면서 한 시도 떨어짐 없
이 밤낮으로 함께 지내던 각별했던 어린 시절의 우애를 환기하고 있다.

---

30) 정조, 「祭禛文」, "而畢竟自速罪戾 蓁蓁海島 兄弟竝投 此莫非余之誠意淺薄 不能感孚
于慈覆之天 而我聖上之不以私恩廢公義者 豈非所謂人倫之至耶"

그러나 "끝내 죄를 자초하여 황량한 해도에 형제가 함께 유찬된" 정황을 표현하는 문맥에 오면 사은으로 공의를 버리지 않겠다고 하는 선왕의 강한 결단이 강조된다. 공의의 표방이야말로 군신 관계 속에서 왕언의 지엄함을 보이고 공용문으로서의 객관성을 확보하기 위한 중요한 조건이었다고 할 수 있다.

Ⅲ. 어제제문의 서정성

이상에서 살펴본 바와 같이 치제문은 군신 관계를 조건으로 하여 지어지는 공적 의례문이다. 대상과의 관계를 공식화하고 규범화하는 명분과 공의의 논리는 정의 표출에 우선하여 예의 엄숙함을 전제하도록 하고 있으며 이는 곧 사정의 무분별한 노출을 통제하는 기제로 작용하고 있다. 그러나 군왕은 일국의 군왕이기 이전에 한 가정의 아버지요 남편이자 자식이었으며 그들의 죽음이야말로 자연인으로서의 정서를 촉발하는 계기로 작용하였다. 본 장에서는 예와 공의와의 관계 속에서 표출되는 정의 양상을 다음 몇 가지로 나누어 살펴보기로 한다.

1. 표현의 틀 ─ 형식의 다양화와 연작 구성

통상 제문은 4자구 또는 장단구(長短句) 협운(協韻) 방식을 정격[31]으로 한다. 이는 낭송을 수반해야 하는 기능적 측면과 관련이 있는 것으로

---

31) 풍서경, 김인천, 『고문통론』, 대북, 중화서국, 민국68, 727쪽.

보인다. 형식의 정제와 운율의 고려는 리듬감을 조성하고 호흡을 일정하게 유지하도록 하는데 필수적인 조건이라고 할 수 있기 때문이다.[32] 완결된 운문의 형태로 되어 있는 경우는 물론 압운과 평측을 배제하고 자수만 정제하는 경우에도 정연한 호흡과 규칙적인 리듬은 기세를 일관되게 유지하면서 엄숙하고 차분한 느낌을 주게 한다. 치제문이 주로 4언 또는 4·6언의 형태로 많이 지어지는 것도 정제된 운문 형식이 포함하는 이러한 특징과 치제문의 공식적 의례적 성격이 효과적으로 결합하기 때문이라고 할 수 있다.[33]

숙종·영조·정조가 친히 지은 치제문 역시 일반적으로 4언의 형식을 많이 취하고 있다. 그러나 상황과 대상에 따라 산문체를 활용하고 규범적 형식에 일정한 변형을 가함으로써 일반적인 치제문과는 다소 다른 측면을 보여주고 있어 주목해볼 필요가 있다. 예를 들어 영조의 경우 아들과 며느리, 딸과 사위, 손주 등에게 내린 대부분의 제문을 산문으로 엮었다. 사친과 인원왕후에게 올린 제문의 일부도 산문이며 신하들에 대한 제문 중에서도 특별히 편폭이 길고 내용이 핍진한 몇몇 작품[34]의 경우에도 산문을 사용하였다. 정조 역시 4언 형식을 주조로 하되 선왕 영조에게 올린 제문과 외조부 홍봉한에 대한 치제문 수 편, 이복동생 이진에게 내린 제문, 그리고 신하들에 대한 제문 중에서도 홍

---

32) 시와 산문의 원형이라고 할 수 있는 『시경』과 『서경』은 4자를 한 구절로 하고 있는데 이 4자구는 중국말에 있어서 가장 리드미컬한 어조를 형성한다. 제문의 형식으로 4자구와 함께 흔히 사용되는 4·6자의 배열 역시 가장 자연스러운 율조를 지닌 형태이다. (이점에 대해서는 김학주, 『중국문학서설』, 범학도서, 1976, 54쪽 참조)

33) 졸고, 「조선초기 제문 연구」, 이화여대 박사학위 논문, 2001, 163~167쪽.

34) 「元勳右議政吳明恒致祭文」, 「靈城君朴文秀致祭文」, 「領相洪致中遣承旨致祭文」 등이 그것이다.

낙인·이곤수·김종수에 대한 치제문을 별도로 산문으로 엮었다. 대상자와의 관계가 밀접할수록, 그리고 재위 당시 사망한 사람이면서 특히 상중에서 지어진 제문일수록 산문체를 활용하는 경향이 높음을 알 수 있다.

산문 형식은 규범 대신 내용을 강화한 형태로서 정연한 운문 형식이 주는 굳세고 힘있는 기세를 풀어 자연스러운 감정의 노출을 유도한다. 어제제문의 산문 구성 역시 의례적인 규범보다는 정서의 표출에 무게를 두는 방향에서 이루어졌다고 할 수 있다. "그림 그리는 일은 흰 바탕이 마련된 다음의 일이니 하필 상례(常例)를 따를 일이냐. 사신(詞臣)에게 명하지 않고 구문에 구애되지 않으며 글 속에 부르짖듯 감정을 쏟아내어 나의 마음을 표출하겠노라"35)라고 하면서 산문을 활용하고 있는 「영성군박문수치제문(靈城君朴文秀致祭文)」이나 "질이 먼저이고 문은 나중인데 하필 운을 찾을 필요가 있겠는가"36)라고 언표하고 실제 운이 없는 4자구로 글을 지은 「화평옹주치제문(和平翁主致祭文)」에서 이러한 표현 의도를 확인할 수 있다.37)

산문체의 적극적 활용과 함께 내면 정서를 구체화하기 위한 형식적 장치로 활용되고 있는 것이 연작 구성 방식이다. 숙종은 폐위의 시련까

---

35) 영조, 「靈城君朴文秀致祭文」, "繪事後素 何循常例 不命詞臣 不拘句韻 行文呼寫 聊表予意"

36) 영조, 「和平翁主致祭文」, "質先文後 其何尋韻"

37) 한편 숙종은 주로 4언체를 활용하되 편폭의 확대를 통해 내면 정서를 구체화하였다. 예를 들어 막내 아들 연령군에게 내린 祭文은 무려 1288자에 이르며, 어머니 명성왕후의 「殯殿進香祭文」은 834자, 「平安道餓死人等淸南北設壇賜祭文」은 432자 등 장편으로 이루어져 있다. 문장의 길이가 반드시 의미의 깊이로 연결되는 것은 아니지만 동일한 서술 구조와 비슷비슷한 내용 표현의 상투성 등을 특정으로 하는 제문 양식에 있어서 편폭은 분명 작가의 생각이나 감정을 보다 확장시킬 수 있는 여지로 작용한다.

지 당하고 복위되었으나 결국 얼마 살지 못하고 죽은 인현왕후에게 내
린 6편의 제문을 위시하여 세 아들 중 유독 아끼고 사랑하였으나 젊은
나이로 요절한 연령군에 대한 제문, 어머니 명성왕후에 대한 제문, 원
비(元妃) 인경왕후에 대한 제문 등을 연작의 형식으로 남겼다. 영조도 아
들의 등극을 보지 못하고 죽은 어머니 숙빈 최씨에 대한 제문과 숙종
의 제2계비인 인원왕후에 대한 제문, 재위 당시 사망한 큰아들 효장세
자, 큰며느리 효순현빈, 손주 소의세손에 대한 제문 등을 연작으로 지
었다. 그런가 하면 정조는 외조부인 홍봉한에 대한 제문을 무려 13편이
나 썼다.

이들 작품은 대부분 진향제문(進香祭文)·상식제문(上食祭文)·차례제문
(茶禮祭文) 등 일정한 예의 절차를 표방한 글들이지만 복받치는 감정을
표출하기 위해 지어진 제문도 상당수 있다. 예를 들어 숙종은 죽은 며
느리 단의빈에게 「단의빈빈궁전작문(端懿嬪殯宮奠酌文)」과 「빈미계인전필
욕복림이사월십이일위정의인약원돈청경불행익용비도수이십이일약설차
례(嬪未啓靷前必欲復臨以四月十二日爲定矣因藥院敦請竟不行益用悲悼遂以十二日略設茶
禮)」 두 편의 제문을 내렸다. 전편은 기력이 극도로 쇠약하고 거동 또한
불편한 상태에서 빈궁(殯宮)을 떠날 날이 임박해서야 뒤늦게 친림하여
내린 제문이고 후편은 며느리의 상례 절차를 친히 지키지 못하고 뒤
늦게야 빈전을 찾은 시아버지의 회한을 드러낸 작품이다. 처음 친림한
후 숙종은 계인하기 전에 한 번 더 찾고 싶어하지만 병의 위중함을 이
유로 말리는 약원의 간청 때문에 이루지 못하고 마는데 공교롭게도 숙
종이 궁을 떠난 상태였기 때문에 며느리의 빈소와는 더욱더 거리가 멀
어진 셈이 된다. 이 글은 이러한 정황에서 "뜻만 있었지 펴지 못하고",
"예와 정을 아울러 결할 수밖에 없었던"38) 시아버지의 안타까운 마음
을 표현하고 있다. 또한 숙종은 장편의 「유제연령군문(諭祭延齡君文)」을

짓고 이어 「연령군발인지기숙박통도지회익불자승복이일치읍이결지(延齡君發靷之期焂迫慟悼之懷益不自勝復以一卮泣以訣之)」를 따로 지었다. '발인 날이 가까워 오자 애통의 마음을 이기지 못하여' 지은 제문으로 "아픔이 간과 신장을 뚫고 눈물이 마르지 않는" 절통한 심정과 "친림하지 못하고 멀리서 일곡"[39)]해야 하는 안타까운 마음을 담고 있다.

한편 영조의 「의소혼궁소상일차례제문(懿昭魂宮小祥日茶禮祭文)」은 「의소묘소상제문(懿昭墓小祥祭文)」과 짝을 이루는 글로서 공무로 바빠 묘에 친림하지 못하는 상황에서 묘제문은 신하를 시켜 보내고 별도로 혼궁에서 친제[40)]하면서 내린 제문이며, 「육상궁기신일주차례제문(毓祥宮忌辰日晝茶禮祭文)」은 「육상궁삼월초구일친제문(毓祥宮三月初九日親祭文)」에 이어지는 글로서 어머니의 생신을 맞아 새벽에 제사를 지내고도 또 어머니 생각이 간절하여 낮에 별도의 차례를 올린 후 지은[41)] 제문이다. 이들 제문은 비록 의식적인 연작 의도에 의해 쓰인 것은 아니지만 각각의 작품이 독립적인 의의를 가지면서 전체적으로 일관되고 지속적인 감정의 흐름을 보여주고 있다.

이들 연작 작품은 독특한 형태로 표제를 달고 있어 이 또한 주목해 볼 필요가 있다. 숙종의 경우 공식적인 의례 이외에 특별히 쓴 제문의

---

38) 숙종, 「嬪未啓靷前必欲復臨以四月十二日爲定矣因藥院敦請竟不行益用悲悼遂以十二日略設茶禮」, "予纔哭汝 節又換移 感時傷懷 彌月不衰 況自遷御 汝柩獨留… 再臨一訣 有志未展 情禮俱缺 予愴則新"

39) 숙종, 「延齡君發靷之期焂迫慟悼之懷益不自勝復以一卮泣以訣之」, "予自哭子 慟徹肝心 淚豈有晞 思汝日深…居諸易逝 歲聿其暮 汝柩將移 神託母墓 寡妻何依 宮人奚恃 一培摧慟 百感交至 至情所在 曷有窮已 略備庶羞 更奠此觶 恨未自臨 遙望一哭"

40) 영조, 「懿昭墓小祥祭文」, "昨年仲夏 見爾入地之後 一欲復見 而於國多事 京城咫尺 尙不展哀 奄逢此日也 …若得暇日 可洩此意 魂宮親酌 墓所替奠 幽明雖殊 感應一理"

41) 영조, 「毓祥宮忌辰日晝茶禮祭文」, "曉已行祭 晝行茶禮 而仍食餕 以慰先妣之心 而遙憶戊戌 良欲溘然"

제목을 서술형으로 붙이고 있으며[42] 영조의 경우도 치제의 시기와 용
도를 구체적으로 명기하여 모든 제문의 제목을 달리 구성하고 있다. 정
조의 경우에는 표제를 다변화하지는 않았지만 대신 특별한 경우 부주
(附註)를 활용하는 방식으로 친제의 동기를 밝혔다. 예를 들면 「문청공
남유용자공철등제후치제문(文淸公南有容子公轍登第後致祭文)」에서는 남유용에
게 세 살 때부터 무릎에 앉아 수학을 한 사실을 밝히고 "등극한 후에
자손을 보살피기는 했으나 충분히 공을 갚지 못했는데 다행히 그 아들
남공철이 크게 떨치게 되었기에 제문을 쓴다."[43]고 밝히고 있으며 「우
저서원치제문(牛渚書院致祭文)」에서는 "작년에 김문정공(金文正公 : 김상헌)을
문묘에 배향할 때 공(조헌)을 함께 배향하지 못했는데 이것이 비록 우열
을 가려 취하고 버림이 있어 그러한 것은 아니었지만 지금까지 마음에
걸려 잊지 못하고 있다"[44]는 소회와 함께 제문을 짓고 있다. 이러한 표
제 방식의 구체화와 부주의 활용은 글을 쓰게 된 연유는 물론 글을 쓸
당시의 내면 정서까지를 문면에 드러내는 효과를 나타내고 있다.

  이렇듯 세 군왕의 어제 제문은 규범적 형식인 4언의 격구협운(隔句協
韻) 방식을 기본으로 하되 필요에 따라 다양한 방식으로 운용하는 시도

---

42) 앞서 언급한 작품 이외에도 「凶逆正刑後仁顯王后殯殿告由祭文」은 인현 왕후가 죽
   은 직후 저주의 혐의를 씌워 장희빈과 장희재를 사사하고 분노를 가다듬으며 고
   한 祭文이며 「慶德宮承暉殿墻垣撤毀修改時有人枯骨狼藉予聞之惻然特命該曹各別斂
   瘞仍製祭文賜祭」는 왕궁의 담장을 개수할 때 발견된 백성들의 유골을 보고 측은
   한 마음에 특별히 지은 祭文이다.

43) 정조, 「文淸公南有容子公轍登第後致祭文」, "南輔養官 自予三歲 時受學而置在膝上
   誠心訓誨 予於文字始知方向 即南輔養嘉惠之功… 予於御極之後 雖陰庇其子若孫 此
   不過爲其家祿仕之意 豈可曰酬其功 今幸其子大闡 爲其家奇幸不淺…故奉朝賀南有容
   家 遣檢校直閣徐榮輔致祭"

44) 정조, 「牛渚書院致祭文」, "昨歲金文正之躋侑文廡也 豈或取捨軒輊於其間而然也 第
   以未能幷擧 尙今介介于中 聞其俎豆之所 距玆蒼莽云 遣承旨致祭"

를 보여주고 있다. 내면의 핍진한 정을 충분히 그리고 자연스럽게 드러낼 수 있는 방향으로의 변용이다. 이러한 형식적 장치가 실제적으로도 구체적이고 진솔한 내면 표출로 이어지고 있음은 물론이다.

2. 정(情)의 표현 양상

1) 갈등의 진솔한 표출

예의 대체(大體)는 인정을 따르는데 있다.[45] 그러나 인정의 가변적이고 불완전한 속성은 쉽게 과불급(過不及)의 상태에 이르게 되고 이 때문에 이를 단속할 절도와 문식이 필요하게 된다. 흥미롭게도 이 또한 예의 기능이다.[46] 즉 예는 인정의 구현과 인정의 절제라고 하는 양면성을 갖는다. 특히 상례는 인간의 감정 중 가장 강렬하고 직설적인 애척(哀戚)에 대해 "그 지극함을 다하면서 동시에 슬픔을 점차적으로 조절하여 경감시키도록 하기 위한"[47] 제도적 장치이다. 그러나 실상 예의 형식은 정의 내용과 일치하지 않는 경우가 많으며 이는 예와 정의 간극을 확대하면서 갈등을 조장하는 요소로 작용한다.

　"아! 올해가 어떤 해인가 곧 네 할애비가 회갑이 되는 해이다. 곧 네 할애

---

45) 『예기』, 「상복사제」, 제49, "凡禮之大體 體天地 法四時 則陰陽 順人情"
46) 『예기』, 「坊記」에는 "인간의 정으로 말미암아 절도와 문식을 만든 것이며 물이 일시에 넘치거나 마르는 일이 없이 순리대로 흐르게 하기 위해 만든 둑처럼 정이 넘치거나 마르는 일이 없도록 하기 위한 둑과 같은 것[禮者因人之情而爲之節文 以爲民坊者也]"이 예라고 말하고 있다.
47) 『예기』, 「檀弓 上」, "喪禮 哀戚之至也 哀節順變也", 陳註 : "孝子之哀 發於天性之極至 豈可止遏 聖人制禮 以節其哀 蓋順以變之也 言順孝子之哀情 以漸變而輕減也"

비가 회갑이 되는 해이다. 어찌 생각했으리오. 이 해에 내 손주의 상일 차례
를 거행하리라는 것을. 아 상식은 지난 담월 이전에 그치었고 이제는 삭망제
와 차례가 있을 뿐이다. 오호 삼년의 상식이 비록 8개월보다 많으나 세상에
서 밥을 받고 돌아가는 것을 모두 합해도 33개월에 불과하니 어쩌면 한결같
이 바쁜가. 어쩌면 한결같이 바쁜가. 생각이 이에 미치자 눈물이 흰 수염을
적신다.”48)

　영조가 의소세손(懿昭世孫)에게 제문이다. 세손이 죽었을 당시 영조는
맏아들 효장세자와 둘째 아들 사도세자 등 두 명의 후사(後嗣)를 비명에
보냈으며 맏며느리인 효순현빈은 불과 얼마 전에 죽어 궁궐 안에 아직
빈전이 놓여있는 상태였다. 이런 상황에서 세손으로 봉한 손주마저 죽
자 영조의 역리지통(逆理之痛)은 극에 달했던 것으로 보인다. 세손에게
내린 제문의 곳곳에는 회갑을 맞은 나이에 젊은 며느리와 나이 어린
세손의 상을 함께 지켜야 하는 절통한 심정이 핍진하게 드러나고 있
다.49) 영조는 이러한 아픔을 그나마 위로할 수 있었던 것이 상복과 상
식이라고 말한다. 특히 차마 망인을 제사의 예로 받들 수 없어 생시의
심정으로 올리는 것이 상식일진대, 얼마 살지 못하고 죽은 손주에게 상
식을 올리는 것은 손수 밥을 먹이는 것과 동일한 의미를 갖는다.50) 그

---

48) 영조, 「懿昭宮大祥日茶禮祭文」, “嗚呼 此年是何年乎 卽爾祖甲年 卽爾祖甲年 豈意此
年 行我孫祥日茶禮乎 嗚呼 上食止于昨禫月以前 惟朔望祭與茶禮 嗚呼 三年上食 勝
於八月 受飯於世 於歸通計 不過三十三月 一何忽忽 一何忽忽 思之及此 涕濕皓髥”
49) 영조, 「懿昭世孫殯宮茶禮祭文」, “數朔之內 哭婦哭孫 是何蹇運 魂宮殯宮 左右憾我”,
「孝純魂宮小祥日茶禮祭文」, “世間人事 難以測度 於東於南 魂宮兩設”, 「懿昭宮禫日
茶禮祭文」, “頃於初春 遣孝純詣廟 于今閏夏 遣我孫詣廟”
50) 당시 영조는 세손을 유독 친애하여 잠잘 때나 밥 먹을 때나 늘 곁에 두었다. 특히
왕세손에게 내린 諡冊과 哀冊에서는 ‘할아버지가 무엇을 먹을 때면 밥상으로 다
가와 손으로 뚜껑을 열며 재롱을 부리던’ 일을 각별하게 적고 있다. 제문에 누차
나타나고 있는 ‘밥’에 대한 언급 역시 영조의 경험과 관련된 특별한 ‘상심’을 표

러나 할아버지는 상식을 거두어야 하는 예의 절도 앞에 살아 먹였던 끼니의 숫자와 상식의 숫자를 모두 더하면서 통탄한다. 일상으로 돌아와야 하는 예의 절도야말로 아직 채 가시지 않은 슬픔과 남은 한을 환기하고 심화시키는 요소인 것이다.

그러나 예와 관련하여 환기되는 정서로서 무엇보다 많은 비중을 차지하는 것은 예를 결(缺)하였다는 자책감과 결부된 정서이다. 예를 그만 거두어야 하는 슬픔이 보편적인 인정에 근거하고 있다면 예를 다하지 못한데서 오는 슬픔은 군왕의 특수한 사정과 관련되어 있는 경우가 많았다.

"내 몸에 병이 있은지 오래되고 눈병 또한 악화되어 처음부터 끝까지 모든 절차를 친히 보지 못했는지라. 궁을 떠날 날이 정해짐에 마음이 몹시 아파 정을 스스로 억제하지 못하겠노라."[51]

"인산(因山) 이후 초우제로부터 지난번 삭망제까지는 몸소 친행하였으나 두 달 동안은 약을 먹고 조리를 해야겠기에 연초의 제사는 친행하지 못하였고 상식과 차례 역시 친행하지 못한 것이 벌써 13일이나 됩니다. 아 이 어찌 소자가 처음부터 생각한 것이었겠습니까……지금 와서 춘향(春享)을 어찌 차마 다시 섭행하겠습니까. 몸소 와서 술잔을 따르니 작은 정성이나마 조금 펴진 것 같습니다."[52]

현하는 것이라 할 수 있다. 영조 28년 4월 12일, 계묘, 諡册과 영조 28년 5월12일, 임신, 哀册 참조.

51) 숙종, 「端懿嬪殯宮奠酌祭文」, "予疾沈淹 眼患又若 初終凡百 皆未親睹 移宮涓日 疚懷則深 情難自抑"

52) 영조, 「孝昭殿春享祭文」, "隨詣因山 自初虞至于前朔望祭 皆已躬行 而兩朔之際 服湯調理 歲首之祭 不能躬行 上食茶禮 亦不親行者 焂已十三日矣 嗚呼 此豈小子之初料….今日春享 豈忍復攝 躬來奠酌 少伸微忱"

숙종은 만년에 심한 눈병과 지병으로 고통을 받고 있었으며 이 때문에 며느리 단의빈과 아들 연령군의 상례에 일일이 친림하지 못하였다. 이들에게 내린 제문에는 병 때문에 부득이 상례에 참여할 수 없었고 그리하여 멀리서 바라보며 눈물만 흘려야 하는 회한이 잘 나타난다. 영조 역시 만년에는 지병에 시달렸는데 특히 65세에 맞은 인원왕후의 상은 불과 한 달전에 중전을 잃은 충격과 맞물리고 영조 자신의 건강 문제와 결부되어 상당히 힘들었던 것으로 보인다. 그러나 법도상 어머니의 상이고, 또 친부모자식 이상으로 각별했던 관계[53]였다는 점에서 예를 친행하지 못하는 형편은 영조를 망극한 불효로 자책하게 하였다. 이러한 내용은 이어지는 제문, 「효소전삼월망차례제문(孝昭殿三月望茶禮祭文)」에서 "섭행(攝行)은 마치 제사를 지내지 않는 것과 같은 심정"[54]이었다는 고백으로 표출되고 있다.

그 밖에 군왕의 특수한 처지 또는 현실적 제약은 예를 가로막는 중요한 요소로 작용하였다. 정조는 「제진문(祭禛文)」에서 "붉은 명정이 당도한 곳이 먼 곳이 아니었음에도 불구하고 영구 앞에 통탄하지 못하고 묘지가 정해졌음에도 불구하고 손수 상여줄을 잡을 수 없는 상황"과 관련하여 "차마 형제의 정리로 이리 할 수는 없는 것"[55]이라고 통탄하

---

53) 인원왕후는 영조가 어린 시절 숙종의 계비로 간택되어 실제로 어린 영조의 어머니 역할을 했으며 무엇보다 영조의 세제 책봉 과정에서 가장 직접적인 영향력을 행사한 사람이다. 영조 또한 인원왕후에 대한 효성이 각별해서 왕후의 환후가 위독할 때에는 뜰에 내려가 한 데에서 기도하며 부르짖었고 죽고 나서 제문을 내리면서도 늘 흐느끼고 통곡하였다. 이에 대해서는 영조 33년 3월 26일 정사, 영조34년 4월 8일 계해, 영조 34년 12월 28일 경진 등에서 그 기록을 볼 수 있다.

54) 영조, 「孝昭殿三月初九日上食祭文」, "命攝一奠 心若不祭 此亦小子之不孝"

55) 정조, 「祭禛文」, "丹旌載屆 郊坰非遐 而不得撫柩一痛 佳城旣定 卽遠有期 而不得執紼以訣 兄弟之情 尙何忍此"

고 있으며 「홍봉조하봉한치제문(洪奉朝賀鳳漢致祭文)」에서도 "예에 마땅히 상여줄을 잡아야 하지만 뜻만 품고 이루지 못하니 눈물이 가슴에 가득 찬다"56)는 말로 심회를 드러내고 있다.57) 생활의 모든 행동 절차가 군왕의 예에 의해 규정되어야 했고 따라서 사례(私禮)와 사정(私情)의 엄격한 절제가 요구되어야 했던 군왕에게 있어서 예는 정을 극진히 하고 완성하는 형식이기보다는 채 펴지 못하는 사정을 부추키는 요소였다고 할 수 있다.

영조가 사친 숙빈 최씨에게 올린 다음의 제문은 군왕의 이러한 내면적 갈등 모습을 집약적으로 보여주는 작품이다.

> "동궁이 된 이후로 아침 저녁으로 종묘에 배알해야 했기에 사시 속절마다 지내는 제사의 예를 슬픔만 머금고 갖추지 못하였습니다. 세월이 흘러 4년 후 임금이 되었으나 삼가고 조심하는 것이 지나쳐 사친을 드러내는 것에 마음을 쓰지 못하였으니 어찌 저의 허물이 불민함에서 나온 것이 아니겠습니까. 갑진년 이후 아래 있는 신하는 휘자를 지어 올렸으나 위에 있는 임금은 아픔을 머금고 아무 말도 할 수 없었습니다. 갑자년에 이르러서야 삼가 묘호

---

56) 정조, 「洪奉朝賀奉漢致祭文」, "哀纏永訣 禮宜執紼 齋意未遂 有淚盈臆"

57) '형제의 정리로 보나 예법으로 보아 마땅히 해야 할 일'인데 할 수 없는 경우란 일반적으로 國事와 관련된 일이거나 왕실의 慣例와 관련한 일이었을 것이라고 추정된다. 예컨대 영조의 「懿昭墓小祥祭文」에는 "작년 仲夏에 네가 땅 속으로 들어가는 것을 본 후 한 번 더 가보려 했으나 나라에 일이 많아 경성이 지척인데도 오히려 슬픔을 펴지 못했다.[昨年中夏 見爾入地之後 一欲復見 而於國多事 京城咫尺 尙不展哀]"라는 언급이 있으며 「懿昭魂宮小祥日茶禮祭文」에는 皇壇祭 일자와 날이 중복되어 부득이 친림하지 못하는 사정이 나타나 있다. 한편 古禮에는 있으나 실제로 현실화되지는 않았던 경우도 있었다고 보인다. 치제문의 내용과 실록의 기사를 통해 유추해보면 국왕이 대궐 이외의 곳에 친림하여 상례를 집전한 경우는 거의 없었다고 보이는데 이러한 경우가 禮에는 있으나 하지 못하는 사정 중에 포함되어 있었던 것 같다.

(廟號)와 묘호(墓號)를 정하였고 또 계유년에 이르러서야 윤리가 끝내 막히는 것이 없게 되었습니다. 다행히 하늘이 긴 밤을 열어주신 것이니 시호를 올리고 원을 봉하는 예가 이에 행해졌습니다. 아 올해는 선비께서 처음으로 봉작을 받으시는 해입니다. 이 어찌 불민한 소자가 깨달은 것이 아니겠습니까 … 그러나 절목 사이에 겸비되지 못한 것이 있고 어구의 글자마다 걸리는 것이 있어서 한번 생각하고 고치고 두 번 생각하고 고쳐야 했으니 이로 인해 갈등이 생기고 이로 인해 시끄러운 사단이 일었습니다. 이는 진실로 소자의 불민함입니다. 소자의 불민함입니다."58)

동궁이 된 후로 어쩔 수 없이 제사의 예를 빠뜨릴 수밖에 없었고, 임금이라는 지존의 자리에 있으면서도 지나치게 소심하여 사친을 드러내는 예를 다하지 못했으며, 29년이 지난 시점에서 묘호(廟號)와 묘호(墓號)를 내리면서도 절목과 어구 사이의 미묘한 문제로 갈등과 사단을 거듭해야 했던 과정이 자세하게 서술되고 있다. 실록에 의하면 사친에 대한 영조의 태도는 "하늘이 위에 있고 열조께서 굽어보시는데 내가 사친을 위하여 예에 지나치는 일을 할 수 있겠느냐"는 입장이었다. 그렇기 때문에 조정에서 사친의 문제가 논의될 때마다 늘 조심스러운 태도를 취했으며 일을 시행할 때에도 행례(行禮)의 하나하나를 가리키면서 신하들에게 예에 부합하는지를 물었다.59) 시호를 올리고 묘(墓)를 원(園)으로 봉한 후 다시 봉릉(封陵)과 태묘(太廟)의 부제(祔祭)를 청하는 신하들에게 '어

---

58) 영조, 「毓祥宮上册印日親祭文」, "自夫入儲之後 晨昏拜廟 四時俗節 含哀闕禮 焂已四年 逮夫嗣服 過於謹愼 其於顯親 恬然怡然 豈臣之咎 寔由不敏 甲辰以後 在下者 作一諱字 在上者 含痛泯默 至于甲子 僅定廟號墓號 又至癸酉 倫理終不斁塞 蒼穹幸啓長夜 上諡封園之禮 始乃行也 嗚呼 此年卽先妣初封爵之年也 是豈不敏小子覺悟者哉…. 然節目之間 猶不兼焉 句語之間 字字斬惜 一猶釐整 再猶釐整 因此而生葛藤 因此而有뇨端 此誠小子之不敏 小子之不敏"
59) 영조 29년 8월5일 정해, 영조 29년 8월 6일 무자, 영조 29년 9월 7일 기미 등 참조.

찌 예에 지나치는 일을 할 수 있겠느냐'라고 하며 준엄하게 꾸짖은 것60)도 예에 대한 영조의 철저한 자세를 말해준다. 그러나 조정에서 보인 공인으로서의 태도와는 달리 제문에서 영조는 "아랫사람이 휘자를 청해도 아픔을 머금고 침묵할 수밖에 없었고 지나치게 삼가고 조심하느라고 사친을 드러내지 못한" 자신의 내면을 진솔하게 드러낸다. 절목의 구비와 어구의 적합성 문제로 갈등을 거듭해야 했고 고치고 또 고쳐서 예와 명분을 찾아가는 과정에 놓여 있는 "불민한 자식"의 통탄이야말로 예의 규범과 정의 실상 사이에서 갈등하고 번민해야 했던 군왕의 진솔한 내면을 보여준다 할 것이다.

한편 대의와 명분의 논리가 당쟁과 정변으로 나타나고 있던 이 시기에 의(義)의 문제는 국왕의 인간적 번민을 자극하는 요소였다. 특히 정치 논리에 따라 근신(近臣)이나 종친, 심지어 가족까지도 제거해야 했던 상황에서 신하들이 내세우는 공의의 논리는 늘 사은을 베풀고 싶은 군왕과 갈등의 국면을 형성하였다.61)

---

60) 영조 49년 6월 13일 신축.
61) 실록에 公義와 私恩의 갈등이 군신간의 갈등으로 나타난 예는 이루 헤아릴 수 없을 정도이다. 숙종-정조 년간의 기록만을 놓고 보더라도 대표적으로 다음과 같은 사례를 지적할 수 있다. 먼저 숙종 27년 10월 8일에는 장희재의 처단 문제를 둘러싸고 논란이 벌어졌다. 당시 논자들은 '공의로 말한다면 국모를 위해 토죄하는 것이 실로 천지의 常經이지만 사사로운 은혜로 말한다면 春宮의 정리가 진실로 오열할 것'이라고 하면서 숙종에게 公과 私, 恩과 義를 분명히 분별할 것을 요구했다. 경종 2년 1월 15일에는 장희빈 사우 문제와 칭호 문제를 두고 논란이 벌어졌는데 역시 私情으로 말하면 그 보답을 극진히 하는 것이 옳으나 공의로 말한다면 그리할 수 없다는 논리가 우세하였다. 영조 28년 6월 17일에는 종친 李增이 제주에서 귀양 중 죽자 이제 그만 용서를 해주자는 영조와 공의의 지엄함을 들고 일어선 신하들간의 논란이 있었다. 정조 재위 시에는 두 건의 역모 사건이 있었는데 여기에 이복 동생 은언군와 은전군이 관련되어 있었다. 정조는 순 임금이 상을 처리했던 고사를 들러 親親의 情을 주장하였으나 討逆의 義理를 앞세운 신하들의

"사변이 거듭 일어남에 상전벽해를 눈 앞에서 보았으니 동기간이라고 말하지 말라. 형제간에 향하는 길이 달랐도다. 누차 돌아보았으나 무슨 허물 있으리. 친(親)을 의(義)로서 멸함이었네"[62]

　　정조에게 있어 외조부 홍봉한은 공의(公義)와 사은(私恩) 사이에서 오래 갈등하게 만든 대표적인 인물 중 하나였다. 즉위 직후 정조는 세손시절 대리청정을 제지하였던 홍인한, 정후겸 등 '벽파'를 제거하는데 이 때 신료들은 홍인한의 형인 홍봉한을 아울러 처단할 것을 주장한다. 그 주장의 요체는 "의리는 공평한 것이고 종묘와 사직이 소중한 것인데 그 사이에 사은을 용납할 수 있느냐"는 공의의 논리였다. 그러나 정조는 수라를 들지 못하고 잠을 자지 못하는 어머니 혜경궁 홍씨에 대한 효심과 외조부에 대한 사은의 문제로 괴로워했으며[63] 결국 홍봉한과 홍인한을 의로서 결별시키는 방식으로 문제의 매듭을 짓는다. 홍봉한에게 내린 13편의 치제문은 공의멸친(公義滅親)의 논리를 통해 외조부의 혐의를 벗기고 아울러 자연스럽게 '사은'을 드러내는데 중점이 놓여있다. 이를 위해 성인으로 추앙받는 인물이지만 천하의 대도(大盜)인 도척(盜跖)을 동생으로 두고 있는 유하혜와 한(漢) 선제(宣帝) 때의 명신으로 곽광(霍光)과 함께 국정을 주도하였으나 곽광의 아우 곽우(霍禹)가 모반으로 인해 두려움과 근심을 겪어야 했던 장안세(長安世), 그리고 진(晋)나라 때의 현신이지만 제위(帝位)을 찬탈할 것을 모의하였던 왕돈(王敦)을 동생으로 둔 왕도(王導) 등이 홍봉환의 비유로 등장한다.[64]

논리에 밀려 결국 두 동생을 사사하였다.

62) 정조, 「洪奉朝賀鳳漢致祭文」, "事變旣荐 滄桑易閱 毋曰同氣 征邁殊轍 累顧何有 親以義減"

63) 정조 원년 8월 22일 신유.

64) 정조 「洪奉朝賀鳳漢致祭文」, "噫 柳惠不幸 安世多優 飽平生之辛酸 結千古之幽鬱",

다음은 영조가 공신 오명항에게 내린 제문이다.

"지난번 공으로 하여금 교외에 병처하게 한 것은 다 나의 격물치지가 다하지 못함이요 나라를 다스리는 이치에 능하지 못하였기 때문이다. 앞서 그대를 발탁하였던 뜻이 과연 어디에 있는가. 매번 여기에 이르면 부끄러운 마음이 인다. 그러나 비록 경을 밖에 처하게 하였다 하더라도 권고의 마음은 조금이라도 늦추어진 것이 아니었다…. 아 그대에게 보인 정성이 얕아 그대가 더럽혀지고 헐뜯기는 일을 만났으며 그대를 위로한 정성이 얕아 끝내 강교에서 삶을 마치게 하였도다. 첫째도 나의 잘못이고 둘째도 나의 잘못이라. 애통하는 가운데서도 더욱 간절히 아프도다."[65]

오명항은 영조의 세제 책봉의 부당성, 경종의 사인 의혹, 영조의 출생 배경등을 문제 삼아 일어난 무술난(戊戌亂 : 일명 이인좌의 난)을 진압한 공으로 원훈에 봉해지는 인물이다. 약 880자에 달하는 장편의 이 작품에서 영조는 흉적들이 창궐하였던 정황과 토벌을 자청하여 일을 이루고 종사를 안정시킨 오명항의 공로를 소상히 언급하고 있다. 그리고 아끼는 신하를 교외로 내칠 수밖에 없었고 결국은 교외에서 삶을 마치도록 할 수밖에 없었던 "부끄러운" 마음을 솔직하게 고백하고 있다.

주지하다시피 이인좌의 난은 영조에게는 왕권의 정당성과 정통성을 위협하는 중대한 사건이었다. 반란의 진압에 원훈을 세운 오명항에 대한 애정이 각별했던 것은 그런 의미에서 당연했다고 할 수 있다. 그러나 오명항은 소론 출신이었고 소론에 의해 주도된 난을 진압했다는 문

정조 「洪奉朝賀鳳漢致祭文」, "肆予有言 譬彼跕惠 王導之勤 不以敦廢"

65) 영조, 「元勳右議政吳明恒致祭文」, "曩時使卿 迸處郊外者 皆由於予之格致未盡 未能建極之致 前者擢授之意 果安在哉 每念及此 不覺愧板 雖然豈以卿處外 眷顧之心 少弛哉…嗚呼 待卿誠淺 遭其誣詆 慰卿誠淺 終于江郊 一則因予 二則因予 痛悼之中 尤切傷焉"

제 자체가 논란거리일 수밖에 없었다. 이 때문에 그는 원훈의 공을 이루고도 지속적인 탄핵에 시달릴 수밖에 없었으며 결국 사직을 청하고 강교로 나가게 된다. "격물치지가 다하지 못하였고 나라를 다스리는 이치에 능하지 못하였으며 결국 자신의 정성이 다하지 못하였기 때문"이라고 하는 영조의 자책 속에는 공신을 충분한 은혜로 보답할 수 없었던 시대적 아픔과 신하를 보호하는데 무력할 수밖에 없었던 군왕으로서의 회의가 포괄적으로 결합되어 있다. 그밖에도 영조는 탕평 정책의 동반자로 두터이 신임하였던 홍치중에 대한 제문에서 "그대를 낭묘에 임명하여 당쟁의 고질을 다스리려 했는데 뜻을 세운 것이 돈독하지 못하고 처분이 어지러워 누차 강교에 처하게 함으로써 얼마나 경을 방황하게 하였던가"[66]라고 자책하고 있으며 박문수에 대한 제문에서도 "지우라 하지만 마음은 더욱더 부끄러우니 경과 같은 도량의 인물을 어찌 삼공의 자리에 앉히지 못했는가."라고 하면서 자신의 뜻과 부합되지 못한 세상에 대해 회한을 드러내고[67] 있다.

그러나 사은을 충분히 베풀지 못했다는 자책과 안타까움이 무엇보다 선명히 나타나는 것은 공의의 논리에 의해 철저히 배척당해야 했던 의빈(儀賓 : 부마)와 종친들에 대한 제문이다.

조선시대에 왕의 사위는 최고의 영예와 부를 누릴 수 있는 존재였지만 동시에 도덕적 제약과 정치적 금고까지를 감수해야 하는 불우한 존재이기도 했다. 특히 신분을 이용해 민폐를 끼친다거나 반란을 도모할 수 있다는 우려 때문에 관료로서의 진출이 봉쇄[68]되었으며 이는 "과시

---

66) 영조, 「領議政洪致中致祭文」, "擢拜廊廟 欲治黨痼 立志不篤 處分撓攘 前後江郊 幾卿棲遑"
67) 영조, 「靈城君朴文秀致祭文」, "昨世之事 其猶傷惻 曰乎知遇 心切自愬 以卿之量 何後鼎席 欲拜不拜 與世難合"

하지 않고 자랑하지 않으며 경계를 범하지 않는 지극한 겸손함과 사치하지 않는 검소함"69)을 덕목으로 요구하였다. 이들에 대한 제문에서는 "뛰어난 재주와 문장을 가지고도 펴지 못했던"70) 삶에 대한 안타까운 정이 묻어난다.

종친 역시 절대 권력자인 왕을 위해 철저히 배제되어야 했던 불우한 기득권 층이었다. 왕권이 안정되지 못한 상황에서는 늘 역모의 위험이 도사리고 있었고 이때마다 종친은 자의건 타의건 역모에 결부되어 반역의 혐의를 받아야 하는 일이 많았다. 특이하게도 숙종과 정조는 이러한 종친에 대한 제문을 여러편 썼다. 숙종의 작품으로는 주변 인물이 취중에 칭신(稱臣)한 것이 발단이 되어 곤욕을 치르게 되는 효종의 아우 인평대군71)과 어머니 귀인 조씨, 형 숭선군의 역모 사건에 개입되어 유배되는 인조의 6남 낙선군,72) 소현세자의 빈으로서 시아버지 인조를 독살하고 역모를 꾀하려 하였다는 혐의를 받고 어린 두 아들과 함께 사사되는 민회빈에 대한 제문 등이 있다. 그 중에서도 「민회빈개봉묘후치제문(愍懷嬪改封墓後致祭文)」은 그동안 공공연한 금기로 간주되어 왔던 사건에 대해 공식적으로 신원(伸寃)과 복위(復位)를 선포하며 내린 제문이다. 숙종은 이 사건이 "그동안 차마 말하지 못하였던" 문제임을 언표하면서 "마음속으로 몰래 불쌍한 생각이 들어 틈틈이 옛 문헌을 뒤지고", "기필코 원통함을 풀겠다는 생각으로 사륜(絲綸)을 선포하게 되었음"73)

---

68) 신명호, 『조선의 왕』, 가람기획, 1998, 206~207쪽.

69) 정조, 「錦城都尉朴明源成服日致祭文」, "秦樓沁園 龍光陸離 孰夸而靡 罔戒堂垂 我則晏晏 謙抑自持 出屛絜軺 居不華榱"

70) 정조, 「東陽尉申翊聖貞淑翁主致祭文」, "如許器識 曁厥文章 以地而局 惜哉東陽 然有大者 赫赫顯顯 氣鍾磅礡 脫略禁樠"

71) 숙종, 「麟坪大君遷葬時別遣承旨致祭文」.

72) 숙종, 「諭祭樂善君文」.

을 밝히고 있다.

  정조 역시 정치적 사건에 관련되어 불우하게 생을 마쳐야 했던 종친들에 대한 제문을 통해 당시 사건에 대한 심회를 표하였다. 정도전과 공모하여 난을 일으켰다고 하여 방원 일파에게 피살된 의안대군 이방석과 세조의 왕위 찬탈 과정에서 희생된 금성대군 이유, 안평대군 이용, 화의군 이영, 한남군 이어 등에 대한 제문, 그리고 귀양 중 죽은 이복동생 이진에게 내린 제문, 민회빈에 대한 제문 등이 그것이다. 특히 단종과 관련된 문제는 왕실의 정통성과 관련되어 오랫동안 공개적으로 논의되지 못하다가 정조 대에 와서야 공식적으로 평가를 받게 되는 사안으로74) 종친에 대한 제문 역시 이 때 지어진 것으로 추정된다. 이들 제문은 "망제(望帝)의 넋은 새가 되어 절규하는데 왕손의 한은 풀이 되어 푸르구나."75)와 같이 한을 상기하는 요소와 "섬기는 바에 충성을 바쳐 죽음으로 바름을 얻었다."76)라는 식의 이념적 요소가 결합되어 있다. "어찌할 수 없는 것이 하늘이니 명을 내림에 인색했다"77)고 하여 당시 상황에 대한 직접적인 언급을 회피하면서도 "그동안 말하지 못했고"78) "(앞으로도) 입안에 머금은 채 말하지 않겠노라"79)라는 표현을 통해 '친친(親親)의 정'과 '공의(公義)의 논리(論理)' 사이에 놓여 있는 '말할

---

73) 숙종, 「愍懷嬪改封墓後致祭文」, "暮春之事 有未忍言 九地含怨 六紀恰滿 凡有血氣 疇不傷歎 矧予平日 中心隱憐 乘間偶閱 昔人遺篇 文貞德業 備述燦然 而考其狀 益知其賢 喟然興嗟 詩以感志 謂可必伸 不伸不止 事端之發 誠若有意 詢于在廷 議無同異 斷自予衷 特宣絲綸 丹書一洗 位號重新 追復之典 亦及一家 至寃昭雪 足以導和"
74) 정조 15년 2월 21일 병인 기사 참조.
75) 정조, 「錦城大君李瑜致祭文」, "鳥叫望帝 草綠王孫"
76) 정조, 「和義君李瓔致祭文」, "忠於所事 死得其正"
77) 정조, 「愍懷墓告安祭文」, "不能者天 造命之嗇"
78) 숙종, 「愍懷嬪改封墓後致祭文」, "暮春之事 有未忍言"
79) 정조, 「恩信君李禛親臨祠宇奠酌文」, "中間事故 呑不復宣"

수 없는' 내면적 갈등을 우회적으로 보여주고 있다.

2) 함축과 승화의 미학

이상에서 살펴본 바와 같이 예와 정, 공의와 사은으로 대별되는 양단의 요소는 갈등의 모습으로 나타난다. 예와 정의 조화, 공의와 사은의 균형이 규범적 이상을 상징한다면 갈등의 모습은 규범 이면의 실상을 투사하면서 군왕의 인간적 번민을 진솔하게 드러낸다고 할 수 있다. 그러나 이들 어제 제문이 감동적일 수 있고 무엇보다도 문학적일 수 있는 것은 내면의 정서를 있는 그대로 드러내고 있기 때문이 아니라 절제되고 함축적인 언어로 갈등의 정서를 승화시키고 있다는 점에 있다.

"내가 중병에 걸리고 난 후 느닷없이 심해진 것이 칠년이나 되었고 눈병은 더욱 심하여 사물을 보는 것이 어두웠다. 그런데 네가 나를 떠나지 않으면서 혹 조금도 게을리 하지 않고 보살폈다. 출입하고 운동하는 것은 네가 부지해 주는 바에 의지하고 통증은 네가 억제해주고 긁어주는 것에 의지하였으니 네가 나로 하여금 곤고함을 거의 잊게 하였구나… 갑오년에 평상시와 같이 회복된 후에 너희 형제의 초상을 그리도록 하고 유서(諭書)를 손수 써주어 시탕의 노고를 갚았는데 그림만 남고 진짜 모습은 영원히 없어졌도다… 을미년에 네가 대궐 밖으로 출합을 나갈 때 내가 네 손을 잡고 이르기를 '나이가 장성하여 출합하는 것은 즐거운 일이다만 계미년 이후 너는 나의 곁을 떠나 본 적이 없는데 이제 대궐을 나간다고 하니 그 결연함을 어찌 감당하겠느냐' 하고 기어이 눈물을 흘렸도다. 하루 나가는 것도 오히려 이러하였는데 네 지금 길이 하직하고 하늘로 오르니 마음이 찢어지는 것 같아 억누를 수 없다… 아, 지금 네 나이가 몇이냐. 겨우 약관을 넘겼을 뿐이다. 전에 너를 봉군할 때 연령(延齡)으로 군호를 삼은 것은 오래 장수하라는 뜻에서였다. 너의 덕행으로서는 마땅히 여러 가지 복을 받아야 할 것인데 하늘이 그 수를 주는 것에 인색하니 이치를 실로 믿기 어렵구나… 명빈의 묘소는 금양에 있다. 너는 어머니의 모습을 알지 못하는 것을 지극한 아픔으로 여겨 어머니의 일에 말이 미치면 늘 눈물을 흘리면서 '내가 죽으면 선영 곁에 묻어 달라'고 하였다. 평소의 지극한 소원을 져버릴 수 없고 나의 뜻 또한 그러한 지라, 이에 금양에 자리를 점쳐 빈의 묘소 곁에 길한 곳을 얻었기에 이를 쓰기로 하였다. 아 너는 오래 시탕을 하느라고 성묘조차 못하다가 내 병이 간헐간 멎는 것을 기다려 한번 가려 하였는데, 그 누가 알았으리오. 오늘에야 혼백이 서로 모일 줄을."80)

숙종이 연령군(延齡君)에게 내린 제문은 전편이 역설적 표현으로 일관되어 있다. 심각한 중병에 걸려 있는 쪽은 연령군이 아니라 숙종 자신이었다는 점, 눈이 안보이고 운신이 어려운 상태에서 그나마 몸을 부지할 수 있게 해준 것이 아들이었는데 그러한 아들이 먼저 죽었다는 사실이야말로 논리로 해명할 수 없는 역설 그 자체이다. 숙종은 믿기지 않는 사실을 표현하기 위해 과거의 기억들을 끌어오고 있다. 몸이 좀 회복되고 나서 초상을 그려주고 유서(諭書)를 손수 써 주며 시탕(侍湯)한 노고를 갚았던 사실과 장성한 아들이 대궐 밖으로 출합 나가는 것이 아쉬워 눈물까지 보였던 일, 그리고 목숨을 늘리라는 뜻으로 연령(延齡)이라는 이름을 써서 봉군(封君)하던 기억 등이 그것이다. 그 때 고마움의

---

80) 숙종, 「諭祭延齡君文」, "予自遘重病 間甚無常 歲月已七改 而目疾尤極 視物昏暗 汝不離予側 罔或少懈 出入運動 賴汝扶持 疾痛苟癢 賴汝抑搔 使予殆忘困苦…甲午 平復之後 命圖畵汝兄弟之像 手寫諭書而與之 以酬其侍湯之勞 圖像留在 而眞面永隔…乙未 汝出閤外第 予握汝手 而語汝曰 年長出閤 固是樂事 而但汝癸未後 未曾離予左右 今將出闕 曷堪缺然 遂泣下矣 一日出外 猶尙如此 而汝今長辭天階 心焉如催 益不自抑…嗚呼 汝年幾何 弱冠纔過矣 昔年封君 以延齡爲號者 欲壽考之意也 夫以汝德行 宜膺多祉 而天嗇其壽 理實難諶…溟嬪之墓 在衿陽 汝以不識母儀貌至痛 語及先嬪事 未嘗不流涕 常曰 我死後 窆先塋之側 平日至願 不可孤 而予意亦然 乃卜宅于衿陽 得吉地於嬪墓之側而用之 嗚呼 汝久在侍湯之中 尙未省墓 擬俟予病之間歇 一者往來矣 誰知今日魂魄相聚耶"

표시로 그려 주었던 아들의 모습은 초상으로만 남아 있고 잠시 헤어지
는 것도 아쉬워 눈물까지 보이던 하루의 이별은 영원한 이별이 되었으
며, 연령(延齡)이라는 군호는 실속없는 이름이 되었다. 살아서는 아버지
시탕하느라 성묘조차 못 가는 안타까움으로 남아 있다가 마침내 나란
히 묻힘으로써 풀리는 어머니에 대한 그리움은 역설적 상황의 극치를
보여주고 있다. 숙종의 제문에서 역설은 일상의 이치를 거스르는 '역리
지통(逆理之痛)' 자체를 구조화한 것이라고 할 수 있으며 모순된 삶에 대
한 회한을 함축적으로 드러낸 것이라 할 수 있다.

다음은 영조가 화순옹주에게 내린 제문이다.

"아 세상에 어찌 너의 아비만한 사람이 있겠느냐? 고자와 애자로 천하의
궁벽한 사람이 되어 견디기 어려운 지경은 얼마나 겪었으며 견디기 어려운
아픔은 또 얼마나 안았는가. 작년에 이르기까지 이와 같은 사람은 지나간 기
록에서 구해보고 여염집에서 알아보아도 필시 들을 수 없는 일이었다. 그런
데 또 올 봄에는 너의 남편 월성위가 먼저 가더니 너 역시 뒤를 따르니 한
달 사이에 나로 하여금 또 억제할 수 없는 아픔을 안으라고 하는 것이냐….
삼제를 많이 먹었어도 기는 오히려 위태위태하였으니 지금까지 온 것도 생
각지 못했던 일이었다. 월성위가 죽은 후 내 지나친 염려로 성복하는 것도
기필하기 어렵겠다고 여겼는데 어찌 생각했으리오, 위태로운 기운이 도리어
강하고 사납게 될 줄을. 7일 동안 먹지 않으며 고집을 이미 드러냈기에 몸소
가서 먹기를 권하였는데 정성이 얕아 돌이키지를 못하였구나. 10일이 지나서
긴 편지를 써서 또 나의 뜻을 권하였더니 모두들 이에 감발하였어도 너의 마
음만은 끝내 돌아오지 못하였다. 아 슬프다. 흰머리 만년에 네가 절개를 세우
는 것을 보는 것이 어찌 기쁘지 않겠느냐? 그러나 아! 만고의 충신인 문산은
10일을 먹지 않다가도 다시 돌이켜 먹었으니 이것이 어찌 충성이 부족해서
그런 것이었겠으며 생각이 부족해서 그런 것이었겠느냐. 이는 송나라를 일으
키겠다는 마음이 안에서 가득찼기에 그런 것이라. 아 네 비록 월성의 말을
듣고 월성의 뜻을 쫓았다한들 네 아비가 의지하고자 하는 뜻을 생각하고 또
네 지아비의 널이 당에 있는 것을 생각하면 어찌 하나의 절개를 지키기 위해

끝내 마음을 돌릴 수 없었단 말이냐. 아 슬프다. 이는 내가 어질지 못하여 생긴 일이니 네게 무슨 유감이 있겠느냐. 네게 무슨 유감이 있겠느냐."[81]

화순옹주는 영조의 둘째 딸로 월성위 김한신에게 하가하였으나 월성위가 죽자 함께 따라 죽은 인물이다. 죽음을 결단한 후 옹주는 14일을 굶어서 끝내 뜻을 이루는데 이 제문은 그러한 죽음의 과정을 곁에서 바라보아야 했던 아버지의 비통한 심정을 담고 있다. 글에 의하면 화순옹주는 삼제를 먹으면서도 기운이 위태할 정도로 선천적으로 약질을 타고난 인물이었다. 몸 약한 딸이 남편의 상이나 무사히 치룰까 했던 염려야말로 극히 소박한 부정을 보여준다. 그러나 일절을 지키겠다는 일념은 '선천적인 약질'을 '사나운 의지'로 바꾸어 버리고 이제 아버지는 명분을 내세우는 딸의 모진 각오와 힘겨운 싸움을 한다. 7일 동안 먹지 않는 고집을 드러내자 몸소 가서 먹기를 권하였고 10일 후에는 다시 긴 편지를 써서 간곡히 뜻을 전하는데 그럼에도 불구하고 옹주는 기어이 일절을 지키기 위해 죽음을 선택한다. 이러한 딸의 죽음을 목도하면서 아버지는 "백발이 성성한 만년에 딸의 입절(立節)을 보아야 하는 것이 차라리 기쁨"이라고 하는 역설로 내면을 드러내고 있다. 이러한

---

81) 영조, 「因臨壙奠令護喪中官致祭和順文」, "嗚呼 世間天下 豈有若爾父者乎 旣孤旣哀 作一窮人 幾經難堪之境 幾抱難堪之慟 而至於昨年若予者 雖求諸往牒 問於匹庶 必也 無聞矣 而又於今春 月城先去 爾亦從後 一朔之內 使予又抱難抑之慟乎⋯多服蔘劑 氣猶凜綴 挨到于今 亦是料外 月城喪後 予之過慮 其過成服 亦未期必矣 豈意昔之凜綴 反爲剛猛 七日不食 固執已見 故躬臨以勸 誠淺莫回 奄過十日 長書又勉予意 則其於此庶感 爾心亦不挽回 竟遂已意 嗚呼哀哉 白首暮年 見爾立節 豈不嘉哉而然 嗚呼 文山萬古忠臣而十日不食 其猶復食 此豈忠不足而然也 慮不廣而然也 此乃復宋之心 弸中故也 嗚呼 爾雖聞月城之言 有從月城之志 若思爾父白首欲依之意 又思爾夫櫬猶 在堂之時 豈守一節 終不回心 嗚呼哀哉 此皆因予不慈 因予不慈之致 何憾于爾 何憾于爾"

역설을 통해 영조가 궁극적으로 표출하고자 하는 것은 '일절'이라고 하는 의리와 백수의 아버지가 받아들여야 하는 '통분' 사이의 간극이다. 또한 절의를 표창하고 선양해야 하는 '군왕의 역할'[82]과 자식을 보호하고 살려야 할 '아버지의 책임' 사이의 간극이다. 이 지점에서 죽음을 자청한 딸에 대한 원망과 딸을 살리지 못한 아버지의 회한은 극에 달한다. 그러나 영조는 딸을 죽음으로 몰고 간 도덕적 규범에 대한 회의와 불효를 저지른 딸에 대한 원망을 불인한 자신의 탓으로 돌리며 '유감'을 수용한다.

숙종과 영조의 제문에서 나타나는 절제되고 함축된 정의 양상은 정조에게 오면 승화된 갈등의 모습으로 나타난다.

> "슬프다. 내가 그대를 기다리는 동안 추위와 더위가 일곱 여덟 번 바뀌었는데 그대는 잡은 뜻 확고히 구원을 지켰고 학문을 돈독히 하며 실마리를 찾았어라. 뭇 꽃들의 아름다움은 바뀌고 변해도 그대는 골짜기에서 향기를 보존하길 맹세하였으니 사람들은 순유라 추숭했고 세상에서는 오도를 만회하리라 생각했도다. 이조에 명하여 그대를 부르는 신표를 자주 보냈고 맞이하길 생각하며 자리를 비워두었으며 경전을 펼쳐 놓고 질문을 기다렸도다. 때로 그대의 아우 언호를 보내어 나의 곡진한 심정을 전달하면서도 봄날 따뜻할 때를 기약함은 혹시라도 경이 병 조리하는데 방해될까 해서였도다."[83]

---

82) 화순의 절명이 있고 난 직후 (영조 34년 1월 17일 갑진), 신하들은 곧 영조에게 정문을 내릴 것을 주청한다. 그러나 영조는 "자식으로서 아비의 말을 따르지 않고 마침내 굶어 죽었으니 정절은 있으나 효에는 모자란다"고 하고 "아비가 되어 자식을 旌閭하는 것은 도리가 아니다"라는 말로 끝끝내 거절한다.

83) 정조,「參議兪彦鎤致祭文」, "慨予企佇 七八寒暑 操確守丘 學篤尋緒 衆卉嬗變 谷馨矢保 人推醇儒 世挽吾道 麋爾天官 屢勤弓旌 思延席虛 待質經橫 時來弟鎬 俾達衷曲 期以春和 恐妨調息"

　　유언집은 정조 묘정에 배향된 유언호의 형으로, 유일(遺逸)로 천거되어 출사하지만 관직 사회에 대해 염증을 느끼고 초야를 선택하는 인물이다.[84] 이 제문은 조정을 떠난 신하를 간절히 기다리다 끝내 부고를 듣고 마는 군왕의 안타까운 심정을 묘사하고 있다. 관리를 통해 신표를 보내는 것이 공식적인 예라면, 올 때를 기다려 자리를 비워 두고 경전을 펼쳐놓고 질문하길 기다리는 심정은 신하에 대한 간절한 그리움을 표현한다. 조정의 대신으로 있던 동생을 보내 하루 빨리 출사할 것을 권하면서도 혹 병조리에 방해가 될까봐 따뜻한 봄이 오기까지 기다리는 마음이야말로 신하를 아끼는 군왕의 애틋한 마음을 표현한다. 이 글에서 신하에 대한 예와 정은 별도로 존재하지 않는다. "자신을 더럽힐 것처럼 여겨 조정을 떠난"[85] 신하의 뜻을 수용하면서 끝까지 믿음과 은정을 버리지 않는 군왕의 간곡한 마음이야말로 정의 구현이면서 예의 완성을 보여주고 있다.

---

84) 유언집(1714 숙종40~1783 정조7)의 정치적 공로는 크게 드러난 것이 없다. 遺逸로 천거되어 世子侍講院諮議가 되고 정조2년에는 경영관이 되었으며 정조 7년에 돈녕부도정이 되어 원자를 輔導하였으나 곧 치사하였다는 정도의 기록이 있을 뿐이다. 유언집이 죽고 나서 정조가 "내 성의가 부족하여 마침내 한 번도 조정으로 불러내어 국가 일을 하지 못하게 했다."고 통탄했다고 하는 것으로 보아 실제 활약은 크게 하지 못했던 것으로 보인다. 관련 기사는 정조 6년 12월 15일 정축, 7년 1월 5일, 정유, 1월 14일 병오, 7년 1월 27일 기미, 7년 10월 23일 신사 등에서 볼 수 있다.

85) 정조 7년 1월 14일, 병오. 유언집에게 사직 의사를 철회하기를 부탁하는 정조의 언급 속에 이러한 표현이 있다.

IV. 어제제문의 문학적 함의

군왕이 신하에게 내리는 치제문(致祭文)은 추증(追贈)과 장례지원, 후사(後嗣)의 녹용이나 시호(諡號)의 하사 등과 같은 맥락의 은전(恩典),[86] 곧 예(禮)의 한 형태이다. 따라서 치제의 대상과 조건, 의례의 형식 등이 예전에 명시[87]되어 있다. 내용 또한 국가와 군왕을 위해 충성을 다하는 신하의 모습과 그러한 신하를 아끼고 예우하는 군왕의 모습을 중심축으로 하고 있어서 국가와 군왕을 위한 충의 이념을 고취시키고 신하에 대한 군왕의 신임과 배려를 널리 알려 궁극적으로는 군신 관계의 안정과 왕권 강화라는 목적성이 분명히 드러난다. 이러한 전례성 때문에 치제문은 예에 밝은 예문 관원이 주로 지었다. 내용보다는 치제의 사실 그 자체가 중요한 것이었으며 이 점은 치제문을 왕이 직접 쓸 필요도 없고 내용이 개성적일 필요도 없는 극히 투식적인 글로 만들게 한 주요 요인이었다.

따라서 대작의 관행을 깨고 숙종이 많은 수의 제문을 친히 지었다는 것과 이때부터 두드러지기 시작하는 친제의 경향이 이후 영조와 정조를 거치면서 좀더 확대되고 있다는 것은 그 자체로 일단 주목해볼 필요성을 제기한다. 왜 이들은 제문을 친히 그리고 많이 지어야 했을까? 이 글에서 대상으로 하고 있는 숙종과 영조, 정조는 몇 가지 점에서

---

86) 정조, 「忠肅公尹塈成服日致祭文」, "倐焉長逝 其然豈然 隱卒之諭 未忍傾困 厎葬頒廩 錄孤考諡 諡不踰日 禮同大官 剛毅典型 怳若隔晨 雲鄕夐邈 箕驂飄拂 有酒酹卿 文且特綴"

87) 『세종실록』, 세종 3년 8월 24일 갑인에는 예조에서 치제의 예에 대해서 계를 올린 내용이 나온다. 당시 「杜氏通典」을 상고하였는데 원칙적으로 치제는 "정이품의 대신으로서 증직을 내리는 경우"에 한한다.

공통점을 가지고 있다. 그 하나는 혼탁한 시기에 파란의 삶을 살아야 했던 인물이라는 점이다. 주지하다시피 이들이 재위에 있던 때는 극심한 당쟁의 와중에서 많은 사람들이 죽어가야 했던 시기이다. 그 중 상당 부분은 왕권의 정통성 문제나 왕위 계승 문제 등 실상 군왕 자신의 생존과 결부된 것이었고, 왕은 이들을 처단하거나 거세하는 일의 실제적인 집행자였다. 가까운 신하들과 종친들 심지어는 혈족까지도 정치적 이유로서 내치거나 죽여야 했던 이들이 겪었을 인간적인 번민은 상상하기 그리 어렵지 않다.

또한 이들은 모두 불우한 가정사를 지닌 왕이었다. 숙종은 원비 인경왕후와 계비 인현왕후 그리고 사사한 장희빈에 이르기까지 3명의 부인을 재위 기간 중 보냈으며 각별히 아끼던 며느리와 아들을 지병 중에 잃었다. 영조는 5차례 최마복을 입은 것을 비롯, 40여 년 동안 무려 11번에 걸쳐 상을 겪어야 했던 왕이다.[88] 맏아들과 맏며느리를 젊은 나이에 보냈고 사도 세자와는 한에 사무친 결별을 했을 뿐 아니라, 해산 도중 죽은 딸 화평옹주와 절개를 지키기 위해 자진한 화순옹주의 죽음은 친히 목도하거나 가까이서 지켜야 했다. 정조 역시 왕권을 안정시키기 위해 인척을 처단하고 이복 동생을 죽여야 했고 무엇보다도 아버지 사도세자의 한을 평생 가지고 살아야 했던 비운의 왕이었다.

이후 지어진 고종과 순종의 어제 제문도 같은 맥락에서 설명할 수 있다. 고종은 765편에 달하는 제문을 손수 지었으며 순종 역시 610편의 제문을 남겼다.[89] 이는 숙종조 이후 활발해진 제문 친제의 관행이 보다

---

88) 영조, 「仁元王后殯殿六月初八日朝奠祭文」, "四十年之間 身被衰麻 今已五矣 朞功杖
　　朞 又爲四焉 而今番則兩月之內 朞服衰服 朞杖衰杖 以小子之恒日"
89) 『珠淵集』, 정신문화연구원(간), 한국학자료총서23, 1999. 『正軒集』, 정신문화연구원
　　(간), 한국국학자료총서 24. 『주연집』의 경우 전 40권 중 12권이 제문이고 『정헌집』

일상적인 군왕의 생활 중 일부로 자리잡았음을 보여주는 실례라고 볼
수 있다. 그런데 특이하게도 고종과 순종은 민씨 일가와 당대 신료들에
대한 제문 몇 편, 신정왕후와 순명왕후에 대한 수 편의 제문을 제외하
고는 명성왕후에 대한 제문만을 집중적으로 남겼다[90] 물론 이 중 상당
수의 작품은 양식적 틀에 일정 부분만을 변형한 형태로 이루어진 3~4
줄 안팎의 짧은 글이며 따라서 작품의 수가 가지는 의의는 크지 않다.
다만 어제 제문이 특정 인물에 대한 집중적인 친제로 나타나고 있는
사실은 주목을 요하는 부분이다. 이 역시 제문의 배경이 되는 역사적
상황과 이를 글로 표현하려 했던 군왕의 문필 의식, 그리고 이를 실제
적으로 가능하게 한 그들의 문장력으로 설명될 수 있으리라고 본다. 숙
종과 영조 정조가 그랬듯이 고종과 순종에게 있어서 역시 명성왕후 제
문은 일국의 군왕이 왕비에게 내리는 전례적 문장이면서 동시에 내면
정서의 표출 양식이었다. 외세에 의해 비극적 생을 마감한 아내와 어머
니에 대한 통곡의 마음, 약국의 군왕으로서 느끼는 울분과 통탄을 표현
할 수 있었던 공식적인 수단이었으며 한 두 번의 토로로 가시지 않을
한과 고통을 풀어내는 연속적인 해원의 방식이었다.

이들에게 있어 제문은 공적 의례문 이상의 의미를 가지고 있다. 비록
"종이 한 장으로 만분지일의 마음을 보이는 것"[91]일지언정 온갖 '슬픔'
과 '아픔'을 쏟아내는 표현 양식[92]이었으며 시대적 아픔과 정치적 갈등
그리고 개인적 불행의 면면을 표출하는 장이었다. 그리고 이러한 내용

역시 전 10권 중에서 3권을 제외하고는 모두 제문이다. 『정헌집』권 10의 詔文 부
분에 致祭詔가 포함되어 있는 것까지를 감안하면 거의 전권이 제문으로 이루어져
있다고 해도 과언이 아닐 정도이다.

90) 고종 600여 편, 순종 260여 편에 달한다.

91) 영조, 「孝純魂宮大祥日茶禮祭文」, "特以一紙 示我懷之萬一"

92) 영조, 「懿昭魂宮小祥日茶禮祭文」, "一字之間 寫予百哀 一行之中 輸予百慟"

은 전례적 치제문과는 차별적인 방식으로 지어졌다. 물론 이는 죽음을 애도하는 문맥에서 정을 노출할 수 있고 그 과정에서 자연스럽게 삶의 역경과 질곡을 드러낼 수 있는 제문의 양식적 특징을 효과적으로 수용함으로써 가능한 것이었다.

그러므로 어제제문이 가지는 일차적 의의는 내용이 포함하고 있는 감동적 요소에 있다고 할 것이다. 숙종이 지병 가운데 지은 제문을 두고 당시 실록은 "내용이 간절하고 측은하여 감읍하기에 충분"[93]하고 "누누이 수백 마디가 애통과 창달의 뜻에서 나오지 않은 것이 없다"[94]고 평하고 있다. 또 대행왕대비의 빈전에 친히 제사하면서 읽은 글에 대해서는 "사연이 지극히 애절하여 중외의 보는 자가 모두 감탄하여 눈물을 흘렸다."[95]라고 적고 있다. 이들 제문이 주는 감동은 다분히 '옥체가 불편한 와중'에 지었고 '절박한'한 순간에 '마음을 다하여'지었다는 내면의 진실성과 맞물려 있다.

그러나 이들 어제제문이 문학적일 수 있는 것은 단순히 절대 권력자인 군왕이 인간 본연의 정서를 핍진하게 표현했다는 사실에만 놓여 있는 것이 아니다. 공용문의 조건과 예의 논리, 그리고 군왕의 신분적 제약 등 규범적인 틀을 수용하면서 독특한 서정의 세계를 구축하고 있다는 점에 있다. 예에 의해 생활의 모든 면이 규제되어야 했고 공의의 논리에 의해 사은이 억제되는 삶을 살아야 했던 군왕에게 있어서 규범은 내면 정서와 갈등의 국면을 형성하지만 동시에 갈등을 극복하고 승화시킬 수 있는 바탕을 마련해 주고 있다. 양단의 간극과 갈등이 절대권

---

93) 숙종 44년 8월 7일 壬子. 「愍懷嬪改封墓後致祭文」이다.
94) 숙종 44년 11월 23일 정유. 문집에 「北郊厲祭文」이라는 제목으로 실려 있다.
95) 숙종 10년 3월 3일 己巳 참조. 문집에는 「明星王后殯殿進香祭文」라는 제목으로 실려 있다.

력자인 군왕과 한계를 가진 인간의 양면을 투사하면서 핍진한 정을 형
상화한다면 모순을 수용하고 갈등을 승화시킴으로서 도달하게 되는 절
제되고 함축된 서정의 세계야말로 어제제문의 격조를 보여주고 있다고
할 것이다.

사적 애도문학과 핍진성의 문제

 삶 속의 여성과 글 속의 여성
변계량의 비지·제문 속 여성들

Ⅰ. 선초 사대부, 변계량

변계량(卞季良, 1369 공민왕 18~1430 세종 12)은 조선 건국 직후 예문관 직제학이 된 이래 예문관 대제학과 성균관 대사성, 집현전 대제학을 역임하면서 유교 교육, 실록 편수, 과거 시험 제사, 연향을 비롯한 예악 전반을 주관하는 등 선초의 문물제도 정비에 주도적 역할을 담당했던 인물이다. 포은, 목은, 양촌의 문하에서 배워 성리학의 학통을 계승하였으며 무엇보다 20여 년에 걸쳐 문형의 자리에 있으면서 국가의 외교 문서와 조정의 사명(辭命)을 도맡아 지었을 뿐 아니라 많은 학자들을 양성하여 문치주의의 토대를 다진 선초의 대표적인 학자이자 문인이라고 할 수 있다.

그러나 변계량은 그가 맡았던 역할이나 당시 차지했던 비중에 비해 그다지 좋은 평가를 받고 있지 못하는 인물 중의 하나이다. 우선 그는 한평생 유교 국가의 토대를 이루는 일에 헌신하였으면서도 정궤에 벗어난 학문을 하고 이단에 미혹된 행동을 했다는 평가를 받았다.[1] 그런가 하면 성품의 고집스러움과 인색함, 그리고 여성들과 관련된 몇몇 사건으로 인해 세인들의 지탄을 받았을 뿐 아니라 각종 야담패설에서 희화화된 모습으로 등장[2]하기도 하였다. 20여 년 동안 문형으로 있으면서 일국의 문풍을 지배할 정도로 위세가 있었고 점필재와 퇴계 등 사림들도 근엄함과 통달함에 칭송[3]을 보냈을 정도로 인정받았던 그의 문장 역시도 정작 후대에 와서는 "변계량에게 있어 문학이란 찬양하고 수식하는 일이다", "칭송을 장기로 삼았고 그의 문학은 독창적이지 않다."라는 혹평을 받고 있다.[4]

그러나 학계의 혹평과 무관심에도 불구하고 변계량은 여전히 선초의 사상과 문학을 온전히 이해하기 위해 반드시 짚고 넘어가야 할 인물로 자리하고 있다. 그는 당대 최고 문사요, 수많은 사명을 제작하면서 관각체(館閣體)의 전범을 마련[5]해 준 인물일 뿐 아니라 무엇보다 수성기에 요직을 거치면서 유교 국가의 기반을 다지는데 중심적인 역할을 한 인물이기 때문이다. 본고는 그간 변계량에 대한 부정적이고 편향된 평가

---

1) 천혜봉, 「해제」, 『국역 춘정집 1』, 민족문화추진회, 1981, 8쪽.
2) 변계량과 관련된 일화를 다룬 기록으로는 『용재총화』, 『필원잡기』, 『패관잡기』, 『해동잡록』, 『응천일록』 등이 있다.
3) 卞赫祚, 「屛巖書院上梁文」, 『춘정집』 속집, 권2.
4) 조동일, 『한국문학통사 2』, 지식산업사, 1983, 258쪽. 그의 문학적 활동이 주로 지배 이념을 선양하기 위한 목적 가운데서 이루어졌다는 점이야말로 그의 문학이 적극적인 평가를 받는데 가장 큰 장애요소라고 할 수 있다. 그 가운데서도 적극적인 평가와 긍정적인 의미를 이끌어낸 연구로는 김명순, "향산 변계량의 사상과 문학세계"(『향산 변정환 박사 화갑기념논총』, 정신문화연구원, 1991)과 조규익, "변계량 악장의 문학사적 의미"(『국어국문학』 101호, 1989)가 있다. 김명순은 위 논문에서 변계량의 사상을 "형이상학적 관념적이기 보다는 실천적 지향"을 띤다고 하면서 "삼봉 양촌이 확립한 성리학적 인식을 계승하여 그 이해의 폭을 확대하고 인식의 수준을 심화시키면서 현실 속에 구현해 가는 역할을 한 "인물로 규정하고 있다.
5) 김명순, 앞의 글, 952~953쪽.

가 다분히 선초기적 특수 상황에 대한 이해 부족과 관각문학에 대한 평가 절하, 그리고 사적인 요소를 공적 업적이나 위상과 분리하지 못하는 정서적 접근 방식 등이 복합적으로 맞물려 있다고 보고 당시대적 조건 안에서 좀 더 객관적으로 변계량을 고찰할 필요가 있다는 문제의식에서 출발하였다. 여성 인식은 이 문제에 접근하기 위한 방법의 일환이다. 그는 당시 주변 여성들과 관련하여 세인들의 주목을 받았고 또 다른 한 편에서는 여성을 대상으로 한 글을 남김으로서 나름대로 여성 인식을 표출하였거니와 그의 삶과 문학 속에서 여성의 문제는 각별한 의미를 가지고 있을 것으로 가정하기 때문이다.

이에 본고에서는 먼저 변계량의 생애 사실 가운데서 간취되는 여성과의 일화, 또는 여성에 관해 발언하거나 보인 행동들을 주목해 보고자 한다. 여성의 삶이 기록으로 남겨지는 일이 흔치 않았던 당시 상황에서 변계량의 삶과 관련을 맺고 기록으로 전해오는 여성의 모습은 선초 여성의 삶을 재구성해볼 수 있는 재료로, 그리고 글 속에서 형상화한 여성의 모습과 비교선상에서 논의의 재료로 활용될 수 있기 때문이다. 그다음으로 여성을 대상으로 쓴 글을 살펴보고자 한다. 변계량은 왕명을 받고 쓴 글과 당대 명망 있는 문인으로서 동료 문인들과 교유하면서 지은 글, 그리고 어머니나 부인을 대상으로 한 글 등 32편 작품6)을 남기고 있는데 이들은 대부분 사명 또는 의례문 등 공식적인 시문 양식을 띠고 있다. 작품이 가지는 이러한 공식성은 단지 변계량 개인의 여성 인식을 살피는 단서를 넘어 당시 국가가 표방하고 그 시기 사대부들이 공통적으로 가지고 있던 여성관을 보여주는 자료로 확장된 의미

---

6) 여성을 직접적인 대상으로 한 글은 만사 17편과 제문 13편, 옥책문 2편과 능지 1편이다. 남성 대상의 글에 여성이 언급되어 있는 간접자료 2편도 참고로 하였다.

를 보유하고 있을 가능성이 있다. 글 속에서 형상화하고 있는 여성의 모습과 삶 속에 실존했던 여성의 모습, 그리고 이를 바라보는 변계량의 시각은 그 시대의 여성을 이해하고 남성 사대부를 이해하며 변계량 문학을 이해하는 데 일정 부분 방향을 제시해 줄 것으로 본다.

II. 악녀(惡女)와 음녀(淫女), 지탄받는 여성의 실상 : 삶 속의 여성

어릴 때부터 신동이라는 칭송을 받으면서 자란 변계량은 14세에 진사에 합격하고 17세에 문과에 급제한 이래 예문관 직제학, 예조판서 등을 거쳐 예문관의 수장인 대제학에 오르기까지 주로 예문관에 있으면서 평탄한 승진을 거듭한다. 여기에는 그의 문재를 귀하게 여겨 나라의 문서를 거의 다 맡기다시피 한 태종과 세종의 총애가 큰 배경으로 작용하고 있었다. 그러나 비교적 순조로웠다고 할 수 있는 변계량의 출세가도에 제동을 걸면서 최고 문사로서 누리고 있던 지위와 명예에 치명적인 타격에 타격을 가한 몇 가지 사건이 있었으니, 공교롭게도 이들 사건에는 모두 여성이 관련되어 있었다.

정종 1년 8월 19일 기사에는 당시 세상을 떠들썩하게 했던 역모 사건의 시말이 기록되어 있다. 변계량의 누이가 관련된 역모 사건이다. 실록에 의하면 누나 변씨는 박충언이라는 인물에게 시집갔다가 박충언이 죽자 박원길에게 재가한 인물이다. 그런데 재가하기전 전 남편의 종들인 포대, 사안 형제와 사통하였으며 이 사실이 박원길에게 알려지게 되자 동생 변계량을 찾아가 "남편이 성격이 더러워 함께 살지 못하겠으니 헤어지게 해달라"라고 간청한다. 변계량이 뜻을 들어주지 않자 이

번에는 남편 박원길과 동생 변계량을 죽이기로 결심하고 이방원의 수하에 있던 김귀천을 포섭, 이방원에게 남편 박원길과 동생 변계량이 의안공 이화, 이양몽, 이양중과 더불어 난을 획책한다고 고변한다. 이 때는 이방원이 정도전과 아우 방석을 살해하고 정종을 왕위에 앉힌 지얼마 지나지 않은 시점이었기에 이방원은 일의 시말을 자세히 갖추어 고하는 변씨의 말을 심각하게 받아들여 관련자들을 모조리 잡아들인다. 국문하는 과정에서 변씨의 거짓말이 탄로 나고 그래서 결국 변씨의 참형으로 일이 일단락되었지만 이름이 거론된 모든 사람이 심하게 고문을 당하고 그 와중에 남편 박원길과 사통한 종이 죽었으며 동생 변계량이 하옥을 당해야 했다. 자신의 간통 사실을 은폐하기 위해 남편을 죽이고 친동생까지 역적으로 몰아붙인 충격적인 사건이었다.[7]

그 후 10여 년 뒤, 참형을 당한 누나와 첫 남편 박충언 사이에 태어난 소비라는 딸이 관련된 사건이 일어난다. 역시 소비의 간통이 문제였다. 구의덕이라고 하는 소비의 남편은 아내의 간통 사실을 알았으나 제재하지 못하고 아내의 외삼촌인 변계량에 하소연한다. 이에 변계량은 일가 사람인 양승지에게 부탁하여 소비를 남편에게 돌려보내려고 하지만 소비가 순순히 따르지 않자 매질을 하고 그의 집에 가두어 두라는 명령을 내린다. 그런데 그 과정에서 소비가 분한 마음에 목매 자살을 하게 되고 그로부터 이 사건은 변계량을 주모자로 하는 살인 사건으로 비화되어 형조로 넘겨진다. 역시 형조 판서가 파직되고 관리들이 귀양을 가게 되는 등 적잖은 파문이 일었던 사건이다.

이 두 가지 사건은 당시 여성의 실상과 관련하여 주목할만한 단서를 제공해 주고 있다. 가부장권의 위세가 절대적으로 강하지 않았을 뿐 만

---

7) 정종1년 8월 19일 병진.

아니라 상하 계급적 질서 역시 안정되지 않았던 시기라는 점이다. 특히 누이 변씨의 겨우, 전 남편의 종인 두 명의 남성과 간통하고도 남편을 내치려고 하는 대범성을 보여주고 있거니와 이는 양반가 여성의 간통이 그리 희귀한 일만은 아니었을 뿐 만 아니라 여성이 적극적으로 자신의 목소리를 낼 수도 있었음을 보여주고 있다. 여성 쪽의 당당한 태도는 처의 간통 사실을 알고도 제지하지 못했던 소비의 남편을 통해서도 읽을 수 있다.

그렇다면 주변 여성들과 얽혀 연루되게 된 이들 사건에서 변계량의 태도는 어떠하였는가? 소비의 사건 당시 변계량은 유창한 말 솜씨와 정돈된 논리, 그리고 적극적이고 당당한 태도로 자신의 결백을 주장하였다. 그녀 스스로 목을 맨 것이지 구타하여 죽은 것이 아니라는 사실 정황을 피력하는 한편, "존장(尊長)한 사람이 비유(卑幼)한 이를 구타한 것은 상한 것이 아니면 논하지 말라"라고 한 율(律)을 근거로 존장의 위치에 처한 본인과 외삼촌의 상에 소공복(小功服)을 입어야 하는 질녀의 명분론적 관계를 강조하며 맞섰다. 무엇보다도 이 일이 변계량 자신의 개인적인 문제에서 그치는 것이 아니라 후일에 경계를 드리울 수도 있는 문제임으로 신중히 처결되어야 할 것을 호소하였는데, 그의 변론은 좌중을 설득시켰고 임금은 지난 번 누이의 일까지 거론하며 변계량을 위로하였다.[8]

변계량이 들고 나온 존장비유(尊長卑幼)의 논법은 그의 여성 인식의 중심에 놓여있을 뿐 아니라 그의 의식 세계 전체를 관통하는 지론이었던 것으로 보인다. 누이와 질녀의 사건 이외에도 이 시기에는 풍기를 문란시키고 윤서까지 무너트리는 일이 흔히 일어났는데 그 때마다 변계량

---

8) 태종 10년 6월 13일 무신.

은 존장유비의 논리를 처결 기준으로 제시하였다. 예컨대 평안도에 살던 복향이라는 양녀가 한 남자와 사랑에 빠져 한 살 된 젖먹이를 떨어뜨려 죽이는 사건9)이 났을 때에도 그는 성인의 예는 존장으로 중한 것을 삼고 또, 그것이 율문10)으로 나와 있다는 것을 내세워 어미를 살인의 경우로 논할 수 없다는 주장을 폈다. 이 때 들고 나온 존장유비의 논리 역시 소비의 경우와 마찬가지로 살인 사건의 실상이나 여성의 실행에 대한 문제의식보다는 명분과 질서 관념을 우위에 둔 것이다.

이는 이보다 앞서 진주사람 김화가 아비를 살해한 사건 후, 풍속 교화의 시급성을 주장하며 효행록의 발간을 건의11)했을 때와 엄격히 다른 기준이다. 아비를 죽인 자식에 대해서는 강상의 원칙을 적용해 중한 처벌을 요구하면서도 자식을 죽인 어미에 대해서 느슨한 잣대를 적용하고 있는 셈인데 이러한 존장의 논리는 일견 모순적이고 비인간적이기까지 하다. 그러나 당시 위정자들은 이념적 논거인 예와 법률적 근거인 율을 내세운 변계량의 주장을 적극 수용12)하고 있거니와 이는 변계량을 비롯한 당시 사대부들의 윤리 의식이 보편적인 인정이나 정조 의식보다는 질서 관념을 중시하는데 놓여 있음을 보여준다.

---

9) 세종 17년 6월 5일.

10) 건국 직후인 태조 원년 7월 정미에 모든 공사 범죄를 大明律에 의거해 처단한다는 태조의 즉위 교서가 있었다. 이후 조선 시대의 모든 형률은 대명률을 모범으로 하였다. 변계량의 언급에 등장하는 律도 대명률을 지칭하는 것으로 보인다.

11) 세종 10년 10월 3일 신사.

12) 이즈음 자신의 간통을 은폐하기 위해 동생을 죽인 여자의 사건과 일없이 놀기만 한다고 하여 동생을 죽인 남자의 사건 등 인륜을 해치는 일들이 많이 일어났다. 그런데 흥미로운 것은 보편적인 인정에 토대를 두고 극형에 처해야 한다는 군왕의 견해와 대신들의 주장이 충돌하는 가운데 대신들의 주장 쪽으로 결정이 모아지고 있다는 사실이다. 물론 이때 논죄의 근거는 존장을 우위에 두는 예의 논리와 율문이라는 법률적 전거였다.

이즈음 이러한 지론을 좀 더 강화했을 것으로 짐작되는 사건이 일어난다. 변계량의 처가 어버이를 뵙기 위해 충주에 갔다가 촌인들의 공격을 받은 사건이 그것이다. 사건의 자세한 내용은 알 수 없으나 촌인들에 의해 그 종인과 시비 등이 공격당하고 그 부인이 능욕을 당했는데[13] 이 사건은 평민이 고관의 아내를 공격하고 능멸한 사건으로 간주되어 주모자인 백운홍이 장살을 당했다. 규범적 질서의 혼란이 심각했던 시기에 변계량 자신이 또 직접적인 피해를 입은 셈이었다.

유사한 시기에 잇달아 일어난 이와 같은 사건들은 당시 백성들을 다스리는데 있어서 국가적 과제였나 하는 것을 잘 보여주고 있다. 특히 여성과 관련한 문제는 풍기의 문란과 인륜의 붕괴, 신분 질서의 혼란이라는 복합적인 문제 상황과 맞물려 있는 경우가 많았으니, 지도층 인사이면서 또 누차에 걸쳐 사건의 당사자로 나서야 했던 변계량이 정책의 입안 과정에서 적극성을 띠었던 것은 그런 의미에서 당연했던 것으로 보인다. 여성의 실행을 따로 문제 삼기보다 상하 차별적 질서 관념과 포괄적인 윤리 의식으로 따지려 했던 변계량의 입론 역시 이런 맥락에서 설명되어야 할 부분이다.

그 후 1년 뒤 변계량은 가정내 질서 수립과 관련하여 적서의 차별을 정당화하는 발언을 하게 된다.[14] 후비에게서 난 인종이 적모가 후사 없이 죽었다 하여 생모를 높여 부묘한 중국의 사실을 두고 벌어진 논란의 자리에서였다. 그는 "살아서도 두 아내를 한 방에 두지 못하는데 어찌 죽어 두 아내를 조종의 사당에 함께 부할 수 있겠느냐"고 하면서 양처부묘(兩妻祔廟)의 부당성을 강하게 역설하였다. 특히 사대부가에서 이

---

13) 세종 9년 9월 4일 기축.
14) 세종 10년 9월 24일 계유.

러한 일이 없어야 한다고 주장하였는데 사대부가의 관행은 곧 왕가에까지 파급될 수 있는 중요한 씨앗이 될 수 있다고 인식했기 때문이었다. 존장과 비유 논리로 포괄되었던 그의 여성 인식이 종사를 중시하고 가부장적 질서를 강조하는 종법 옹호로 이어지면서[15] 적서 차별 의식으로 분화되는 지점이라고 할 수 있다.

즉 변계량의 여성 인식은 가정 내의 질서를 기반으로 이를 확충, 윤리적 이상에 부합하는 사회 질서를 구축하고자 하는 유자들의 일반적 사회 윤리관과 동일한 맥락에 놓여 있다. 이는 시급히 통치 질서를 확립하고 그에 상응하는 생활 규범을 정착시켜야 했던 당시로서는 사대부들이 마땅히 담당해야 할 책무이기도 했다.

Ⅲ. 곤도(坤道)와 부덕(婦德)의 완성자,
   선양되는 여성의 형상 : 글 속의 여성

새 이념에 입각하여 통치 논리를 제공하는 것이 정치가로서 변계량이 해야 할 역할이었다면 당대 관각 문사로서 변계량이 해야 할 역할은 재능인 글을 통해 새 이념을 널리 알리고 새 시대를 찬양하며 새 시대가 요구하는 이상 사회의 모델을 제시하는 것이었다. 일국의 문형으

---

15) 『예기』에서는 宗法의 필요성에 대하여 "宗을 공경하게 됨으로서 친족을 거둘 수 있고 종묘와 사직이 중해지며 나아가 백성을 사랑하게 되어 결국 이상적 국가가 형성된다."라고 기술하고 있다. 가정으로부터 출발하여 천하의 질서를 지향하는 종법이야말로 유교 사회의 질서를 수립하는 근간이라고 할 수 있다. 종법 옹호에 대한 변계량의 논리는 세종 10년 9월 계해에 詳定所 提調인 황희 등과 함께 의논하여 아뢴 내용 가운데서도 나타난다.

로서 공식적으로 씌어진 많은 글들은 그의 이러한 문학적 소명 의식과 맞닿아 있다.

변계량이 글 속에서 형상화한 여성들은 크게 왕비와 자신의 어머니, 아내를 포함한 사대부가 여성이다. 왕비의 경우에는 전례상 애책(哀册)[16] 과 능지(陵誌),[17] 제문(祭文) 등이 지어졌고 사대부가 여성의 경우에는 만 사와 묘지, 제문 등이 주종을 이루고 있다. 문체상의 차이가 다소 존재 하기는 하나 모두 지배층 여성들을 대상으로 한 글이고 의식성을 띠는 글이며, 또 죽은 여성을 애도하기 위한 글이라는 공통점을 지니고 있 다.

태조의 후비인 신의 왕후와 태종의 후비인 원경 왕후에 대한 옥책문 (玉册文), 능지, 제문 등은 왕명에 의해 제작된 글로 왕비의 형상을 볼 수 있는 자료이다.

지극하도다 부덕의 유순함이여   至哉坤順

참으로 천자의 대덕에 합하였고   允協乾元

---

16) 책문이란 임금에게 올리는 글이다. 이중 임금이나 왕후가 돌아간 뒤에 시호를 지 어서 아뢰는 글을 謚册이라고 하는데 시책은 다시 임금과 왕비에게 올릴 때 쓰는 玉册과 왕세자와 그 빈에게 贈謚할 때 쓰는 竹册로 나뉜다. 애책은 임금이나 왕비 가 승하하였을 때 이를 애통해 하면서 쓰는 글로 오늘날의 추도사나 애도사에 해 당한다. 이 두가지 책문은 임금이나 왕비가 승하하면 장례하기 전에 반드시 지어 올렸다. 지어 올리는 사람의 주체는 시책은 嗣王, 애책은 사왕의 명을 받들어 당 대에 글을 잘하는 重臣이 지어 아뢰는 것이 전례였다.

17) 능지란 능침에 쓰는 誌文을 말한다. 무덤의 곁에 세우는 묘표문과 흙 속에 묻어 더욱 영구화 하는 지석문으로 나뉘며 묘지라 하면 埋誌를 뜻하게 된다. 묘표와 신 도비 등의 비문은 그 비석을 아무리 크게 한다고 하더라도 거기에 글자를 새기는 데 한계가 있으므로 한 사람의 일대기를 장황하게 기술할 수 없으나 땅에 묻는 지문은 이를 새기는 돌이나 사기판을 수십 장이라도 만들어 넣을 수가 있으므로 아무리 긴 일대기의 사적이라 하더라도 모두 수용할 수 있다.

아 아름다운 숙덕이여	於皇淑德
능히 지존을 짝하였도다.	克配至尊
이미 정숙하고 또 자혜로우니	旣貞且惠
검소하고 근면했어라.	旣儉以勤[18]

부인의 도리는	維坤之道
남편의 뜻을 받들어 행함이니	升天以行
밝도다 아름다운 덕이여	昭哉懿德
성스럽고 밝으신 우리 군주의 짝이 되셨도다.	配我聖明
근면하고 검소하며	曰勤曰儉
순종하고 정숙했으니	且順且貞
왕비의 위의 엄숙하여	壺儀以肅
내치가 이루어졌도다.	內治以成[19]

왕비를 대상으로 한 글에서 주로 부각되고 있는 것은 곤(坤)의 도(道)를 가지고 태어났고 근면 검소한 생활 태도를 가지고 있었으며 그것이 곧 성상의 배필이 될 만한 '예사롭지 않은' 자질이었다는 점이다. "곧음[貞]", "자혜로움[惠]", "순함[順]", "검소함[儉]", "부지런함[勤]" 등으로 표현되고 있는 이러한 자질은 흔히 촉산씨(蜀山氏 : 황제의 아들 창의의 부인이자 제곡의 어머니)와 도산씨(塗山氏 : 우임금의 부인이자 계의 어머니), 태사(太姒 : 문왕의 부인이자 무왕의 어머니), 태임(太任 : 태왕의 부인이자 문왕의 어머니)으로 비유되고 있다. 그러나 주목해야 할 것은 고사에 등장하는 인물들과 주인공 왕비의 삶은 다만 관념적으로만 일치한다는 사실이다. 도산 태사와 이들 왕비의 관계는 "덕이 군왕의 대덕에 합하고", "도가 부덕의 유순함을 온전히 보유하고 있으며",[20] "배필의 현숙함과 내조의 공이 있

---

18) 「大行皇后祭文」.
19) 「祭厚德王大妃文」.
20) 「神懿王后玉册文」, "德恊乾元 若塗山之配禹 道全恒吉 齊太似之母周"

고”21) 아름답고 훌륭한 덕을 이었다는 점22) 등에서 유사하다. 그러나 비교의 내용이 극히 추상적이라는 점과 도산 등이 전설적 인물에 가까움을 고려하면 유사점은 이상적 여성상이라는 상징성을 크게 벗어나지 않는다.

이는 일반적으로 남성(왕)을 대상으로 한 비지 애제문이 추상적 개괄적 칭송과 구체적 행적, 역사적 사건들을 병행해서 기록함으로써 상징적 의미와 구체적 형상을 함께 갖추도록 하고 있는 것과 비교해 볼 때 그 성격이 분명해진다. 예컨대 변계량은 「신의왕후옥책문」과 함께 「태상왕봉숭옥책문(太上王封崇玉册文)」, 「대행태상왕시책문(大行太上王諡册文)」, 「상왕봉숭옥책문(上王封崇玉册文)」 등 유사한 양식의 글을 썼다. 이들 글에서 역시 돌아가신 군왕을 추숭하기 위한 재료로서 성군의 상징인 요·순·우·탕·문무 등이 등장한다. 그러나 왕후의 경우와는 다르게 그 내용 속에는 왕업을 열었다거나 쇠퇴한 시기에 난을 평정했다거나 국호를 새롭게 고치고 도읍을 새로 삼아 무궁한 국운을 열었다는 등의 구체적 사실이 함께 언급되어 있다. 태종과 태종비의 행적을 기록한 비지문, 「유명증시공정조선국성덕신공문무광효대왕헌릉신도비명(有明贈諡恭定朝鮮國聖德神功文武光孝大王獻陵神道碑銘)」과 「헌릉지(獻陵誌)」에서도 중요한 역사적 사실이 간지와 함께 기술되어 있는 전자의 경우와 개괄적이고 추상적인 칭송만으로 구성되어 있는 후자의 경우 사이에서 분명한 서술 태도의 차이를 읽을 수 있다. 이는 변계량이 그려내고 있는 왕비의 형상이 음양 논리의 도식에 충실한 지극히 관념적이고 원론적인 인물

---

21) 「有明贈諡恭定朝鮮國聖德神功文武光孝大王獻陵神道碑銘」, “而配匹之賢　內助之功　又有可與蜀塗莘摯　同符而儷美者矣”
22) 「上大妃尊號玉册文」, “恭惟王大妃殿下　柔惠安貞　慈和肅愼　基周南之美化　嗣摯仲之徽音”

형상임을 말해준다. 특히 그는 여성 최고의 권력자인 왕비에게 최선의 여성상을 상정하였는 바, 이들 능지와 제문 등에서 지향하는 형상화의 목표 역시 신의왕후와 원경 왕후라고 하는 '특정 인물의 구체적인 삶'이 아니라 '본받아야할 여성 인물의 모형'임을 알 수 있다.

왕비를 통해 구현해 내고 있는 곤도(坤道)의 완성자, 이상적 여성으로서의 인물 형상은 사대부가 여성을 대상으로 한 비지나 제문에 오면 효(孝)와 열(烈), 자(慈)와 목(睦) 등 윤리적 부덕의 모습으로 세분화되어 나타난다.

"부인 강씨는 집안을 잘 다스렸으며 일상의 행동은 예법을 따랐다. 효도로서 어버이를 받들고 순종으로 남편을 섬겼다. 아들과 손자를 가르치는데는 엄하면서도 너그러웠고 족친과 인척들을 대하는 데는 은혜롭고도 두루 미쳤다. 을해년 여름에 병으로 누우니 정승공이 당시에 중추원사로 있었는데 휴가를 청하고 역말을 달려 3일만에 도착하여 약을 먼저 맛보고 올리자 강씨가 '너의 아버지가 돌아가신지 이미 오래인데 내가 오늘날까지 죽지 않아서 흡족하게 너의 영광스러운 봉양을 받았으니 약을 먹고 살아나지를 바라지 않는다'고 했다. 공이 울며 권하니 7월 4일에 정승공에게 말하기를 '사람이 죽고 사는 것은 늙고 젊음에 달려 있지 않다. 너와 너의 누이가 모두 무사할 때 내가 먼저 가는 것이 어찌 다행이 아니겠느냐. 억지로 여러 가지 약을 내올 필요가 없다'하고 이튿날 돌아가셨으니 향년 76세였다."[23]

"아 해로의 기약이 미처 두 해도 지나기 전에 이 지경에 이르렀단 말이오.

---

[23] 「有明朝鮮國贈忠勤翊戴愼德守義協贊功臣大匡輔國崇綠大夫領議政府使晉陽府院君河公神道碑銘」.
"姜氏善治家 動循禮則 奉親以孝 事夫以順 敎子孫嚴而恕 待族姻惠而周 乙亥夏寢疾 政丞公時爲中樞院事 謁告馳馹 三日而至 嘗藥以進 姜氏曰汝父逝已久 吾至今未亡 足見汝榮養 不願飮藥求生也 公涕泣以勸 七月初四日 謂政丞公曰 人之死生 不在老少 汝及汝姊俱無恙 吾今先逝 豈不自幸 不須强進諸藥 明日卒 年七十六"

생각건대 지난 날 친정에 돌아갈 때 용구의 동쪽에서 아들을 낳아 나의 종통을 잇겠다고 하더니 어찌 갑자기 이 지경에 이를 줄이야 생각이나 하였겠소. 이를 어쩐다 말이요 어쩐다 말이요. 병들었을 때는 약을 쓰지 못했고 죽을 무렵에는 임종도 보지 못하였으니 그저 시신만을 어루만지며 나의 마음 무너지오. 질병이 있을 때는 보통 사람도 조심하는 법인데 하물며 아이를 가져서 치료에 힘을 다해야 하는 처지이겠소. 처음 몸이 아플 때 어찌 일찍 도모하지 않아서 운명하는 지경에 이르러 나를 이렇게 만든단 말이요. 처음 부고를 받고는 꿈인지 생시인지 분간하지 못했소. 가슴 아프게 옛날을 생각하니 애타는 슬픔으로 마치 정신이 나간 듯하오. 친정에 가지 않았다면 혹시 이 재앙을 면했을지, 천지는 장구하나 나의 한스러움은 다함이 없소. 사람이 죽고 살며 장수하고 요절하는 것은 하늘에서 부여받아 절로 정해진 수가 있는 것이오. 만고를 통해 모두 그러했는데 어찌 약물로 구제할 수 있는 것이며 어찌 거처 때문에 그러하겠소. 내가 일찍이 글을 읽어 이러한 이치를 밝게 알고 있는데도 오히려 지금까지 슬퍼서 스스로 위안을 얻지 못하는구려. 내가 병이 많은 점을 염려하여 두루 보살펴 준 공이 매우 컸는데 이제 누가 주관하고 누가 보살펴서 나를 건강하게 해주겠소. 또 백발의 양친께서 생존해 계시는데 갑자가 떠나서 다시 돌아오지 못하게 되었으니 황천에서 유한이 있으리라 생각되오. 아! 명인지라. 또한 어찌할 수 없으니 오직 마땅히…결(缺)… 장사 지내는데 정성을 다해 혹시라도 후회가 없도록 하여 나의 슬픔을 달래려 하오. 차와 떡을 갖추어 올리고 이 제문으로 흠향하기를 권하노니 가슴을 어루만지며 한 번 통곡함에 눈물이 줄줄 흐를 뿐이요. 아 영령은 아시오. 모르시오.”24)

---

24) 「祭亡耦吳氏文」, “嗚呼 偕老之期 曾未再朞 而至斯耶 念昔告歸 龍駒之東 謂當生子 以嗣吾宗 豈意一夕 而至斯耶 嗚呼 奈何奈何 病未得投以藥 歿未及見其終 徒無殄殘 以摧我衷 疾病之際 平人所愼 況復懷孕 救療當盡 曰初不豫 何不早圖 乃至隕命 而以 誤吾 訃音初至 其夢其眞 痛念昔故 怛若抽神 謂言不歸 儻免此災 天長地久 爲恨可涯 夫死生壽夭 稟於彼天 自有定數 萬古皆然 豈藥餌之所救 豈居處之所致 我嘗讀書 洞觀此理 尙此烏悒 未能自慰 念余多病 供給孔將 誰主誰視 俾我而康 又況雙親 白髮在堂 遽然長逝 而不復返 九泉之下 想有遺恨 嗚呼命也 亦已焉哉 惟當(缺) 謹於葬埋 庶無或悔 以塞我哀 奠以荼餅 侑以此詞 拊膺一痛 揮涕漣洏 嗚呼淑靈 知乎不知”

위의 글은 하륜의 신도비명 중 한 대목이고 아래 글은 변계량의 아내 오씨에게 올린 제문이다. 왕비를 형상화한 글들이 대부분 관념적이고 추상적인 칭송으로 일관하고 있는데 반해 이들 글은 구체적인 일화를 중심으로 개별적 인물 형상에 근접하고 있다. 그러나 그 저변에 놓인 것은 여전히 '본받아야 할 이상적 여성'으로서의 인물 형상이다.

하륜의 부인 강씨는 부모에 대한 효와 남편에 대한 순종, 그리고 엄격한 자식 교육과 친지에 대한 화목에 이르기까지 이른바 부덕을 완비한 인물로 등장한다. 그러나 삶에서 이룬 부덕은 아들의 간곡한 청에도 불구하고 약을 받아먹지 않고 끝내 죽음을 자처한 '열(烈)'의 행동을 통해 보다 아름답고 가치 있는 삶으로 승화된다. 후사를 이을 자식을 낳으러 간 친정에서 약 한번 쓰지 못하고 죽고, 죽고 나서까지 병든 남편과 연로하신 부모 때문에 "황천에서 유한"을 가져야 하는 부인 오씨의 모습 또한 효부와 현모, 양처의 모습을 그대로 재현하고 있다. 효부, 열녀, 현모, 양처 등으로 표상되는 이념적 모형이야말로 여성의 삶을 숭고하고 아름답게 다듬는 중요한 요소인 것이다.

규범적 인물로서의 성공적인 삶은 죽은 뒤에 보이는 영화롭고 성대한 의식을 통해 한층 더 부각된다.

하늘이 부드러운 자질을 부여하니	天賦柔嘉質
인생에서 융성한 복록을 누리었네	人生福履繁
팔십 년이 넘도록 수명을 누리었고	光陰餘八袠
손자들이 고관대작 되는 것을 보시었네	金紫見諸孫
넘어가는 달빛은 붉은 깃발 비추고	落月明丹旐
가라앉은 구름은 구천을 봉쇄했네	屯雲鎖九原
슬픔과 영광을 그 누가 비하겠나	哀榮誰得比
집안 일은 원종 공신 그 사람이 본다네	幹蠱是元勳[25]

정숙한 그 부도 세상에 드물어라 　　　　　 貞嘉婦道世難偕
삭발하고 남은 인생 팔순을 살았다네 　　　 祝髮餘生八秩躋
오늘날 세상 떠나 구천에서 만날 분은 　　　 今日劍從泉底會
옛날에 공경으로 섬기던 부군이지 　　　　　 昔年眉輿案頭齊
노을은 묘소의 장막에 비끼었고 　　　　　　 愁烟斷壟橫羅幔
지는 달빛 빈 안방 옥비녀를 비추누나 　　　 斜月空閨掛玉篦
그 누가 이처럼 슬픔 영광 누리겠나 　　　　 共說哀榮誰得似
정승이 널 붙들고 애절하게 통곡하네 　　　 政丞扶柩盡情啼[26]

　‘슬픈 죽음’이 ‘호사스러운 영광’과 역설적으로 결합하고 있는 “애영
(哀榮)”이라는 표현은 만사와 제문에서 자주 사용되는 어휘이다. 즉 “하
늘이 부여한 자질을 충분히 발휘하고 인생에서 융성한 복록을 얻었을
뿐 아니라 수명을 얻고 자손이 고관대작 되었기에” 그 죽음은 영화롭
다. 그런가 하면 머리 깎고 팔십 평생을 산 여인의 삶조차도 “옛날에
공경으로 섬기던 부군을 구천에서 만날 수 있고” “정승이 널 붙들고 애
절하게 통곡하니” 그 죽음이 영화롭다. 특히 변계량은 여성의 죽음을
영화롭게 하는 요소로 죽음 뒤에 보여준 남성들의 애도를 크게 부각시
켰다. 아들이 영화로운 은전을 받고 분황의 예를 올리는 장면을 “감격
스런 회포”로 표현하고 있는 「제선비증정숙부인조씨문(祭先妣贈貞淑夫人曹
氏文)」[27]이나 「박지신사분황제문(朴知申事焚黃祭文)」,[28] 왕후가 질환에 들었
을 때 남편인 상왕(태종)이 매일 병세를 살피고 주상이 곁에서 시좌하며
친히 탕약을 달여 먹었다는 사실과, 사후 상왕께서 슬픔을 이기지 못하

---

25) 「義安大君母氏挽章」.

26) 「中亭養母挽章」.

27) 「祭先妣贈貞淑夫人曹氏文」, “恭惟我后　孝理爲國　追榮有典　光輝窀穸　祗恩感懷　省視
　　松柏　載焚其黃　且奠以爵”

28) 「朴知申事焚黃祭文」, “於皇我王　稱我功臣　錫之母爵　韓國夫人　我感我悲　來燎黃只”

여 육선을 먹지않고 백의와 소찬으로 30일을 지냈다는 것을 비중 있게 언급하고 있는 「원경왕후헌릉지(元敬王后獻陵誌)」[29] 에서도 유사한 표현 의도를 볼 수 있다. 여성의 죽음은 그들의 남편 혹은 자손들의 사회적 지위와 부귀영화, 그리고 그들이 보여준 눈물로 인해 영화로운 슬픔이요 여한 없는 죽음으로 치장되는 것이다.

여성 대상의 애제·비지문에 나타나는 남성의 비중은 비단 애도의 층위에서만 부각되는 것이 아니다. 남성이 남긴 명예가 곧 여성의 존재 가치로 부각되기도 한다.

> "생각컨대 영령께서는 성대한 종족의 자손으로서 여인의 덕이 높았으니 배필이 되어 시집가서는 부공을 닦았습니다. 아들은 능히 가업을 계승하고 사위는 어질었으니 종중의 부인들이 우러러 본받고 어머니의 위의가 빛났습니다. 생각건대 저희들은 문충공을 스승으로 섬겨 그 도를 연구하는데 있는 힘을 다하여 몽매함을 깨우치는 가르침을 입었습니다. 자식처럼 여기는 사랑을 입어 사제의 의가 은혜와 겸하였으니 높은 산 어찌 우러를 수 있겠습니까. 흘러가는 물 넓고 깊은 격이었습니다. 열렬한 문충공이여. 왕씨의 신하였는데 우리 임금이 포숭하여 후인에게 본받게 했습니다. 무릇 살아있는 사람은 누구인들 한 번 죽지 않겠습니까. 초목과 함께 썩어 들어가 기억 속에서 사라지니 누가 기억하겠습니까. 그러나 빛나는 아름다운 이름은 천지가 다하도록 실추되지 않을 것입니다…."[30]

---

29) 「元敬王后獻陵誌」, "庚子五月二十五日　太后感疾　上王日至視疾　主上侍側扇枕　親奉湯藥　凡所救療　無所不至…上王不勝軫悼　稍不豫　主上遣大臣　請進肉不許　以白衣素膳終三十日　主上哀痛罔極　居于諒闇　上王許於葬後釋服"

30) 「門生等祭高麗門下侍中朝鮮贈諡文忠公圃隱先生宅主鳳陽郡李氏文」, "維靈　冑于茂族　女德之隆　擇配以歸　聿修婦功　生子克家　有壻之良　宗姻仰則　母儀孔彰　念惟生等　師事文忠　鑽仰竭才　以承擊蒙　而霑子視　義兼於恩　高山安仰　逝水沄沄　烈烈文忠　王氏之臣　我后襃之　式是後人　凡曰有生　孰無一死　草木以腐　湮沒誰記　赫哉英名　窮天不墮"

변계량이 문생을 대표하여 포은 정몽주의 부인인 이씨에게 올린 제
문이다. 글의 첫머리에서 주인공인 이씨는 "성대한 종족의 자손"이자
'여덕(女德)'과 '부공(婦功)', '모의(母儀)'를 구비한 여성으로 표현되고 있다.
그러나 이씨에 대한 서술은 거기에서 그칠 뿐, 글의 나머지 부분은 문
생들을 깨우쳐 주고 절의를 후대에 드리운 스승 포은에 대한 칭송으로
채워져 있다. 이씨의 존재 가치는 "천지가 다하여도 실추되지 않을 (남
편의) 빛나는 영명(英名)" 속에서 확인될 뿐이다.

아름답고 영화로운 죽음에 대한 묘사는 신비롭고 평화로운 사후 세
계의 설정으로 이어진다.

며느리와 어머니로 고령을 누리다가	母儀婦道與年高
표연히 달로 떠나 자소궁에 가시었네	奔月飄然向紫宵[31]
품성이 최고로 아름답고 곧으니	稟性貞嘉最
지존과 짝이 되어 부귀를 누리었지	儷尊富貴全
달나라로 떠나실 줄 그 누가 알았으리	誰知忽奔月
본래부터 하늘나라로 올라가게 되었다네.	自是爲賓天[32]
봉 떠난 지 오년만에 황이 또 따라가니	鳳去五年凰又隨
달 밝은 현포에서 쌍쌍이 날겠지	月明玄圃想雙飛[33]

영화로운 삶을 살다 간 여성의 사후는 "표연히 달로 떠나 자소궁에
서 사는" 모습, "달 밝은 현포에서 쌍쌍이 날고 있는 봉황"의 모습 등
으로 표현되고 있다. 노장적 색채를 농후하게 띠고 있는 이러한 요소는

---

31) 「姜參議淮仲母氏挽章姜參議淮仲」.

32) 「王惠妃挽章」.

33) 「柳謙母氏挽章」.

우선 죽음이라는 절대적 한계 상황 가운데서 갈등의 모습이나 슬픔의 여운을 거두어 내는 역할을 한다. 그러나 먼저 죽은 남편을 따라 구천에서 화락하는 여성의 모습 그 저변에는 죽어서도 지켜야 하는 '열(烈)'의 관념이 강하게 내포되어 있다.[34] 영화로운 죽음과 아름다운 내세로 이어지는 서술의 과정을 통해 효부와 현모, 양처로서의 삶은 죽음 이후까지 이어지는 영속성과 절대성을 확보하게 되는 것이다.

이렇듯 변계량의 여성 캐릭터는 '완벽한 성품과 자질을 갖추고 태어나 모의와 부도로 표상되는 본연의 역할을 다하고, 영화로운 삶을 살다, 여한 없이 성대한 죽음을 맞은 여성'으로 요약된다. 그리고 이러한 여성의 삶 속에 남성은 그 삶과 죽음을 가치 있게 하고 영화롭게 하는 주체적인 존재로 자리하고 있다. 여성 형상의 이러한 경향은 거개의 작

---

34) 변계량의 문집에는 불교 도교와 관련된 글들이 상당수 존재한다. 대부분 국가 행사를 위해 지은 글로서 그 내용을 보면 불교 도교의 전문용어가 해박하게 사용되고 있다. 실제로 변계량은 불자들의 비행과 부패, 월권은 철저하게 공격하면서도 불교 교리 자체는 지선 지성하므로 호법해야 한다는 주장을 편 온건적 배불론자였고, 나라에 재난이 있을 경우 도교 의례와 같은 이단적 종교 행사도 국익 차원에서 거행해야 한다고 하며 실제 헌의와 주관을 맡은 장본인이기도 했다. 이러한 행적 때문에 그는 후대의 사가들에 의해서 이단에 미혹되거나 正軌를 벗어났다는 비판을 받기도 했다. 그러나 이러한 점이 그가 이단에 경도되었다는 사실을 입증해 주지는 않는다. 국정이 안정되지 않고 통치 이념이 확고하게 자리잡지 못한 상황에서 빈번하게 일어났던 천재지변과 국난은 불가피하게 노불과 같은 종교적 힘에 의지할 수밖에 없는 상황을 마련하였으며 변계량은 이러한 시대적 어려움을 현실적으로 받아들인 사람이었다. 논자는 「조선초기 제문 연구」(이화여대 박사학위 논문, 2001)에서 도교 제문인 초례청사의 분석을 통해 도교적 용어가 사용되고 있고 도교적 이미지가 농후하지만 지향하는 바의 세계관은 극히 유교적이라는 견해를 제시한 바 있다. 만사와 제문에 나타나는 노장적 내세 역시 열이라고 하는 윤리적 가치를 부각시키고 아름답게 승화시키기 위한 소재적 차원에서 보아야 하리라고 본다.

품에서 일정한 유형으로 고정화되어 있다. 고정성과 반복성이야말로 변계량의 애도문에서 애도 이외의 주제 의식을 읽어야 하는 이유이기도 하다. 즉 변계량은 죽은 이를 애도하고 그 속에서 작가의 슬픔을 표출하기보다는 본받아야할 인물의 형상을 부각시키기 위해 만사를 지었고 능지와 제문을 썼다. 죽음이라는 한계 상황보다는 영원히 추구되어야 할 삶의 가치에 관심을 집중하였으며 이를 완수한 규범적 인물의 모형을 통해 흠이 없고 아름답게 포장된 이상으로서의 세계를 그려내었다. '죽은 여성' 곧 '종결된 삶'이라고 하는 제재의 특수성과 일정하게 짜여진 관습적 모형을 통해 유사한 내용을 되풀이 할 수 있는 비지와 애제문 특유의 양식적 조건은 이러한 의도를 형상화하기에 썩 용이한 토양으로 작용하고 있다.

IV. 모순된 삶과 양면적 여성 인식―변계량의 여성 인식

이상에서 살펴본 바와 같이 변계량은 강한 가부장적 의식을 토대로 가족 질서와 사회적 윤리를 침해하는 분방한 여성의 삶에 대해서는 비판의 논리를 제시하고, 가부장적 사회에 부합하는 여성에 대해서는 글을 통해 널리 선양함으로서 새 시대가 요구하는 이상적 인간상정립에 큰 역할을 하였다. 그러나 역설적이게도 그는 여성과의 관계에서 부도덕하고 이중적인 태도를 취함으로써 인식과 실천 사이에 심각한 괴리를 보여주고 있다. 특히 그는 종법적 질서의 출발이 가정에 있고 사대부들이 그 주도적 역할을 담당해야 할 당위성을 역설하였음에도 불구하고 사적으로는 일처제의 규범을 지키지 않음으로서 도의적 지탄과 함께 사헌부의 탄핵까지를 받는다. 부인이 있는데 또 다시 부인을 취한 문제로 제기된 이 사건 역시 사적인 경계를 벗어나 사회적으로 큰 파문을 일으켰던 일로, 상세한 시말이 실록에 갖추어져 있다. 그 내용을 종합하면 다음과 같다.

변계량은 평생에 걸쳐 도합 네 번 장가를 갔다. 첫 번째 부인 권씨는 결혼한 지 얼마 되지 않아 쫓아냈고 다시 얻은 계실 오씨는 시집 온지 얼마 되지 않아 죽었다. 그러자 세 번째 부인 이씨를 얻는데 이번에는 이씨를 방에 가두어 놓고 창문에 구멍을 내어 음식을 넣는가 하면 오줌도 함부로 누지 못하게 하는 심한 학대를 가한다. 이 사실을 안 장인 이촌이 딸을 데리고 친정으로 가서는 사헌부에 소송을 내는데 변계량은 사헌부에서 장인 이촌과 언쟁을 벌이는 과정에서 심한 정신적 타격을 입고 병을 얻기까지 하면서도 그 와중에 다시 도총제 박언충의 딸에게 장가를 가는 대범성을 보인다. 부인을 학대한 도의적인 지탄과 함께 유처취처(有妻娶妻)[35]라는 불법의 혐의까지 받음으로써 인격과 도덕성에 심각한 타격을 가한 사건이었다.[36]

---

35) 부인이 있는데도 또 다른 부인을 취하는 有妻娶妻는 적장자 위주의 종법적 가족 질서를 해치는 가장 중요한 요인이었고 따라서 태종은 13년(1413) 3월11일에 유처취처를 정식으로 금지하고 발각된 자는 엄하게 징계하고 이혼시키는 등 강제적인 규제 조치를 마련한다. 그러나 이는 承重 문제와 재산 상속 문제, 관직 진출 문제 등 가족간의 이해 관계가 얽혀 있는 사안이었기 때문에 이를 둘러싼 논란과 갈등은 한동안 지속된다. 여기에 대해서는 이순구, 앞의 글, 44-56쪽과 장병인, 『조선 전기 혼인제와 성차별』, 일지사, 1997, 54~112쪽 참조.

36) 이 때 변계량은 사직을 청하는 장문의 箋에서 '성품이 곧아서 세속에 아첨하지 못하고 또 몸을 삼가지 못하여 걸핏하면 시비를 야기한다'고 운을 뗀 뒤 '이 때문에 소인들의 비방을 불렀는데, 그 비방이 계속 되는 상황에서 녹을 먹기가 편치 않다'는 내용의 심회를 피력하였다. 태종이 사건의 내용은 안중에도 없이 그의 문장 솜씨에 감탄하고 "변계량을 파직하면 문한의 임무를 맡길 사람이 없으니 탄핵

변계량이 네 번에 걸쳐 장가를 갔다는 사실 자체는 당시 사회 분위기로 볼 때 그리 특별한 일은 아니었다고 할 수 있다. 아직 고려시대의 유습이 남아있던 당시로서는 국가가 법으로 금하고 있음에도 불구하고 '다처병축(多妻竝畜)', '유처취처(有妻娶妻)'의 이름으로 중혼(重婚)이 이루어지고 있던 것이 현실이었기 때문이다. 문제는 지도층 인사로서 변계량이 스스로 두 사람의 처를 인정하지 않는 발언을 하였다는데 있으며 바로 동일한 문제로 사헌부의 탄핵을 받음으로써 이율배반적인 모습을 보여주고 있다는 점에 있다.

변계량의 삶에서 보이는 이러한 이중성은 그의 인격적 결함이나 개인적 인생관의 문제로 보아야 할 측면도 없지 않다. 그러나 선초의 독특한 사회 상황과 관련하여 논의될 필요성도 제기 된다. 주지하다시피 변계량이 활동하였던 태종-세종기는 창업기를 지나 수성기로 접어드는 시점으로 통치 이념을 사회 저변으로까지 뿌리내리기 위한 노력이 활발하게 이루어지던 시기이다. 불교에서 유교로의 이념적 교체가 민중적 기반을 갖고 자연스럽게 이루어진 것이 아니었던 까닭에 유교 국가로의 이행은 강제적 성격을 띨 수밖에 없었으며 이에 국가는 법률의 제정과 행정적 연결망, 그리고 사회 교육적 방법 등을 총 동원하는 다각적인 정책을 마련한다. 관혼상제의 행동 양식을 규정한 주자가례(朱子家禮)를 입법화37)하고 강상의 윤리를 밝힌 소학을 초등 교육 교재로 제도화38)하는가 하면 일반 서민과 여자들을 상대로 『삼강행실도』 등을

을 중지하라"라고 했다는 기사는 그의 문재가 도덕적 결함을 가리고도 얼마만큼 남음이 있었는지를 잘 보여주고 있다.

37) 이에 대해서는 고영진, 「15~16세기 주자가례의 시행과 그 의의」, 『한국사론』 21, 85~102쪽 참조.
38) 태종 7년 3월 戊寅.

보급하고 효자 충신 열녀 등을 포상하는 등 이 시기에 시행되는 일련의 정책들은 유교 이념의 토착화라는 큰 목적으로 일관되어 있다고 할 수 있다. 이러한 정책의 선봉에서 사명이나 문서 등을 통해 통치 이념을 논리화하고 선양하는 역할을 담당했던 사람이 변계량이다. 악장을 비롯하여 사명과 외교 문서 등 국익과 화국(華國)을 위해 지은 그의 글들은 새 국가 이념의 선양과 이상적 인간상의 정립이라고 하는 이 시기 당면 과제와 직결되어 있다.

그러나 이 시기는 새 이념을 받아들이고 관습과 제도가 바뀌는 과정에서 많은 혼란을 겪어내야 했던 시기이기도 하다. 이때를 흔히 과도적 혼합 문화의 시기로 일컫기도[39] 하거니와 유교의 제도화는 법제와 형식적인 주자가례에만 국한되었을 뿐 일상생활의 저변까지는 뿌리내리지 못하고 있었다. 그 혼란상을 가장 극명히 반영하고 있는 것이 가족생활이었다. 우선 이 시기에는 유교적 혼인제도인 친영제(親迎制)가 아직 정착되지 않음으로써 남자가 여자의 집에서 생활하는 남귀여가혼(男歸女家婚)이 보편적으로 행해졌다. 이는 자연스럽게 본가의 가계적 질서보다는 생활에서의 친밀감을 중시하는 풍조를 조성할 수밖에 없었다. 아들이 없을 경우 딸이나 외손이 봉사(奉祀)하고 사위가 처부모를 모시며 딸아들 구분 없이 균분 상속이 이루어지고 있던 당시의 사정은 바로 이러한 맥락에서 이해되어야 할 부분이다. 그런가 하면 이 시기에는 여자가 재가하는 사례나 간통,[40] 여성 쪽에서 이혼을 청구하는 사례[41] 등도

---

39) 최재석, 「조선 중기 가족 친족제의 재구조화」, 『한국의 사회와 문화』, 정신문화연구원, 1993, 22쪽.
40) 김혜숙, 「조선시대의 권력과 성 - 예치 개념을 중심으로」, 『한국여성철학』, 여성철학 연구 모임, 한울아카데미, 1995, 96쪽.
41) 김성숙, 「조선전기 이혼법」, 『법학논총』, 숭실대법학연구소, 1988, 119쪽.

적지 않았다. 태종 6년 6월 정묘에는 세 번 시집간 여자를 자녀안(恣女案)에 올리도록 하는 조치를 마련하고 있거니와 이는 재가까지는 일상에서 흔히 이루어졌고 사회적으로 용인되고 있었을 뿐 아니라 규제 역시 본격화되지 않았음을 보여준다.

고려시대의 유습이 남아있고 아직 가부장적 사회 분위기가 무르익지 못하고 있는 선초의 이러한 모습들은 표면적으로는 여성의 생활이 한결 자유로웠음을 보여준다. 그러나 유교적 이념에 입각하여 새로운 이상 사회를 건설하려는 욕구가 강했던 조선 초기 지배층에 있어서 이는 하루빨리 청산되어야 할 이른 바 폐풍이었으며, 폐풍을 일소하고 사회 분위기를 쇄신하기 위한 일련의 노력은 곧 여성에게 적극적인 통제가 가해지기 시작했음을 반증한다.

일찍이 정도전은 "군자의 도는 그 단서가 부부에게서 이루어지는 것이고 왕자의 교화는 그 시초가 규문에서 출발하는 것"이라고 하며 "규문 단속이 허술하여 남녀의 구분이 없다면 인도가 문란되고 왕화가 인멸할 것"[42]이라고 단언한 바 있다. 규문의 단속을 곧 왕화의 성패와 연결시키는 위정자들의 이러한 관점은 곧바로 여성의 상사(上寺) 단속과 재가 금지에 관한 입법,[43] 간통의 처벌 등과 같은 실제적 규제책으로 나타나고 있다. 그리고 이는 효행록 등을 통해 이상적 여성의 상을 제시하고 그에 합당한 사람을 발굴 표창하는 선양책[44]과 함께 유교적 이상에 부합하는 여성을 '만드는' 안팎 양면의 기제로 작용하고 있다.

---

42) 정도전, 『조선경국전』 하, 「犯姦」.

43) 재가에 대한 본격적인 규제가 가해지기 시작하는 시점은 성종 조이다. 이 때 만들어진 『경국대전』 제과조에서 재가하거나 실절한 부녀의 자손에게 과거 응시를 제한하는 규정을 볼 수 있다.

44) 태조는 즉위초인 태조 1년 7월 정미의 교지에서 효자 열녀 절부 의부 등에게 정표하여 풍속을 바로잡을 것을 지시하고 있다.

변계량이 여성을 대상으로 쓴 글들은 국가가 나서서 이상적 인간상을 제시하려 하였던 정책적 노력과 일정 부분 목적을 공유한다. 또한 새 시대에 대한 낙관적 전망을 토대로, 있어야할 현실과 도가 실현된 사회를 문학적 주제로 삼았던 그의 다른 작품들과도 맥을 같이 한다.[45] 여성을 대상으로 한 글에서 변계량은 존재로서의 여성보다는 당위로서의 여성상을 그려내는데 주력하였으며 규범적 역할을 완수하고 생을 마감한 여성의 삶을 통해 여성들이 본받고 지향해야 할 바 가치로운 삶의 모형을 제시하였다. 이는 새 시대의 대표적 관각 문인 변계량이 마땅히 담당해야 할 문학적 소임이었다.

그러나 우리는 변계량이 글 속에서 그려낸 현숙하고 아름다우며 영화로운 여성의 형상 너머에서 부도덕하고 사악하며 가련하고 측은한, 삶 속 여성들의 또 다른 모습을 본다. 그런가 하면 윤리적 규범의 당위성을 인식하고 이를 정책화시키는데 앞장서고 있으면서도 이를 그 개인의 의식 내면에 온전히 체화시키지 못한 한 선초 사대부의 모순되고 이중적인 일면도 함께 본다. 유교적 도덕관념과 가부장적 억압에서 비교적 자유로울 수 있었지만 새로운 제도와 윤리적 잣대에 의해 여성에게 통제가 가해지기 시작하는 시기, 특히 여성의 모습과 역할이 규범화되면서 '선양되어야 할 여성'과 '지탄되어야 할 여성'이 양분적으로 인식되던 시기, 변계량의 삶 속에 실존했던 여성과 글 속에 등장하는 여성은 '존재'로서의 선초 여성과 선양되어야 할 '당위'로서의 여성, 그 양극의 모습을 선명하게 보여주고 있다.

---

45) 악장은 변계량의 문학 세계를 대표하는 양식이다. 그는 21편의 악장을 남겼는데 이들은 천명에 의해 이루어진 개국에 대한 찬양, 임금에 대한 헌수, 신도의 경계나 왕업의 융성함, 군신간의 이념적 동질성에 대한 찬양 등을 주 내용으로 하고 있다. 여기에 대해서는 조규익, 『선초 악장 문학 연구』, 숭실대출판부, 1990 참조.

V. 변계량을 위한 변명

변계량은 유교적 이상에 대한 열망이 누구보다도 강했던 인물이며, 재능인 글을 통해 이를 구현하고자 했던 인물이다. 여성을 대상으로 하여 남긴 32편의 글 들 또한 현실에 대한 낙관적인 전망을 토대로 이상이 실현된 사회를 문학적 소재로 삼았던 그의 작품 세계의 범주에서 이해될 수 있다. 그러나 변계량은 실제 삶에서 여성들과 갈등으로 점철된 삶을 살았으며 그들과의 관계에서 자신이 주장한 논리와는 전혀 다른 행동을 보여주기도 하였다. 그리고 이러한 요소들은 사생활의 경계를 넘어 공론화되었고 당대 최고 문사로서의 입지를 구축하고 있던 변계량의 명예에 치명적인 타격을 입혔다.

물론 이념적 믿음이나 정치적 지론이 반드시 사적인 생활로 직결된다고 할 수는 없을 것이다. 또한 사생활의 문제가 공적 영역에서 보여준 그의 활동을 불신하거나 폄시할 만한 충분한 근거가 되지는 못한다. 그러나 그의 생애 사실 가운데서 간취되는 이러한 사례들은 국가가 적극적으로 나서서 사회 윤리를 바로잡고 이상적 인간의 모델을 제시하려던 선초기의 풍경을 보여준다. 유교적 이념에 입각하여 새 사회를 건설하려는 욕망이 어느 때보다 강했으면서도 아직 사회 저변으로까지 의식화되고 토착화되지 못한 사상적 문화적 과도기, 변계량은 배제되어야 할 부도덕하고 사악한 여성의 '실상'과, 지향되어야 할 바 아름답고 기품있는 여성 '형상' 사이에서 갈등의 삶을 살아야 했던 대표적인 선초 사대부였다.

02 못 다 한 사랑과 그리움의 노래
도망시(悼亡詩)에 나타난 아내의 형상

Ⅰ. 도망시(悼亡詩)의 연원과 전통

죽은 사람을 추모하며 사랑하는 이를 보내는 애통한 심정을 담아 쓴 시를 만시(挽詩 : 挽歌, 挽詞)라고 한다. 그 가운데 특별히 죽은 아내를 애도하며 남편이 지은 시가 도방시(悼亡詩)이다. 진(晉)의 반악(潘岳)이 죽은 아내를 그리워하며 지었다는 명편 「도망시(悼亡詩)」에서 유래한 도망시[1]는 이후 중국 뿐 아니라 우리나라에서도 만시의 한 유형을 형성하며 지속적으로 지어져 왔다. 그렇다면 만시 가운데 도망시는 어떠한 차별성을 지니는가?

일반적으로 만시는 사대부들의 오랜 관행이었음에도 불구하고 그 폐단에 대해 끊임없이 문제 제기가 있어왔다. 특히 자연스럽고 진솔한 감정에서 창작되어야 하는 만시가 망자의 사회적 지위와 신분, 사회적 영

---

1) 본래 도망시는 죽은 이를 애도한다는 뜻으로 만시를 범박하게 일컫는 말이다. 그러나 반악이 「도망시」라는 제목으로 죽은 아내를 애도한 이래 이후로는 주로 아내를 대상으로 한 시에 국한해서 쓰이게 되었다. 이 글에서도 도망시는 '죽은 아내를 그리며 쓴 시'로 한정한다.

향력의 상징으로 변질되고 내용 역시 과도한 칭송이나 특유의 상투성
을 벗어나지 못한 채 의례적 문자로 전락하게 되면서 의식 있는 사대
부들은 이를 큰 비판거리2)로 삼았다. 성혼과 이식, 정제두 등은 "만사
를 구하지 말라"고 유언을 남겼고3) 장현광은 "상가에서 사람들에게 널
리 만사를 요구하는 것은 심히 부박한 일이다"4)라고 하여 청탁하는 만
사에 대해 부정적인 견해를 표명하였다. 그런가 하면 정약용은 만시는
"만장으로 만들어 상여 앞에 세우지 말고 자기 글상자에 거두는 것이
옳다"5)고 하여 만시가 애도의 의미를 벗어나서는 안 된다는 입장을 분
명히 하였다.

그런 점에서 본다면 도망시는 전통 시대에 남성들이 흔히 드러낼 수
없었던 아내를 대상으로 하고 있다는 점과 부부지정(夫婦之情)이라고 하
는 은밀한 감정을 표현하고 있다는 점, 그리고 대부분 자발적 의지와
자연스러운 감정에 의해 지어진다는 점, 창작 방식 면에서 의례적 성격
이 덜하다는 점 등에서 여타 만사와 구별된다. 그리고 이러한 면은 도
망시가 만시의 폐단을 걷어낸 애도시 본연의 특징과 미학을 포함하고
있을 가능성을 보여준다.

---

2) 이에 대해서는 안대회, 「한국 한시와 죽음의 문제 – 조선후기 만시의 예술성과 인
간미」, 『한국한시연구』 3, 한국한시학회, 1995, 51~53쪽에서 자세히 다루고 있다.

3) 성혼, 『牛溪先生續集』 卷之六, 「後事 書付文濬」, "但用白紙書銘旌曰 成君之柩四字
勿求挽章於外可也", 이식, 『택당선생별집』 제16권, 「遺戒」, "勿求挽詞", 정제두, 『霞
谷集』 卷七 「壬戌遺教」, "勿用挽 勿用翣 銘旌用小紅幅書五字 如牛溪先生事"

4) 장현광, 『旅軒先生續集』 卷之十, 「趨庭錄」, "先君嘗曰 喪家自辦挽幅 廣求於人 此甚
浮薄事也"

5) 정약용, 『여유당전서』, 禮集 其二 第十八卷, 「輓詞 不宜自請」, "或有平生親友 不請
而自製者 爲之展告於靈几之前 而收之篋笥焉 可矣 其建于柩車之前 則非禮也"

1. 도망시의 연원

시를 써서 죽은 이를 애도하는 전통은 그 연원이 아주 깊다. 『시경』
의 「갈생」·「황조」·「녹의」 등에서 그 뿌리를 볼 수가 있고[6] 초사 중
굴원의 「구가」나 송옥의 「초혼」, 경차의 「대초」 등에서 애가(哀歌)의 초
기 형태를 찾아볼 수 있다. 한대(漢代)에 오면 관을 짊어진 사람으로 하
여금 부르게 했다는 만가인 「해로(薤露)」·「호리(蒿里)」가 등장[7]하여 본
격적으로 애도시의 시원을 연다.

아내를 애도하는 도망시는 진(晉)의 반악(潘岳)으로부터 시작되었다. 반
악은 부인 양씨를 잃은 뒤 조정으로부터 복귀 명령을 받고 떠나기까지
아내를 잃은 절절한 마음을 3수의 5언고시에 담았다. 이후 양(梁)나라
때 심약(沈約)의 「도망(悼亡)」, 강엄(江淹)의 「도실인(悼室人)」 등을 거쳐 당나
라 때 원진(元稹)의 「견비회(遣悲懷)」·「이사(離思)」, 이상은(李商隱)의 「금슬
(錦瑟)」·「오월숭양댁(五月崇讓宅)」, 위응물(韋應物)의 「감몽(感夢)」, 송나라 때
소식(蘇軾)의 「강성자(江城子)」, 매요신(梅堯臣)의 「감몽(夢感)」·「비서(悲書)」,
육유(陸遊)의 「심원(沈園)」, 명나라 때 납란용약(納蘭容若)의 「도망사(悼亡詞)」,

---

6) 현대 중국에서 도망시를 다룬 논문에서는 「綠衣」를 부인이 죽은 후 친히 지어준
   옷을 보며 상심에 잠긴 시로 보고 또 「葛生」을 남편의 묘를 떠나 집으로 돌아왔
   을 때의 고독감을 노래한 시로 보아 도망시의 원류로 파악하고 있다. (「論中國古
   代悼亡詩的發展」, 『邵陽學院學報(사회과학판)』, 2007, 04기, 소양학원 : 안이루, 『인
   생이 첫 만남과 같다면』, 심규호 옮김, 에버리치홀딩스, 2009) 주희의 해석과는 달
   라 일단 판단을 유보한다.
7) 『古今注』에 의하면 田橫이 자살을 하자 그 문인들이 이를 슬퍼하며 지었고 후대
   에 이연년이 이를 두 개로 나누어 「해로」는 공경이나 귀인을, 「호리」는 대부나 서
   인을 보낼 때 관을 짊어진 사람으로 하여금 부르게 하였다고 한다. 일설에는 '전
   횡이 죽고 예법에 따라 곡을 할 수 없어 노래를 지어 슬픔을 의탁하였다는 견해
   도 있다. 『古今事文類聚』 前集卷五十九, 「挽章」)

청나라 때 고염무(顧炎武)의 「도망(悼亡)」 등에 이르기까지 도망시는 만시의 한 지류를 이루면서 면면히 이어 내려오게 된다.

우리나라 역시 아주 이른 시기부터 애도시의 전통이 수립되었다. 『삼국사기』 권 47 「해론(亥論)」조에는 칼을 뽑아 적인 백제인을 죽이고 자신도 자결한 해론의 소식을 듣고 "당시 사람들이 슬퍼하지 않는 자가 없었으며 장가(長歌)를 지어 조문하였다"라는 기사가 수록되어 있다. 해론이 전사한 때가 진평왕 40년(618)이고 보면 이 장가 역시 이 때 지어지고 불려졌음을 알 수 있는데 이는 최초의 애도시로 파악되고 있는 「제망매가(祭亡妹歌)」의 창작시기 보다도 24~25년 앞선 것이다.8)

도망시 관련 기록이 처음으로 등장하는 것은 고려시대 때이다. 『고려사』의 기록에 의하면 명종은 총애하는 내폐(內嬖) 명춘(明春)이 죽자 슬픔을 가누지 못하고 목 놓아 울다가 도망시를 짓고 종친들로 하여금 화답하게 하여 스스로를 위로하였다9)고 한다. 사랑하는 여인을 잃은 슬픔을 시를 지어 해소하려 하였고 이에 대해 사람들이 화답시를 지었다는 『고려사』의 기록은 도망시의 전통 역시 일찍 마련되었을 가능성을 보여주고 있다. 그러나 자료의 부족으로 인해 이후 고려시대 작품을 더 찾기는 곤란하다. 다음 시기 작품은 비교적 문집 자료가 잘 보존되어 있는 여말선초 이후에나 확인할 수 있다.

---

8) 長歌가 어떤 형식과 내용을 갖춘 노래인지는 정확히 알려져 있지 않다. 그러나 노래 또는 시가의 형식이었다는 점, 그리고 어느 정도 긴 사설을 지니고 있었다는 점, 무엇보다도 이 시기에 애도의 노래를 짓는 풍습이 일반화되어 있었다는 것 등을 추정해 볼 수가 있다. 이에 대해서는 졸고 『조선 초기 제문 연구』(이화여대 박사학위 논문, 1991)에서 다룬 바 있다.
9) 『고려사』 권 20, 명종 10년 6월 경술.

2. 조선시대 도망시 개관

아내를 잃고 지아비로서의 절절한 마음을 시로 표현한 것을 통틀어
도망시라고 한다면 그 범위는 한량없이 넓어질 수 있다. 「도망」을 표방
한 작품 이외에도 감회를 읊은 시나 풍경을 노래한 시, 심지어는 차운
시나 증시의 형태 속에도 죽은 아내를 그리워하는 내용을 담을 수 있
기 때문이다. 도망시가 일찌감치 한시의 한 유형으로 자리 잡아 전통을
형성해온 중국의 경우에도 「도망」이라는 제목으로 도망시가 지어진 경
우는 별로 없다.[10] 우리나라의 도망시 역시 마찬가지여서 「도망(悼亡)」·
「도처(悼妻)」·「곡내(哭內)」·「곡처(哭妻)」 등의 표제를 달아 도망시임을
분명히 드러낸 작품들도 있지만 「오경가(五更歌)」·「춘일감구(春日感舊)」·
「유감(有感)」·「상산객야감몽(常山客夜感夢)」·「백저가(白紵歌)」·「동원(東園)」
등의 경우에는 표제만으로 도망의 의미를 간파해 내기 어려운 작품들
도 많다. 따라서 도망시의 정확한 분포는 좀 더 많은 연구가 축적되어
야 정확하게 확인될 것으로 보인다.

일단 선행연구를 통해 현재까지 밝혀진 작품과 논자가 찾아낸 작품
등 확인된 작품을 중심으로 대략적인 분포를 보면 다음과 같다.[11]

---

10) 주기평, 「중국 도망시의 서술방식과 상징 체계」(『중국어문학』 45집, 2005, 441쪽)
　　에 의하면 당대 이전의 시 중 「도망」이라는 제명의 시는 반악의 「도망」이 유일하
　　다. 성당 때까지도 제목을 통해 도망을 노래한 경우는 별로 없으며 중당 이후에도
　　제한적으로 쓰였을 뿐이다. 대부분은 「遣悲懷」·「夢感」·「悲書」 등과 같이 우회
　　적인 방식으로 제목을 쓰거나 「錦瑟」처럼 부부관계를 시사하는 표현으로 표제를
　　다는 방식이 일반적이다. 경우에 따라서는 소식의 「江城子」처럼 아예 도망시임을
　　짐작하기 어려운 제목들도 있다.
11) 최재남은 『한국애도시의 구성과 표현에 대한 연구』(경남대 출판부, 1997)에서 55
　　인 64제 142수의 도망시 자료 목록을 제시한 바 있다. 전송렬은 『옛 사람들의 눈
　　물-조선의 만시 이야기』(글항아리, 2008)에서 17편의 도망시를 소개하였다. 나머지

- 元天錫(1330~?) -「道境大禪翁寄書云 先生不幸 去年哭子 今又失主婦 悲哀
  相繼 痛甚無極 予懼其傷也 推因果綴言爲詩以奉贈 亂思而紆哀也 詩曰 一物
  元虛絶相名 塊然成質托微生 忽來倏去非今是 何用哀哀日損情 又曰 恩愛殊
  非結好緣 死生纏縛互相牽 達人獨步淸虛外 處世還如脫蛻蟬 詞語切懇 感於
  予心 次韻奉呈」(7율 4수)
  「十二月二十七日 酹家人冢」(7절 1수)
  「余不幸早失主婦 慮迷息失所 索然守鰥 迨今二十一年矣 卽今婚嫁已畢 稍弛
  念慮 故作詩以自貽」(7율 1수)
- 金九容(1338~1384) -「悼亡」(7절 1수)
- 徐居正(1420~1488) 「悼妻」(7율 1수) 「曉吟」(7절 1수)
- 姜希孟(1424~1483) -「五更歌」(7절 5수)
- 洪貴達(1483~1504) -「悼亡」(5언 46구) 「傷懷」(5언 16구) 「感遇」(7율 1수)
  「聞彦邦入來已半途 悲而有作」(7절 1수) 「想喪柩已到咸昌 稿葬先墳之側 悲
  感有作」(7절 1수) 「夜聞婢哭」(5언 26구)
- 成俔(1439~1504) -「悼亡」(5율 1수)
- 俞好仁(1445~1494) -「悼亡」(7절 1수) 「妻李氏挽詞」(5율 7수)
- 李希輔(1473~1548) -「哭亡妻墳詩」(7율1수)
- 朴祥(1474~1530) -「夾谷悼三歌」(7고 3수)
- 蘇世讓(1486~1562) -「逢姪過亡妻之禪 邀吾三老 設酌于礪山家松亭 帶夕而
  返 宿炭谷精舍 用壁上韻」(7율 1수)
- 沈彦光(1487~1540) -「哭送妻柩于江上」(7율 1수) 「亡妻大祥日感懷」(7율 1
  수) 「夢亡妻」(7율 1수)
- 鄭士龍(1491~1570) -「病中悼亡」(7율 1수)
- 朴承任(1517~1586) -「挽亡室貞夫人權氏」(5율 3수)
- 楊士彦(1513~1594) -「哭內」(7절 1수)
- 李純仁(1533~1592) -「挽夫人」(5율 1수)
- 李元翼(1547~1634) -「悼亡」(5언 26구)
- 權好文(1532~1587) -「九月二十二日 聞家人之訃 奔還 十一月初九日 求窆
  挽詠」(7율 1수) 「十三日 聞家人之訃 奔還 十一月初九日 永窆挽詠 一首見
  元集」(7언 40구)

는 ≪한국문집총간, 한국고전번역원(간)≫을 중심으로 필자가 찾아낸 작품이다.

● 李達(1539~1618) –「悼亡」(7절 1수)

● 沈喜壽(1548~1622) –「有悼」(7절 1수)

● 黃赫(1551~1612) — 「過亡夫人墓感懷題之」(7율 1수)

● 柳夢寅(1559~1623) –「悼亡」(7율 1수)

● 李春英(1563~1606) –「悼意」(5절 7수)「過大堤 題一詞以悼亡」
  (詞 1편)

● 崔睍(1563~1640) –「亡室李氏輓」(7배 1수)

● 趙緯韓(1567~1649) –「悼亡」(5율 1수)「悼亡」(7율 1수)

● 梁慶遇(1568~?) –「任鳴皐作悼亡詩慰余 余用其韻」(5율 1수)

● 權韠(1569~1612) –「悼亡 寄示李子敏」(7절 1수)

● 權得己(1570~1622) –「己未正月亡妻忌日」(7절 1수)

● 任叔英(1576~1623) –「哭內」(5언 16구)

● 高用厚(1577~?)「晉州. 夢亡妻奇氏」(7절 1수)

● 李烓(?~1642) –「婦人輓」(7절 1수)

● 金鎏(1571~1648) –「春日感舊」(7절 1수)「寓居龍湖述懷」(5율 1수)
  「悼亡 時副室新亡」(5율 1수)「悼亡傷懷」(7율 1수)

● 洪瑞鳳(1572~1645) –「夫人亡後翌日 愴感而作」(7절 1수)

● 鄭希得(1572~?) –「亡妻生日有感」(5율 1수)「夢見亡妻 食我以飯 覺卽悲感」
  (7절 3수)「次子平夢見亡妻韻 仍述懷」(7율 1수)「夢見亡妻 枕上有感」(7율 4
  수)「吾初度日有感」(7언 24구)「次兒生日有感」(7절 1수)「夢覺有感」(7절 1
  수)「見雙鳥有感」(7절 1수)「書懷示子平懷揚」(7절 3수)

● 尹善道(1587~1671) –「挽夫人」(7율 1수)

● 申翊聖(1588~1644) –「晩坐口呼」(7절 1수)

● 李瑞雨(1633~?) –「悼亡後記夢」(7절 1수)

● 鄭弘溟(1582~1650) –「端陽哭亡妻墓」(5율 2수)「端午祭亡妻墓」(5율 1수)

● 河弘度(1593~1666) –「悼亡」(5율 1수)「悼亡記夢 次石洲哭具金化韻」(5율 1
  수)「悼亡」(5율 1수)

● 尹宣擧(1610~1669) –「悼亡」(5율 1수)

● 李起浡(1602~1662) –「秋夜悼亡」(7율 1수)

● 李惟樟(1624~1701) –「悼亡」(7절 1수)「亡妻忌日有感」(7절 1수)

● 蘇斗山(1627~1693) –「哭夫人權氏訃」(7절 1수)

● 南九萬(1629~1711) –「亡室遷葬後有吟」(7절 1수)

● 朴世堂(1629~1703) － 「悼亡」(5언 28구)

● 李嵩逸(1631~1698) － 「悼亡)(5언 10구)

● 吳始壽(1632~1681) － 「悼亡」(7율 5수)

● 趙持謙(1639~1685) － 「悼亡」(7율 1수)

● 任埅(1640~1724) － 「悼亡 壬子」(7절 3수) 「省亡室墓」(5율 1수)

● 吳道一(1645~1703) － 「喪室後曉起感吟」(7절 1수)

● 金昌集(1648~1722) － 「次潘岳悼亡韻」(5언 26구) 「次白樂天悼亡韻」(7절 1수)

● 崔奎瑞(1650~1735) － 「悼亡室題壬子曆末」(7절 1수)

● 金鎭圭(1658~1716) － 「過亡室墓」(5율 1수)

● 申聖夏(1665~1703) － 「亡室墳山感賦」(5율 1수)

● 李邃大(1674~1708) － 「用姜典籍子敏橫韻 悼亡」(7율 1수)

● 李潩(1681~1763) － 「悼亡」(7절 3수)

● 沈錥(1685~1753) － 「悼亡」(7율 1수)

● 趙觀彬(1691~1757) － 「悼亡」(7절 2수) 「再醮纔廿日 遽爾喪配 書此 寓悼亡
之懷」(7율 1수) 「有感」(5언 24수) 「二月初二日 亡室再忌也 書此 寓悼亡之
懷」(5언 20구) 「亡室筵几 始自湖中至 書此悼之」(5율 1수)

● 蔡彭胤(1669~1731) － 「悼亡」(7율 1수) 「常山客夜感夢」(7율 1수)
「四月十日感懷」(5언 28구)

● 尹鳳九(1681~1767) － 「亡室令人墓」(7절 2수)

● 吳瑗, (1700~1740) － 「余哭內以來 每讀蘇州悼亡之作 見其辭怨而意深 未嘗
不傷感 秋宵獨坐 撫往興懷 輒步短詩二首韻 以抒情焉」(5율 2수)
「悼亡室」(7절 2수)

● 申光洙(1712~1775) 「還家感賦」(5율 1수)

● 姜世晃(1712~1791) 「悼亡八絶」(7절 8수)

● 蔡濟恭(1720~1799) 「辛未正月 聞室人喪報 自屛衙將還京第 抆淚述懷」(5율
2수) 「發程 宿深川店 終夜雨雪」(7절 1수) 「曉發渡三瀨 丈雪沒馬 路無人行
感吟」(7절 1수) 「光大遷店舍 遇京伻」(7절 1수) 「鳥嶺」(5언 42구)
「鳥嶺店舍 夢起感吟」(7절 1수) 「崇善店 夢室人自言生還 覺後不勝涕淚 聊
書此」(7절 1수) 「龍仁店」(7절 1수) 「到舊第」(7절 1수) 「上元夜」(7절 1수)
「室人之葬 家大人自屛山千里駕臨 留數旬還衙 去留之際 不勝凄黯 情見于
詩」(7율 1수) 「人有勸賣舊用箱几者 詩以答之」(7절 1수) 「獨夜書懷」(7율 1
수) 「白紵行」(7언 16구)

- 丁範祖(1723~1801) －「亡室忌日 感述」(7율 1수)
- 黃胤錫(1729~1791) －「曉夢亡室」(7절 1수)
- 申光河(1729~1796) －「故室輓」(5율 8수)
- 鄭宗魯(1738~1816) －「復以悼亡之懷 步廻字贈黃孟畊」(5율 1수)
- 朴準源(1739~1807) －「癸卯余鰥居 次元顯世慰解韻 畧抒悼亡之懷」(7율 3수)
- 徐慶昌(1758~?) －「夫人白氏挽」(7절 1수)
- 鄭悔燦(1759~1831) －「亡室忌日」(7절 1수)
- 趙秀三(1762~1849) －「悼亡」(7율 8수)「亡室大祥夜」(5율 1수)
- 沈魯崇(1762~1837) －「東園」(7언 34구)
- 林得明(1767~?) －「輓室人千氏」(7절 5수)
- 申緯(1769~1845) －「悼亡六絶」(7절 6수)「悼亡後五絶」(7절 5수)「別歲」(5언
  16구)「去年余之北轅也 猶與家人家人趙氏相見 今年賜還也 伊人不可見矣
  愴然吟成一絶」(7절 1수)「亡室回甲日悼昔有詩」(7율 1수)「亡室生日拈坡集
  韻 二月十四日」(7율 1수)
- 李學逵(1770~1835) －「悼亡」(7율 2수)
- 朴允默(1771~1849)「二月六日卽亡室忌日也 朝起念舊書此志感」(7율 1수)「亡
  室贈貞夫人回婚日致祭後書感時」(7율1수)
- 金正喜(1786~1856) －「配所輓妻喪」(7절 1수)
- 朴永元(1791~1854)「亡室周甲晬日志懷 辛亥」(7율 1수)
- 尹定鉉(1793~1874)「過亡室墓」
- 姜溍(1807~1863) －「悼亡」(7절 2수)
- 金炳淵(1807~1863) －「喪配自輓」(7율 1수)「自傷」(7절 1수)
- 鄭顯德(1810~1883) －「小悼亡」(7절 1수)
- 李裕元(1814~1888) －「悼亡詩」(7절 3수)
- 李沂(1848~1909) －「悼亡」(7절 4수)「哭內後自傷」(5언 18구)
- 金澤榮(1850~1927) －「悼亡詩」(7절 14구)
- 李建昌(1852~1898) －「悼亡」(5절 2수)
- 曹錫一(1868~1916) －「悼亡室奇氏」(7절 1수)
- 李用雨(1875~1963) －「哭室」(7절 3수)
- 曹錫日(?~?) －「悼亡室權氏」(7절 3수)
- 高徵厚(?~?) －「悼亡後對仲秋月」(5절 1수)
- 崔大立(?~?) －「喪室後夜吟」(7절 1수)

- 李弘載(?~?) - 「悼亡」(7율 1수)
- 朴鳴朝(?~?) - 「悼亡」(7절 4수)
- 吳昌烈(?~?) - 「傷秋吟」(7절 10수)

작품은 여말선초부터 구한말에 이르기까지 두루 나타나고 있다. 다만 도망시가 집중적으로 지어지는 시기는 17세기부터 18세기까지이다. 이 시기는 주자가례의 정착과 함께 상제례가 보편화되고 학문적 유대와 정파적 이해관계로 문인 사회가 집단화되면서 제문이나 만시가 양산되는 시기이다.12) 또한 부계 혈연 중심의 종법제(宗法制)가 정착되고 가문을 선양해야할 필요성이 높아지면서 가부장 사회의 이상적 여성을 형상화한 여성 대상의 제문, 묘지, 전 등이 쏟아져 나오는 시기이기도 하다.13) 도망시의 증가도 일단은 이러한 추세와 맞물려 있다고 보인다. 그러나 상장례와 관련하여 양산된 이러한 글들이 의례적이고 투식적인 글로 변질되면서 "유묘지문(諛墓之文)"이나 "응부문자(應副文字)"로 평가되었던 정황을 고려해 본다면 사회적 요소나 공적인 의미가 배제되어 있는 도망시의 경우에는 별도의 접근이 필요하다.

도망시가 지어진 시점은 그런 면에서 하나의 단서를 제공해 준다. 일반적으로 만시가 상장 기간 내에 지어지는 것에 비해 도망시는 지어지는 시기가 일률적이지 않다. 아내의 죽음 직후에 짓는 경우도 있지만 시간이 훨씬 지난 다음, 아내의 생일이나 기일, 꿈을 꾼 날 짓는 경우도 있고 아이의 생일이나 혼인날 아내의 빈자리를 느끼며 짓는 경우도 있

---

12) 졸고, 「애제문의 특징와 변천 과정」, 『동방한문학』 31, 동방한문학회, 2006.
13) 이 시기에 많이 나타나는 여성 대상의 글에 대해서는 박무영, 「18세기 제망실문의 공적 기능과 글쓰기」, 『한국한문학연구』 32집, 한국한문학회, 2003 ; 강혜선, 「조선 후기 여성 묘주명의 문학성에 대한 연구」, 『한국한문학연구』 30집, 한국한문학회, 2002 참조.

다. 계절의 변화나 특정 사물에 촉발되어 짓는 경우도 있고 아내의 무덤을 지나거나 고향집에 돌아왔을 때 쓸쓸한 감회를 이기지 못하여 짓는 경우도 있다. 즉 도망시를 짓는 시점은 아내가 죽은 직후부터 최장 수십여 년에 걸쳐있다. 이는 도망시의 목적이 사별한 아내에 대한 그리움과 내면 정서의 표출이라는 순수 서정적 측면에 놓여있음을 말해준다. 도망시를 실용적 기능이 우세한 묘지·제문·전 등과 달리 보아야 함은 물론 사회적 성격이 강한 일반 만시와도 거리를 두고 보아야 하는 이유가 여기에 있다.

II. 도망시의 양식적 특징

1. 장편화, 연작화의 경향

일반적으로 만시는 죽은 이의 생애를 압축적으로 드러내고 대상에 대한 애도의 마음을 함께 담아내야 하는 양식적 특징을 갖는다. 즉 여타 시와 비교했을 때 만시는 시에 담아내야 하는 내용이 상대적으로 많다.[14) 이 때문에 비교적 시형이 긴 율시의 형식을 취하는 경향이 있

---

14) 최재남은 『한국애도시의 연구』(경남대출판부, 1997, 42~264쪽)에서 애도시의 구성 요소로 비탄과 진혼·애도 세 가지 층위를 제시하였다. 비탄은 대상의 죽음을 맞은 애도자의 현재 입장에 중점을 둔 층위이고, 진혼은 사후의 세계에 속하는 죽은 넋을 위하여 목적지에서 편안함을 누리라고 위로하거나 애도자가 스스로 위안을 삼는 애도의 층위이며, 칭양은 대상의 지난 행적에 중점을 두고 대상의 行誼를 찬양하는 것이다. 작품에 따라 어느 한 층위가 우세하게 나타날 수는 있지만 세 가지 층위가 서로 유기적인 관계를 맺으면서 작품이 이루어진다고 하였다. 내용의 복합적 구성은 자연히 편폭의 확대로 나타난다.

고[15] 절구를 쓰는 경우에는 격식을 벗어나 목 놓아 통곡하거나 은근한 정을 담아내는 형태로, 또는 연작을 통해 새로운 의미를 창출하는 방식으로 활용되곤 하였다.[16] 도망시 역시 대체적으로는 만시의 경향을 따르고 있다. 그러나 도망시는 특히 긴 시형을 빌어 많은 사연을 담는 경우가 많다.

평생을 해로하자 약속했는데	百年偕老約
하루아침에 그 계획 어그러졌구나.	一朝前計非
경황없이 감옥에 다다르고서야	蒼黃赴犴獄
진실로 알았네, 다시 돌아가지 못함을.	固知不復歸
이별 역시 고하지 않았지만	亦不告以別
이별을 고한들 한갓 슬픔뿐일 터.	告別徒傷悲
아득한 동북길에	茫茫東北路
네 아들은 뒤따를 수 없구나.	四子莫追隨
아들 하나도 멀리 귀양 가니	一子復遠謫
아, 이를 어찌할거나.	咄咄此何爲
외로운 그림자가 하늘가에 막혀서	隻影塞日邊
집안의 변고를 아득하니 알기 어려웠네.	家故邈難知
세 아들이 보낸 두 번 편지에는	三子兩度書
늘 병 앓는 것이 그전과 같다더니	每病以前時
하루는 홀로 앉아 있자니	一日獨坐久
갑자기 두 줄기 눈물이 흘러 내렸네.	忽然雙涕垂
스스로 생각하길 왜 이럴까	自念胡爲哉
반드시 집안에 무슨 일이 있으리라.	定應家有奇

---

15) 이종묵, 「눈물과 통곡이 없는 만시」, 『우리 한시를 읽다』, 돌베개, 2009, 294쪽.

16) 박준호, 「만시에 대한 일고찰―혜환 이용휴의 작품을 위주로」, 『동방한문학』 19
집, 2000 ; 김동준, 「이용휴 한시의 이지적 성향과 새로운 시적 형식」, 『진단학보』
95, 2003은 이용휴의 만시가 5언절구의 간결한 형식에 연작 구성을 취하고 있음을
주목한 바 있다.

허나 잠잠히 있을 뿐 누구와 말하리오 　閟嘿誰與語
괴로이 다섯 자 시만 읊었네. 　辛苦五字詩
오래지 않아 편지가 왔는데 　未幾有書至
지난달에 이미 영결을 했다네. 　前月已長辭
통곡하려 해도 눈물이 나지 않고 　痛哭眼無淚
죽고 싶은 마음에 뼈가 부러질 듯 하구나. 　心死骨欲折
몸종이 내 곁에서 우는데 　侍婢哭我傍
슬프고 슬퍼하며 울음소리 그치지 않네. 　哀哀響不歇
내 애써 너그럽고자 하나 　我欲強自寬
이를 듣고 다시 울음이 터지는구나. 　聽此復嗚咽
밥을 대하여도 먹을 수 없어서 　對食食不能
술을 빌어 타는 속에다 들이붓는다. 　借酒沃腸熱
사람이 어찌 배고픔을 참을까 하여 　人間豈忍飢
숟가락과 젓가락을 이날 다시 들었네. 　匙箸復此日
알지 못하리, 구천의 넋은 　不知泉下魂
몇 개의 낟알이나 먹을 수 있는지. 　能進幾箇粒
근래 흐린 날이 많으니 　邇來天陰多
응당 조물주도 울고 있는 것이리. 　亦應眞宰泣
어제 또 편지를 받았는데 　昨日又得書
달포 내로 상여가 떠난다네. 　月內喪車發
배는 물결을 거슬러 강을 오르고 　泝流上江舡
수레는 구름 뚫고 재 넘어 가리. 　穿雲過嶺轍
높고 높은 곽산의 구름이여 　迢迢郭山雲
꿈 속에서도 길이 멀구나. 　夢裏道里闊
아비 자식 어미가 각기 다른 곳에 있으니 　父子母三處
살아 이별 죽어 이별 어이 견디랴. 　可堪生死別
눈물이 뒤범벅되어 괴로운 말을 쓰노라니 　和淚寫苦辭
아 내 가슴 찢어지누나. 　嗚呼吾痛裂[17]

---

17) 홍귀달, 『虛白亭文集』卷之一, 「悼亡」.

5언 46구로 이루어진 홍귀달(洪貴達, 1483~1504)의 「도망」이라는 시이다. 당시 홍귀달은 아픈 아내를 두고 귀양 와서 뒤늦게 부음을 들었다. 죄인 신분이라 직접 가 볼 수 없었던 것은 물론이고 아들 역시 귀양을 가 있어 집상을 할 수 없는 기막힌 상황이었다. 아내가 죽은 지 한 달이 지나서야 부음을 들은 홍귀달은 시를 통해 함께 해로하자는 약속을 저버리고 갑자기 귀양을 오게 된 일로부터 그동안 아들들의 편지를 통해 집안 소식을 접하다가 예감이 이상하여 걱정하고 있을 즈음 아내의 부음을 듣게 된 일을 구구절절 풀어놓는다. 그리고 "애써 너그럽고자" 하나 오열 할 수밖에 없고 밥도 먹지 못한 채 "술을 빌어 타는 속에다 들이부을 수밖에 없는" "눈물이 뒤범벅되고" "가슴이 찢어지는" 심정을 핍진하게 표출하고 있다. 도망시의 장편화는 이렇듯 사연을 굽이굽이 풀어놓고 감정을 소상히 드러내기 위해 이루어지는 경우가 많다.[18]

연작 역시 비슷한 기능을 한다.

---

18) 7언 40구로 된 권호문의 「十三日 聞家人之訃 奔還 十一月初九日 永窆挽詠 一首見元集」은 혼인했을 당시부터 행복했던 시절을 추억하고 현모양처였던 아내를 칭송하며 병든 아내를 속절없이 보내야 했던 죄책감과 아내를 잃은 뒤의 허무함, 다른 생에 다시 만나 회포를 풀 수 있기를 기원하는 내용이 순차적으로 기술되어 있다. 5언 28구로 된 채팽윤의 「四月十日感懷」는 아내의 생일을 맞아, 시간이 지나도 가시지 않는 한과 슬픔, 아내에 대한 진한 그리움을 장황하게 토로한 시이다. 아내의 생일을 맞아 빈소에 생일상을 파려 놓고 아이들에게 절을 하게하고 애닯은 마음을 시로 읊조리며 잔을 올리지만 한 숟가락도 뜰 수 없는 아내를 떠올리며 통곡한다는 내용으로 되어있다. 죽음을 직접적으로 언급하지 않고 다른 사물에 빗대어 도망의 심정을 핍진하게 표출하고 있는 경우도 있다. 5언 18구로 된 이근의 「哭內後自傷」은 다정하고 깨끗했던 암 수 한 쌍의 새가 기근을 만나 고생하다 기어이 암컷이 죽은 후 수컷이 방황하는 모습을 섬세하게 그려 부인을 잃은 자신의 처지를 비유적으로 표현했다.

초경에 사람 자고 사방이 고요한데　　　　初更人定四壁靜
자려고 해도 잠이 오지 않아 오래 잠들지 못하네.　瞌眼無眠長耿耿
앉았다 누웠다 신음하며 여윈 몸 꼿꼿이 세우노니　坐臥吟呻閣瘦軀
어찌하면 이 길고 추운 밤을 보낼 것인가.　　何以度此寒夜永

이경에 잠자려 해도 졸음이 오지 않아　　二更欲睡睡不來
잠 끌어들이려 억지로 두 세 잔 술을 마시네.　引睡强傾三兩盃
온갖 생각 번다히 일어 머릿속은 더욱 어지러운데　萬念繁興轉紛撓
얼음과 숯불 같은 사랑 마음에 걸려 견딜 수 없어라.　未堪氷炭嬰于懷

삼경에도 잠 오지 않아 턱을 괴고 앉았는데　三更不寐坐支頤
등 그림자 희미하고 시간 알리는 북소리 아련하네.　燈影微明更鼓稀
돌아서 기대앉아 우두커니 한밤을 보내고　旋倚居然過夜半
창문 밀치고 자주 은하수 흘러가는 것만 바라보노라.　拓窓頻看星河移

사경에도 침상에 무릎을 붙이지 못하는데　四更猶未膝添床
깊은 아픔 끝없이 내 가슴을 핍박하네.　　沈痛無端迫我腸
천지는 다할지언정 시름은 끝이 없으리니　天地有窮愁不盡
분명 알겠네. 병 아닌 병이 고황에 들었음을.　固知非病亦膏肓

오경에 닭 울자 새벽종 울리니　　　　五更鷄叫趁鍾聲
일어나 홑이불 두르고 날새도록 앉았네.　起擁衾裯坐達明
아침이 온다고 시름 떠나는 것 아니나　不是朝來愁便去
시름은 컴컴한 밤에 갑절이나 더하다네.　愁仍夜暗倍冥冥[19]

　강희맹(姜希孟, 1424~1483)이 쓴 도망시「오경가(五更歌)」이다. 사방이 고
요해 지는 초경부터 닭 울고 새벽이 되는 5경까지 잠을 이루지 못하는
심정을 5수의 연작시에 담았다. 자려고 해도 잠이 오지 않아 앉았다 누

---

19) 강희맹, 『私淑齋集』 卷之一,「五更歌 五首」.

왔다 하는 초경, 잠을 끌어들이려 억지로 술을 마시기만 생각만 번다하고 마음만 아려오는 이경, 턱을 괴고 앉아 은하수 옮겨 가는 것만 지키면서 우두커니 보내는 삼경, 깊은 아픔과 시름에 점점 더 괴로워지는 사경, 시간이 지나도 떠나지 못하는 수심에 날이 밝도록 앉아 있는 오경까지 잠은 오지 않고 시간이 갈수록 깊어가는 아픔과 슬픔의 심사가 자세히 드러나 있다.[20]

한편, 단형의 독립된 시라 하더라도 각 편을 모으면 시간적으로나 감정적으로 연속성을 갖는 경우가 많다. 예컨대 신위(申緯, 1769~1845)는 아내 사후 6수의 도망시를 쓴 이래 곧 5수의 도망시를 또 썼고, 묘에 가서, 아내의 생일과 회갑을 맞이하여, 심지어는 아내가 죽은 그 해가 가는 것을 안타까워하면서 총 15편의 도망시를 남겼다. 정희득(鄭希得, 1572~?)은 아내의 생일과 꿈에서 아내를 본 날, 아들의 생일, 두 마리 새가 정답게 있는 모습을 본 날 등 아내가 떠오르고 그리워지는 날마다

---

20) 고시 3수로 이루어져 있는 박상의 「夾谷悼三歌」는 딸과 아들 아내를 동시에 잃고 협곡에 묻어야 했던 심정을 적은 작품이다. 첫째 수에서는 빗장 떼내어 밥 짓고 머리 잘라서 쌀을 찧어야 했던 가난에서 겨우 벗어나 겨우 살만하니 아내를 잃게 된 사연을 이야기 하고 있고 둘째 수에서는 아들과 딸까지 함께 죽어 어머니와 함께 묻어야 했던 기막힌 정황을 묘사하고 있으며 셋째 수에서는 아내가 남겨 놓고 간 강보에 쌓인 아니가 울어대는 모습을 통해 아내 잃은 비통함을 핍진하게 표현하고 있다. 강세황은 「悼亡八絶」이라고 하는 8수의 연작시를 지었다. 끝도 없는 아픈 마음을 어찌하면 저승의 당신이 알 수 있도록 하겠느냐는 고백(1수)에서부터 평소 잠깐만 헤어져도 연연해하던 아내의 모습(2수), 아내가 바느질한 고운 옷에 눈물 자국이 나게 한 안타까움(3수), 전염병이 도는 상황이라 자식도 흩어지고 아내 홀로 관 속에 있어야 하는 슬픔(4수), 그리고 아이들과 자신의 근황(5,6,7수) 아내를 향한 일편단심의 맹세(8수) 등으로 이루어졌다. 신위의 「도망육절」은 아내를 잃어 더는 삶의 의미가 없어졌다는 고백과 함께 상식을 올리며 통곡하는 여종의 모습, 변함없는 자연을 통해 한계를 가진 인간의 슬픔을 묘사하고 끝내는 함께 같은 곳에 묻히리라는 다짐을 순차적으로 쓰고 있는 작품이다.

시를 지어 총 17편의 도망시 속에 아내를 향한 애틋함을 표현하였다. 아내의 죽음을 곁에서 지키지 못했던 채제공(蔡濟恭, 1720~1799)은 부음을 듣고 집에 오기까지 숙소에 묵을 때마다 10수의 시를 지었고 아내를 장사지낸 후 5편의 시를 또 남겼다.

이렇듯 도망시는 아내의 안타까운 삶이나 애틋한 부부의 정, 그리고 아내를 잃은 절통한 심정을 최대한 자세하게 그리고 핍진하게 부각시키려는 방향에서 지어지게 된다. 사연을 구체적으로 풀어놓으면서 서사적 효과를 나타내는 장편화의 기법이나 단일한 대상에 대해 같은 감정을 쏟아내면서 반복, 심화의 효과를 나타내는 연작화의 기법은 그런 면에서 효과적이라고 할 수 있다.

2. 슬픔의 관습적 형상화 방식

주지하다시피 도망시는 자연스러운 감정의 발로에 의해 지어지고 그 때문에 사회적 성격이 강한 일반 만시에 비해서는 상투성이나 의례성이 덜한 것이 사실이다. 그러나 죽음을 일관된 주제로 하고 있고 죽은 이를 글로 애도하는 전통이 일찍부터 마련되어 있었으며 용사(用事)나 점화(點化) 등 특유의 관습적 표현 기법이 활용될 수 있는 한시로 지어진다는 고유의 성격상 서술 방식이나 슬픔의 형상화 방식 면에서 일정한 유형을 형성하는 경향이 있다.[21]

---

21) 최재남(1997)은 애도시에서 고정화된 유형을 보이는 관습적 표현의 범주로 죽음의 심상, 망자의 형상, 幽界의 언어, 세 가지를 들고 있다(165~239쪽). 주기평(2005)도 일관된 비탄의 표출과 유품을 매개로한 감정의 촉발, 환영과 환청을 통한 비통의 극대화를 도망시의 서술 방식으로, 죽음에 대한 상징적 이미지, 망자와 자신에 대한 상징, 저승세계에 대한 표현을 도망시의 상징체계로 설명한 바 있다.

1) 경(景)·물(物)을 통한 형상화

한시의 전통에서 죽음은 몇 가지 정형화된 이미지를 통해 암시적으로 표현되어 왔다. '저무는 해', '가을 비', '떨어지는 잎', '빈 산', '잔월', '밤 서리' 등 계절적 순환의 측면에서 사계의 가을이나 하루의 일몰 등 부정적이고 하강적인 이미지를 활용하는 방식이 그것이다.[22] 도망시에서도 역시 죽음을 드러내 놓고 언급하기 보다는 음산하거나 쓸쓸한 자연의 원형적 이미지를 활용하여 우회적으로 나타내는 경향이 강하다.[23]

빈 방에는 사람 그림자 끊기고	庭空人影斷
깨진 창엔 바람만이 차가운데	破囱風泠泠
턱 괴고 멍하니 말없이 있자니	支頤嗒無語
느꺼운 마음에 눈물 절로 떨어지네.	有懷涕自零[24]
따뜻해진 산에서는 꽃이 다투어 피어나고	山暖花爭發
깊어진 숲에는 새가 저냥 울어대네.	林深鳥自喧
봄빛이 비록 눈에 가득 차도	春光雖滿眼

---

22) 최재남, 위의 논문, 1997, 175쪽.

23) 그 밖에도 이러한 이미지가 나타난 대표적인 작품으로는 유호인『濡谿集』卷之五, 「妻李氏挽詞」, "鬱鬱佳城路 荒山落照邊", 허적『水色集』卷之四, 「送亡妻表弟兪湜赴任井邑余退居山林 偶入京」, "雙鳧遙海邑 孤鶴返雲岑", 김류『北渚先生集』卷之二, 「悼亡」, "空階秋夜雨 和淚洒淋浪", 김창업『老稼齋集』卷之三, 「追和顯甫所示悼亡韻」, "寒天飛雀暮相追 匹馬荒原獨去時", "依依殘月入窓明 耿耿寒宵獨臥情", 오시수『水村文集』卷之二, 「悼亡」, "遙憶故山衰草裏 錦江寒雨濕丹旌", 오도일『西坡集』卷之二, 「喪室後曉起感吟」, "潘簟寒侵夜抵年 一熜燈影淚痕邊", 신위『紫霞詩集』卷之四, 「悼亡六絶」, "夕哭燈光冷舊居 陰虫唧唧向秋凉", 김택영『韶濩堂集』卷之二, 「悼亡詩」, "可耐山空人散後 獨留明月守佳城" 등을 들 수 있다.

24) 이숭일『恒齋先生文集』卷之一, 「悼亡」.

수심에 도리어 말을 잊노라.   愁悴却忘言[25]

　도망시에서 시간적 배경은 위의 시에서처럼 늦가을 또는 밤인 경우
가 많다. 그러나 이는 실제 시간일 수도 있지만 죽음 또는 슬픔을 표현
하기 위해 의도적으로 끌어온 관습적 이미지일 가능성도 있다. ‘밤’과
‘가을’이 주는 쓸쓸하고 차가운 이미지가 ‘빈방’이라는 공간과 어우러
져 고독감과 상실감을 배가시키는 역할을 하는 것이다. 그런가 하면 아
래 시에서처럼 ‘화창한 날’, ‘만발한 꽃’, ‘즐겁게 지저귀는 새 소리’,
‘새벽 녘 밝게 빛나는 별’, ‘변함없는 자연의 풍경’ 등이 소재로 활용되
는 경우도 있다. 그러나 밝고 화사한 상승의 이미지 역시 대부분 늘 변
함없이 존재하는 무한한 자연을 통해 결국은 한계를 가진 인간의 슬픔
을 표현하고자 하는 의도가 깃든 경우가 많다.[26]

　순환하는 사시와 함께 도망시에서 아내 잃은 슬픔을 환기하는 주된
역할을 하는 것이 아내가 쓰던 공간이나 손때 묻어있는 물건들이다.

화장 상자엔 거미줄 거울엔 먼지가 꼈는데   粧匳蟲網鏡生塵
닫힌 문엔 복사꽃 핀 적막한 봄이라.   門掩桃花寂寞春
누각엔 예전처럼 달이 밝은데   依舊小樓明月在
알지 못하겠네. 주렴을 거둘 사람 그 누구인지를.   不知誰是捲簾人[27]

---

25) 성현 『虛白堂補集』 卷之二, 「悼亡」.
26) 이러한 이미지가 나타난 대표적인 작품으로는 성현 『虛白堂補集』卷之二, 「悼亡」,
　　“山暖花爭發 林深鳥自喧 春光雖滿眼 愁悴却忘言”, 유몽인『於于集』卷之一, 「悼亡」,
　　“松川月照誰同賞 梅塢春歸不自知”, 하홍도 『謙齋先生文集』 卷之一, 「悼亡」, “春來
　　山海約 回首淚難堪”, 조관빈 『悔軒集』 卷之三, 「再醮纔廿日 遽爾喪配 書此 寓悼亡
　　之懷”, “窗前舊種小桃發 簾外新巢雙鷰來”, 정홍명 『畸庵集』 卷之四, 「端午祭亡妻墓」,
　　“泉壤終長夜 雲山自四時”, 고용후 『晴沙集』 卷之一, 「晉州夢亡妻奇氏」, “夢覺開窓
　　何所見 楚天空闊曉星明” 등을 들 수 있다.

이달(李達, 1539~1618)의 도망시이다. 계절은 어김없이 봄이 되었고 누 각 역시 전과 다름없이 달빛 아래 서있다. 아내가 쓰던 화장품 상자며 거울, 주렴 역시 그대로이다. 그러나 거미줄이 끼고 먼지가 덮인 물건 은 이미 쓰임새를 상실한 상황이다. 닫힌 문 속에 있는 복사꽃이나 주 렴 속으로 들어오지 못하는 달빛 역시 아름다움을 잃었다. 시인은 이렇 듯 의미를 잃어버린 공간이나 물건을 통해 아내의 빈자리를 환기시킨 다.28)

무엇보다도 아내 잃은 남편의 마음을 안타깝게 하는 것은 체온과 체 취가 직접 느껴지는 옷이다. 도망시에서 옷은 물건은 그대로 있는데 주 인은 없다는 상실감을 뛰어넘어 아내에 대한 미안함과 그리움을 총체 적으로 일으키는 이미지로 작용한다.

<blockquote>

…

신혼 때 지은 새옷 태반이 새 것이니	嫁日衣裳半是新
옷 상자 뒤져보다 마음 더욱 아파라	開箱點檢益傷神29)
궤짝을 열어보니 해진 옷 뿐이라	發篋敝裙而已矣
보공할 옷으로도 집어쓸 수가 없구나	不堪拈作補空衣30)

</blockquote>

---

27) 이달『蓀谷詩集』卷之六,「悼亡」.

28) 먼지가 묻은 화장 상자, 거울 등 아내가 쓰던 물건을 시적 소재로 활용한 예로는 이춘영『體素集』下,「過大堤 題一詞以悼亡」, "香銷故篋鏡生塵 不忍復經埋玉地", 오시수『水村文集』卷之二,「悼亡」, "破鏡重圓未易期 空閨長恨雁書遲", 채제공『樊巖先生集』卷之五,「人有勸賣舊用箱几者 詩以答之」, "空堂返照暖遊塵 彤几髹函跡已陳", 조위한『玄谷集』卷之五,「悼亡」, "玉琴絃絶秋塵積 金鴨香銷夜帳空", 이건창,『明美堂集』卷之三,「悼亡」, "未乾栖梡淚 仍積簟牀塵", 박명조『朝野詩選』권3,「悼亡」, "粧匲繡具埋藏盡 舊篋時聞一縷香" 등을 들 수 있다.

29)『大東詩選』권3,「婦人輓」.

30) 신위,『紫霞詩集』권4,「悼亡後五絶」.

아내가 죽은 후 열어본 상자에서 낡은 옷을 발견한 남편도, 거꾸로 새 옷만을 발견한 남편도 안타깝기는 매한가지이다. 관에 넣을 보공(補空)의 용도로도 쓸 수 없을 정도의 해진 옷이 지독한 가난과 고생의 흔적을 보여주고 있다면 아끼느라 입지 못하고 기어이 썩어질 옷은 미련하리만치 알뜰했던 아내와 무심했던 남편 자신의 모습을 보여주고 있기 때문이다.[31]

자연물이나 유품 등을 통해 감정을 촉발시키거나 고조시키는 방식은 중국의 유명 작품에서도 두루 나타나는 특징이며 최초의 도망시인 반악의 「도망시」에서부터 그 원형적인 모습을 찾아볼 수 있다.[32] 조선시대 도망시를 보면 반악이나 원진, 위응물, 백거이 등의 도망시를 직접 언급하는 경우가 많은데[33] 이는 일정하게 형성된 도망시의 서술 방식

---

31) 옷을 소재로 슬픔을 환기하는 작품은 상당히 많은 편이다. 이춘영『體素集』上,「悼意七首」, "薤澤猶在衣 蕙心今化泥", 조관빈『悔軒集』卷之三,「再醮纔廿日 遽爾喪配 書此 寓悼亡之懷」, "祭酌尙餘婚日釀 斂衣仍用嫁時裁"등에서 대표적인 예를 볼 수 있다.

32) 반악의 「도망시」는 늦가을의 풍광을 배경으로 방 밖의 쓸쓸한 장면을 묘사하는 것으로부터 시작하여 시점을 방 안으로 옮겨와 아내가 쓰던 물건, 공간, 함께 한 기억들을 더듬는 형태로 되어있다. 특히 유품과 관련되어 아내를 회상하는 것은 중국 도망시의 보편적인 특징으로 이 점에 대해서는 주기평의 논문(2005)에서 자세히 다루고 있다.

33) 중국의 도망시를 전범으로 삼았음을 보여주는 예는 쉽게 찾을 수 있다. 김창집은 반악의 도망시와 백거이의 도망시를 차운한 도망시를 남겼고 (『夢窩集』卷之二,「次潘岳悼亡韻」,「次白樂天悼亡韻」) 오원은 「余哭內以來 每讀蘇州悼亡之作 見其辭怨而意深 未嘗不傷感 秋宵獨坐 撫往興懷 輒步短詩二首韻 以抒情焉」라는 시 속에서 자신의 도망시가 위응물의 도망시에서 영향을 받은 것임을 밝혔다.(『月谷集』卷之一) 강세황은 「悼亡八絶」에서 원진의 도망시를 수천번 되뇌었음을 언표(『豹菴遺稿』卷之一, "微之舊句通千回")한 바 있고 권호문도 도망시 속에서 반악의 도망시를 언급(『松巖先生續集』卷之二,「十三日 聞家人之訃 奔還 十一月初九日 永窆挽詠 一首見元集」, "隻棲林鳥潘公悼 雙泳江鱗禹錫咨")하였다. 그 밖에 여성을 대상으로 한

이 후대로 이어지고 한문화권으로 파급되면서 양식적 유형을 이루었음을 보여준다.

2) 주변 인물을 통한 형상화

내외의 구분이 엄격했던 조선시대에 있어서 아내는 가장 가까운 관계에 있으면서도 드러내 놓고 말할 수 없는 존재였다. 여성의 삶은 제문이나 묘지명, 만사 등 죽음 이후에 지어지는 의례문을 통해서만 드러낼 수 있었으며 아내에 대한 애틋한 마음 역시 죽은 후에나 꺼낼 수 있었다. 내외를 엄격히 구분하려 하고 노골적인 정의 표출을 꺼려하는 사대부들의 인식은 직접적으로 슬픔을 드러내기 보다는 간접적이거나 우회적으로 표현하는 경향을 낳았다. 제3의 인물을 통해 대신 슬픔을 드러내도록 하는 방식은 그 대표적인 예라 할 수 있다.

아이는 어려서 곡을 할 줄 몰라	兒小不知哭
곡성이 글 읽는 소리와도 같았는데	哭聲似讀書
갑자기 엉엉 울며 멈추지 않더니	忽然啼不住
하염없는 눈물이 구슬같이 흘러내리는구려.	簌簌淚連珠[34]

이건창(李建昌, 1852~1898) 쓴 연작시 「도망」 중 한 수이다. 여기서 시인은 자신의 슬픔을 직접적으로 말하고 있지 않다. 다만 아이를 등장시켜 그 우는 모습을 관조하듯 그려내고 있을 뿐이다. 오히려 시인은 짐짓 슬픔에 무감한 척 하며 곡을 배웠을 리 없는 아이의 곡을 '글 읽는 소

만시나 제문에도 반악의 「도망시」는 자주 등장한다.

34) 이건창, 『明美堂集』 卷之四, 「悼亡」.

리'로 객관화하고 있다. 그러나 예법에 따른답시고 어른들을 흉내 내며 어색하게 이어지던 곡이 '엉엉'하는 아이다운 울음으로 변하는 순간 숨겨 놓았던 시인의 슬픔은 고스란히 드러나고 만다.35)

밝고 맑은 흰 모시옷 백설과도 같은데	皎皎白紵白如雪
당신이 살았을 적 간수하던 것이라고 했소.	云是家人在時物
당신이 고생하며 낭군 위해 마련했건만	家人辛勤爲郞厝
바느질도 다 못한 채 사람만 먼저 갔구려.	要襯未了人先歿
낡은 상자 열고 할멈이 울며 하는 말	舊篋重開老姆泣
"누가 제 대신 이 옷을 지으셨겠어요"	誰其代斲婢手拙
옷감의 마름질은 모두 벌써 끝나고	全幅已經刀尺裁
몇 줄 시침질 자국이 그대로 남았구려.	數行尙留針線跡
아침에 시험 삼아 빈방에서 입어보니	朝來試拂空房裏
당신 모습 꼭 다시 보는 듯만 하였소.	怳疑更見君顏色
이전에 당신이 창 앞에서 바느질할 때	憶昔君在窓前縫
어찌 알았겠소, 오늘 아침 내가 이 옷을 입는 걸 보지 못하리라고.	安知不見今朝着
비록 작은 것이지만 내게는 소중한 옷,	物微猶爲吾所惜

---

35) 아이를 통해 슬픔을 형상화 한 경우로는 원천석『耘谷行錄』卷之一,「道境大禪翁 寄書云…」, "已覺妄因休洒淚 不堪兒哭似蝸蜱", 박상『訥齋先生集』卷第二,「夾谷悼 三歌」, "遺得呱呱傍我耳 慇懃拊摩長欽欽", 이순인『孤潭逸稿』卷之二,「挽夫人」, "小兒啼索飯 腸斷淚盈裾", 오시수『水村文集』卷之二,「悼亡」, "老我悲懷何足說 弱 兒奔哭不望全", "幽明最是難堪處 上爲偏親下稚兒", 정희득『月峯海上錄』卷之二,「家 政自我國還 見我求賦詩」, "孤兒方老候門眼 白雁應傳上苑書", 채팽윤『希菴先生集』 卷之十一,「常山客夜感夢」, "更憐稚子書中意 自別爺來日夕啼", 신위『警修堂全藁』 冊十七,「亡室回甲日悼昔有詩」, "兒女塞悲悲更苦 忍看苟脯薦香酤", 임득명『松月漫 錄』卷之一,「輓室人千氏」, "安排虛枕黃昏後 忍見孤兒哭棺前", 이홍재『風謠續選』 卷之七,「悼亡」, "不忍尋常朝夕奠 伶俜少女哭虛帷", 박명조『朝野詩選』卷之三,「悼 亡」, "稚子那知母已無 飢寒切骨自呱呱 有時隣舍娘娘至 錯認阿孃哭且扶" 등을 들 수 있다.

이후로 어디 가서 당신 솜씨를 얻으리.	此後那從君手得
누가 황천에 가서 말 좀 전해주시오	誰能傳語黃泉下
이 모시옷 낭군 몸에 빈틈없이 맞는다고.	爲說穩稱郎身無罅隙[36]

채제공(蔡濟恭, 1720~1799)이 죽은 아내를 그리워하며 쓴 도망시 「백저행(白紵行)」이다. 시의 내용으로 볼 때 아내는 남편과 헤어져 있는 동안 남편에게 입힐 모시옷을 짓고 있었고 결국 완성을 보지 못하고 죽었다. 뒤늦게 채제공은 이 옷이 자신을 위해 아내가 손수 지은 것 이라는 것을 할멈[老姥]의 목소리로 듣는다. 시비(侍婢)로 추정되는 할멈은 아내가 채 전달하지 못한 그리움과 정성을 대신 전달하는 매개자이다.[37] 할멈의 목소리를 듣고 남편 채제공은 죽은 아내가 남기고간 옷을 입어본다. 그리고 "내가 이 옷을 입는 것을 보지 못하리라고는 생각지 못하고" 정성스레 창 앞에서 바느질하고 있었을 아내를 그려낸다. 시침질만 되어 있는 미완의 옷을 입고 결국 남편인 채제공이 죽은 아내에게 전하고 싶은 말은 "빈틈없이 꼭 맞는다"이다. 다른 수식이나 부연이 필요 없을 "꼭 맞는다"는 표현은 아내의 솜씨에 대한 칭송, 정성에 대한 고마움, 그리고 아내를 향한 그리움을 포괄적으로 담고 있다. 그런 면에서 이 말을 대신 전해 주었으면 하는 "황천 가는 사람" 역시 숨어있는 시인의

---

36) 채제공, 『樊巖先生集』 卷之五, 「白紵行」.

37) 시비의 눈물을 통해 슬픔을 형상화한 경우로는 홍귀달의 『虛白亭文集』 卷之一, 「夜聞婢哭」이 대표적인 예라고 할 수 있다. "夫人背我去 侍婢隨我來 日夕哭不絶 四隣爲之哀"로 시작하여 "强作丈夫身 呑聲五內裂"로 끝을 맺어 참으려 해도 참을 수 없는 찢어지는 마음을 고백하고 있다. 홍귀달 『虛白亭文集』 卷之一, 「悼亡」의 "侍婢哭我傍 哀哀響不歇'나, 정홍명 『畸庵集』 卷之一, 「悼亡」의 "小婢設盤飧 朝昏强啼眂', 최현 『訒齋先生文集拾遺』 「亡室李氏輓」의 "婢僕啼號思主惠 兒孫痛苦若親生", 조관빈 『悔軒集』 卷之三, 「亡室筵几 始自湖中至 書此悼之」의 "老婢不知面 爲吾涕滿腮" 등도 유사한 예이다.

또 다른 얼굴이다.

3) 꿈을 통한 형상화

소식의 유명한 도망시 「강성자(江城子)」는 꿈을 소재로 하고 있다. 아내가 죽고 10년이 지난 어느 날 꿈에서 아내를 보고 지은 이 시는 홀연히 돌아간 고향집에서 아내가 남편을 보고 돌아서서 눈물 흘리는 장면을 핍진하게 묘사하고 있다.

꿈은 도망시에서 빠트릴 수 없는 중요한 소재이자 제재이다. 「강성자」 외에도 원진의 「감몽(感夢)」, 위응물의 「감몽(感夢)」 등이 꿈을 소재로 하고 있고 매요신은 「몽감(夢感)」·「심간서몽(椹澗書夢)」·「몽도(夢睹)」 등 꿈과 관련된 도망시만 9수를 남겼다. 앞서 살펴보았듯이 조선시대 도망시 중에도 12 편의 작품이 제목에서부터 꿈을 표방한 작품이다. 소재로 활용된 경우까지를 포함하면 상당수의 도망시가 꿈을 그리거나 언급하는 셈이다.

꿈은 부정적 현실을 잠시 멈출 수 있게 해 주는 기제이자 깨어있을 때의 그리움을 잠까지 이어주는 매개이다. 꿈속에서 시인은 잠시나마 이별의 아픔을 내려놓고 만남의 기쁨을 즐기며 생시에 못한 마음속의 이야기를 풀어 놓는다.

슬픈 마음 하소연하며 밥을 주어 먹었나니
당신의 넋도 먼 나그네의 주림을 알았구려.
꿈속에서 끝없는 한 말하려 하는데
아 새벽닭은 왜 잠을 깨우는가.

訴以哀懷許以食
孤魂亦識遠人饑
夢中欲說無窮恨
嗟爾曉鷄何負爲

꿈속의 말과 웃음 평시와 다름없어　　　　　夢中言笑似平時

마음속 무한한 슬픔 낱낱이 털어 놓네.　　　　　　細吐心中無限悲
한바탕 부부의 즐거움 누리며 놀다가　　　　　　　做得一場琴瑟樂
깨어나니 외로운 베갯머리에 눈물만 홍건할 뿐.　　覺來孤枕淚漣洏

객지에서 병이 많아 못내 가슴 아픈데　　　　　　客中多病最堪傷
영영 이별한 그 모습과 목소리 잠깐인들 잊을손가.　永訣音容豈暫忘
생전의 한무덤 약속 이루지 못했으니　　　　　　　未遂一生同穴約
저승에서 무슨 낯으로 당신 얼굴 대하리.　　　　　重泉何面見孤凰[38]

　정희득(鄭希得, 1572~?)이 꿈에 아내를 본 다음 지은 시이다. 정희득의
아내는 정유재란 때 피난을 가다 적선(敵船)을 만나 시어머니·시누이·
손윗동서와 함께 그 자리에서 물에 빠져 죽었다. 그리고 정희득 자신은
부친 두 아들과 함께 왜군에 잡혀가다 부친과 아들이 풀려 난 뒤에도
홀로 일본에서 3년간 볼모 생활을 하다 풀려났다.[39] 부인의 죽음을 눈
앞에서 목도한 정희득은 일본에 잡혀가서도 아내를 구하지 못한 죄책
감과 아내에 대한 그리움에 몸부림쳤고 9편의 절절한 도망시를 남겼다.
그 중 4편은 아내를 꿈에 본 뒤 지어진 작품이다. 이 작품은 "끝없는
한 말하려다", "한바탕 부부의 정을 즐기려다", "살아생전의 목소리와
모습을 기억하려다" 꿈에서 깨고 만 안타까운 마음을 연작으로 그리고
있다. 이역 땅에서 "굶주림에 시달리고", "병이 깊이 든" 자신에게 "밥
을 차려주는" 모습으로 등장하는 아내는 누구에게도 호소할 수 없는
자신의 처지를 묵묵히 이해해주고 도와주는 평상시의 아내이다. 그러
나 결국 평상시로 돌아갈 수 없는 현실과 잠시라도 잊을 수 없는 아내
의 "음용(音容)"은 꿈을 깬 후 시인을 더 고통스럽게 한다.

---

38) 정희득, 『月峯海上錄』 卷之二, 「夢見亡妻 食我以飯 覺即悲感」.
39) 부인의 일화는 위백규의 『충효전』과 『신속삼강행실록』에 실려 있다.

이렇듯 꿈을 통한 형상화는 그 자체로 더 진한 슬픔을 내포하기 마련이다. 아내가 꿈에 나타나지 않아도 원망스럽고 그 모습이 또렷하지 않아도 안타깝다. 생시와 다른 모습으로 나타나 낯설어도 섭섭하고 똑같은 모습으로 생생하게 기억되어도 서글프다.[40] 꿈이 지닌 한시성, 현실과 대척할 수밖에 없는 이질성은 어찌하여도 돌릴 수 없는 유명(幽明)의 간극, 그 근원적 한계를 대신 표현해 준다.

Ⅲ. 도망시의 미(美)

이상에서 살펴본 바와 같이 도망시는 주로 만시의 전통을 바탕으로, 도망시 특유의 관습적 표현 방식에 의거하여 지어진다. 그러나 구성이나 표현 면에서 일정한 양식성을 보임에도 불구하고 도망시는 고식적이거나 진부하지 않다. 그것은 사랑하는 이의 죽음을 '직접' 겪으면서

---

40) 꿈을 소재로 하고 있는 작품으로는 조수삼『秋齋集』卷之三,「悼亡八首」, "曉來偶得還家夢 依舊中饋倒屣迎", 심언광『漁村集』卷之四,「夢亡妻」, "魂來不覺冥途隔 夢裏巹巾尙宛然", 오원『月谷集』卷之一,「余哭內以來…」, "之子不可思 獨夢寒齋夕", 이춘영『體素集』上,「悼意七首」, "如聞枕上語 錯作夢中啼", 김류『北渚先生集』卷之三,「悼亡傷懷」, "門前喝導疑吾子 枕上啼痕夢故妻", 정희득『月峯海上錄』卷之二,「夢見亡妻 枕上有感」, "夢裏分明見我儀 怳然顏色似平時", 이홍재『風謠續選』卷之七,「悼亡」, "半年影與形相弔 一夜魂依夢獨遲", 윤선거『魯西先生遺稿』續卷之一,「悼亡」, "默念言猶在 疑顏夢或驚", 김창집『夢窩集』卷之二,「次潘岳悼亡韻」, "夢見每依俙 徒然心內愓", 서거정『四佳詩集』補遺一,「曉吟」, "擁衾危坐翻惆悵 夢裡分明對故妻", 황윤석『頤齋遺藁』卷之四,「曉夢亡室」, "一訣三年夢亦稀 涼天微月忽依俙", 오도일『西坡集』卷之二,「喪室後曉起感吟」, "那堪夢裏丁寧語 願卜他生續舊緣", 하홍도『謙齋先生文集』卷之一,「悼亡記夢」, "夢魂相値適成因 蘭臭寧論假與眞" 등을 들 수 있다.

나온 시이기 때문이며 무엇보다 '진정'과 '실감'을 바탕에 두고 있기 때문이다. 도망시의 아름다움은 여기에 있다고 보인다. 이제 그 구체적 양상을 살피기로 한다.

1. 진솔함의 미

흔히 만시에서 가장 문제가 되는 것이 과장이다. 망인의 삶을 포장하여 실제 이상의 위대한 사람으로 만드는 것도 문제지만 작가가 자신의 감정을 과도하게 부풀려 '무병신음(無病呻吟)'하는 것도 만시의 병폐라고 할 수 있다. 특히 여성들을 대상으로 한 만시에서 과대하게 포장된 망인의 모습, 눈물이 과도하게 넘치는 시인의 모습을 흔히 볼 수 있다. 정경세(鄭經世)는 만사에서 필요 이상의 찬사와 억지 슬픔을 늘어놓는 것에 대해 비판하면서 "부인의 상에는 더욱 만사가 필요치 않다"[41]고 언급한 바 있다. 이는 부인의 만사가 망자인 여성에 대한 소상한 정보가 없는 상태에서 남편이나 아들의 사회적 관계망 속에서 지어지는 경우가 많고, 형상화되는 모습도 규범적인 인물 유형[42]을 벗어나기 어려워 진정성이나 참신성을 기대하기 어렵기 때문이다. 그러나 도망시가 그려내는 아내의 모습은 그와 다르다. 구태의연한 칭송을 좀처럼 볼 수

---

41) 정경세,『愚伏先生文集』卷之十一,「答黃會甫」, "挽詞 古今人多用之 然終非禮文…
   鄙意內喪則尤不必用 惟在量處耳"

42) 대체로 여성을 대상으로 한 만시의 내용은 천편일률적인 양상을 보인다. 예컨대
   태어나면서부터 아름다운 자질을 가지고 태어난 아이, 부모에게 극진한 효성을
   다하는 며느리, 남편에게 순종하는 아내, 자식을 올바르게 가르치고 출세시키는
   어머니, 집안을 화목하게 하고 아랫사람을 잘 다스리는 한 집안의 주부, 그리하여
   죽고 나서 주변 사람 모두의 애도를 받는 여한 없는 여성 등의 모습이다.

없을 뿐 아니라 칭송의 양상 역시 추상화된 '현모양처'이기보다는 구체성을 띤 한 남편의 아내로 그려지는 경우가 많다. 또 그 모습은 대체로 호사스럽게 살다 만인의 애도를 받는 남부럽지 않은 귀부인이기 보다는 가난하게 살다 불쌍하게 죽은 가련한 여인이기 십상이다.

지난 날 생각하니 당신과 부부되어	憶昔與君爲夫婦
흰 머리 되도록 백년해로 하자고 기약했네.	期以百齡同白首
선비의 생활이 어렵기 그지없어	書生計活太酸寒
문빗장 떼어 밥 짓고 머리카락 잘라 쌀을 찧었지.	炊扊翹髻墮窮臼
하루아침에 첫 벼슬 얻자 좀 편해졌다고 기뻐하며	一朝釋褐喜稍康
번화한 서울 거리에서 초라한 살림을 같이 했었네.	就食京華共升斗
손잡고 옛집으로 돌아왔는데	提携歸來舊枌社
괴이하여라. 직성이 큰 재액을 만나게 되었구려.	怪底直星丁陽九43)

박상(朴祥, 1474~1530) 도망시 「협곡도삼가(夾谷悼三歌)」의 첫 대목이다. 당시 박상은 아내와 함께 두 자녀를 함께 잃고 강보에 쌓인 아이를 손수 기르는 곤란한 지경에 있었다. 세 사람을 협곡에 묻고 지은 이 시에서 그는 "문빗장 떼어 밥을 짓고 머리카락 잘라서 쌀을 찧던" 지독히 가난했던 시절의 아내를 떠올린다. 남편이 첫 벼슬자리를 얻자 기뻐하며 서울 한 구석에서 초라한 살림을 꾸렸고 옛 집으로 돌아와 이제 좀 살만한가 싶던 어느 날 "괴이하게" 세상을 하직한 아내이다.

이처럼 도망시에서 시인 자신은 높은 벼슬 넉넉한 살림으로 아내를 여한 없이 살게 한 떳떳한 남편이 아니라 늘 부족하고 변변치 못해 아내를 곤궁에 빠뜨린 부끄러운 남편으로 그려지는 경우가 많다. "시렁위에 쌓인 책 천권만 알았지 주머니 속에 돈 한 푼 없어도 마음 쓰지 않

---

43) 박상, 『訥齋先生集』 卷第二, 「夾谷悼三歌」.

왔던"44) 무심한 남편이 등장하기도 하고, 아내로 하여금 "이경(二頃) 밖에 되지 않는 땅으로 열 식구를 먹여 살리도록 해야 했던"45) 박정한 남편이 그려지기도 한다. "현미밥으로도 배를 채우지 못하고 거친 명주나마 몸에 걸치게 할 수 없었던"46) 무능한 남편인 경우도 있다. 이들은 아내가 가난 속에서 고생만 하다 속절없이 죽음을 맞아야 했던 탓이 "자신에게 있었음"을 솔직하게 고백한다.47)

그러나 이들은 부족한 자신에게 지기(知己)가 되고 책선(責善)을 역할을 한 아내에 대한 고마움도 숨기지 않는다.

대개 부인들의 성품이란	大抵婦人性
가난하면 슬퍼하고 상심하기 쉬운데	貧居易悲傷
아 내 아내는	嗟嗟我內子
곤궁 속에서도 늘 온화하고 편안하였네.	在困恒色康
대개 부인들의 성품이란	大抵婦人性
오직 영광만을 사모하는데	所慕惟榮光
아 내 아내는	嗟嗟我內子
높은 지위를 부러워하지 않았네.	不羨官位昌
세상과 어울리지 못하는 나를 알아서	知我不諧俗
나에게 관직을 물러나라 권하곤 하였지.	勸我長退藏
이 말 아직도 귀에 쟁쟁하니	斯言猶在耳
죽은들 잊을 수 있으랴.	雖死不能忘
빛나는 경계의 말 슬픔 속에서 기억하고	惻惻念炯戒

---

44) 원천석, 『耘谷行錄』卷之三, 「余不幸早失主婦…」, "但知架上堆千卷 也任囊中欠一錢"

45) 심언광, 『漁村集』卷之四, 「夢亡妻」, "十口常資二頃田 貧家生理賴妻賢 艱辛契活曾三紀 榮顯功名僅數年"

46) 박세당, 『西溪先生集』卷之二, 「悼亡」, "糲飯不充腹 麤絲不掛身 面汚熏煙煤 髮黃播糠塵"

47) 오원, 『月谷集』卷之二, 「悼亡室」, "以我積殃致君死 由君早沒極吾窮", 조지겸 『迂齋集』卷之一, 「悼亡」, "秖言貧病都由我 誰料泡漚遽至斯"

강개한 마음으로 스스로 지키리다.　　　　慷慨庶自將
저승이 아득히 막혀있다 이르지 마시게　　莫言隔冥漠
나를 보는 것이 저다지도 밝은 것을.　　　視我甚昭彰[48]

　　임숙영(任叔英, 1576~1623)이 지은 「곡내(哭內)」이다. 시는 전편이 보통의
부인들이 추구하는 가치와 '내' 아내가 추구했던 가치를 차분히 대조하
는 형태로 이루어져 있다. 즉 '나'의 아내는 다른 부인들처럼 가난에 슬
퍼하지 않았고 영광 누리는 것을 좋아하지 않았다. 세상과 어울리지 못
하는 나의 성품을 알아서 나에게 아예 관직에서 물러나라고 권하기까
지 했다. 임숙영은 그런 아내에게 "빛나는 경계의 말을 마음속에 새기
고 지키겠노라"는 다짐을 한다.

　　현숙하고 양순한 반려자를 뛰어넘어 남편의 의지가 되고 올바른 길
로 이끌어주는 곧은 아내의 모습은 도망시에서 흔히 "양우(良友)", 또는
"지음(知音)"으로 표현된다.

어찌 좋은 짝으로만 생각하리　　　　　豈惟有好逑
이 좋은 벗을 얻어 즐거웠었네.　　　　樂此得良友
천년 뒤에 논한다 하더라도　　　　　　尙論千載下
진택의 아내임이 부끄럽지 않으리.　　不愧震澤婦[49]

　　신광하(申光河, 1729~1796)의 『고실만(故室輓)』이라는 작품이다. 신광하는
자신의 아내가 좋은 짝에 그치지 않았다고 말한다. 함께 지낸 세월이
즐거웠었고 천년 뒤에라도 내세울 수 있는 자랑스러운 아내였음을 숨
기지 않는다. 그가 단언하는 아내는 '양우(良友)'이다. 심육(沈錥, 1685~

---

48) 임숙영, 『疏菴先生集』 卷之二, 「哭內」.
49) 신광하, 『震澤文集』 卷之九, 「故室輓」.

1753)도 "오십 여 년 동안의 양우를 잃었으니 경계의 말 들을 수 없어 매우 슬프다"50)고 했고 이유원(李裕元, 1814~1888)도 "양우(良友)가 영원이 돌아오지 않음"51)을 한탄하였다. 정홍명(鄭弘溟, 1582~1650)은 "진정 지음(知音)을 잃은 대장부의 한을 누가 가여이 여겨주겠느냐고"52)고 절규하기도 하였다.

이렇듯 남편으로서의 부끄러움과 회한을 진솔하게 드러내고 아내의 형상에서 수식이나 포장을 걷어냈을 때 아내는 안쓰럽지만 당당한 모습으로 그려진다. 이에 독자는 관념화되고 규범화된 여성이자 누구의 부인이 아닌 구체성을 띤 한 시대의 여성이면서 현실 속 한 남자의 아내를 만나게 된다. 믿음과 존경이 바탕이 된, 속내 깊은 당시 사대부의 부부지정을 엿볼 수 있게 되는 것도 그들의 진솔한 고백을 통해서이다.

2. 애틋함의 미

도망시가 읽은 이의 심금을 울릴 수 있는 것은 아내를 잃은 슬픔을 핍진하게 드러내고 있다는 것과 더불어 '죽어도' 잊지 못하는 그리움을 잘 형상화하고 있기 때문이다.

어찌하면 저승 가서 월모에게 하소연하여	那將月姥訟冥司
내세에는 부부가 바꾸어 태어나	來世夫妻易地爲
천리에 나 죽고 그대 살아서	我死君生千里外
그대에게 이 설운 마음 알게 할 수 있을까.	使君知我此心悲53)

---

50) 심육, 『樗村先生遺稿』 卷之二十, 「悼亡」, "五十年餘良友失 不聞箴警每悽然"
51) 이유원, 『嘉梧藁略』 冊五, 「悼亡」, "丹旐寂寂依空壁 良友其何永不回"
52) 정홍명, 『畸庵集』 卷之四, 「悼亡」, "誰憐丈夫恨 端爲失知音"
53) 김정희, 『阮堂全集』 卷之十, 「配所輓妻喪」.

잘 알려져 있는 이 시는 김정희(金正喜, 1786~1856)가 제주 유배지에서 아내의 부음을 듣고 쓴 「배소만처상(配所輓妻喪)」라는 시이다. 유배 생활을 하면서도 아내와 수십 통의 편지를 주고받았던 김정희는 아내를 애도하는 또 다른 글 「부인예안이씨애서문(夫人禮安李氏哀逝文)」에서 "형구가 앞에 있고 바다를 넘어 유배지에 갈 때에도 마음이 흔들린 적이 없었는데 지금 당신이 죽었다는 말을 듣고는 놀라고 울렁거리고 얼이 빠지고 혼이 달아나서 내 마음이 도무지 갈피를 잡을 수 없다"[54]고 그 때의 심정을 밝힌 바 있다. 한 달이 넘어서야 겨우 아내의 부음을 받았으나 당장 달려가 영결할 수도 없었던 그의 처지에서 그 슬픔은 원통함과 회한 그 자체였다. 그 설움은 "내세에 바꾸어 태어나 천리 땅 너머에서 내가 먼저 죽었을 때 그대가 느껴보아야 알 수 있는 것"으로 묘사된다. 극히 간략한 표현이지만 말로 형언할 수 없고 그 심정이 되어보지 않고는 알 수 없는 한량없는 슬픔이고 그리움이다.

도망시에서는 유독 비탄이 강하게 드러난다는 것은 선행 연구를 통해서 밝혀진 바 있다. 특히 도망시에는 망자의 넋을 위로하고 애도자의 슬픔을 덜어내는 '진혼'의 층위가 많이 약화되어 있다.[55] 작품을 마무리 짓는 시점까지도 죽음을 수용하거나 마음을 고르는 등의 심리적 안정이 좀처럼 이루어지지 않고 있다는 의미이다.

---

54) 위의 책, 卷之七, 「夫人禮安李氏哀逝文」, "吾桁楊在前 嶺海隨後 而未嘗動吾心也 今於一婦人之喪也 驚越遁剝 無以把捉其心"

55) '진혼'은 최재남의 앞 논문(1997, 105~119쪽)에서 사용한 용어이다. 죽은 사람의 영혼을 편히 하는 것이며 대상의 죽음이라는 외상에서 망자의 넋을 위로함으로써 실상은 애도자가 슬픔을 덜고 스스로 위안을 얻는 것을 말한다. 이 논문에 의하면 도망시에서 진혼이 차지하는 비중은 아주 미미하여 연구 대상 작품인 142수 중에서 8%인 11수에만 진혼이 나타난다고 밝혔다.

몇 번이나 질그릇을 두르려도 노래는 나오지 않네.　幾度叩盆歌不成
장자는 세상을 달관한 이가 아니라 인정이 박한 이로다.

蒙莊非達薄於情

훗날 나 역시 그대와 같이 묻히리나　　　　　　他年我亦同歸穴
처지를 바꾸어 보시게. 그대는 홀로 살 수 있는지.　易地君何認獨生[56]

　　조수삼(趙秀三, 1762~1849)이 지은 「도망(悼亡) 8수」 중 일부이다. 아내가 죽은 직후 질그릇을 두드리며 노래를 불렀다는 장자의 고사[57]는 아내의 죽음에 대한 남편의 반응을 나타내고 있다는 점과 삶과 죽음을 초월한 자유자재한 의식 세계를 보여주고 있다는 점에서 도망시 작가들이 죽음을 받아들이고 슬픔을 극복하기 위한 기제로 자주 활용하여 왔다. 조수삼 역시 자신도 장자처럼 질그릇 치며 노래 부르려 했음을 고백한다. "나 역시 훗날 그대와 같이 동혈이 묻힐 터"이니 크게 상심치 말자고 자위했던 사실도 다음 행에서 확인할 수 있다. 그러나 결국 시인이 도달한 정서적 지점은 "도저히 노래가 나올 수 없다는 것", "장자는 달관한 이가 아니라 인정이 박한 사람이라는 것"이다. 설사 사람은 모두 다 죽는다는 평범한 사실을 수긍한다 하더라도 막상 사랑하는 사람의 죽음을 겪어야 하는 입장이라면 "홀로 남는 것을 인내할 수 있겠느냐"는 것이 시인의 항변이다. 다른 도망시에서도 장자를 '무심한 사람', '거짓된 사람'으로 표현하고 있는 것을 쉽게 볼 수 있다. [58] 장자와

---

56) 조수삼, 『秋齋集』 卷之三, 「悼亡 八首」.

57) 『莊子』 「至樂」 편에 나와 있는 장자 고사를 간단하게 요약하면 다음과 같다. 장자의 아내가 죽어 혜자가 조상을 하러 가니 장자는 양 다리를 벌리고 앉아 질그릇을 두드리며 노래를 하고 있었다. 혜자가 평생 함께 살면서 자식 낳고 해로한 사람인데 울지 못할지언정 노래까지 부르는 것은 너무 심하지 않은가 라고 하니 장자는 죽음은 사시가 유행하는 것과 마찬가지라고 하면서 편안하고 조용히 대자연에 잠들었는데 슬프게 소리내어 울부짖을 것이 무어냐고 하였다.

같은 방식으로 마음을 다스리려 하는 것은 부질없는 짓이거나 슬픔을
해소하는데 별로 도움이 안 되는 것으로 간주된다.[59] 이는 반악이 「도
망시」에서 "바라건대 언젠가 이 아픔 사라질 때 / 장자처럼 질그릇 두
드릴 수 있었으면"[60] 하였고, 슬픔을 가누지 못하는 자신에 대해 "장자
에게 부끄럽다"[61]고 고백한 것과 비교가 되는 대목이다.

　아내에 대한 절절한 그리움은 제사와 같은 의례나 만시와 같은 글로
도 다 풀 수 없다는 고백으로 나타나기도 한다.

해도 날로 흘러만 가고	年亦日以運
사람도 날로 멀어져만 가오.	人亦日以遠
맺힌 한은 갈수록 얽혀갈 뿐이고	結恨有漸縈
숨은 슬픔은 잠시도 달아나지 않는구려.	屯悲無暫遁
죽은 자는 다시 돌아오지 않는데	死人不復還
생일은 누굴 위해 돌아오는 것인지	生辰爲誰返
아이를 데리고 궤연으로 가서	携兒就几筵
풍속에 따라 술과 밥을 차려 놓았소.	隨俗設酒盤
당신은 황천에 어찌 그리 빨리 갔고	重泉君何早
나는 이 세상에 어찌 이리도 오래 있소.	薄廩我何晚
한 번도 기쁘게 해 주지 못했는데	一歡未曾辦
명이 다한 마당에 만사가 무슨 소용이리.	大限莫容輓

---

58) 김류, 『北渚先生集』 卷之三, 「悼亡傷懷」, "莊生若是無心者　不必南華萬物齊", 정범
　　조, 『海左先生文集』 卷之八, 「亡室忌日　感述」, "秪今枕瑟聞幽咽　始信蒙莊是僞人"
59) 서거정, 『四佳詩集』 補遺一, 「悼妻」, "昨夜已成炊臼夢　今朝謾作鼓盆傷", 오시수, 『水村
　　文集』 卷之二, 「悼亡 5수」, "歌罷鼓盆心欲絶　夢驚炊日淚先垂", 김창집, 『夢窩集』 卷之
　　二, 「次潘岳悼亡韻」, "盆歌太曠達　亦知悲無盆"
60) 반악, 「悼亡詩」 其一, "庶幾有時衰　莊缶猶可擊"
61) 위의 시 其二, "下愧蒙莊子"

신선이 먹는 것을 상에 올린다 한들   方丈雖云薦
한 숟가락도 덜어먹을 수 없는 것을.   寸勺可能損[62]

　　채팽윤(蔡彭胤, 1669~1731)이 아내의 생일에 쓴 장편 도망시이다. 시의 내용으로 보아 빈소가 놓여 있는 상태에서 아내의 생일을 맞은 것으로 보인다. 시는 아이를 빈소에 데리고 가서 술과 밥을 올리는 장면을 재현하는 형태로 전개되고 있다. 그러나 채팽윤은 "맺힌 한은 갈수록 더 얽혀갈 뿐이고 숨은 슬픔은 잠시도 달아나지 않는다"고 토로한다. "죽은 자는 다시 돌아오지 못하는데 생일은 누굴 위해 돌아오는지 모르겠다"는 한탄을 하기도 한다. 아내가 죽고 없는 마당에 만사는 허사(虛辭)에 불과하다. 한 숟가락도 떠먹지 못하는데 신선이 먹는 것을 상에 올린들 부질없는 짓이다. 아내를 잃은 슬픔은 상장의례가 주는 순화의 기능[63]이나 글을 통해 풀어낼 수 있는 심리적인 위안조차도 받아들이지 못하는 깊고 큰 슬픔으로 나타난다.

　　도망시가 보여주는 이러한 끝 모를 비탄과 간절한 그리움은 상례에서 예(禮)와 정(情)의 조화를 꾀하고 문학에서 '애이불상(哀而不傷)'의 미감을 추구했던 사대부들의 인식과 거리가 있다. 부인의 상례에서만큼은 법도를 넘어서는 슬픔을 자제했으리라는 고정관념도 다시 생각하게 되는 대목이다. 역설적으로 이는 내외를 엄격히 하고 감정의 노출을 금기시 했던 문화적 배경과 통념이 낳은 산물로 여겨진다. 죽음 이후에나 아내에 대한 공식적인 발언이 가능했던 시대, 도망시는 남편들이 통곡

---

62) 채팽윤, 『希菴先生集』 卷之十一, 「四月十日感懷」.

63) 유교의 상례는 산 자가 충분한 애도를 표하고 죽은 자에게 공경과 정성을 드림으로써 슬픈 마음을 차차 순화시켜 가는 과정이다. (『禮記』「檀弓 上」, "喪禮 哀戚之至也 哀節順變也")

을 하며 마음 속 응어리를 풀어 놓을 뿐 아니라 살아서 못다 전한 사랑의 마음을 간절한 그리움으로 토해낼 수 있는 유일한 장이었기 때문이다.

3. 함축과 여운의 미

도망시에서 그려내는 슬픔이 핍진할 수 있는 것은 시인이 슬프다고 부르짖거나 눈물을 펑펑 쏟아서만이 아니다. 오히려 슬픔을 인내하려는 노력 속에서 불거지는 눈물이 읽는 이의 심금을 울리는 경우가 많다.

곱던 모습 희미하게 보일 듯 사라지고
깨어보니 등불만이 외롭게 타고 있네.
가을비가 내 잠을 깨울 줄 진작 알았더라면
창 앞에다 오동나무를 심지 않았으련만.

玉貌依稀看忽無
覺來燈影十分孤
早知秋雨驚人夢
不向窓前種碧梧[64]

이서우(李瑞雨, 1633~?)가 꿈에서 죽은 아내를 보고 지었다는 시이다. 절구 형태의 짧은 시형을 취하면서 시인은 꿈 속 아내와의 상봉 장면은 전혀 그리지 않았다. 다만 "외로운 등불", "가을 비", "오동나무" 등 늦가을을 연상시키는 시어를 등장시키면서 꿈을 깬 뒤의 외롭고 쓸쓸한 마음만을 우회적으로 전달하고 있을 뿐이다. 그런데 대뜸 시인은 그 옛날 오동나무 심은 걸 후회하며 비약적으로 시를 마무리한다. 드러나 있지 않은 행간 속에는 가을비가 오지 않았다면, 그래서 빗방울이 넓은 오동나무 잎을 때려 소리를 내지 않았다면, 그 소리 때문에 잠이 깨지 않았다면 아내와의 달콤한 만남을 조금 더 이어갈 수 있었을 텐데 하는 안타까움, 꿈에서조차 잊을 수 없는 아내에 대한 절절한 그리움이

---

64) 任埅, 『水村漫錄』, 「悼亡後記夢」.

농축되어 있다.

지난해 나는 관서지역으로 나가서	前年我行西出關
석 달 동안 강산 천리를 유람하였네.	三月湖山千里遊
돌아오니 당신은 병들었고 쑥도 시들었는데	歸來君病艾亦老
당신이 울며 말하였지. "왜 이리 늦게 오셨나요.	泣道行期何遲留
철 물건은 흐르는 물과 같아 사람을 기다리지 않고	時物如流不待人
인생도 그 사이에서 하루살이와 같은 것이지요.	人生其間如蜉蝣
제가 죽어도 다음해에 쑥은 다시 돋을 것이니	我死明年艾復生
그 쑥 보면서 저를 생각해 주시겠지요?"	見艾子能念我不
오늘 마침 제수씨가 밥을 차려 주는데	今日偶從弟婦食
그 상에 놓은 여린 쑥 보니 문득 목이 메이네.	盤中柔芽忽哽喉
그 때 나를 위해 쑥 캐주던 사람	當時爲我採艾人
흙이 덮인 그 얼굴 위로 쑥은 돋아나건만.	面上艾生土一坏[65]

심노숭(沈魯崇, 1762~1837)은 아내를 잃고 실의에 빠져 살았던 사람이다. 밤마다 잠을 이루지 못하고 아내를 그리는 시문을 지었으며 눈물이 마를 날 없는 나날을 보내면서 '눈물'의 근원에 대해 천착하기도 하였다.[66] 이 시 역시 그 가운데 한 편으로 아내의 무덤 뒤에 가꾸어 놓은 정원[東園]을 소재로 하고 있다. 시는 마치 이야기를 하듯 서사적인 구성을 취하고 있다. 인용되지 않은 부분까지 포함하면 시는 평소 쑥을 뜯어 식구들에게 밥을 차려 주었던 아내, 그 아내와의 단란했던 한 때를 추억하는 것으로부터 시작한다. 이어 아내가 병이 든 줄고 모르고

---

65) 심노숭, 『孝田散稿』, 2책, 「東園」.

66) 심노숭은 아내를 잃은 직후부터 2년간 아내를 그리워하는 절절한 시문 50여 편을 쓰고 『枕上集』 『眉眼集』 등의 小集으로 엮었다. 눈물의 근원을 탐색한 「淚原」 또한 잘 알려져 있다. 심노숭과 그 작품에 관해서는 김영진, 『눈물이란 무엇인가』 (태학사, 2001)에서 자세히 다루고 있다.

석 달 동안 관서 지역을 유람하고 돌아온 무심한 남편과 그런 남편에게 울면서 "왜 이리 늦었냐"고 야속해 하는 아내의 목소리가 등장한다. 죽음을 직감한 듯 아내는 하루살이와 같은 인생을 쉬 시들어버리는 쑥에 비유하면서 다음해에 쑥이 돋아나면 자신을 기억해 달라는 당부를 한다. 그리고 시인은 다음 행에서 제수가 차려준 밥상을 받는다. 물론 시인이 드러내지 않은 행간에는 아내의 죽음이라고 하는 커다란 사건이 놓여있다. 그러나 죽음을 언급하지 않음으로 인해서 통곡 소리는 들리지 않는다. 다만 그 쑥을 매개로 떠오르는 아내의 모습을 통해 "목이 메는" 감정만이 표출될 뿐이다.

이렇게 사연을 남겨두고 감정을 숨겨둠으로써 시인은 함축의 미감을 창출한다. 독자는 생략하고 비워둔 공간을 통해 여운을 음미하게 되며 여운은 독자의 경험과 어우러져서 더 큰 진폭의 울림을 만들어 낸다. 시인이 눈물을 흘리지 않으면서 독자의 눈물을 이끌어낼 수 있는 것은 도망시 작가들의 이러한 탁월한 형상화 능력 때문이다.

IV. 도망시의 문학적 의의와 남은 문제

도망시가 문학적으로 의의를 지닐 수 있는 것은 단지 슬픔을 드러냈기 때문이 아니라 슬픔을 잘 형상화하고 있기 때문이다. 내외가 엄격했던 시대에 아내를 그려냈다는 것이 중요한 것이 아니라 진솔하게 사실적으로 그려냈다는 것에 무게가 놓여야 한다. 성리학이 경직화되고 여성에게 한 남자의 아내이기 보다는 며느리요 어머니요 한 집안의 주부이기를 요구하던 17·8세기에 도망시들이 양산되고 있었다는 점도 주목해 보아야 할 문제이다. 애도 양식인 제문이나 만시조차도 애도의 기능이 약화되거나 형식화 될 때 도망시가 서정성 짙은 애도문학의 역할을 하였다는 것 또한 문학적으로 평가되어야할 부분이다. 다만 도망시 특유의 서정적 특징이나 미감을 어떻게 논리화하고 의미화 하는지의 문제는 인접 분야와의 연계, 또는 심층적 작품 분석을 통해 좀 더 폭넓게 논의되고 지속적으로 천착되어야 하리라고 본다. 도망시 자료를 더 발굴하고 작품 가치가 뛰어난 작품을 선별하여 문학성의 지표를 마련하는 것이라든지 여타 애도 양식들과의 관련성 차별성을 밝혀 애도문학의 체계를 세우는 문제 등도 뒷날의 과제로 남긴다.

● 참고문헌

단행본

국학진흥연구사업추진위원회(편), 『列聖誌狀通紀』, 한국정신문화연구원, 2003.
『예기』.
『CD 국역 조선왕조실록』, 서울시스템, 1997.
김영진 편역, 『눈물이란 무엇인가』, 태학사, 2001.
변계량, 『국역 춘정집』, 민족문화추진회, 2001.
謝衛平, 「論中國古代悼亡詩的發展」, 『邵陽學院學報(사회과학판)』, 2007, 04기, 소양
        학원.
徐師曾, 『文體明辨序說』, 대북, 장안출판사, 민국67.
서사증, 『문체명변』, 대북, 장안출판사, 민국67
선원보감편찬위원회(편), 『璿源寶鑑』, 계명사, 1998.
薛鳳昌, 『文體論』, 대만, 상무인서관, 민국56.
신명호, 『조선의 왕』, 가람기획, 1998.
심경호(역), 『한문문체론』, 이회, 1995.
심경호, 『한문 산문의 미학』, 고려대 출판부, 1998.
안이루, 『인생이 첫 만남과 같다면』, 심규호 옮김, 에버리치홀딩스, 2009.
吳訥, 『文章辨體序說』, 대북, 장안출판사, 민국67.
王立, 『永恒的眷戀』, 상해, 학림출판사, 1999.
王人思, 『古代祭文精華』, 甘肅敎育出版社, 1997.
姚鼐, 『古文辭類纂』, 대북, 세계서국, 1975.
劉勰, 『文心雕龍』, 【문연각 사고전서】, 대만 상무인서관, 민국72.
이승수(편역), 『옥같은 너를 어이 묻으랴』, 태학사, 2001.
이집, 홍석보 공편, 『列聖御製』, 규장각, 1776(간).
이혜순 외, 『우리 한문학사의 여성인식』, 집문당, 2003.
전송렬, 『옛 사람들의 눈물-조선의 만시 이야기』, 글항아리, 2008.
정 조, 『국역 홍재전서』, 임정기 외(역), 민족문화추진회, 2000.

최재남, 『한국애도시의 구성과 표현에 대한 연구』, 경남대 출판부, 1997.
풍서경, 김인천, 『고문통론』, 대북, 중화서국, 민국68.

논문

B. 왈라번, 「조선 시대 여제의 기능과 의의」, 『동양학』 제31집, 단국대 동양학 연구
　　　소, 2001.
강혜선, 「조선후기 여성 묘주명의 문학성에 대한 연구」, 『한국한문학연구』 30집,
　　　한국한문학회, 2002.
금장태, 『퇴계의 삶과 철학』, 서울대 출판부, 2001.
김광순, 「퇴계 문학에 나타난 자연관과 인간관」, 『퇴계학보』 75, 76집, 퇴계학연구
　　　원, 1992.
김명순, 「춘정 변계량의 사상과 문학세계」, 『향산 변정환 박사 화갑기념논총』, 정
　　　신문화연구원, 1991.
김병국, 「조선사대부의 산수 문학관」, 『고전 시가의 미학 탐구』, 월인, 2000.
김성기, 「제례문의 성격과 구조」, 『우전 신호열 선생 고희 기념 논총』, 창작과 비평
　　　사, 1983.
김윤조, 「연암의 이몽직 애사에 대하여」, 『한문교육연구』 4, 1990.
김혜숙, 「조선시대의 권력과 성 – 예치 개념을 중심으로」, 『한국여성철학』, 여성철
　　　학 연구 모임, 한울아카데미, 1995.
박무영, 「18세기 제망실문의 공적 기능과 글쓰기」, 『한국한문학연구』 32집, 한국한
　　　문학회, 2003.
박무영, 「이광사 제망실문의 연구, 『국어국문학』 138, 2004.
박준호, 「만시에 대한 일고찰 – 혜환 이용휴의 작품을 위주로」, 『동방한문학』 19집,
　　　2000.
서정화, 「박제가의 제문 및 송서 연구」, 『어문논집』, 민족어문학회, 2005.
송재소, 「퇴계의 은거와 도산잡영」, 『퇴계학보』 110집, 퇴계학연구구원, 2001.
송재소, 「한시 용사의 비유적 기능」, 『한국한문학연구』 8집, 한국한문학회, 1985.
안대회, 「한국 한시와 죽음의 문제 – 조선후기 만시의 예술성과 인간미」, 『한국한
　　　시연구』 3, 한국한시학회, 1995.
이가원, 「퇴계시의 특징」, 『퇴계학보』 43집, 퇴계학연구원, 1984.
이동환, 「퇴계 시의 한 국면」, 『퇴계학보』 25집, 퇴계학연구원, 1980.
이동환, 「퇴계의 시에 대하여」, 『퇴계학보』 19집, 퇴계학연구원, 1978.
이민홍, 「조선 전기 자연미의 추구와 한시」, 『한국한문학연구』, 한국한문학연구회,

1992) 제15집.

이민홍, 「퇴계 시가의 이념과 품격」, 『조선조 시가의 존재 양상과 미의식』, 보고사, 1999.

이순구, 「조선 초기 종법의 수용과 여성 지위의 변화」, 정문연 한국학대학원 박사학위 논문, 1994.

이승수, 「제문 형식의 미학적 가능성」, 『한국사상과 문화』, 한국사상문화학회, 2002.

이 욱, 「17세기 여제의 대상에 관한 연구」, 『역사민속학』 9, 한국역사민속학회, 2000.

이원주, 「퇴계 선생의 문학관」, 『한국학논집』, 계명대 한국학연구소, 1981.

이은영, 「사림파 제문 연구」, 이화여대 석사학위 논문, 1988.

이은영, 「조선 초기 제문 연구」, 이화여대 박사학위 논문, 2001.

이종묵, 「눈물과 통곡이 없는 만시」, 『우리 한시를 읽다』, 돌베개, 2009.

이종호, 「퇴계의 비지부작론」, 『한문교육연구』 5호, 한문교육연구회, 1991.

이혜순, 「18세기 父在爲母 담론과 모성 인식」, 『대동문화연구』 59, 성균관대 대동문화연구원, 2007.

章明壽, 「古代哀祭文學發展簡說」, 『중국고대근대문학연구』, 인민대학 서보자료중심, 1989.

정동화, 「퇴계 산수시의 형상화에 대하여」, 『퇴계학 연구』 2호, 단국대퇴계학연구소, 1988.

정수미, 「조선시대 망실 제문 연구」, 경성대 석사학위 논문, 1999.

정순목, 「만제록에 나타난 퇴계상」, 『퇴계학보』 75, 76집, 퇴계학연구원, 1992.

조규익, 「변계량 악장의 문학사적 의미」, 『국어국문학』 101, 1989.

좌등인, 「이퇴계와 이연평에 관하여」, 『퇴계학보』 62집, 퇴계학연구원, 1989.

주기평, 「중국 도망시의 서술방식과 상징 체계」, 『중국어문학』 45집, 2005.

최재석, 「조선 중기 가족 친족제의 재구조화」, 『한국의 사회와 문화』, 정신문화연구원, 1993.

한우근, 「조선 왕조 초기에 있어서의 유교 이념의 실천과 신앙 종교」, 『한국사론』 3, 1978.

홍우흠, 「퇴계전서 소재 제축문 연구」, 『영남어문학』 제20집, 영남어문학회, 1991.

황수연, 「17세기 제망실문과 제망녀문 연구」, 『한국한문학연구』 제30집, 2002.

찾아보기

저자 ▎ 이은영

충북 음성 출생.

이화여대 국어국문학과를 졸업하였고 동대학원에서 「16세기 사림파 제문 연구」, 「조선초기 제문 연구」로 석박사 학위를 취득했다. 대표 논문으로 「조선시대 표전(表箋)연구(1) – 보국(保國)과 화국(華國)의 역할을 중심으로」, 「조선시대 표전(表箋)연구(2) – 수사적 전략을 중심으로」, 「여말선초 사행시를 통해 본 명(明) 사행길」, 「축사(祝辭)와 자설(字說)을 통해 본 관례(冠禮)」 등이 있고 공역서로 홍길주 문집인 『현수갑고』, 『표롱을첨』, 『항해병함』과 『역주 점필재집』이 있다.

현재 이화여대 한국문화연구원 연구교수로 재직 중이다.

예(禮)와 정(情)의 조화와 변주
조선시대 애도문학의 형상화 방식

인　쇄 2013년 2월 20일
발　행 2013년 2월 28일
지은이 이은영
펴낸이 이대현
편　집 박선주
디자인 이홍주
펴낸곳 도서출판 역락
　　　 서울시 서초구 동광로 46길 6-6(문창빌딩 2F)
　　　 전화 02-3409-2058(영업부), 3409-2060(편집부)
　　　 팩시밀리 02-3409-2059
　　　 이메일 youkrack@hanmail.net
　　　 등록 1999년 4월 19일 제303-2002-000014호
ISBN　978-89-5556-041-1　93810

정　가 19,000원

＊ 잘못된 책은 구입처에서 바꾸어 드립니다.